Melissa Foster

Von der Liebe umarmt

Die Bradens & Montgomerys

Die Autorin

Melissa Foster ist eine preisgekrönte *New-York-Times-* und *USA-Today*-Bestsellerautorin. Ihre Bücher werden vom *USA-Today-Bücherblog*, vom *Hagerstown Magazin*, von *The Patriot* und vielen anderen Printmedien empfohlen. Melissa hat mehrere Wandgemälde für das *Hospital for Sick Children*, eine Kinderklinik in Washington, D. C., gemalt.

Besuchen Sie Melissa auf ihrer Website oder chatten Sie mit ihr in den sozialen Netzwerken. Sie diskutiert gern mit Lesezirkeln und Bücherclubs über ihre Romane und freut sich über Einladungen. Melissas Bücher sind bei den meisten Online-Buchhändlern als Taschenbuch und E-Book erhältlich.

www.MelissaFoster.com

Melissa Foster

Von der Liebe umarmt

Die Bradens & Montgomerys

LOVE IN BLOOM – HERZEN IM AUFBRUCH

Aus dem Amerikanischen von Janet König

Deutsche Erstveröffentlichung
2020 bei World Literary Press, MD, USA
© 2018 der Originalausgabe: Melissa Foster
© 2020 der deutschsprachigen Ausgabe: Melissa Foster
Lektorat: Judith Zimmer, Hamburg
Umschlaggestaltung: Natasha Brown

ISBN: 978-1948868495

Vorwort

Ich freue mich sehr, Ihnen die Montgomerys vorstellen zu können – eine weitere unterhaltsame, einander sehr nahestehende Familie mit ihren Freunden, in die man sich allesamt nur verlieben kann. Falls dies Ihr erstes Buch aus der Reihe »Love in Bloom – Herzen im Aufbruch« ist, sollten Sie wissen, dass all meine Romane für sich allein gelesen werden können. Also tauchen Sie ein in die Geschichte und genießen Sie eine aufregende und leidenschaftliche Reise!

Am besten halten Sie sich über Neuerscheinungen, Aktionen und exklusive Neuigkeiten auf dem Laufenden, wenn Sie meinen Newsletter abonnieren oder sich meine kostenlose App (in englischer Sprache) herunterladen.
www.MelissaFoster.com/Newsletter_German
www.MelissaFoster.com/App

Aus zwei »Love in Bloom – Herzen im Aufbruch«-Serien wird eine!
Die Bradens & Montgomerys
(Pleasant Hill und Oak Falls)

Ich freue mich sehr, Ihnen diese Neuigkeit mitteilen zu können: Die Bradens aus Pleasant Hill und die Montgomerys wachsen zu einer großen Serie zusammen! Im dritten Band, *Pfade der Liebe*, entsteht eine enge Verbindung zwischen den Montgomerys und den Bradens. Aus diesem Grund habe ich die Serien verknüpft, um den Leserinnen den Überblick über Figuren, Hochzeiten, Babys usw. zu erleichtern. Das bedeutet, dass Sie nach den ersten beiden Romanen (*Von der Liebe umarmt* und *Alles für die Liebe*) in den meisten Büchern beiden Welten begegnen. In manchen Geschichten mag das Hauptaugenmerk auf einem der Orte liegen, aber sie werden sich alle überschneiden. Im ersten Buch, *Von der Liebe umarmt*, lernen Sie die Montgomerys kennen und im zweiten, *Alles für die Liebe*, treffen Sie die Bradens. Ich hoffe, Sie verlieben sich so sehr in sie, wie ich es getan habe!

Über die Reihe »Love in Bloom – Herzen im Aufbruch«

Die Serie über die Bradens und die Montgomerys ist nur eine der Serien aus der Sammlung von Liebesromanen über die »Love in Bloom – Herzen im Aufbruch«-Familien. Jede Geschichte aus der Reihe kann für sich oder als Teil der größeren Serien gelesen werden. Und darauf können Sie sich verlassen: Am Schluss eines Romans bleibt keine Frage offen und kein Problem ungelöst. Figuren aus den einzelnen Serien tauchen auch in späteren Erzählungen wieder auf, sodass Sie keine Verlobung, Hochzeit oder Geburt verpassen. Eine vollständige Liste aller Serientitel sowie eine Vorschau auf kommende Veröffentlichungen finden Sie am Ende dieses Buches.

Besuchen Sie Melissas Seite mit »Reader Goodies«! Dort gibt es Serienübersichten, Checklisten, Stammbäume und mehr (in englischer Sprache).
www.MelissaFoster.com/RG

Eine besondere Überraschung für Fans!

Ich gehöre einer fantastischen Gruppe von Autorinnen von Liebesromanen an, die sich »Ladies Who Write« (LWW) nennt, und wir haben eigens für Sie eine ganze leidenschaftliche Welt geschaffen! In *Von der Liebe umarmt* hören Sie zum ersten Mal von den »Schreibenden Ladys« von LWW und begegnen Amber Montgomery. Im nächsten Band der Bradens & Montgomerys, *Alles für die Liebe*, lernen Sie weitere fiktionale Mitglieder der LWW noch viel besser kennen, und jedes einzelne von ihnen, einschließlich Amber, wird ein von mir und den anderen LWW-Autorinnen verfasstes eigenes Buch bekommen. Mehr Informationen über unsere Gruppe und die aktuellen Veröffent-lichungstermine der LWW-Titel bekommen Sie auf www.LadiesWhoWrite.com, wo Sie auch unseren Newsletter abonnieren können (in englischer Sprache).

Eins

»Aua!«

Brindle? Schlaftrunken blinzelte Grace in dem dunklen Zimmer umher. Sie hatte ein Flüstern vernommen und brauchte einen Moment, bis sie sich daran erinnerte, dass sie in ihrem Kinderzimmer im Haus ihrer Eltern in Oak Falls, Virginia, war und nicht in ihrem Loft in Manhattan. Mit zusammengekniffenen Augen versuchte sie zu erkennen, welche ihrer fünf Schwestern es darauf abgesehen hatte, sie zu wecken … Sie sah auf die Uhr. *Um halb fünf morgens?*

»Psst. Du bist so ein Tollpatsch.«

Sable. Na klar. Wer sonst außer Brindle, ihrer jüngsten und rebellischsten Schwester, und Sable, der Nachteule, käme auf die Idee, sie um diese Zeit zu wecken?

»Ich bin über einen Koffer gestolpert«, flüsterte Brindle. Ein dumpfes Geräusch folgte. »Mist!« Mit einem Lachanfall fiel sie aufs Bett, riss Sable gleich mit und landete genau auf Grace, die aufstöhnte, während die Katze ihrer Eltern, Clayton, vom Bett sprang und Reißaus nahm.

»Psst! Du weckst Mom und Dad auf und die Hunde gleich mit«, flüsterte Sable kichernd.

»Was treibt ihr hier?« Grace bemühte sich um einen

strengen Tonfall, aber das Lachen ihrer Schwestern war ansteckend. Das Letzte, was sie nach einer aufreibenden Woche und einer grauenhaft langen Fahrt gebrauchen konnte, war, zu einer solch unchristlichen Zeit geweckt zu werden. Aber ihre Schwestern freuten sich so, dass sie nach Hause gekommen war. Und wenn Grace ehrlich zu sich selbst war, dann war sie trotz der Berge von Manuskripten, die sie durchzuarbeiten hatte, auch froh darüber, sie zu sehen. Abgesehen von einer kleinen Stippvisite anlässlich der Hochzeit ihrer Freundin Sophie war sie seit Weihnachten nicht zu Hause gewesen, und nun war es schon Mai.

»Steh auf.« Brindle zerrte sie aus dem Bett und tastete den Boden ab. »Wir gehen raus, wie in alten Zeiten.« Sie schleuderte Grace die Hose und die Bluse, die sie am Abend zuvor getragen hatte, ins Gesicht. »Zieh dich an.«

»Ich werde nicht –«

»Halt den Mund und zieh das hier aus.« Ungeachtet der Gegenwehr von Grace zog Sable ihr das seidene Nachthemd über den Kopf. Es war vergebens, das wusste Grace. Was Sable wollte, das bekam sie auch. Obwohl sie und ihre Zwillingsschwester Pepper ein Jahr jünger waren als Grace, hatte Sable sich immer als die Penetranteste von allen gezeigt.

Zögerlich zog Grace die Hose an. »Wohin gehen wir denn?« Sie griff gerade nach ihrer Bürste, als Brindle sie auch schon aus dem Zimmer zerrte. »Warte! Meine Schuhe!«

»Du kannst Moms Stiefel nehmen, die an der Tür stehen«, sagte Sable und hakte sie auf der anderen Seite unter, bevor sie gemeinsam eilig den Flur entlangstolperten.

»Ich werde keine Cowboystiefel anziehen.« Grace hatte sich abgemüht, die Landei-Angewohnheiten abzulegen, die so tief in ihr verankert waren wie die Liebe zu all ihren sechs Geschwistern. Zu diesen Angewohnheiten gehörte es, die Haare zu zwirbeln, dem gedehnten Südstaatenakzent zu frönen und die typischen Kleidungsstücke ihrer Jugend – Jeansshorts mit Cowboystiefeln – zu tragen. Die Hände in die Hüften gestemmt stand sie auf der großen Veranda vor dem Haus und starrte ihre Schwestern an, die darauf warteten, dass sie die Stiefel ihrer Mutter anzog.

»Nun mach schon oder ich jag dich barfuß diesen Hügel hinauf, und du weißt, dass das kein Spaß wird«, sagte Sable.

»Meine Güte, ihr zwei seid wirklich richtige Nervensägen!« Widerwillig schlüpfte Grace in die Stiefel. *Sind ja nur Stiefel. Die machen nicht gleich all meine Bemühungen zunichte.* Sie mochte zwar aus Oak Falls stammen, aber mittlerweile war sie in der Welt herumgekommen und hatte andernorts Wurzeln geschlagen. Und sie wollte nie, nie wieder dieses Kleinstadtmädchen sein.

Der Mond erhellte den Weg vor ihnen. Der intensive Geruch von Pferden und Heu hing in der Luft, als sie über den Rasen hin zu dem vertrauten Hügel gingen. *Na großartig.* Sie schleppten sie zum *Hottie Hill,* dem »Hügel der heißen Typen«. Grace stöhnte und fragte sich, warum sie die beiden nicht aus dem Zimmer geworfen und die Tür abgeschlossen hatte, anstatt bei ihrem verrückten Wie-in-guten-alten-Zeiten-Plan mitzumachen. Die drei Wochen zu Hause würden Segen und Fluch zugleich werden. Grace liebte ihre Schwestern, aber sie stellte sich vor, wie Sable drei Wochen nächtelang auf ihrer Gitarre klimpern und ihre anderen jüngeren Schwestern ständig mit ihren Hunden und Chaosgeschichten hereinplatzen würden. Ihre Mutter würde immer mal wieder subtile Fragen zu ihrem Liebesleben einwerfen, während ihr Vater versuchen würde, die Antworten darauf nicht mit einem Grummeln zu quittieren.

In ihren Stiefeln und dem kaum vorhandenen Sommerkleid stolzierte Brindle den Hügel hinauf und mied gekonnt die Unebenheiten im Gras, während Grace versuchte, mit ihr Schritt zu halten, und dabei über jede einzelne dieser Unebenheiten stolperte.

Sable kam zuerst oben an. Sie drehte sich auf den Absätzen um, stemmte die Hände in die Hüften und grinste verschmitzt. »Beeilt euch! Ihr verpasst es sonst!«

Es war eine Sache, aus der Ferne mit jeglicher Art von Familienchaos konfrontiert zu werden, wo man nur eine kleine Entschuldigung raushauen musste, um das Telefonat zu beenden. Aber *drei Wochen zu Hause?* Grace konnte ihre Entscheidung noch nicht einmal damit entschuldigen, einen Schwips gehabt zu haben. Sie war stocknüchtern gewesen, als ihre Schwester Amber sie gebeten hatte, ihren Buchladen mit einer Schreibwerkstatt für Theaterstücke zu unterstützen. *Du hast es geschafft, Gracie! Du bist eine Motivation für alle hier,* hatte Amber argumentiert. *Außerdem reist Brindle bald nach Paris ab und wir werden das letzte Mal für lange Zeit alle zusammen sein. Das wird wie früher.* Grace lebte ihren Traum, schrieb und produzierte Stücke für Off-Broadway-Theater, auch wenn das in letzter Zeit alles war, was sie *erlebte*, und ihr das Gehabe in der Branche gerade den letzten Nerv raubte. Abgesehen davon konnte sie Amber, der süßesten Schwester überhaupt, sowieso keinen Wunsch abschlagen.

Grace rutschte aus, fing sich aber gerade noch ab, sodass sie nicht mit dem Gesicht im Gras landete. »Mist! Das hier ist echt das Letzte, wonach mir gerade der Sinn steht.«

»Psst«, fuhr Brindle sie an und griff nach Graces Hand.

Sable rannte den Hügel unverschämt schnell wieder herunter. Während sie den schwarzen Cowboyhut auf ihren langen dunklen Haaren mit einer Hand festhielt, streckte sie die andere nach Grace aus und sagte: »Komm hoch, du Riesenbaby.«

»Ich fass es nicht, dass ihr mich dafür aus dem Bett gezerrt habt. Wie alt sind wir denn? Zwölf?«, flüsterte Grace mit dem ihr eigenen strengen Tonfall.

»Zwölfjährige Mädchen schleichen sich nicht aus dem Haus, um die heißesten Männer von Oak Falls beim Zureiten der Pferde zu beobachten«, sagte Brindle, als sie oben auf dem Hügel ankamen.

»Lügnerin. Das machen wir schon, seit du zwölf Jahre alt warst«, erinnerte Sable sie.

»Dass die das noch immer machen!« *Die*, das waren die Jericho-Brüder, die seit ihrer Teenagerzeit vor Anbruch der Dämmerung Pferde zuritten. Sie behaupteten, es wäre der beste Zeitpunkt, bevor es am Tag zu heiß wurde, aber Grace war überzeugt, dass sie es im Dunkeln einfach aufregender fanden.

Die Jericho-Brüder waren die heißesten Typen in der Gegend. Na ja, zumindest seit Reed Cross nach dem Highschoolabschluss die Stadt verlassen hatte. Grace versuchte, die Gedanken an den Mann zu verdrängen, der ihr die Jungfräulichkeit genommen und ihr seine geschenkt hatte – und der ihr Herz ins Chaos gestürzt hatte. Der Mann, den sie zurückgewiesen hatte, um ihre Karriere als Produzentin zu verfolgen, und mit dem sie seitdem jeden anderen verglichen hatte. Auf keinen Fall wollte sie sich diesen Erinnerungen hingeben.

»Ich bin erledigt«, jammerte Grace, als sie oben auf dem Hügel angekommen waren, von dem aus sie auf die Jericho-Ranch hinunterblicken konnten. Die Jerichos besaßen mehrere Hundert Morgen Land und waren in der Gegend sehr engagiert. So stellten sie zum Beispiel einmal im Monat eine ihrer Scheunen für eine Jamsession zur Verfügung, an der jeder teilnehmen konnte, der ein Instrument spielte. Menschen aller Altersgruppen kamen zusammen, um gemeinsam Musik zu hören, zu tanzen und an verschiedenen Spielen wie Sackhüpfen, Ringe werfen oder Touch-Football teilzunehmen. Dies war auch eines von vielen dieser Provinz-Events, die Grace ohne Bedauern hinter sich gelassen hatte.

»Als ob ich diese Typen noch nie gesehen hätte«, beschwerte sie sich. »Und außerdem hast du, Brindle, schon öfter mit Trace geschlafen, als du wahrscheinlich noch zählen kannst. Also hast du ihn bestimmt schon mal mit freiem Oberkörper gesehen. Warum sind wir überhaupt –«

»Psst!«, ermahnten Brindle und Sable sie einstimmig, als sie Grace zu Boden zogen.

Sie schaute zu dem unter ihnen liegenden Reitplatz, auf dem die vier Jericho-Brüder Trace, Justus – auch »JJ« genannt –, Shane und Jeb sowie eine Handvoll anderer Kerle mit freiem Oberkörper und Jeans herumschlenderten. Sie liefen immer mit nacktem Oberkörper herum, denn welcher Mann tat das nicht, wenn er beweisen wollte, dass er der männlichste aller Männer war?

»Das mit Trace und mir ist vorbei«, flüsterte Brindle. »Dieses Mal wirklich.« Sie und Trace führten schon seit Ewigkeiten eine On-Off-Beziehung – ein hoffnungsloser Fall von rebellischem Kerl und rebellischer Frau, für jedes Risiko zu haben. Zwei Menschen ohne die geringste Chance, jemals miteinander zur Ruhe zu kommen, die sich aber gegenseitig in ihrem Leben brauchten – oder zumindest in ihren Betten.

»Morgyn hat da aber etwas anderes gesagt«, meinte Sable grinsend. Morgyn war ein Jahr älter als Brindle und ebenso extrovertiert.

»Warum habt ihr nicht sie statt mich aus dem Bett gezerrt?«, beschwerte sich Grace.

»Hätte ich ja, aber sie war nicht zu Hause«, erklärte Brindle.

Als Teenager hatten Grace und ihre Schwestern viele Stunden auf genau diesem Hügel verbracht. Eigentlich hätten sie schlafen sollen, aber stattdessen hatten sie die Jericho-Brüder und die anderen jungen Männer dabei beobachtet, wie sie Wildpferde zuritten und Rinder einfingen. Pepper und Amber waren nur zweimal mitgekommen. Pepper hatte sich die ganze Zeit darüber beschwert, was für eine Verschwendung von Hirntätigkeit dies doch wäre, und Amber war von der Testosteron-Show eher eingeschüchtert als angetörnt gewesen. *Wenn ich doch nur schüchtern geboren worden wäre!*

Sie lachte innerlich. *Schüchtern? Von wegen.* Sie hatte sich in einer Männerwelt behauptet. In ihrem Repertoire war für *schüchtern* kein Platz. Und für diesen Quatsch war auch kein Platz mehr. Sie setzte sich auf. »Brindle, vielleicht ist das mit vierundzwanzig noch witzig, aber ich bin achtundzwanzig. Ich hab heute Vormittag eine Menge Arbeit und hänge schon so weit hinterher, das ist schon nicht mehr witzig.«

»Meine Güte, Grace! Du bist zu einer arbeitssüchtigen Eiskönigin geworden«, flüsterte Sable und zerrte Grace wieder zu Boden. »Und ich, deine dich liebende Schwester, die das Bedürfnis verspürt, dich jung zu halten, beabsichtige, das in Ordnung zu bringen. Und zwar *jetzt*.«

Grace sah sie entnervt an. »*Eiskönigin?* Nur weil ich erwachsen geworden bin und so was hier nicht mehr witzig finde?« Während sie das sagte, verließen die Männer den Reitplatz und lehnten sich – die muskulösen Arme lässig auf dem obersten Balken abgestützt – gegen den Zaun.

»Eiskönigin, weil du dir zu gut bist, um …« Sable hielt inne, als Trace und JJ das riesige Holztor der Scheune aufschoben und ein Wildpferd mit einem Mann, ebenfalls mit freiem Oberkörper, auf den Reitplatz stürmte.

Gebannt schauten die Schwestern auf das Spektakel. Auf dem Rücken des Pferdes, das ganz offensichtlich zum ersten Mal geritten wurde, saß kein Jericho, und trotz ihrer Proteste spähte Grace nun doch in die Dunkelheit, um sich diesen Inbegriff von Männlichkeit genauer anzuschauen.

»Verdammt noch mal«, gab Brindle mit rauer Stimme von sich.

»Heiliger Bimbam, das ist heiß«, flüsterte Sable. »Siehste, Gracie? Das war es doch wirklich wert.«

Grace nahm die Wölbungen der Schultern des Reiters in sich auf, während das Pferd ihn vor- und zurückschleuderte und er mit seinen kräftigen Armen die Zügel fest im Griff hatte. Das wellige braune Haar und das vertraute markante Kinn des Mannes jagten ihr einen Schauer über den Rücken.

»Aua! Grace! Du bohrst deine Fingernägel in meinen Arm.« Sable löste Graces Hand von ihrem Unterarm.

»Ist das …?« Grace verschluckte sich fast an der Wut und der Erregung, die gleichzeitig in ihr kämpften. Reed Cross hätte sie überall wiedererkannt, selbst auf die Entfernung und nachdem sie ihn all die Jahre nur in ihren Träumen gesehen hatte. Sie stand auf, völlig verwirrt, den verbotenen Geliebten hier zu sehen, für den sie alles riskiert und den sie dann weggeworfen hatte. Was zum Teufel tat er hier in Oak Falls? Und zwar mit genau den Kerlen, die ihn damals nicht hatten ausstehen können? Das Letzte, was sie von ihm gehört hatte, war, dass er nach der Highschool irgendwo in den Mittleren Westen der USA gezogen war.

»Reed …?« Sein Name kam ihr zu leicht über die Zunge, sie stolperte rückwärts. Erinnerungen stürzten auf sie nieder, an seine Umarmung und seine tiefe Stimme, die ihr sagte, dass er sie begehrte, sie liebte. Sie wollte sich nicht an das erinnern, was sie beide einst hatten, und als ihre Schwestern sie wieder ins Gras ziehen wollten, rannte sie fort.

»Gracie, warte!«, rief Sable flüsternd, während sie und Brindle ihr hinterherliefen.

Grace rannte schnell und ungestüm, wollte den Erinnerungen entkommen. Dabei wusste sie doch, dass es vergebliche Liebesmüh war, und genau das ärgerte sie nur noch mehr. Sie drehte sich abrupt um, Wut und Schmerz brannten in ihr. »Und du bist nicht auf die Idee gekommen, mich vorzuwarnen?«

»Du wärst sicher nicht mitgekommen«, sagte Sable.

»Da hast du verdammt recht.« Sie ging weiter den Hügel hinunter.

»Warte, Grace!« Brindle griff nach ihrer Hand und wollte sie zurückhalten, aber Grace ging weiter und zog ihre Schwester mit sich. »Was ist denn los?«, wollte Brindle wissen. »Warum bist du so sauer?«

Grace wurde langsamer, denn in diesem Moment wurde ihr klar, dass Sable die letzten zehn Jahre ihr Geheimnis nicht preisgegeben hatte. Das hatte sie nicht erwartet. Aber ebenso wenig hatte sie eine solch intensive, bis in ihr Innerstes reichende, aufwühlende Reaktion auf ein Wiedersehen erwartet. Mann, sie hatte überhaupt nicht erwartet, Reed je wieder-zusehen. Als Quarterback war er Mitglied der Footballmann-schaft der rivalisierenden Highschool gewesen. Damals wurden die Rivalitäten zwischen benachbarten Orten nicht auf die leichte Schulter genommen. Daher waren sie und Reed immer darauf bedacht gewesen, nicht zusammen gesehen zu werden, denn sie hatten Angst, dass Grace als Cheerleaderin ihres Teams von ihren Freunden gemobbt werden könnte. Als der Abschluss näher rückte, war beiden klar, dass Grace ihren Traum verfolgen und in New York City Theaterstücke schreiben und produzieren wollte. Vielleicht wären sie zusammengeblieben, wenn Reed gesagt hätte, dass er eines Tages aus dem kleinen Ort fortziehen würde, aber er hatte immer behauptet, seine Familie nie verlassen zu wollen.

Zumindest bis sie die Beziehung beendet hatte, um ihre Träume zu verwirklichen.

Dann hatte er den Ort für immer verlassen.

Hatte sie jedenfalls gedacht.

Der Stachel saß noch immer schmerzhaft tief, sogar jetzt, als seine sonore Stimme durch die Nacht zu ihr drang und Erinnerungen an die Geheimnisse und die verstohlenen sinnlichen Nächte wachrief, die sie miteinander geteilt hatten.

»Ich dachte, du wärst über ihn hinweg«, sagte Sable vorwurfsvoll.

»Bin ich auch!«, schnaubte Grace. Geistesabwesend strich sie sich über die Lippen, erinnerte sich an den Geschmack von Minze und lustvollen Teenagergefühlen, die sich in endlosen Küssen vermischten. In Küssen, die immer ein schwirrendes Begehren in ihrem Körper hinterlassen hatten. *Na großartig.* Jetzt konnte sie nicht mehr aufhören, an ihn zu denken. Das war übel. Total übel. Sie hätte nicht zulassen dürfen, dass ihre Schwestern sie mitschleppten und Erinnerungen an die Oberfläche zerrten, die sie lieber vergessen würde.

»Über *wen*?«, wollte Brindle wissen, während sie neben Grace durch das Gras stapfte.

Grace ignorierte ihre Frage, denn sie wollte ihr langjähriges

Geheimnis nicht offenbaren.

»Was also hast du dann für ein Problem?«, fuhr Sable sie an und ignorierte Brindles Frage ebenso. Sie griff nach Graces Arm und brachte sie zum Stehen.

Im Gegensatz zu Grace hatte Sable keine Skrupel, wenn es um One-Night-Stands ging oder sie sich von einem Mann nahm, was sie wollte. Egal von welchem Mann, solange er ihr in dem Moment gefiel, so jedenfalls kam es Grace vor. Dass Sable in Bezug auf ihr Liebesleben keine Geheimnisse kannte, war Grace vielleicht manchmal ein bisschen zu viel, aber sie standen sich doch sehr nah, und Sable war die einzige von ihren fünf Schwestern, der Grace je ihre intimen Geheimnisse anvertraut hatte. Sable *wusste*, wie schwer es für sie damals gewesen war, mit Reed Schluss zu machen. Graces Herz hämmerte in ihrer Brust, als sie sich wütend anblickten. Sie dachte, sie wäre über Reed Cross hinweg. Sie *war* über ihn hinweg. Sie hatte ihn aus ihren Gedanken verbannt. *Meistens.*

Klar, in einsamen Nächten hatte sie Reeds Gesicht vor Augen, und sie rief sich sein schiefes Grinsen und unbeschwertes Lachen immer in Erinnerung, um schwierige Produktionen zu überstehen. Aber das war nun wirklich ihr Geheimnis und das hatte sie nicht mit Sable geteilt.

Sie hätte es bei den Wochenenden zu Hause belassen sollen, wie in den vergangenen Jahren. Wochenendbesuche waren sicher. *Kurz.* Brindle hätte Grace niemals aus dem Bett gezerrt, wenn sie vierundzwanzig Stunden später eine lange Autofahrt vor sich gehabt hätte. Sie konnte nicht drei Wochen bleiben, vor allem nicht jetzt, da sie wusste, dass Reed wieder hier war. Morgen würde sie Amber sagen, dass sie den Kurs doch nicht geben konnte, und dann würde sie zurück nach New York fahren, wo sie nicht Gefahr lief, Reed zu begegnen.

Brindle hob flehend die Hände. »Würde mir bitte mal jemand sagen, was hier das Problem ist? Warum machst du dich vom Acker? Und warum bist du sauer auf Sable? Ich war diejenige, die heute Nacht herkommen und Trace sehen wollte. Nicht sie! Ich dachte, es wäre witzig, wie in alten Zeiten. Lachen, scherzen und darüber reden, wie sexy er ist.«

»Grace.« Sables Tonfall wurde sanfter, und ihr Blick flehte um Vergebung, die Grace ihr nicht geben konnte.

»Es gibt kein Problem, Brin«, brachte Grace hervor und hielt dem Blick von Sable stand. »Ich bin einfach nur ...« *Verwirrt und wütend wegen der blöden Reaktion meines Körpers auf einen Mann, den ich in meinem Leben nicht brauche.* »Ich bin einfach nur erschöpft.« Auch wenn es unsinnig war, weil sie die Beziehung beendet hatte, so fühlte sie doch immer noch diesen schmerzhaften Stich, der sie durchbohrt hatte, als er sie quasi betrogen hatte, indem er seine geliebte Familie – und *sie* – zurückgelassen hatte.

Zwei

Die Morgensonne schien Reed Cross auf den Rücken, als er die Stufen zum alten viktorianischen Haus der Montgomerys hinaufging und sich daran machte, die Holzdielen zu entfernen. Angestrengt versuchte er, die Erinnerungen zu ignorieren, die ihn jedes Mal überkamen, sobald er dieses Grundstück betrat. Auf genau diese Veranda hatte er jeden Monat Orchideen für Grace, seine erste Liebe, gelegt. Es war ein zwiespältiges Gefühl, nach Oak Falls zurückzukehren und Renovierungsprojekte von seinem Onkel Roy zu übernehmen, der einen Herzinfarkt erlitten hatte und dessen Aufträge zu Ende gebracht werden mussten. Seit vier Monaten war er nun wieder hier und er spürte Graces Gegenwart überall – wie schon vor all den Jahren, nachdem sie sich getrennt hatten.

Gedanken an die Vergangenheit zu verdrängen, schien ein andauernder Kampf zu sein, und auch jetzt versuchte er genau das, um sich auf die anstehende Arbeit zu konzentrieren. Er hatte bereits einen großen Teil der Verandadielen abmontiert, um die darunter liegenden Balken zu überprüfen und sich einen Überblick über den Schaden zu verschaffen. Nun stand er gerade knietief in Trümmern, als er das Geräusch der Schiebetüren vernahm. Er wischte sich über die Augenbrauen und erwartete, Cade oder Marilynn, die Eigentümer des Hauses, zu sehen. Stattdessen fiel sein Blick auf entzückende lange Beine und eine unglaublich heiße, kurvenreiche Gestalt in einem Seidenpyjama. Er blieb an den vollen Brüsten hängen, die unter dichten dunklen Locken hervorlugten und jeden einzelnen Nerv in seinem Körper in Aufruhr versetzten. Nerven, die seit Monaten nicht ansprechbar gewesen waren.

Die Frau räusperte sich und riss ihn aus seinen Tagträumen, woraufhin sein Blick hinauf zu ihrem Gesicht schnellte. Sein Herz blieb fast stehen, als er in die vertrauten moosgrünen Augen sah, die ihn anstarrten. Reed wurde plötzlich ganz kalt, er presste den Kiefer zusammen und seine Gedanken rasten zurück in ihr letztes Highschooljahr, als Grace Montgomery *sein* Mädchen war. Erinnerungen stürzten auf ihn ein – wie sie sich nachts hinausschlichen, Geheimnisse teilten, sich an den Händen hielten und sich ungestüm liebten –, gefolgt von dem Schmerz, der ihn erfasst hatte, als sie sich für New York und gegen ihn entschieden hatte.

Sein Blick verdüsterte sich trotz der unerwarteten Erregung, die unter seiner Haut aufloderte.

»Grace ...« Selbst nach einem Jahrzehnt kam ihm der Name sündhaft köstlich über die Lippen.

Ihre Hand glitt vom Türknauf und hing dann kraftlos herunter. Sie öffnete den Mund, wollte wohl etwas sagen, aber kein Wort kam heraus. Einen langen Moment später entwich ihr ein »Reed«, dem Geheimnis gleich, das er einst gewesen war.

Voller Sehnsucht zog sich sein Innerstes zusammen. Er konnte nicht anders, als sie von oben bis unten anzusehen – und das fuchste ihn ebenso, wie es ihn beruhigte, da ihn seit Jahren die Sorge erfüllt hatte, nicht mehr *fühlen* zu können. Seit Grace hatte er sich auf keine Frau mehr vollständig eingelassen, und immer öfter hatte er gedacht, seine Gefühle für sie im Rückblick vielleicht übertrieben zu haben. Aber die Hitze, die ihn nun durchfuhr, konnte man nicht falsch interpretieren. Sie sah unglaublich aus und außerdem verwirrt, und als sie die Hand in die Hüfte stemmte – die Hand, die sich immer in seinen Rücken gekrallt hatte, als sie sich vor all den Jahren geliebt hatten –, merkte er, dass sie auch wütend aussah. Eindeutig wütend.

Aber immer noch unglaublich.

Einen Atemzug lang kämpfte er gegen den Drang an, wieder mit ihr zusammen zu sein und das Feuer zwischen ihnen neu zu entfachen, trotz allem, was er wegen ihr durchgemacht hatte.

»Fertig mit starren?«, fuhr sie ihn an.

»Ich ... 'tschuldigung. Du hast mich auf dem falschen Fuß erwischt. Ich hatte erwartet, deine Eltern zu sehen.« Er hielt ihrem Blick stand, zwang sich zu einem Lächeln, auch wenn er sich plötzlich vorkam wie eine Mischung aus einem Teenager, der dabei erwischt wurde, wie er durch ein Fenster späht, einem eifersüchtigen Ex und einem wollüstigen Mann.

Sie verschränkte die Arme, schuf so eine Barriere zwischen ihnen, und feixte.

Oje ...

Zumindest hoffte er, dass es nur ein hämisches Grinsen war und noch keine ganz finstere Miene. Nachdem er die Anzeichen bei seiner Exfreundin Alina übersehen hatte, die mit seinem mittlerweile Ex-Geschäftspartner geschlafen hatte, vertraute er seinem Instinkt in Sachen Frauen nicht mehr. Und wenn es um Grace Montgomery ging, so war er nie in der Lage gewesen, an mehr zu denken als an die Gefühle, die sie in ihm wachrief, und an die gemeinsame Zukunft, die er sich für sie erhofft hatte. Sie war der Tsunami, der alles andere in seiner Welt ausgelöscht hatte, und während er nach seiner Stimme suchte, kämpfte er gegen das Verlangen an, die Hände in ihrer vollen, schimmernden Mähne zu vergraben und sie daran zu erinnern, was sie hinter sich gelassen hatte.

»Ich hoffe, du siehst meine Mutter nicht auch so an«, fuhr sie ihn an.

»Was? Du meine Güte, Grace, nein!« In ihren Augen war er wahrscheinlich ein vollkommenes Arschloch, der sie ohne jeglichen Gedanken an ihre gemeinsame Vergangenheit abcheckte. In Wahrheit war er von seinem lüsternen Starren ebenso überrascht wie sie. »Das mache ich normalerweise nicht, dass ich …«

»Dass du so glotzt? Klar doch«, gab sie verächtlich von sich.

»Ob du es glaubst oder nicht«, sagte er wütend. »Für wen zum Teufel hältst du mich? Ich hab einfach nicht erwartet, dich hier zu sehen, und quasi ohne Klamotten schon gar nicht, und …« Er wusste nicht, was er als Nächstes sagen sollte, was er *fühlen* sollte …

»Warum bist du hier, Reed?«

Das konnte er wirklich nicht gebrauchen. Nicht, nachdem er gerade begonnen hatte, sich sein Leben neu aufzubauen. Als er von Alina hintergangen worden war, hatte er sich geschworen, allem fernzubleiben, das ihn schwindelig werden ließ, und Grace war *eindeutig* schwindelerregend.

Er betrachtete sie, während er gleichzeitig versuchte, es nicht zu tun. Sie war jetzt noch gereizter, das sexy Grinsen in ihrem Gesicht war verschwunden. Sie hatte schon immer Selbstvertrauen ausgestrahlt, aber auch das wirkte stärker. Sein Herz schlug schneller bei dem Gedanken daran, wie er sie das erste Mal in ihrem süßen Cheerleader-Outfit an der Seitenlinie gesehen hatte, als er auf das Footballfeld aufgelaufen war. Sie hatte ihn mit ihrem Blick herausgefordert, so als würde sie selbst im gegnerischen Team spielen und es nicht nur anfeuern. Sie hatte dieses Cheerleader-Outfit gehasst, aber Mann, hatte er es geliebt. Und dieser herausfordernde Blick? Er war sofort darauf angesprungen.

Doch sie hatte ihn in die Wüste geschickt, ermahnte er sich. Warum beschäftigte er sich überhaupt mit ihr? Er hatte zu tun. Ja, gut, einen kurzen Augenblick lang war er schwach geworden und hatte sie in Augenschein genommen, aber das war ja wohl kein Verbrechen. Sie war heiß und sie hatten eine gemeinsame Vergangenheit. *Nicht mehr und nicht weniger.*

»Ich habe dich gefragt, warum du hier bist«, wiederholte sie. Aus ihren grünen Augen schossen Pfeile, die er nicht verdient hatte.

Er trat näher an sie heran und war neugierig, wie sie wohl reagieren würde. Und ja, er wollte ihr einfach nur nah sein. »Ich repariere die Veranda deiner Eltern. Wie man sieht.«

»Nicht *hier*, Reed. Warum bist du wieder in Virginia?«

»Das geht dich eigentlich gar nichts an«, sagte er und trat noch näher in ihre Distanzzone, auch wenn sein Verstand ihm riet, Abstand zu halten. »Du bist so ärgerlich, verlangst Antworten. Wie wär's mit einem Hallo?«

»Ich? Ich bin hier die Ärgerliche? Du …«, stammelte sie, während er grinste und zufrieden feststellte, dass er die gleiche Wirkung auf sie hatte wie sie auf ihn. »Verdammt! Warum riechst du so gut, wenn du schwitzt?« Sie stieß gegen seine Brust. »Zurück. Geh weg von mir.«

Er umfasste ihre Handgelenke, wollte sie nicht gehen lassen, obwohl er wusste, dass es besser wäre. Aber wie sollte er? Er konnte nicht fassen, dass sie nach all den Jahren nun genau vor ihm stand. Seine erste Liebe, der erste und einzige Mensch, dem er je wirklich sein Herz geschenkt hatte. Er konnte nicht einfach so tun, als würde sein Herz nicht verrücktspielen oder als würde er nicht von Gefühlen übermannt, die er seit Ewigkeiten nicht empfunden hatte. Er näherte sich noch ein wenig mehr, testete sich selbst aus und erwartete, dass der Zauber brechen würde, aber er wurde nur noch stärker.

Oh ja, Kleines, du fühlst es auch noch.

Er hatte keine Ahnung, warum er sie nicht in Ruhe ließ, obwohl sie die Macht hatte, ihn zu zerstören. Aber er konnte ihr – wie schon in Highschoolzeiten – nicht widerstehen. Alina hatte ihn nie auch nur halb so stark berührt, wie allein der Gedanke an Grace es immer schon tat. Vielleicht hatte ihm die Trennung von Alina deswegen keine schlaflosen Nächte bereitet. Die Beziehung war bequem gewesen, und vielleicht hatte er Alina in gewisser Weise auf die einzige Art geliebt, zu der er fähig gewesen war. Aber nichts, absolut gar nichts, war mit der Tiefe der Gefühle für die Frau zu vergleichen, die nun vor ihm stand. Die Frau, die er – wie ihm nun bewusst wurde – nie ganz hinter sich gelassen hatte.

»Zurück«, wiederholte sie mit nun dünnerer, zittriger Stimme.

»Warum sollte ich? Du bist diejenige, die hier herausgekommen ist.« Sein Blick glitt über ihren Körper. »*So* angezogen.«

Von Anfang an waren sie von Rivalitäten umgeben gewesen, immer in gegnerischen Teams – bis zu einem Tag wie diesem, an dem sie ihn herausgefordert hatte und er nach vorne gestürmt war.

Sie presste die Lippen zusammen, hielt seinem Blick stand. Ihr Blick stach noch immer direkt in sein Herz. Noch eine Herausforderung, vor der er nicht zurückschrecken würde. Den winzigen Abstand, der noch zwischen ihnen lag, machte er zunichte. Ihr Busen berührte seine Brust.

Sie atmete heftig ein und trat zurück. Er folgte ihr auf die Türschwelle.

»Du kannst dich besser schon mal daran gewöhnen, mich hier zu sehen«, sagte er leise und ließ die Worte wirken. Er musste all seine Kraft aufbieten, um sie nicht zu fragen, ob sie ebenso oft an ihn gedacht hatte wie er an sie. Aber es war ein gefährliches Spiel, was er hier spielte, und er wusste, dass die Antwort es noch gefährlicher machen könnte. Sie war schon einmal gegangen, und er war gezwungen gewesen, die Stadt zu verlassen. Nie wieder würde er seine Familie verlassen. Nicht für sie und auch für sonst niemanden.

»Ich werde nicht noch einmal gehen, Grace.« Er ließ ihr Handgelenk los und trat einen Schritt zurück, während all das Begehren sich in Wut verwandelte und ein kalter Luftstrom den Raum zwischen ihnen erfüllte.

»Das ist völlig egal«, sagte sie giftig, »weil ich gehen werde.«

Sie starrten sich an, herausfordernd, taxierend, voller Erinnerungen – *und Wünsche?* Er wandte den Blick ab und blinzelte im Sonnenlicht, versuchte, wieder klar im Kopf zu werden. Den Gedanken, dass sie ihn mehr ins Schwitzen brachte, als die Sonne es jemals konnte, schob er beiseite. Sie war jetzt ein Großstadtmädchen, erinnerte er sich, genau wie Alina. Gegen seinen Willen hatte er Graces Karriere im Laufe der Jahre verfolgt, und er wusste, dass sie erreicht hatte, was sie immer hatte erreichen wollen.

Auf ihrer beider Kosten.

Hatte er seine Lektion nicht gelernt?

Mit diesem unangenehmen Gedanken kehrte er ihr den Rücken zu und griff nach seinem Werkzeug, um sich abzulenken. Aber er spürte ihre Gegenwart, heiß und verlockend, und er musste noch einmal hinschauen. Mit den Händen in die Hüften gestemmt stand sie dort und schien sich um ihre kaum vorhandene Kleidung keine Gedanken zu machen. Reeds Gehirn hatte seinen Dienst offenbar noch nicht wieder richtig aufgenommen, denn es kostete ihn all seine Willenskraft, ihr in die Augen zu schauen, obwohl sein ganzer Körper darum bettelte, noch einmal über die fraulichen Kurven zu gleiten, die seine erste Liebe bekommen hatte.

Mist. Reiß dich zusammen. Es gab nur eine Möglichkeit. Er musste sich selbst davon überzeugen, dass sie das Risiko nicht wert war.

»Du warst schon immer gut darin, Dinge hinter dir zu lassen«, sagte er kalt.

Ihr klappte die Kinnlade herunter und ein ungläubiger Laut entwich ihrem Mund, was ihm einen reumütigen Stich versetzte. Sie stürmte ins Haus und bot ihm freie Sicht auf ihren kaum bedeckten Hintern, der schöner war denn je – was den reuevollen Speer noch tiefer in sein Herz rammte.

Grace zog die Tür und die Vorhänge zu und ging in ihrem Zimmer auf und ab, verschränkte die Arme, ließ sie wieder hängen und versuchte, wieder zu Atem zu kommen. Was zum Henker trieb Reed wieder in der Stadt und warum arbeitete er an dem Haus ihrer Eltern? Ihr war nicht einmal bewusst gewesen, dass ihre Eltern ihn kannten! Sie starrte auf die wehenden Vorhänge und zu ihrer großen Bestürzung war ihr Körper noch immer zittrig und *heiß*. Dass er dies bei ihr auslöste, nahm sie ihm wirklich übel. Aber sie war nicht nur sauer auf Reed. Mit Sable hatte sie auch noch ein Hühnchen zu rupfen.

Sie riss die Tür wieder auf, hörte Clayton vom Bett springen und mit einem leisen Miau sanft auf dem Boden landen und ging über den Flur in Richtung des Duftes von frisch gebrühtem Kaffee. Sable wohnte bei ihren Eltern, während die Wohnung über ihrer Kfz-Werkstatt renoviert wurde. Abgesehen von ihrem Bruder Axsel, der ständig mit seiner Rockband auf Tour war, und Pepper, die als Wissenschaftlerin in der Forschung und Entwicklung nicht in Oak Falls arbeitete, kamen ihre Geschwister oft zum Essen im Haus der Eltern vorbei.

Sable und Amber standen an der Spüle in der Küche und schauten zum Fenster hinaus zu Reed. Sie waren so damit beschäftigt, ihn anzuglotzen, dass sie Grace nicht einmal bemerkten. Sable trug abgeschnittene Shorts, Cowgirl-Stiefel und ihren Lieblings-Stetson, während Amber ein kurzes Kleid mit Blumenmuster zu ihren Stiefeln trug – beides typische Outfits für Oak Falls. Aus irgendeinem Grund verärgerte das Grace noch mehr. Warum sah dieser Kleinstadtlook an ihren Schwestern so richtig und bequem aus, wenn er sich an ihr so falsch anfühlte? Ein Anflug von Eifersucht machte sich in ihr breit, doch sie versuchte, ihn zu verdrängen und sich daran zu erinnern, wie sehr sie sich bemüht hatte, alles Kleinstädtische abzulegen.

»Jetzt zieh schon dieses blöde T-Shirt aus«, murmelte Sable, während sie sich Strähnen ihrer langen dunklen Haare um die Finger wickelte. Sable, Amber, Grace und Axsel waren brünett wie ihre Mutter, während Brindle und Morgyn blond wie ihr Vater waren. Pepper war eine schöne Mischung aus beidem.

Die Bemerkung ihrer Schwester trug nicht gerade dazu bei,

Graces Herzrasen nach der unerwarteten und qualvollen Begegnung mit dem verfluchten Mistkerl da draußen zu beruhigen. Seine karamellbraunen Haare waren jetzt voller. Seine zum Küssen einladenden Lippen praller. Dazu noch seine sonnengebräunte Haut, die ehrlichen Augen, der ausdrucksstarke Kiefer, der Hauch von Bartstoppeln und … *heiliger Bimbam*. Reed Cross war immer noch heißer als jeder andere Mann, den Grace kannte – und sie hatte ein paar ausgesprochen erlesene Exemplare kennengelernt.

»Grace hat ihn mit ihrer Ich-bin-gerade-so-unnahbar-dass-du-mich-begehren-musst-Masche aus dem Gleichgewicht gebracht«, sagte Amber, während sie Reno, ihrem Golden Retriever, am Kopf kraulte. Amber war Epileptikerin und Reno ihr Assistenzhund. »Aber Gracie könnte schließlich jeden aus dem Gleichgewicht bringen.«

Die Bemerkung ihrer Schwester stimmte Grace milder. Die bedingungslose Liebe und die Freundschaft ihrer Schwestern fehlten ihr. Abgesehen von ihrer besten Freundin aus Kindheitstagen, Sophie, die jetzt auch in New York lebte, war wahre Freundschaft in der Großstadt anscheinend nur schwer zu finden. Und sie wusste, dass nichts mit der Liebe von jüngeren Geschwistern zu vergleichen war. Selbst in ihrer Jugend, als sie sich wegen allem und nichts zankten, hatten ihre jüngeren Geschwister immer zu ihr aufgeblickt, als hätte sie auf alles eine Antwort. Sie hatten ja keine Ahnung, dass sie auch zu ihnen aufblickte. Dabei hatte keine von ihnen, sie eingeschlossen, jemals alle richtigen Antworten. Im Hause der Montgomerys wurden Entscheidungen oft spät abends getroffen, wenn alle sieben Geschwister, versorgt mit jeder Menge heißem Kakao und mit einem Lachen im Gesicht, zusammenhockten. Manchmal gab es auch Tränen, aber egal, wie traurig jemand wegen einer Trennung, schlechter Noten, beruflicher Sorgen oder sonst etwas war, sie stärkten sich immer gegenseitig den Rücken. Dazu gehörte auch, dass sie sich halfen, in einem finsteren Moment einen hellen Lichtstrahl zu finden.

Und Sable würde in Kürze einen sehr finsteren Moment erleben, weil sie es für sich behalten hatte, dass Reed am Haus arbeitete.

Grace verschränkte die Arme, um ihre wieder aufsteigende Wut zu bändigen. »Ihn aus dem Gleichgewicht gebracht?«, fragte sie in Anspielung auf Ambers Bemerkung. »Ich hab ihn wohl eher höllisch genervt.«

Sable und Amber drehten sich erschrocken um.

»Du bist hier!« Amber, die die Spannungen zwischen Grace und Sable überhaupt nicht bemerkte, schlang die Arme um Grace und drückte sie fest. Wie immer war dabei ihre Signalkette zu spüren, die sie um den Hals trug. Pepper hatte diese Kette, die bei einem Epilepsieanfall Alarm schlug, an der Hochschule entwickelt, sie seitdem patentieren lassen und im ganzen Land verkauft. Die Kette hatte eine Taste, die Reno mit seiner Schnauze drücken konnte, und ein GPS-System, das Familie und Rettungskräfte über Ambers Aufenthaltsort informierte. Ihre Mutter trainierte Assistenzhunde, und jedem Hund, mit dem sie arbeitete, brachte sie auch die Nutzung dieser Kette bei. Zum Glück war dieses Warnsystem erst einmal zum Einsatz gekommen, denn Amber hatte ihre Anfälle dank der Medikamente gut im Griff.

Sable musste Graces wütenden Blick bemerkt haben, denn sie gab ein lautloses »Nicht böse sein« von sich.

»Wann bist du angekommen?«, fragte Amber.

»Spät gestern Abend«, antwortete Grace und war überrascht, dass Brindle und Sable ihr nicht schon brühwarm erzählt hatten, wie überstürzt sie vergangene Nacht weggerannt war.

»Ich freue mich wahnsinnig auf die Schreibwerkstatt.« Ambers haselnussbraune Augen funkelten begeistert. »Ich habe das Büro freigeräumt und noch ein paar zusätzliche Sitzgelegenheiten für die Leseecke organisiert, falls du da unterrichten willst. Vielen Dank, dass du dich dazu bereit erklärt hast! Das bedeutet mir ungemein viel.«

Wie konnte sie Ambers Seifenblase platzen lassen und ihr sagen, dass sie abreisen würde? Und überhaupt, warum rannte sie vor Reed davon? Sie war eine erwachsene Frau. Sie würde es doch wohl schaffen, ein paar Wochen im gleichen Ort zu wohnen wie er.

»Ich freue mich schon darauf«, sagte sie ehrlich. Der Kurs war nicht für ihren flauen Magen verantwortlich. »Wie viele haben sich angemeldet?«

»Bisher nur vier, aber das ist ein Anfang.«

»Das wird eine nette Abwechslung. Ich arbeite sonst immer mit einem großen Team. Wo sind die anderen heute Morgen alle?« Als Grace zum Fenster hinaus schaute, fiel ihr Blick auf den breiten Rücken von Reed, der gerade Holzdielen aus ihrer Verankerung riss und sie wie Zahnstocher zur Seite warf. Der schlanke Teenager, in den sie sich verliebt hatte, war Vergangenheit. Sie hatte seine breiten Schultern bemerkt, seinen muskulösen Oberkörper und seine kräftigen Schenkel, als er ihr so nahe gekommen war. Und als er sie am Handgelenk festgehalten hatte, war eine Art *Verbindung* entstanden, die sie so aufgeschreckt hatte, dass ihr der Atem stockte. Kein Wunder, dass ihre Schwestern so glotzten. Der Mann war gebaut wie ein starker, berauschend schöner Baum.

»Mom ist zum Einkaufen gefahren«, erklärte Sable. »Dad ist mit Dolly und Reba im Park.« Dolly und Reba waren zehn

Monate alte Golden Retriever, die ihre Mutter aufzog und zu Assistenzhunden ausbildete. »Brindle bereitet etwas für die bevorstehende Aufführung ihrer Theater-AG vor und Morgyn hat einen Termin mit einem Lieferanten in ihrem Laden.« Brindle arbeitete Vollzeit als Lehrerin an der Highschool und leitete auch die Theater-AG der Grundschule. Morgyn war Eigentümerin eines vielseitigen Geschäfts namens Life Reimagined, für das sie ihre eigenen Modeartikel und Accessoires entwarf und gebrauchten Artikeln neues Leben einhauchte. »Brindle und Morgyn gehen später auf den Jahrmarkt, und heute Abend kommen sie vorbei, um meine Band zu hören. Du kommst auch, mein Mädchen, also spiel gar nicht erst mit dem Gedanken, dich drücken zu wollen.«

Sable tippte Grace auf die Schulter, setzte damit ihr Gehirn wieder in Gang und erinnerte sie daran, dass sie sauer auf ihre verschwiegene Schwester war. Doch noch bevor Grace ein Wort herausbrachte, zog sich Reed elegant das T-Shirt über den Kopf und gab den Blick frei auf feste, gebräunte Haut. Einstimmig schnappten die Frauen nach Luft, als er das T-Shirt beiseitewarf. All seine köstlichen Muskeln spannten sich an, als er nach einer Holzdiele griff und sie sich über die Schulter legte. Vor lauter Verlangen, ihn zu berühren, ballte Grace die Hände zu Fäusten und bestätigte sich damit wieder einmal, dass es viel zu lang her war, dass sie es mit einem *richtigen* Mann zu tun gehabt hatte – und dass sie zum Teufel noch mal aus Oak Falls verschwinden musste!

Sie öffnete den Mund und versuchte, die in ihr aufwallenden Emotionen zu sammeln und auf Sable abzufeuern, weil sie ihr zwei Mal Reeds Anwesenheit verschwiegen hatte, aber ihr Mund war vollkommen ausgetrocknet.

»Mädels! Lasst doch diesen armen Mann in Ruhe.«

Die Stimme ihrer Mutter schnitt durch ihren von Reed erfüllten Trancezustand. Alle drehten sich wie ertappt herum, als ihre Mutter zwei große Einkaufstaschen auf die Arbeitsfläche stellte. Marilynn Montgomery war eine starke Frau. Manche behaupteten, das war der jahrelangen Arbeit im Garten, dem Reiten und dem Hundetraining zu verdanken, aber Grace war der Überzeugung, dass es mehr mit dem Aufziehen von sieben komplizierten und oft wilden Kindern zu tun hatte.

»Man könnte euch für einen Haufen lüsterner Teenager halten, so wie ihr diesen Mann anschmachtet.« Ihre Mutter umarmte Grace herzlich, drückte sie länger als gewöhnlich und gab ihr so das Extra an Liebe, von dem Grace bis zu dem Zeitpunkt nicht gewusst hatte, wie sehr sie es brauchte. »Wie geht es meiner Süßen?«

Heiß, genervt und frustriert. »Gut, Mom«, sagte sie, denn sie war sich ziemlich sicher, dass ihre Mutter die Wahrheit nicht gern hören würde.

»Wir schmachten ihn nicht an. Wir wollen nur sicherstellen, dass er arbeitet und keinen Blödsinn macht«, sagte Sable, die sich wieder zu Reed umdrehte. »Grace hat versucht, ihn ins Bett zu kriegen, nicht wir.«

Offensichtlich hatte Sable nicht vor, es ihr leicht zu machen. Vielleicht musste Grace doch abreisen.

»Ach, Sable, du bist so vulgär«, meinte Amber, der die Röte ins Gesicht stieg.

»Grace war diejenige, die halb nackt zu ihm nach draußen gegangen ist und mit ihm geflirtet hat«, merkte Sable an.

»Grace?« Ihre Mutter zog die Stirn in Falten, als sie an Graces Seidentop und Pyjamashorts hinabblickte. »Du bist doch nicht so nach draußen gegangen, oder?« Sie schenkte sich eine Tasse Kaffee ein und schüttelte den Kopf. »Der arme Reed wusste wahrscheinlich nicht, wie ihm geschieht.«

Grace verdrehte die Augen. Wenn ihre Mutter gewusst hätte, dass Grace und Reed früher heimlich ein Paar gewesen waren, hätte sie ihn nie beauftragt.

»Ich bin nicht nach draußen gegangen, um mit ihm zu flirten, sondern um herauszufinden, warum zum Teufel jemand so früh so einen Krach macht. Ich hatte keine Ahnung, dass ihr renoviert. Ich dachte, Dad bastelt irgendwo herum. Warum hat mir das keiner erzählt?« Ihr Vater unterrichtete Ingenieurwissenschaft am Community College und hatte den Sommer über frei. Die Zeit nutzte er dann oft, um verschiedene Sachen am Haus zu machen.

»Ach, Schatz.« Der Blick ihrer Mutter wurde sanft. »Du hast so viel mit deinen Theaterstücken zu tun. Sobald eines läuft, stürzt du dich schon ins nächste, und jetzt hast du endlich mal etwas frei. Ich dachte nicht, dass es so wichtig war.«

Sable unterdrückte ein Lächeln, und Grace wusste, dass ihre Schwester das Gleiche dachte wie sie. *Reed Cross ist sehr wichtig.* Sable steckte den Kopf in die Einkaufstasche, um sich dem eindringlichen Blick von Grace zu entziehen.

»Wo hast du diesen Typ überhaupt aufgetrieben?« Grace gab sich betont unbeteiligt und füllte geschäftig die Näpfe von Clayton, der um Renos Pfoten herumschlich. Reno vergrub die Schnauze in dem Fell der Katze, während Sable Grace mit einem Blick zu verstehen gab, dass sie ihre Taktik durchschaut hatte.

»Das ist so eine traurige Geschichte«, sagte ihre Mutter. »Ich hatte seinen Onkel beauftragt, Roy Cross aus Meadowside. Er wurde mir wärmstens empfohlen, aber er hatte vor ein paar Monaten einen schweren Herzinfarkt. Reed hat alles stehen und liegen lassen und ist wieder nach Hause gekommen, um ihm mit den angenommenen Aufträge zu helfen. Anscheinend ist Reed in Roys Fußstapfen getreten und ein bedeutender Denkmalschützer in Michigan geworden.«

Michigan. Dahin ist er also abgehauen.

Ihre Mutter machte sich daran, die Einkäufe wegzuräumen, und sagte: »Ich weiß nur, dass ein Mann, der alles stehen und liegen lässt, um seiner Familie zu helfen, Gold wert ist.«

»Pepper würde sagen, dass ein Mann eine Frau wie einen Diamanten behandeln muss, bevor er so behandelt wird, als sei er einen Penny wert«, sagte Amber.

»Na ja …« Ihre Mutter lächelte warmherzig. »Unsere Pepper könnte mit achtzig allein in einem Haus voller Computer, Bücher und elektronischem Kram enden, wenn sie nicht aufpasst. Ich liebe eure Schwester, aber sie ist ziemlich wählerisch.«

Alle lachten.

Sable öffnete eine Schachtel mit Zimtbrötchen und hielt Grace eines hin. »Hier, Gracie. Du könntest Reed eines davon bringen und dich für deinen Zickenauftritt entschuldigen.«

»Sable, was für eine Ausdrucksweise!«, ermahnte ihre Mutter sie, woraufhin Sable die Augen verdrehte und Grace und Amber lächelten. »Obwohl … Du hast diesen Blick, Grace, mit dem du die Männer ansiehst. Ich würde ihn nicht gerade als zickig beschreiben, aber mir ist schon aufgefallen, dass du nicht ganz so sanftmütig bist wie früher.«

Grace stellte die Näpfe für Clayton auf den Boden. Reno trottete herüber und versuchte, seine Schnauze hineinzustecken, aber Clayton fauchte ihn an.

»Aus«, sagte Amber und Reno wandte sich gehorsam ab.

»Nicht ganz so sanftmütig? War ich jemals *sanftmütig,* Mom?« Sie hatte gewiss versucht, sich zu ändern, aber war sie härter oder *zickiger* geworden?

Liebevoll legte ihre Mutter die Hand auf ihre. »Du warst nicht unbedingt sanftmütig, Grace, nur eben sanftmütiger als jetzt.«

»Vielleicht, aber ich habe nicht *diesen Blick*. Wenn überhaupt bin ich einfach nur müde und vielleicht etwas mürrisch, nachdem ich um halb fünf morgens von diesen unverschämt wachen Mädels aufgeweckt wurde.« Grace warf Sable einen missmutigen Blick zu. »Und dann zu was weiß ich wie früher Stunde noch einmal von *dem da*.«

»Mhm«, machte ihre Mutter nur und tauschte einen Blick mit Amber, den Grace nicht deuten konnte. Schulter an Schulter packten die beiden die Einkäufe weg, und Grace hätte schwören können, dass sie sie flüstern hörte.

»Klar«, gab Sable sarkastisch von sich. »Und ich hab *diesen Blick* auch nicht.« Sie lachte kurz auf und warf sich ein Stück von dem Zimtbrötchen in den Mund.

»Oje«, sagte ihre Mutter. »Ich kann mir gut vorstellen, was Morgyn dazu sagen würde. Sie findet, du hast den Blick, das Lachen, die Schlagfertigkeit und alles, was eine Frau sonst noch brauchen könnte, um sich einen Mann zu angeln.«

»Du brauchst keinen *Blick*, Sabe. Man kann ja nicht unbedingt behaupten, dass du schüchtern bist, wenn es darum geht, den Männern zu sagen, was du willst oder mit wem du es willst«, sagte Grace. »Ich dagegen bin etwas weniger offensichtlich und wesentlich wählerischer. Auch wenn ich nicht annähernd so wählerisch bin wie Pepper, also komm mir nicht damit.«

»Ach, komm! Wählerisch nennst du das?« Sable setzte einen finsteren Blick auf, zeigte mit dem Finger auf Grace und wiederholte: »*Eiskönigin*.«

Als sich hinter ihnen jemand räusperte, drehten sich alle ruckartig um und entdeckten Reed, der in der Tür stand und etwas verlegen und unerlaubt heiß aussah. Er hatte sich sein T-Shirt wieder angezogen, aber es klebte an seiner sportlichen Gestalt. Seine Haare waren zerzaust und die Haut glänzte vor Schweiß, was ihn aus irgendeinem Grund noch verführerischer aussehen ließ. Grace versuchte, ihren beschleunigten Pulsschlag zu ignorieren, aber angesichts der sinnlichen Hitze, die dieser Mann, dem sie einst so nah gewesen war, ausströmte, war das hoffnungslos.

Reno sprang auf ihn zu.

»Stopp«, sagte Amber.

Reno blieb abrupt vor Reed stehen – ein Bündel flauschiger Energie, das mit heraushängender Zunge und herzzerreißendem Blick um Aufmerksamkeit flehte. Die Reaktion des Hundes verriet Grace, wie gut Reno ihren Besucher bereits kannte. Insgeheim gab sie den Befehl an ihre Libido weiter – *Stopp. Stopp. Stopp.* –, aber im Gegensatz zu dem wohlerzogenen Hund gehorchte sie nicht, und das Verlangen brodelte weiter tief in ihrem Bauch. Und wenn man nach Sables Blick und dem verschlagenen Grinsen ging, das sich auf Reeds Lippen breitmachte, konnte das jeder im Raum sehen.

Drei

Reed versuchte, sich von Graces Miene nicht aus der Ruhe bringen zu lassen, aber er wusste, zu welch unbändiger Leidenschaft sie fähig war, und der ausgehungerte, sehnsüchtige Blick in ihren wunderschönen grünen Augen war nicht zu übersehen. Ihre dünnhäutige Wut, die sie vorhin offenbart hatte, verlieh ihr eine Spannung, die sie nur noch anziehender machte. Wenn sie wüsste, dass ihre abweisende Haltung sie noch begehrenswerter machte, würde sie sicher alles daransetzen, sie zu zügeln, und allein aus dem Grund würde er es ihr niemals sagen.

Er zeigte ein Lächeln, deutete mit dem Daumen über seine Schulter nach hinten und versuchte, sich in Erinnerung zu rufen, warum er überhaupt ins Haus gekommen war. »Ich habe geklopft, aber Sie haben mich wahrscheinlich nicht gehört.«

»Reed, kommen Sie doch herein, mein Lieber.« Marilynn hielt einen Kaffeebecher in die Höhe. »Möchten Sie einen Kaffee?«

»Nein danke«, sagte er, während sich Amber niederkniete, um Reno zu kraulen.

Sable lehnte sich mit der Hüfte gegen die Arbeitsplatte, während ihre Augen zwischen ihm und Grace hin- und herhuschten. Als würde Grace gerade bemerken, dass sie ihn anstarrte, wandte sie den Blick ab. Reed wusste nicht genau, ob er erleichtert oder enttäuscht war.

»Ich wollte Ihnen zeigen, was ich draußen entdeckt habe. Haben Sie einen Moment Zeit? Und ist Ihr Mann da? Ich würde es ihm auch gern zeigen.«

Sable stieß sich von der Arbeitsfläche ab. »Was hast du entdeckt?«

»Was Schlimmes?« Amber ging neugierig einen Schritt auf ihn zu.

Es entging ihm nicht, dass Grace nicht näher gekommen war. Wenn überhaupt, war sie eher ein oder zwei Schritte zurückgewichen.

»Cade ist nicht da, aber Sie können es mir zeigen.« Marilynn stellte ihren Kaffeebecher ab und ging zur Tür hinaus. Amber, Sable und Reno folgten ihr.

Graces Familie zu sehen, die sich so nahestand, führte Reed vor Augen, wie sehr er seine eigene Familie vermisst hatte, während er in Michigan war. Und Grace zu sehen, machte ihm bewusst, wie sehr er auch sie vermisst hatte. Er zögerte kurz an der Tür, denn er wollte nicht, dass die Begegnung am Morgen das Letzte war, was zwischen ihnen gesagt wurde. Grace verschränkte die Arme, das Begehren in ihren Augen war etwas abgekühlt, aber immer noch da. *Ist es all die Jahre bestehen geblieben oder ist es neu?*

Sie hob das Kinn und straffte die Schultern.

Er trat einen Schritt auf sie zu und sagte: »Es tut mir leid, dass ich dich heute Morgen geweckt habe.«

»Schon gut«, sagte sie. »Ich hab sowieso zu tun.«

Auch wenn sie versuchte, Abstand zu wahren, fühlte er sich von ihr angezogen. Er wusste, dass sie hinter dieser stählernen Fassade eine weiche, feminine Seite hatte, die geliebt und umsorgt werden wollte. Grace war schon immer ein wandelnder Gegensatz von Zärtlichkeit und Stärke gewesen. Eine wahre Schönheit – innerlich und äußerlich –, und das hatte, wie Reed wusste, nichts mit dem knappen Pyjama zu tun. In ihrem tiefen Wesen war sie süß und liebevoll. Den eisernen Zaun, den sie gezogen hatte, zu durchdringen, war vor Jahren schon nicht einfach gewesen, und er konnte sehen, dass sich das nicht verändert hatte. Aber irgendetwas hatte sich verändert und das war nicht Grace.

Sondern *er*.

Er würde sie nicht so leicht davonkommen lassen.

»Möchtest du mit uns hinauskommen?« Er deutete mit einer Kopfbewegung auf die Tür.

Einen Moment lang sah sie ihn nur ausdruckslos an. Sie trug kein Make-up und ihre weiche Haut war bar jeder Bräune. Das Leben in New York ließ ihr sicher nicht viel Zeit an der frischen Luft und das stimmte ihn traurig. Er wusste, wie gern sie draußen war. Hatte sich das geändert? Was sonst hatte sich noch geändert?

»Anscheinend sind Renovierungen hier in der Gegend Familienangelegenheiten«, fügte er um Lockerheit bemüht hinzu.

Sie lachte verhalten und ein paar dunkle Locken fielen ihr vor die Augen. Ein aufrichtiges Lächeln machte sich auf ihren Lippen breit und brachte die goldenen Sprenkel in ihren Augen zum Leuchten. Sie schaute durch die Haarsträhnen zu ihm auf und sah dabei sexy und jugendlich aus, was noch mehr Erinnerungen aus den Tiefen seines Gedächtnisses hervorholte.

»Nein danke«, sagte sie und jagte damit einen seltsamen Schauer der Enttäuschung durch seinen gesamten Körper.

Ein Sonnenstrahl schnitt einen Pfad zwischen sie und schuf

eine Linie, die er gern überschritten hätte – hin zu der Frau, die er nie hatte vergessen können. Aber er wusste es doch besser, verdammt noch mal. Warum war das hier nur so schwer? Ihr Leben fand hunderte Meilen entfernt von hier statt, und er war gerade dabei, sich wieder hier bei seiner Familie ein Leben aufzubauen. Es war schwierig, sich trotz so viel Unausgesprochenem abzuwenden, aber was konnte er schon sagen? *War es das wert? Hast du das aufregende Leben gefunden, das du gesucht hast? Bist du glücklich?* Oder die Frage, die er wirklich stellen wollte, aber nie stellen würde: *Bereust du es, dass du uns keine langfristige Chance gegeben hast?* Es war nicht einmal fair, diese Frage zu stellen. Sie waren einfach nur liebeskranke Teenager gewesen.

Er folgte seinem Bauchgefühl statt seinem Herzen, nickte kurz und ging nach draußen zu den anderen.

Reno trottete auf ihn zu. »Hey, Kumpel«, sagte Reed und streichelte ihn, als er die anderen erreichte.

»Ist es schlimmer, als wir angenommen haben?« Marilynn hatte die Hände in die Hüften gestemmt und sah ihn mit einem ernsten Blick an, der ihn an Grace erinnerte.

»Es ist nicht schlimm. In etwa was ich erwartet hatte.« Der Hund ging zu Amber. Reed liebte Tiere, aber er war froh, mehr Raum zu haben. Mit den Gedanken war er noch bei Grace, aber er musste sich auf die Arbeit konzentrieren und nicht auf den sehnsüchtigen Blick in ihren Augen, den er gesehen hatte, als er in die Küche kam.

Es war nicht leicht, in den Arbeitsmodus zu wechseln, aber er gab sein Bestes. Er erwischte sich dabei, wie er mehrmals zum Haus schaute – immer in der Hoffnung, Grace könnte der Versuchung nicht widerstehen und doch zu ihnen hinauskommen. Aber diese Funken der Hoffnung wurden durch die

Realität zunichtegemacht.

Marilynn und Graces Schwestern hörten ihm aufmerksam zu, als er mit ihnen seine Erkenntnisse durchging. Sable tat immer wieder ihre Meinung kund, die im Wesentlichen aus »Das muss unbedingt repariert werden« bestand, während Amber und Marilynn ihr zustimmten.

Sie bogen um die Ecke und kehrten an den Ausgangspunkt ihres Rundgangs vor dem Haus zurück. Reed bemerkte, dass die Vorhänge in Graces Schlafzimmer zur Seite geschoben waren. Sein Blick fiel auf das ordentlich gemachte Bett und die Katze, die sich mitten darauf zusammengerollt hatte. Eine weitere Woge der Enttäuschung überkam ihn, als ihm bewusst wurde, dass Grace nicht da war.

Grace saß in dem Pavillon auf dem Hügel und las in Skripten von Theaterstücken, die sie für eine Aufführung in Betracht zog. Sie hatte sich diese drei Wochen zwar freigenommen, aber ihre Arbeit als freie Produzentin war nie erledigt. Es gab immer eine Produktion, die auf den Weg gebracht werden musste. Sie hatte den ganzen Tag daran gearbeitet, aber sie war kein bisschen näher an einer Auswahl dran als zu Beginn. Es war auch nicht gerade hilfreich, dass sie Reed in jeder Geschichte in der Hauptrolle sah und sich vorstellte, wie er den Text wiedergab, die Szenen spielte – bekleidet lediglich mit Jeans, den Stiefeln und mit diesem unwahrscheinlich frechen Lächeln im Gesicht. Sie musste mit dieser albernen Tagträumerei aufhören. Sie würde ihren Sehnsüchten ja ohnehin nicht nachgeben und sie sollte auch nicht so mit ihrer beider Gefühle spielen.

Wäre das nicht genau nach Sables Geschmack? Ihre streitlustige Schwester würde sie ermutigen, sich ihn zu krallen und ihn dann zu verlassen, und sie würde ihr wahrscheinlich noch bis ins Detail verraten, wie man das richtig machte. Grace hatte sich Reed nie *gekrallt*, sie hatte ihn geliebt, und das mit dem Verlassen hatte sie schon mal gemacht. Zu glauben, dass das das Beste wäre, war allerdings trügerisch gewesen. Erst Jahre später, als er ihr immer noch gefehlt hatte und sie versuchte sich einzureden, dass dem nicht so sei, hatte sie sich selbst eingestanden, dass sie damit ihnen beiden wehgetan hatte.

Sie schaute zum Himmel hinauf, lauschte dem Laub, das in den Bäumen raschelte, und ließ ihre Erinnerungen von der sanften Brise fortwehen.

Ihr Handy brummte und riss sie aus ihren Gedanken. Sie öffnete die Nachricht von Brindle und lächelte beim Anblick des Selfies mit den dunklen Augen und dem blonden Haar. Ihre jüngste Schwester hatte die dunkelsten Wimpern und Augenbrauen, die sie je bei einer echten Blondine gesehen hatte, und sie verliehen ein sinnliches Aussehen, das gut zu ihrer schelmischen Persönlichkeit passte. Noch eine Nachricht poppte auf: *Hey, Schwesterherz! Kommst du heute Abend? Mich beschäftigt so 'n Kram, den ich mit dir bereden muss.*

Graces Schriftstellerhirn stürzte sich gleich auf das Wort *Kram*. Wäre Brindle Theaterautorin, würde sie sie korrigieren, sie ermahnen, konkreter zu sein, dem Leser etwas zu geben, an dem er sich festhalten konnte. *Kram* war einer von diesen Provinzausdrücken, die Grace normalerweise auf die Nerven gingen. Aber bei ihren Schwestern störte es sie nie so sehr wie bei Fremden. Das Wort *Kram* zu benutzen, passte einfach perfekt zu Brindle. Sie war immer mit Highspeed unterwegs, von einer Sache zur nächsten, und wollte alles erfahren, was das Leben zu bieten hatte, weshalb sie auch allein eine Reise nach Paris im Sommer geplant hatte. Grace wäre nie so mutig.

Sie schickte schnell eine Antwort. *Hab dich beim Frühstück vermisst. Ich komme heute Abend und freu mich, dich und Morgyn zu sehen. Bringst du Trace mit oder bist du heute Abend solo unterwegs?*

Sie warf den Namen von Trace Jericho nur ein, um eine Reaktion von Brindle zu provozieren, denn wozu hatte man sonst jüngere Schwestern, wenn man sie nicht ab und zu mal ärgern konnte? Brindles Antwort kam sofort. *Solo. Hab doch gesagt, dass es aus ist! Wir reden heute Abend. xox.*

Zwischen Brindle und Trace war es allein im vergangenen Jahr mindestens ein Dutzend Mal *aus* gewesen. Grace legte das Handy weg. Sie freute sich darauf, Zeit mit ihren Schwestern zu verbringen, auch wenn es ihr im Haus ihrer Eltern lieber gewesen wäre, wo sie nicht gegen den Lärm von Sables Band anreden müssten. Amber würde nicht zur Party kommen. Wie Pepper so hatte auch Amber nie viel für chaotische Menschenansammlungen übriggehabt. Grace hatte immer gedacht, ihre Eltern seien verrückt gewesen, sieben Kinder so schnell nacheinander zu bekommen, aber ihre Mutter behauptete, dass nicht die Kinder das Leben schwermachten, sondern eher die Unfähigkeit der Eltern, bestimmte Aspekte ihres Lebens aufzugeben, um sich um die Kinder zu kümmern.

Sie blickte über das Grundstück hin zu der Scheune, wo sie ihre Jugend damit verbracht hatte, Boxen auszumisten und sich auch um die Hunde zu kümmern, die ihre Mutter ausbildete. Sie hatte nie bereut, diesen Pflichten durch den Umzug nach New York entkommen zu sein, auch wenn sie die Tiere liebte.

Sie beobachtete ihre Mutter, die in der Nähe der Scheune

mit einem Hund arbeitete, und dahinter ihre Pferde Sonny und Cher, die auf der Weide grasten. Dass ihre Mutter gesagt hatte, sie sei nicht mehr so *sanftmütig* wie einst, ging ihr nicht mehr aus dem Kopf, und sie fragte sich erneut, ob sie zu schroff geworden war. Sie war eindeutig anders als früher. Kultivierter, so würde sie es gern sehen, nicht die arbeitssüchtige Eiskönigin, die Sable in ihr sah.

Sie erblickte Reed, der zu seinem Pick-up ging, mit dem T-Shirt in die Gesäßtasche gesteckt. Als sie ihn in der vergangenen Nacht gesehen hatte, war sie so durcheinander gewesen, dass sie versucht war, zurück nach New York in die Arme ihres sehr heißen, sehr interessierten Nachbarn Jasper Lennox zu fliehen, nur um sich selbst zu beweisen, dass sie Reed Cross nicht wollte. Sie war zweimal mit Jasper ausgegangen, und er war ein Gentleman gewesen, von dem Moment an, in dem er ihr die Taxitür aufgehalten hatte, bis zu der Sekunde, in der er ihr einen Gutenachtkuss mit zu viel Zunge und zu wenig ... von dem gewissen Etwas gegeben hatte. Sie konnte nie genau sagen, was ihr bei den Männern gefehlt hatte, mit denen sie im Laufe der Jahre ausgegangen war, aber irgendetwas fehlte immer. Sie musste den Mann erst noch finden, der ihr intellektuelles und ihr sexuelles Interesse aufrechterhalten konnte. Aber sie wusste, dass eine Nacht mit Jasper ihr nicht den Beweis dafür liefern würde, dass dieses wilde Herzrasen und das Begehren, das durch ihre Adern strömte, nur Einbildung war.

Man konnte nicht leugnen, dass Reed Cross die Personifizierung von *sexy* war, mit seinen prächtigen Muskeln und dem perfekten Hauch von dunkler Brustbehaarung das genaue Gegenteil der enthaarten und manikürten Schauspieler und Metrosexuellen, denen sie üblicherweise begegnete. Reed war schön, doch auch wenn er zugenommen hätte oder irgendwie entstellt zurückgekommen wäre, so würde sie doch – und dessen war sie sich sicher – genauso fühlen wie jetzt, denn er sah nicht einfach nur gut aus. Ein Teil ihres Herzens gehörte immer noch ihm.

Sicherlich waren diese wilden Gefühle nur die Überreste von Liebe, und jede Frau empfand so, wenn sie den Mann sah, dem sie zum ersten Mal im Leben ihr Herz geschenkt hatte. Oder? So sehr sie auch wollte, dass sie jemand um den Verstand brachte, so sicher war sie doch auch, dass Reed nicht derjenige sein sollte.

Sie beobachtete, wie er sein Werkzeug auf die Ladefläche seines Pick-ups räumte und sich von vorne eine Flasche Wasser holte. Er legte den Kopf in den Nacken und trank sie in einem Zug leer. Sie konnte nicht anders, als sich seine warmen Lippen auf ihren vorzustellen. Wie wäre es wohl, mit all dieser Männlichkeit zu spielen? Vielleicht hatte Sable recht und sie hatte sich etwas zickig verhalten, aber würde das nicht jede Ex-Freundin tun, nachdem ein Typ ihr erzählt hatte, er würde niemals – *unter keinen Umständen* – seine Heimatstadt verlassen, und sie deswegen die Beziehung beendete, nur um keinen Monat später herauszufinden, dass er anscheinend für immer abgehauen war?

Sie sah auf den Papierstapel neben sich und merkte, dass sie seit fast acht Stunden gearbeitet hatte. War sie nicht auf Besuch bei ihrer Familie und sollte sie nicht nur gelegentlich etwas arbeiten? Ein Schauer lief ihr über den Rücken, als ihr klarwurde, dass sie vielleicht doch so arbeitssüchtig war, wie Sable behauptete. Bedeutete das dann auch, dass sie eine Eiskönigin geworden war?

So wie ihr Innerstes beim Anblick von Reed vibrierte, hatte sie ihrer Ansicht nach überhaupt nichts Eisiges an sich. Aber sie würde sich hüten, irgendetwas zu tun, was die Einschätzung von ihrer Schwester – oder von sonst jemandem – bestätigte.

Grace musste sich selbst beweisen, dass sie keine Eiskönigin war. Sie konnte beim Flirten mit den Besten mithalten. Sie war ein Profi im Flirten. Eine *Flirtgöttin.*

Sie sammelte ihre Skripte zusammen, war wild entschlossen, Sable eines Besseren zu belehren, und ging über den Rasen. Wenn schon flirten üben, dann am besten mit Reed! Er würde ihr die positive Rückmeldung geben, die sie bräuchte, und nach der Art zu urteilen, mit der er sie angeglotzt hatte, brauchte sie nicht mit einer Zurückweisung zu rechnen.

Oder doch?

Je näher sie ihm kam, umso schneller raste ihr Herz und umso weniger glaubte sie ihrer eigenen Lüge. Und wenn er sie nun abwies? Einem Mann wie Reed rannte wahrscheinlich die Hälfte aller Mädels der Stadt hinterher. Jüngere, hübschere Frauen in dämlich knappen Jeansshorts und Cowgirl-Stiefeln, mit perfekten kleinen Körpern und lieblichem Naturell.

Sie ging langsamer und versuchte, nicht an Reed mit anderen Frauen zu denken. *Natürlich ist er mit anderen Frauen zusammen gewesen.* Wahrscheinlich hatte er schon mindestens ein Dutzend Frauen in der Stadt klargemacht. Frauen, mit denen sie aufgewachsen war. Warum auch nicht? Männer wollten doch immer nur eine schnelle Nummer.

Bei diesem Gedanken wurde ihr etwas flau im Magen – und sie wurde eifersüchtig. Vor allem weil Reed nie so gewesen war, aber auch weil … Die Vorstellung von ihm in den Armen einer anderen Frau machte ihr mehr zu schaffen, als ihr lieb war.

Sie blieb stehen, als sie nah genug war, um jedes Grübchen und jede Kerbe seines Sixpacks zu sehen. Als er die Wasserflasche senkte, begegneten sich ihre Blicke – und hielten einander fest. Seine blauen Augen waren so dunkel wie der Nachthimmel, und ihre Intensität hielt sie gefangen, gab ihr das Gefühl, nackt und seltsam feminin zugleich zu sein. Sie war eine knallharte Produzentin und arbeitete in einer Männerwelt, ohne sich jemals eingeschüchtert zu fühlen. Sie war stark, professionell und hatte sich nicht im Geringsten feminin gefühlt seit ... *wir auf der Highschool waren.*

Sie sah an ihrem Sommerkleid hinunter und fragte sich plötzlich, warum sie das ausgewählt hatte. Weil Reed immer behauptet hatte, sie sei feminin? Sah sie zu sehr nach Landei aus? Oh Mist! Was für verrückte Ideen breiteten sich da in ihrem Hirn aus? Sie machte sich darüber Gedanken, was sie Reed zuliebe anzog, wirklich?

Plötzlich war sie eingeschüchtert, und es war ungewohnt und unangenehm, während Reeds eindringlicher Blick einen Feuerpfad zwischen ihnen legte. Vielleicht war sie doch eine Eiskönigin, denn sie schmolz unter der Hitze seines glühenden Blicks dahin. Er machte einen Schritt auf sie zu, und ihre Nerven machten sich bemerkbar, zerstörten ihre Entschlossenheit.

Hier wird nicht versagt, ermahnte sie sich. Sie wusste, wie man flirtete. Sie wollte nur einfach nicht mit *ihm* flirten.

Zumindest versuchte sie sich davon zu überzeugen, als sie auf dem Absatz kehrtmachte und davoneilte.

Vier

Reed saß am Esstisch seiner Tante Ella und seinem Onkel Roy gegenüber, in dem Haus, in dem sie ihn aufgezogen hatten. Es war ein einfaches einstöckiges Haus mit vier Zimmern, alles andere als außergewöhnlich, aber es fühlte sich viel größer an und so voller Liebe, wie kein anderes Zuhause danach. Reeds Mutter Lily, die Schwester von Ella, war bei seiner Geburt gestorben. Sein Vater Frank Gilbert hatte ihn als Baby bei Roy und Ella zurückgelassen. Obwohl Reed von seinem zweiten Tag auf Erden an bei Roy und Ella großgeworden war, hatten die beiden immer gehofft, dass Frank zurückkehren würde. Aus diesem Grund hatte er sie immer Tante und Onkel genannt und nicht Mom und Dad. Reed hatte seinen echten Vater nur einmal gesehen. Damals war er vier Jahre alt gewesen, und das Einzige, was ihm von dem Besuch in Erinnerung geblieben war, waren die Narben auf Franks Handrücken und Unterarm. Als Reed neun Jahre alt war – nach Jahren voller Hoffnung, dass sein Vater ihn zu sich holen würde –, wollte er unbedingt zu Roy und Ella gehören. Ein Cross sein, kein Gilbert. Die Traurigkeit seiner Vergangenheit abschütteln. Da sie selbst keine Kinder bekommen konnten, adoptierten sie ihn nur zu gern, auch wenn zu dem Zeitpunkt die Anreden *Tante* und

Onkel schon verinnerlicht waren. Aber das bedeutete nicht, dass Reed irgendetwas anderes als seine Mutter und seinen Vater in ihnen sah.

Reed war froh, jetzt für sie da sein zu können, während Roy sich von seinem Herzinfarkt erholte. Doch es ging auch einher mit einer großen Portion Schuldgefühl, weil er vor all den Jahren weggegangen und nicht oft genug zu Besuch gekommen war. Manche würden sagen, die Freundin und den Geschäftspartner zusammen im Bett zu erwischen, war das Schlimmste, was einem Mann passieren konnte. Doch Reed wusste es besser. Es war ein Glück im Unglück gewesen, der Auslöser dafür, seine Firma zu verkaufen und nach Hause zurückzukehren, um das Verhältnis zu seinen Verwandten wieder aufzubauen. Er fand es merkwürdig, dass er sich wegen der Firma schlechter fühlte als wegen des Verlusts seiner Freundin. Aber nachdem er Grace wiedergesehen hatte, wusste er, dass er Alina nie wirklich geliebt hatte.

Er würde keine halbherzigen Versuche mehr unternehmen, die Leere in seinem Herzen zu füllen.

»Wie läuft es mit dem Auftrag bei den Montgomerys?«, erkundigte sich Roy. Mit jedem Tag wurde er kräftiger, aber Reed wusste, dass es ihn unsäglich wurmte, nicht gesund genug zu sein, um die Renovierung selbst vorzunehmen. So weit Reed zurückdenken konnte, hatte Roy immer von Sonnenaufgang bis weit nach Sonnenuntergang gearbeitet, und dabei hatte er es doch nie versäumt, seine Frau jeden Samstagabend auszuführen. Er hatte sich auch die Zeit genommen, Reed alles übers Bauen, Renovieren und über die Denkmalpflege beizubringen, während er ihm gleichzeitig wichtige Lektionen fürs Leben mitgegeben hatte. Sie hatten Football gespielt, Schulprojekte besprochen und über alles geredet, von Mädchen bis hin zu seinem Vater –

ein schmerzvolles Thema für sie beide.

»Ein wunderschönes Haus.« Reed spießte ein Stück Steak mit der Gabel auf und dachte an den eigensinnigen Blick in Graces Augen, als sie in diesem hübschen kleinen Kleid über den Rasen gestapft war. Er war sich sicher gewesen, dass sie ihm die Hölle heißmachen würde, bis sie kehrtgemacht hatte und davongeeilt war.

Sein Onkel hob eine graue Augenbraue. »Und?«

Und er hätte sich gewünscht, dass sie ihm Vorhaltungen gemacht oder irgendetwas gesagt hätte. *Egal was.* Reed zuckte mit den Schultern. »Nichts. Es ist nicht allzu viel Arbeit, auch wenn ich ein paar Verkleidungen gesehen habe, die ersetzt werden müssen. Es ist eine traumhaft schöne Veranda.«

»Guckst du deshalb so, als sei dir eine Laus über die Leber gelaufen?«, fragte Roy. »Du hast doch so etwas schon mal gemacht.«

Reed presste die Kiefer aufeinander und ärgerte sich darüber, wie leicht er zu durchschauen war. Während er und Grace ihre Beziehung vor Graces Familie geheim gehalten hatten, weil sie befürchteten, eines ihrer jüngeren Geschwister könnte sie aus Versehen verraten, hatte er es seiner Tante und seinem Onkel nie verschwiegen. Er war so über beide Ohren verliebt gewesen, dass er sein Glück mit den Menschen teilen wollte, die er am meisten liebte. Und so hatte er Grace zum Essen zu sich nach Hause eingeladen. Sie passten auf, dass sie nicht zu viel Zeit in seinem Haus verbrachten, da ein paar seiner Klassenkameraden in derselben Straße wohnten und er Grace keinen Ärger bescheren wollte. Leider waren seine Tante und sein Onkel auch Zeugen der Sehnsucht geworden, die ihn letztendlich fort von den Erinnerungen und von ihnen getrieben hatte.

Es hatte keinen Sinn, sein Unbehagen verstecken zu wollen. »Grace ist zu Besuch bei ihren Eltern.«

Roy und Ella sahen sich erstaunt – und alarmiert – an.

»Keine Sorge«, versicherte Reed ihnen. »Es wird sich nicht auf meine Arbeit auswirken.«

Roy richtete seine normalerweise fröhlichen und nun ernsten graublauen Augen auf Reed und sagte: »Das war meine letzte Sorge.«

»Eure Herzen waren einmal eins, Schatz«, sagte Ella mit einem mitfühlenden Blick. Ihr dunkles Haar funkelte an den Schläfen weiß und um ihre warmen braunen Augen lagen winzige Fältchen. Sie war eine zierliche Frau mit schmalen Schultern, einer aufrechten Haltung und immer einem freundlichen Wort auf den Lippen. Sie war die beste Mutter, die Reed sich hatte erhoffen können, und obwohl sie so zart wie Roy robust war, hatte Reed bei Ella nach Roys Erkrankung eine unbekannte Stärke entdeckt. Nachdem Roy immer ein überfürsorglicher Ehemann gewesen war, schien Ella nun diese Rolle für ihn eingenommen zu haben.

»Das alles ist lang her. Mir geht es gut.« Reed stopfte sich das Essen in den Mund, um die Lüge zu verbergen.

Ella und Roy hatten bei den Mahlzeiten immer nebeneinandergesessen und bisher hatte sich Reed keine großen Gedanken darum gemacht. Aber jetzt verstand er das Bedürfnis, dem geliebten Menschen so nah wie möglich zu sein. Und genauso empfand er für Grace!

Ella berührte Roys Hand, und ihr liebevoller Blick war auf Roy gerichtet, als sie sagte: »Die erste Liebe vergisst das Herz nie.«

Reed schaute sich in dem gemütlichen Esszimmer um. An den Wänden wimmelte es vor Familienfotos. Eines zeigte ihn mit Roy vor einer Kirche, die Roy renoviert hatte, auf einem anderen stand Reed am Fluss und hielt stolz eine Angel mit einem Barsch daran in die Höhe. Ein Foto zeigte sein Zahnlückenlächeln hinter einer von Ellas selbstgebackenen Geburtstagstorten, auf der sechs Kerzen hell leuchteten. Diese Wände bargen unendlich viele Erinnerungen.

»Auf alle Fälle«, meinte Reed, weil er unbedingt das Thema wechseln wollte, »war ich froh, nicht allzu große Schäden im Unterbau der Veranda gefunden zu haben. Marilynn hatte schon mit dem Gedanken gespielt, die Veranda aufgrund der Kosten zu verkleinern, anstatt alles zu ersetzen.« Er dachte an Grace und die Blumen, die er früher immer heimlich auf ihre Veranda gelegt hatte, und sagte: »Wer weiß, was für Erinnerungen wir dann vernichtet hätten.«

»Du bist genauso ein Nostalgiker wie dein Onkel«, meinte Ella warmherzig. »Aber, mein Schatz, Erinnerungen leben in unseren Herzen. Ob der Ort oder der Mensch selbst sich ändert oder gleich bleibt, macht keinen Unterschied. Eines Tages wirst du eine Frau finden, die sich in deinen altmodischen Charme verliebt.«

Wenn seine Beziehungsbilanz irgendwelche Rückschlüsse auf seine Bindungsfähigkeit lieferte, dann war er sich da nicht so sicher.

Reed stand auf, um den Tisch abzudecken, doch Ella ergriff seine Hand. »Schatz, lass das Geschirr stehen. Es ist Samstagabend. Warum gehst du nicht aus, entspannst und amüsierst dich mal? Du könntest auf den Jahrmarkt gehen.«

Er erinnerte sich daran, dass er mit Grace auf den Jahrmarkt hatte gehen wollen, als sie in der Highschool waren, aber diese dämliche Rivalität der Schulen hatte das vermasselt.

Nein danke. Er würde diesem Jahrmarkt so fern wie

möglich bleiben.

»Ich muss bei mir noch streichen. Außerdem hab ich mich heute Morgen erst mit den Jungs getroffen.« Sein Hintern tat von dem ersten Ritt auf diesem Wildpferd noch immer weh. Aber Mann, war das belebend gewesen! Er war auf Shane Jericho gestoßen, als er zurück in die Stadt gekommen war und die Renovierung einer Scheune übernommen hatte. In der Highschool waren sie die größten Rivalen gewesen, aber nun hatten sie sich auf Anhieb hervorragend verstanden. Shane und einige seiner Geschwister führten das Viehgeschäft und die Pferderanch ihrer Eltern. Komisch, wie ein paar Jahre Menschen verändern konnten.

Er fragte sich, wie sehr Grace sich wohl verändert hatte.

»Ja, aber im Morgengrauen mit Pferden zu arbeiten, ist nicht gerade entspannend«, sagte Ella.

»Ich bin nicht hier, um zu entspannen, Tante Ella. Ich bin hier, um zu helfen.« Obwohl er zugeben musste, dass er nach einem langen Tag Arbeit in der Sonne und dem Grübeln darüber, warum Grace im wahrsten Sinne des Wortes vor ihm weggerannt war, einen Drink gebrauchen konnte – oder auch drei.

»Reed, Schatz, wir sind dir wirklich dankbar dafür, dass du so fürsorglich bist, und es ist Gott weiß herrlich, dass du endgültig zurückgekehrt bist«, sagte Ella. »Aber du bist ein junger, gut aussehender Kerl und in unserer Stadt gibt es jede Menge hübscher Frauen. Geh raus. Amüsier dich.«

Er war versucht, genau das zu tun, und sei es nur, um seine Gedanken von Grace loszureißen. Einige der Jungs gingen heute Abend zu einer Party am Fluss. Etwas Lachen würde ihm vielleicht guttun.

»Geh schon, Junge«, drängte ihn Roy. »Verschwinde von

hier und gönne mir und meiner Frau mal ein bisschen Zweisamkeit.«

»Tja, wenn du es so darstellst.« Reed lachte.

Vierzig Minuten später stellte er seinen Pick-up neben ein paar Dutzend anderen am Jericho Ridge, einem markanten Hügel, ab und folgte dem Geräusch von Lachen und Livemusik hinunter zu dem kleinen Fluss. Es roch nach Holzfeuer, Kiefern und süßem Parfum. Seine Stiefel versanken im Matsch, bis er zu einer Lichtung am Fuße des Hügels kam. Der Abend war erfüllt von Paaren, die unbeschwert am Ufer zu der Musik tanzten. In all der Zeit, in der er seine Beziehung beendet hatte, umgezogen war und den Betrieb seines Onkels übernommen hatte, hatte er sich überhaupt keine Zeit zum Entspannen genommen. Er bahnte sich einen Weg durch die Menge und ließ den Blick über die vertrauten Gesichter schweifen, die er in den letzten Monaten kennengelernt hatte. Es war immer noch seltsam, Freunde und keine Rivalen mehr in ihnen zu sehen, aber die Luft schwirrte vor positiver Energie, und er spürte, wie der Stress des Tages von ihm abfiel.

»Hey, Reed!« Winona, die Rothaarige, die im Stardust Café arbeitete, wo er sich vor der Arbeit oft einen Kaffee holte, winkte ihm vom Ufer aus zu.

Er lächelte, winkte zurück und ging zu seinem Kumpel Chet Hudson, einem Feuerwehrmann, der in der Nähe der Band mit Trace und JJ zusammenstand. Als er sich zu ihnen durchkämpfte, entdeckte er Sable, die Gitarre spielte. Sofort dachte er an Grace und suchte die Menge nach der großen braunhaarigen Frau ab, die er bei jeder Gelegenheit zu verärgern schien.

»Reed.« Chet klopfte ihm auf die Schulter. »Wie läuft's, Kumpel? Hab mich schon gefragt, ob du wohl heute Abend kommst.«

»War mir auch nicht sicher, aber ich bin froh, dass ich gekommen bin.« *Vor allem, weil Grace hier sein könnte.* »Wie sieht's bei euch aus?«

»Heiße Frauen, kaltes Bier, gute Musik. Das Leben ist schön«, sagte Trace und stieß mit JJ an. Er langte in eine Kühlbox zu seinen Füßen und gab auch Reed eine Bierflasche. »Hier, Kumpel.«

»Danke.« Er nahm einen ausgiebigen Schluck. »Ich hatte vergessen, dass Sable in einer Band spielt. Ich dachte, sie betreibt nur diese Werkstatt in der Stadt.«

»Surge«, erinnerte Chet ihn. »Die Band spielt schon seit der Highschool zusammen.«

»Ich erinnere mich«, sagte Reed. »Sie haben in unserem letzten Jahr in der Halbzeit gespielt. Scheint eine Ewigkeit her zu sein.«

»Cougars!«, brüllte Trace.

»Mustangs für immer«, erwiderte Reed.

Chet nickte zustimmend, denn auch er war auf der Highschool in Meadowside gewesen.

»Fangt bloß nicht wieder mit diesem Rivalitätenmist an«, sagte JJ. »Ich hab keine Lust darauf, dass ihr euch im Dreck wälzt und streitet, wessen Team besser ist. Aber damals war es das Wichtigste überhaupt, oder?«

Trace stieß Reed mit der Schulter an. »Sable ist schon heiß, findet ihr nicht? Außerdem ist sie Single. Du solltest es bei ihr versuchen.«

Reed lachte verhalten und nahm noch einen Schluck von seinem Bier, wobei er bemerkte, dass sich Chets Blick bei Traces Bemerkung verfinstert hatte. »Danke, aber ... äh ...« *Lieber würde ich Grace finden.* »Ich bin zufrieden.«

»Wenn ich jedes Mal einen Dollar bekäme, wenn ich diese Lüge höre«, sagte Beckett Wheeler hinter ihm. Beckett war ein einflussreicher Investor und auch einer von Reeds ehemaligen Rivalen – aber waren sie das nicht alle?

Mit ihren eins neunundachtzig waren Reed und Beckett auf Augenhöhe. »Hey, Beck! Wie steht's?«

»Lang und gerade. Und bei dir?« Er grinste arrogant.

Reed lachte. Kaum zu glauben, dass dies dieselben Jungs waren, die er übers Footballfeld mit Blicken getötet hatte.

»Also, Reed Cross«, raunte Beckett ihm zu. »Dreh dich nicht um, denn eine ganze Truppe hübscher Frauen checkt den *zufriedenen* Typ gerade ab.«

Reed drehte sich herum und entdeckte eine Gruppe von Mädels Anfang zwanzig, die er nicht kannte und die flirtend lächelten, während sie einander etwas zuflüsterten und ihn von oben bis unten beäugten. Reed lächelte, aber sein Blick fiel hinter die Gruppe auf Grace, die dasselbe Sommerkleid wie tagsüber trug. Sie stand mit ihren Schwestern Morgyn und Brindle am Lagerfeuer, die plaudernd den Blick über die Menge gleiten ließen, während Grace an ihrer Bierflasche herumfummelte. Er erinnerte sich an diese nervöse Angewohnheit aus ihrer Jugend. Damals war es eine Limonade gewesen, aber so, wie sie mit dem Zeigefinger gegen die Flasche klopfte, war ihm klar, dass sie sich nicht wohlfühlte.

Er beobachtete sie einige Minuten, sog in sich auf, wie ihr die Haare vor die Augen fielen und sie mit einem kleinen Schütteln des Kopfes die Strähnen zurückwarf, nur damit sie gleich wieder nach vorne fielen. Noch so eine vertraute Eigenart. Genau das hatte sie früher auch gemacht. *Zumindest manches hat sich nicht geändert.*

»Alter!«, brüllte Trace.

Reed drehte sich gerade noch rechtzeitig um, um zu sehen, wie JJ Trace in den Fluss stieß und sich dann vor Lachen krümmte. Trace griff nach JJ und zog ihn auch ins Wasser. Dann brach endgültig das Chaos aus. Frauen kreischten und Schreie ertönten, während die Leute ihre Stiefel und Schuhe auszogen. Männer rissen sich die Hemden vom Leib und die Mädels feuerten sie an, während sie barfuß ins Wasser liefen.

»Lasst uns auch reinspringen!« Brindle schnappte sich Morgyns Hand und zog sie zum Ufer. »Komm, Grace!«

Reeds Aufmerksamkeit richtete sich wieder auf Grace, die sich ein Stück Richtung Wald zurückzog. Er erinnerte sich daran, wie sie beide in genau diesem Fluss nackt gebadet hatten, wenn sie nachts allein waren, und es stimmte ihn traurig, dass sie anscheinend versuchte, dem Spaß zu entkommen.

»Yippieeh!« Ein Mann rannte an ihm vorbei ins Wasser. Ein paar Frauen kreischten, als er sie nass spritzte.

Sekunden später war der kleine Fluss voller Leute und nur wenige standen noch am Ufer. Reed zog Stiefel und Socken aus und ging zu Grace.

»Reed?« Sie riss die Augen auf, als er nach ihrem Arm griff. »Nein!«

»Du bist nicht mehr in der Stadt, Grace.« Er hob sie hoch und sie stemmte sich gegen seine Brust. »Zeit für ein bisschen Spaß.«

»Lass mich runter! Was zum Teufel hast du vor?« Sie wand sich und strampelte, während er sich dem Fluss näherte. »Meine Schuhe! Mein Kleid!«

Er zog ihr die Sandalen aus und ließ sie auf den Boden fallen. »Ich kann dir auch dein Kleid ausziehen, wenn du möchtest.« Er lachte und gab sich dem herrlichen Gefühl hin, sie wieder in den Armen zu halten.

»Lass! Mich! Runter!«, verlangte sie.

Er ignorierte ihr Flehen. Sie schlug um sich und wehrte sich vergeblich, während alle um sie herum lachten und mit Wasser spritzen. »Hör auf, dich gegen mich zu wehren, Gracie. Du wirst nicht gewinnen.«

Sie schrie und flehte ihn an, doch während er tiefer ins Wasser watete, schlangen sich ihre Arme und Beine um ihn. Verdammt, sie fühlte sich unglaublich an und weckte noch mehr sündige Erinnerungen in ihm. Erinnerungen, die er zu gerne wieder aufleben lassen würde.

»Nein! Bitte! Hör auf!« Die Haare flogen ihr ums Gesicht und in ihren Augen lag ein wilder, sexy Blick.

»Während du dich so an mich klammerst? Um nichts in der Welt.« Kaltes Wasser platschte um seine Taille und ihre Hüfte. Er hielt ihre Oberschenkel fest und spürte die Wärme in seinen Handflächen.

»Reed!«

Sie kletterte wie an einem Baum an ihm hoch, um nicht nass zu werden, weshalb er nur noch mehr lachte und sie fester hielt. Ihre Lippen waren nur einen Hauch entfernt. Mit Sicherheit war er gerade gestorben und in den Himmel gekommen. Zur Hölle mit dem, was vor all den Jahren geschehen war. Die Glut in ihren Augen hielt ihn gefesselt, während sie ihre süße Weichheit an ihn drückte und ihr Körper der Wut in ihrer Stimme widersprach. Der Rest der Party verblasste, bis da nur noch die Wärme von Graces Atem auf seiner Wange war, ihr sehnsüchtiger Blick und ihre Hände, die sich in seinen Nacken drückten, als er seine Lippen auf ihre legte und sich den Kuss nahm, den er jahrelang vermisst hatte.

Grace war in einem Meer von Empfindungen verloren. Reeds Mund war so besitzergreifend und fordernd, wie sie ihn in Erinnerung hatte. Er schmeckte nach Bier und potenter Männlichkeit, eine berauschende Mischung, verstärkt durch den harten Druck seiner Brust gegen ihre. Eine raue Hand glitt an ihrem Oberschenkel hinauf und umfasste dann so fest ihren Hintern, dass sich ihr gesamter Körper vor Begehren zusammenzog. Sein anderer Arm lag wie ein Sicherheitsgurt um ihren Körper, hielt sie nah an ihm, während seine Finger nach oben wanderten, sich in ihre Haare vergruben und dann fest zupackten. Sie hatte diesen stechenden Griff vergessen, aber ihr Körper nicht. Wogen der Lust ergriffen sie und ihre Hüfte stieß nach vorne. Seine Bartstoppeln schürften über ihre Wange, als er ihren Kopf so neigte, dass er den Kuss vertiefen konnte. Trotz der Kleidung und des kalten Wassers auf ihrer Haut spürte sie die lodernde Hitze zwischen ihnen.

Grace vergrub die Hände in seinen Haaren, erwiderte jeden seiner sinnlichen Zungenschläge mit gleicher Begierde. Reed küsste nicht nur. Er *nahm* und *verzehrte*. Mit jeder Bewegung legte er die Arme fester um sie, machte das Atmen fast unmöglich – ah, das war wunderbar! *Dies* war das gewisse Etwas, das bei jedem einzelnen Kuss gefehlt hatte, den sie erlebt hatte, seit sie aus Oak Falls weggegangen war. Diese Intensität, die Art, mit der sein Bizeps an ihrem Körper pochte und sein Körper sie vereinnahmte.

»Grace …«

Seine raue Stimme verlor sich, aber das hinderte sie nicht daran, sich wie ein flüssiges Feuer in Grace auszubreiten.

»Reed –« Hungrig und bedürftig kam ihr sein Name über die Lippen. Sie riss die Augen auf. »*Reed!* Oh, Mist! Nein, nein, nein.« Sie wollte sich losreißen, aber sein Griff war zu fest.

»Beruhig dich«, sagte er.

»Sag mir nicht, dass ich mich beruhigen soll! Wir haben uns *geküsst!*« *Du meine Güte!* Was hatte sie sich nur dabei gedacht?

»Sogar mehrere Male«, ergänzte er ziemlich selbstgefällig mit diesem jungenhaften schiefen Lächeln, bei dem ihr Herz Überschläge machte. »Wir haben es nicht verlernt, Gracie. Unsere Küsse könnten ein Feuer entfachen.«

»Halt bloß den Mund!« *Ein Feuer? Die könnten ein Erdbeben auslösen!* Sie drückte sich von seinen Schultern ab und versuchte, sich nicht von dem Kosenamen ablenken zu lassen, den er benutzt hatte und der ihr Herz ins Taumeln brachte. Sie musste weg von ihm, bevor irgendwelche anderen Organe rücksichtslos wurden. Um sie herum lachten und plantschten alle. Froh stellte sie fest, dass Brindle und Morgyn zu sehr mit Trace und seinen Freunden beschäftigt waren, um ihren kurzzeitigen Fehltritt zu bemerken.

»Gib's zu. Unsere Küsse sind verdammt heiß, Grace.« Reed legte die Arme fester um sie, seine Augen funkelten herausfordernd.

»*Schön.* Unsere Küsse sind noch heiß.« *Sogar ziemlich erregend.* »Lässt du mich jetzt runter?«

»Willst du das wirklich?« Er wackelte mit den Augenbrauen.

Nein – und genau das ist ein Problem. »Ja, bitte. *Sofort.*«

Er setzte sie langsam ab, bis ihre Oberschenkel das eiskalte Wasser berührten. Sie kreischte und kletterte an seinem Körper wieder hinauf, wobei sie sich an ihn klammerte, als stünde ihr Leben auf dem Spiel.

Ein tiefes Lachen dröhnte in Reeds Brustkorb, während er

sie fest im Griff hatte, die Hände über ihr pitschnasses Höschen ausgebreitet. Einem Pawlowschen Hund gleich zog sich ihre Mitte erwartungsvoll zusammen und Grace stöhnte auf.

»Reed, bitte!« Sie deutete auf die Grasfläche und sah Sable am Ufer, die sie amüsiert beobachtete. *Verdammt!* Das würde sie noch ewig zu hören bekommen.

Er trug sie aus dem Wasser und setzte sie auf dem Gras ab. Grace schlang frierend die Arme um sich, während sie den Boden nach ihren Sandalen absuchte. Ihr Herz klopfte so heftig, dass er es mit Sicherheit hören konnte.

»Gracie.« Er griff nach ihrer Hand. Sein Blick war jetzt sanfter, sein Lächeln nicht mehr so herausfordernd, eher versöhnlich.

»Ich heiße *Grace*«, sagte sie zitternd.

»Für mich wirst du immer Gracie sein.«

Versuchte er absichtlich, ihr Innerstes zu Pudding zu machen? Sie hätte heute Abend nicht herkommen sollen. »Das war ein Teil unseres Problems«, sagte sie, bevor sie überlegen konnte. »Ich bin nicht mehr die Kleinstadt-Gracie, Reed.«

Sein Blick wurde ernst. »Ich weiß. Du bist eine preisgekrönte Theaterautorin und -produzentin, und das freut mich für dich.«

Sie senkte den Blick und kam sich dumm vor, weil sie so auf ihrem Namen herumgeritten hatte. Als sie wieder aufblickte, fehlten ihr die Worte angesichts all dessen, was sie ihm sagen wollte. Aber sie hatte keine Ahnung, wie oder wo sie anfangen sollte. Wie konnte sie ihn fragen, warum er ihr gesagt hatte, dass er nicht einmal mit dem Gedanken spielen würde, seine Familie zu verlassen, und es dann nur wenige Wochen später doch getan hatte? Das konnte sie nicht.

Stattdessen sagte sie: »Danke, aber es klingt glamouröser, als es ist.«

»Können wir reden? Uns ans Feuer setzen, nur kurz trocken werden?«

»Reden? Oder wirst du wieder versuchen, mit diesen Waffen auf mich loszugehen?«

»Waffen?« Er hob fragend eine Augenbraue.

Sein verwirrter Gesichtsausdruck brachte sie zum Lachen. »Deine Lippen. Die sind wie Crack. *Nein*, schlimmer als Crack. Sie sind wie ein Schluck Bier für einen Alkoholiker. Ein Schluck führt zu einem Schnäpschen, dann zu einem Glas, dann zu einer Flasche, und bevor wir uns versehen, liege ich besinnungslos in deinem Bett …«

Er trat einen Schritt auf sie zu und die Glut in seinen Augen ließ sie verstummen. Mit seiner nassen Jeans streifte er ihre Oberschenkel, was sich auf noch mehr als ihre Stimme auswirkte. Sie trat einen Schritt zurück, aber seine Hand legte sich um ihre Taille. »Ich werde meine Lippen zurückhalten. Ein Jahrzehnt schlechter Gefühle liegt zwischen uns, Gracie, und nur ein paar Küsse haben mich gerade direkt wieder dorthin zurückgebracht, wo wir vor all den Jahren waren. Ich bin mir ziemlich sicher, dass es dir genauso ging.«

Sie wollte es gerade leugnen, merkte aber, dass es eine glatte Lüge gewesen wäre.

»Ich werde für eine Weile am Haus deiner Eltern arbeiten. Ich bitte dich nur darum, das zwischen uns zu klären.«

»Das ist eine schlechte Idee«, rutschte es ihr zu schnell heraus. »Ich meine … Es ist eine gute Idee, alles zu klären, aber keine Küsse mehr.«

»Keine Küsse mehr«, stimmte er zu, obwohl ihr sein arrogantes Lächeln verriet, dass er nicht glaubte, sie wollte diese Regel wirklich.

»Auch keine Berührungen.« Sie löste seine Hand von ihrer Taille.

Er hob beide Hände in die Höhe und sein amüsiertes Lächeln ließ ihn nur noch besser aussehen. »Keine Berührungen. Sonst noch etwas?«

»Es wäre großartig, wenn du aufhören würdest zu atmen. Es hindert mich daran, rational zu denken.«

Das brachte ihr noch ein sexy Lachen ein. »Keine Chance, Gracie. Und nur damit du's weißt: Ich könnte das ausnutzen.«

»Nichts anderes habe ich erwartet«, erwiderte sie lächelnd. Sie hatte sich im Laufe der Jahre gefragt, ob sie seine Art übertrieben oder verklärt hatte, aber das war nicht der Fall. Er war immer noch so ehrlich und umgänglich wie eh und je.

»Darf ich auch Regeln aufstellen?«, fragte er.

Abgesehen davon, dass er seine Küsse eingefordert hatte, war Reed nie jemand gewesen, der sie um etwas gebeten hatte. Sie hatten sich nur getroffen, wenn sie sich heimlich davonstehlen konnten. Sable hatte sie gedeckt, nachdem sie Grace einmal erwischt hatte, als die sich gerade hinausschlich, und so von der heimlichen Beziehung erfahren hatte. Aber es war nie genug Zeit gewesen. Grace hatte immer mehr gewollt, doch sie hatte Angst gehabt, dass ihre Freunde ihr das Leben schwer machen würden, wenn sie erfahren hätten, dass sie mit dem Quarterback der gegnerischen Mannschaft zusammen war. Grace hatte sich mehr als Reed darüber beschwert, wie wenig Zeit sie miteinander hatten. Jetzt erschien es alles so albern, aber damals hatte sich die Rivalität zwischen den Schulen wie eine dunkle Wolke angefühlt, die ständig über ihnen schwebte.

Eine oder zwei Regeln war sie ihm wohl schuldig. »Schieß los.«

»Kein Verstecken vor der Wahrheit.« Er hielt ihren Blick

gefangen. »Mehr will ich nicht. Wir haben uns als Jugendliche so oft versteckt. Ich will einfach nur offen über alles reden können.«

Konnte sie das? Ihm erzählen, wie verletzt sie gewesen war, als er die Stadt verlassen hatte? Zu einem Zeitpunkt, da sie ihre Entscheidung bereits getroffen und kein Recht mehr gehabt hatte, sich verletzt zu fühlen?

»Was meinst du, Grace? Der Ball ist in deinem Feld.«

Als sie das letzte Mal den Ball gehabt hatte, hatte sie das Feld verlassen und es seitdem immer bereut – obwohl sie wusste, dass sie das getan hatte, was damals das Beste für sie gewesen war. Jetzt war sie älter, und sie wusste, dass es keine gute Idee war, etwas anzufangen, das mit Herzschmerz endete. Sicher würde sie es schaffen, sie beide als Freunde zu betrachten.

»Okay«, sagte sie und bekam noch so ein Lächeln zum Dahinschmelzen geschenkt. *Reiß dich zusammen, Mädchen.*

Reed sammelte ihre Sandalen und seine Stiefel auf, und auf dem Weg zum Lagerfeuer war sie froh, dass sie klatschnass war, denn sie spielte mit dem Feuer. Sie brauchte alle nur verfügbare Hilfe, um die Flammen zu löschen.

Fünf

Das Feuer wärmte Grace, aber sie zitterte immer noch. Ihr war klar, dass es eher auf ihre Nerven als auf die Kälte zurückzuführen war, während sie im nassen Gras neben Reed stand. Nicht einmal der schwere Geruch von brennendem Holz konnte Reeds verführerischen Duft übertünchen. Wenn Selbstvertrauen und Loyalität einen Duft hätten, würde er riechen wie Reed. Der Gedanke war seltsam angesichts der Tatsache, dass er sie so verletzt hatte, aber er war nun mal in ihrem Kopf, so real wie der Mann neben ihr. Unverschämt gut sah er in der nassen Jeans und dem triefenden T-Shirt aus, während ihre Schwestern sich über ihr Großstadtkleid lustig gemacht hatten – ein einfaches, schmal geschnittenes A-Linien-Sommerkleid mit Diamantmuster – und damit ihre Unsicherheit verstärkten, nicht in die ländliche Umgebung hineinzupassen.

»Tut mir leid, dass ich dich heute Morgen erschreckt habe«, sagte Reed, während er näher trat und sein Arm ihren streifte.

Hatte er schon immer diese Nähe gesucht? Es war nicht unbedingt seltsam, so mit ihm hier zu stehen, aber so ganz wohl fühlte sie sich auch nicht. Sie wusste nicht, wie sie auf dieses Kribbeln reagieren sollte, das seine Berührung auslöste, oder wo sie bei diesem ganzen Offen-aussprechen-Ding anfangen sollte. Aber niemand sollte merken, dass sie nicht alles unter Kontrolle hatte, und so sagte sie: »Ist schon okay. Mir tut es leid, dass ich so zickig war, aber niemand hat mich vorgewarnt, dass du hier bist.«

»Wer hätte dich auch vorwarnen können? Keiner wusste damals von uns, außer meiner Tante und meinem Onkel.« Er schaute zu den Leuten, die aus dem Fluss wateten. »Als wenn wir irgendwie so ein kleines dreckiges Geheimnis gewesen wären.«

Bei dieser Wahrheit musste sie schlucken. »Es war ein Geheimnis, aber kein dreckiges. Wir waren eben jung und dumm. Sable und Sophie wussten davon. Sie haben mich manchmal gedeckt, weißt du nicht mehr? Aber ich glaube, Sable hat ihren Spaß daran, mich zu schocken.«

Er lachte leise und schaute zu ihrer aufmüpfigen Schwester, die ein Stück entfernt auf der Wiese Gitarre spielte. »Dass Sable Bescheid wusste, hatte ich vergessen. Wir sind ihr wohl nichts mehr schuldig.« Sein Blick glitt an Graces Körper hinunter und ein anerkennendes Lächeln trat auf seine Lippen. »Du siehst heute Abend unglaublich aus.«

»Danke, aber Brindle und Morgyn sind der Meinung, dass mein Kleid *matronenhaft* aussieht.« Sie zupfte an dem nassen Stoff, der an ihren Beinen klebte. »Für eine Sommerparty in der Großstadt ist es perfekt, aber hier falle ich auf wie ein bunter Hund.«

»Das war schon immer ein Teil unseres Problems.« Sein Ausdruck wurde ernst. »Es war nie dein Ding, hineinzupassen oder auszusehen wie alle anderen, aber du dachtest, dass du es müsstest. Du dachtest, es wäre etwas Schlechtes, dass du anders bist, aber eigentlich warst du dazu bestimmt, herauszustechen.

Du hast damals alle in den Schatten gestellt, Grace. Und du hast das Richtige getan, indem du die Sache mit mir beendet und Oak Falls verlassen hast, um deine Träume zu verwirklichen. Ich war einfach nur zu jung und von meinen Gefühlen verblendet, um das zu erkennen.«

Die Aufrichtigkeit in seiner Stimme bohrte sich wie ein Messer in sie hinein, aber der alte Schmerz überkam sie wieder und brach ohne Warnung aus ihr heraus. »Ich wollte das mit dir nicht beenden, aber du hast gesagt, du würdest Meadowside nie verlassen.« *Und dann hast du es doch getan.* Diese letzten Worte schluckte sie hinunter, aber da sie sie zurückhielt, fühlte sie sich wie eine Bombe kurz vor der Explosion. Sie atmete heftiger. »Ich kann das nicht.«

»Kein Verstecken vor der Wahrheit, hatten wir gesagt.«

Sie sprach leiser, mit einem rauen Flüstern, während sich die Feiernden um das Feuer herum versammelten. »Ich verstecke mich nicht, aber ich werde unsere dreckige Wäsche nicht hier vor den Augen all dieser Klatschmäuler waschen.«

Er legte eine Hand in ihr Kreuz und führte sie vom Lagerfeuer fort. »Dann lass uns irgendwohin gehen, wo wir allein sind.«

Unsicher, ob sie ihr Herz wirklich offenlegen wollte, schaute sie den Hügel hinauf zu den parkenden Autos und überlegte, ob sie abhauen sollte – aber wie konnte sie? Sie war mit Sable hergekommen, und ihre Schwester brauchte ihren Pick-up, um sich und ihre Ausrüstung nach Hause zu fahren.

»Komm«, sagte er und drängte sie wieder mit der Hand in ihrem Kreuz Richtung Hügel. »In meinem Pick-up habe ich eine Jacke, damit dir nicht kalt wird, und dann suchen wir uns einen abgeschiedenen Platz, wo wir reden können.«

Bei dem Gedanken, mit ihm allein zu sein, nahm ihr Puls

an Geschwindigkeit auf, auch wenn sie wusste, dass ihr Schmerz keinerlei Grenzüberschreitungen zulassen würde, wenn sie erst einmal angefangen hatten zu reden. »Du bist pitschnass. Vielleicht sollten wir das ein andermal machen.«

»Mir geht's gut und wir machen das jetzt«, erwiderte er entschlossen.

»Seit wann bist du so aufdringlich?«

Sein Blick verfinsterte sich. »Seitdem ich die Frau geküsst habe, die nach einem ganzen Jahrzehnt noch immer meine Welt in Brand setzt.«

Der Befehlston war nicht zu überhören, und sie flehte um göttlichen Beistand, denn in allen Winkeln ihres Körpers wehten die Flaggen der Kapitulation. »Ich muss Sable sagen, dass ich ohne sie nach Hause komme.«

Sie ging los und er folgte ihr. »Reed, das kann ich allein.«

»Stimmt. Tut mir leid.« Er schüttelte den Kopf, als hätte er gar nicht gemerkt, dass er hinter ihr hergegangen war. Mit verschränkten Armen beobachtete er, wie sie in ihre Sandalen schlüpfte und zu Sable ging.

Grace spürte, wie die Hitze seines Blicks einen Pfad hinter ihr ins Gras brannte, und von vorne kam Sables Falkenblick auf sie zugeschossen. Als sie ihre Schwester schließlich erreichte, kochte in ihr der Ärger über das prüfende Netz, in dem sie gefangen war.

Sable hörte auf, Gitarre zu spielen, und rief: »Gehst du mit Reed mit?« – und zwar so laut, dass sich alle in der Nähe umdrehten.

Na großartig. Morgen war Grace wahrscheinlich im Tratschzentrum namens Stardust Café das Stadtgespräch. Damit alle es hörten, antwortete sie ebenso laut: »Er fährt mich nur nach Hause. Wir sehen uns da.«

Vielleicht versuchte sie sich das auch nur selbst einzureden. Als sie zurück zu Reed ging, pochte bei jedem Schritt freudige Erregung in ihr, gefolgt von einer stechenden Angst.

Reed setzte den Weg mit ihr fort.

»Scheint, als seist du bereit, in unsere Fußstapfen von damals zu treten«, sagte sie, auch wenn sie nicht wusste, ob das zutraf. Sie brauchte Grenzen, noch mehr Regeln, irgendwas. Seine Absichten zu erkunden, gab ihr zumindest ein wenig das Gefühl von Kontrolle. »Ich bin aus diesen Fußstapfen herausgewachsen. Du sicher auch.«

»Ich will nicht da weitermachen, wo wir aufgehört haben, Grace«, sagte er, als sie langsamer wurde. »Ich habe nur einfach keine Angst zuzugeben, dass ich noch immer etwas für dich empfinde, und ich will auch nicht so tun, als sei es anders.«

Sie hielt inne und betrachtete einen Moment lang sein Gesicht. Er war todernst.

»Bereit?«, fragte er.

»Ehrlich gesagt, ich habe keine Ahnung. Aber ich habe das Gefühl, wir müssen es herausfinden.«

Er zeigte sein schiefes Grinsen. Als sie den Hügel hinaufgingen, legte er die Hand wieder in ihr Kreuz, als kannte er die Antwort bereits, weshalb sich ihr Magen wieder zusammenzog.

»Das hast du auch gesagt, als ich dich das erste Mal überzeugt hab, dich nach der Schule mit mir zu treffen«, erinnerte er sie. »Weißt du noch?«

Und wie sie sich erinnerte. Sie hatten sich bei Football-Spielen gesehen, und wenn ihre Teams gegeneinander antraten, hatte sie immer nach ihm Ausschau gehalten. Dann hatte sie ihn in der Stadt in der Bücherei gesehen, wo sie oft mit Sophie war. Eines Tages hatte er sie gebeten, sich dort mit ihm zu treffen, und das war der Beginn von allem gewesen.

»Das Lächeln deute ich mal als Ja«, sagte er, als er die versprochene Jacke aus seinem Pick-up holte. Er hielt sie hoch, dann verzog er das Gesicht und warf sie hinter den Rücksitz. »Warte.«

»Was spricht gegen die Jacke?«

Er ignorierte ihre Frage und kramte hinten im Auto herum, bis er einen blauen Kapuzenpulli hervorholte. Nachdem er ihr geholfen hatte, das Sweatshirt überzustreifen, breitete sich angesichts der weichen Baumwolle auf ihren Hüften ein Lächeln auf seinen Lippen aus, das pure Freude zeigte.

»Das ist besser, Gracie. Wie in der guten alten Zeit.«

»In der guten alten Zeit hatte ich keine nassen Klamotten.«

Er half ihr in den Pick-up und sagte: »Zumindest nicht die Klamotten, die andere sehen konnten.«

Er machte die Tür zu, ging um den Pick-up herum und nahm gelassen auf dem Fahrersitz Platz, während sie gerade fast ihre eigene Zunge verschluckt hätte.

Reed war am Arsch. So richtig am Arsch. Für Grace stellte er die Heizung im Pick-up an, aber er schwitzte wie ein Bulle. Sie hatte ihn immer heiß gemacht, aber nun, nach dem Kuss, konnte er an nichts anderes denken als an eine Wiederholung. Sie mussten einiges besprechen, aber heiliger Strohsack …

Er versuchte, sich auf die Straße zu konzentrieren, aber er konnte nur daran denken, dass Grace wieder neben ihm saß. War sie immer dort gewesen, selbst als sie nicht da war? Hatte er sich deshalb nie richtig auf jemand anderen eingelassen?

Als ließe er sich von ihrer Vergangenheit leiten, fuhr er zu dem Majestic Theater am Rande der Stadt. Das aus Stein gebaute Theater hatte mehr Flair als alle anderen Gebäude meilenweit. Er parkte am Haupteingang, der halbkreisförmig vorgezogen war und ein schwarz-weißes gestrichenes Vordach hatte. Auf der Glasscheibe der verwitterten kastanienbraunen Flügeltür stand MA EST C (bei dem C fehlte die obere Hälfte). Der Seiteneingang war höher, mit zwei riesigen und schrecklich beschädigten Steinsäulen und ionischen Kapitellen auf beiden Seiten des bogenförmigen Durchgangs. Auf dem Fries über den Säulen waren abwechselnd Triglyphen und Metopen zu sehen, Verzierungen, die man für gewöhnlich in der griechischen Architektur sah. Reed stellte sich das Gebäude in seinem ursprünglichen Zustand vor, mit seinen schrägen Dächern in unterschiedlichen Höhen, sodass es wie verschiedene Lagen wirkte. Zu beiden Seiten der Vordertür sah man zugenagelte Löcher, wo die Fenster einst waren, sodass das Gebäude einem schlafenden, alten Monster ähnelte.

Reed wollte sich das Biest schnappen und ihm seine ursprüngliche Schönheit zurückgeben. Seit ihrer Kindheit war es verlassen, was die Wiese hinter dem Gebäude zu einem perfekten Ort zum Herumknutschen gemacht hatte. Sein Puls fing wieder an zu rasen, als er an den Abend dachte, an dem sie beide in ebendieser Wiese ihre Jungfräulichkeit verloren hatten.

Die guten alten Zeiten.

Er spürte Graces eindringlichen Blick.

»Ist das dein Ernst? Hier?« Sie lachte leise.

»Ich dachte, wir verstecken uns nicht vor unserer Vergangenheit.« Er stieg aus dem Auto, holte hinter seinem Sitz eine Jeans hervor und war sich sehr wohl bewusst, dass Grace ihm zusah, während er seine nasse Hose auszog.

»Was machst du da?«

»Ich zieh meine nassen Klamotten aus.«

»O mein Gott.« Sie wandte sich ab und sah zum Beifahrerfenster hinaus.

»Ist ja nicht so, als hättest du mich noch nie nackt gesehen.«

»Trotzdem! Das ist Jahre her!«, fuhr sie ihn an und hielt sich die Hand vor die Augen. »Hast du immer Klamotten im Auto?«

»Eine Hose und ein T-Shirt. Ich werde ohne Unterhose durch die Welt laufen müssen.« Er zog sich die trockene Hose über und kam dann um das Auto herum, um ihr herauszuhelfen.

Mürrisch kletterte sie aus dem Pick-up. »Hast du das jetzt nur erwähnt, damit ich daran denken muss, dass du unter dieser Jeans nackt bist?«

»Nein, aber wo du das jetzt sagst, ist das ein netter positiver Nebeneffekt.« Er kicherte, während sie die Augen verdrehte.

»Ich kann es einfach nicht fassen, dass du mich hierher gebracht hast.«

»Wohin sollte ich dich sonst bringen? Das Haus, das ich gekauft habe, war nicht möbliert, und außerdem renoviere ich noch, und du wohnst bei deinen Eltern. Komm schon, es wird wie in alten Zeiten.«

»Nein, wird es *nicht*. Du hast versprochen, dass du deine Lippen bei dir behältst.«

»Ja, aber *du* nicht.« Mit diesem Scherz ergriff er ihre Hand und führte sie um das Theater herum an genau den Ort, an dem sie unzählige Abende in den Armen des anderen verbracht hatten. Sie versuchte, sich loszureißen, aber er hielt sie fest. Er kannte seine Gracie, die davonstürmen und zu Fuß nach Hause laufen würde, bevor sie zugeben würde, dass sie ihn küssen wollte. Das würde er nicht zulassen. Sie mussten reden.

Schließlich hörte sie auf, sich losreißen zu wollen, und sagte: »Warte mal, mir ist gerade klargeworden, was du gesagt hast. Ich dachte, du hilfst nur deinem Onkel aus. Du hast ein Haus gekauft?«

»Ich hab dir doch gesagt, ich gehe nirgendwohin. Ich bin seit vier Monaten hier und die Veranda deiner Eltern ist der letzte Auftrag von der Firma meines Onkels. Ich habe gut investiert. Ich kann es mir leisten, wählerisch zu sein, und ich werde nur Projekte annehmen, die mich begeistern. Ich habe ein paar Eisen im Feuer. Mein Onkel und ich werden uns zusammentun, damit er nie wieder in diese Lage kommt. Es ist an der Zeit, mit Cross & Sohn an den Start zu gehen.«

Sie blieben stehen und sahen beide zu den stillgelegten Bahngleisen, der Grenze zwischen Meadowside und Oak Falls. Sie hatten immer auf der Seite der Bahngleise gesessen, die zu Oak Falls gehörte, auch wenn es – soweit Reed sich erinnerte – keine bewusste Entscheidung gewesen war. Jetzt fragte er sich, ob es wohl doch eine gewesen war. Er hätte alles getan, damit Grace sich wohlfühlte.

»Cross & *Sohn*.« Ihr Gesichtsausdruck wurde sanfter. »Das ist großartig, Reed. Das ist genau das, wovon du immer geträumt hattest, als wir Jugendliche waren. Aber heißt das, dass dein Vater nie aufgetaucht ist?«

Er schaute in die Dunkelheit, versuchte, die Wut auf seinen abwesenden Vater zu verbergen, die ihm stets unter der Haut gebrannt hatte. »Ja, aber ich bin darüber hinweg. Das Letzte, was ich in meinem Leben brauche, ist jemand, der nicht hier sein will.«

»Das ist schade. Es tut mir so leid. Ich hatte gehofft, ihr beide könntet eines Tages eine Beziehung zueinander aufbauen.«

Sie sah himmlisch sexy in seinem Sweatshirt aus, wie sie so aufrichtig mit ihm fühlte und diesen unsicheren Ausdruck in den Augen hatte. Von ihrem Ausflug in den kleinen Fluss waren ihre Haare zerzaust, und ihre langen Beine waren eine einzige Verlockung. So umwerfend sie auch äußerlich war, so hatte ihn doch immer Graces Herz am meisten angezogen. Sie hatte sich endlos um ihn Sorgen gemacht, um ihre Geschwister und am meisten um Sable, die so getan hatte, als wäre eine überfürsorgliche Schwester das Letzte, was sie wollte. Insgeheim hatte er sich immer gefragt, ob ihr großes Herz einmal ihr Verderben sein und sie zu dem Entschluss bringen würde, nicht fürs College von zu Hause wegzugehen, oder falls sie es doch tat, schnell zurückzueilen und ihre Träume aufzugeben, um sicher zu sein, dass es allen gut ging.

Aber Grace hatte sich als noch stärker erwiesen, als er gedacht hatte. Nicht dass er gehofft hatte, sie würde ihre Träume ihm zuliebe aufgeben, aber er hatte befürchtet, dass es dazu kommen könnte. Das hatte ihn in einen solchen Zwiespalt getrieben, dass er ihre Träume unterstützt hatte, anstatt zuzugeben, wie sehr er wollte, dass sie blieb.

Er versuchte wieder, nicht in ihre gemeinsame Vergangenheit zu versinken, sondern zeigte aufs Gras, ihre Hand noch immer in der seinen. »Willst du dich setzen oder lieber etwas gehen?«

»Gehen«, sagte sie schnell und verriet so ihre Nervosität.

Sie folgten den Gleisen, wie unzählige Male zuvor, über die Felder, die am Ortseingang lagen.

»Es hat sich nichts verändert«, sagte sie. »Kaum zu glauben, dass das Theater nie hergerichtet wurde.«

Durch ihre langen dunklen Wimpern hindurch sah sie zu ihm auf und eine nahezu elektrische Spannung verband sie. Es waren aber nicht nur die Funken sexueller Anziehungskraft, die die Luft erhitzten. Es fühlte sich kompliziert und vielschichtig an, denn die schmerzvolle Vergangenheit vibrierte ebenso wie hoffnungsvolle Sinnlichkeit. Sie wandte den Blick ab, und er spürte, dass sie seine Hand etwas fester hielt. *Gut.* Er war mit seiner Verwirrung nicht allein.

»Manche Dinge haben sich verändert«, sagte er, »aber bis die Stadt bereit ist, das Theater an jemanden zu verkaufen, der bereit ist, Blut, Schweiß und Tränen hineinzustecken, wird es leer stehen.«

»Viel Glück dabei. Die Leute hier haben seit Ewigkeiten dieselben Jobs, dasselbe Leben.« Sie zuckte zusammen. »Tut mir leid. Das klang wahrscheinlich überheblich.«

»Nein, es ist wahr. Aber es ist eines der Dinge, die mir an der Gegend hier gefallen. Mir gefällt es, dass der Ort, an dem wir zusammengekommen sind, immer noch so ist wie früher, und dass hinter der Bibliothek immer noch der Baum steht, in dem unsere Initialen eingeritzt sind. Und dass das Diner, in dem meine Tante und mein Onkel jeden meiner Geburtstage mit mir gefeiert haben, noch da ist und von demselben Paar geführt wird.« Er blieb stehen und wandte sich ihr zu. »Und mir gefällt, dass du hier bist und wir uns zufällig getroffen haben. Ich habe nie aufgehört, an dich zu denken, Grace.«

Sie öffnete den Mund, als wollte sie etwas sagen, aber genauso schnell presste sie die Lippen wieder aufeinander.

»Warum ist das hier so schwer für dich, wenn doch alles zwischen uns immer so einfach war?«

Sie fummelte am Saum seines Sweatshirts herum, und er suchte nach etwas, um sie zum Reden zu bringen.

»Ich habe ein Angebot für das Theater abgegeben.«

Der Schreck war in ihren Augen abzulesen. »Du …? Was

versuchst du da? Die Vergangenheit neu zu erschaffen?«

»Wohl kaum. Glaubst du, ich will es noch einmal erleben, dich zu verlieren?« Das ließ er einen Augenblick sacken. Die Immobilie war eine kluge Investition. Das nächstgelegene Kino, ein großer Komplex, lag dreißig Minuten entfernt und war etwa so persönlich wie eine Autobahn. Das Theater als Veranstaltungsort wiederzueröffnen, würde nicht nur ein Freizeitangebot vor Ort bieten, es würde auch Arbeitsplätze schaffen und hoffentlich die Wirtschaft der kleinen Stadt ankurbeln. Aber das waren nicht die Hauptgründe dafür, dass er es kaufen wollte.

»Ein paar Wochen bevor ich zurück in die Stadt kam, wurde es auf dem Markt angeboten. Ich hatte keine Ahnung, dass wir uns über ein kurzes Hallo bei einem deiner Besuche hinaus wiederfinden würden. Historischen Gebäuden ein neues Leben einhauchen, das ist meine Arbeit. Dieses Theater kann man vielleicht nicht als historisch einstufen, aber es ist für die Gegend ein Wahrzeichen, das Tradition hat, auch für mich. Ich fühle mich gut, wenn ich hier bin. Einige meiner schönsten Erinnerungen haben genau hier hinter dem Theater stattgefunden. Warum sollte ich *nicht* versuchen, es zu kaufen?«

»Es ist einfach überraschend, mehr nicht. Du bist plötzlich zurück, kaufst Immobilien. Meine Mutter meinte, du seist eine Art Denkmalexperte, aber …«

»Experte … das weiß ich nicht, aber ich liebe meine Arbeit«, erwiderte er bescheiden und spielte die Tatsache herunter, dass er einer der führenden Denkmalschützer in Michigan gewesen war. Nichts davon war von Bedeutung. Er war nicht Experte geworden, um berühmt zu sein. Er war seiner Leidenschaft gefolgt.

»Ich konnte mir die Chance nicht entgehen lassen, diese

Schönheit zu restaurieren. Wir haben noch nichts unterschrieben, aber ich hoffe, wir einigen uns. Es ist das perfekte Projekt für den Start der Firma von Roy und mir.« Er wollte es allein kaufen, aber wenn das Geschäft zustande kam, würden Cross & Sohn das Gebäude zum Strahlen bringen. »Aber ich möchte unsere Zeit nicht damit verbringen, über die Arbeit zu reden. Erzähl mir, was du am Fluss sagen wolltest.«

Sie wandte den Blick wieder ab.

»Komm schon, Gracie. Seit wann scheust du dich davor, auszusprechen, was du denkst?«

»Seit das Aussprechen dessen, was ich denke, genau das ans Tageslicht befördert, was am meisten wehtut.«

Er ergriff ihre andere Hand, und sie versuchte nicht, sie ihm zu entziehen, was ihn überraschte. »Umso wichtiger, es auszusprechen. Wir werden entweder Freunde werden oder ein Liebespaar, aber wir werden keine Feinde werden.«

Da zog sie beide Hände zurück und stemmte sie mit empörtem Gesichtsausdruck in die Hüften. »Seit wann bist du so sehr von dir überzeugt?«

»Ich bin nicht von mir überzeugt. Wir wollten uns nicht vor der Wahrheit verstecken. Ich lege einfach nur alle Karten auf den Tisch. Soll ich anfangen und Tacheles reden?« Er fuhr sich durch die Haare und ging ein paar Schritte hin und her, bevor er sie wieder ansah. Seine Brust zog sich zusammen, aber er würde sich davon nicht abhalten lassen, endlich die Dinge zu sagen, die er nie hatte aussprechen können.

»Es war ätzend, dass du dich für das College und gegen mich entschieden hast, aber ich verstehe es. Damals vielleicht nicht, aber wer kann das mit achtzehn schon verarbeiten. Ich habe dich geliebt, Gracie. Als du gegangen bist, hast du mir das Herz gebrochen.« Er zuckte mit den Schultern, der Schmerz in ihren Augen tat ihm weh, aber er hatte es satt, schlechte Gefühle in sich zu tragen, und er hatte den Mist satt, den er in Michigan hingenommen hatte. Er wollte sein Leben nie wieder im Dunkeln leben.

»Warum hast du mir dann gesagt, dass du diese Gegend nie verlassen würdest?« Ihre Stimme wurde lauter, sie verschränkte die Arme.

»Weil ich nicht vorhatte zu gehen. Ich *wollte* nicht gehen.«

Ihre Finger drückten sich in ihre Haut. »Klar. Und deshalb bist du nicht mal einen Monat später gegangen. Zumindest war ich stark genug, ehrlich zu sein und die Beziehung zu beenden. Du hast verschwiegen, was du *wirklich* wolltest.« Ihre Hände flogen in die Höhe. »Warum konntest du mir nicht einfach sagen, dass du nicht mehr mit mir zusammen sein wolltest? Warum hast du dieses dämliche Spiel gespielt und so getan, als wolltest du, dass ich meine Träume verwirkliche? Um es dir leichter zu machen, das zu tun, was du wirklich wolltest?«

Er konnte ihr überhaupt nicht folgen. »Wovon redest du?«

»Spiel keine Spielchen, Reed. *Du* wolltest darüber reden.«

»Da hast du verdammt noch mal recht.« Wut breitete sich in ihm aus. »Du kannst doch nicht ernsthaft glauben, dass ich je etwas anderes wollte, als mit dir zusammen zu sein. Ich habe dir gesagt, ich würde auf dich warten. *Du* hast gesagt, das wäre Zeitverschwendung.«

»Weil ich mein Leben niemals *hier* verbringen wollte!« Sie betonte ihre Aussage, indem sie auf den Boden zeigte.

»Genau. Und warum bist du dann sauer auf mich?« Er trat näher an sie heran, suchte in ihren Augen nach einem Hinweis darauf, was ihm entging.

»Weil du gegangen bist, Reed! Du bist von hier abgehauen, so schnell es nur ging! Für mich konntest du die Stadt nicht verlassen, aber irgendjemand oder irgendetwas ließ dich genügend fühlen oder lieben oder –« Tränen glänzten in ihren Augen, sie wandte sich ab.

»Grace …«

»Nicht! Wolltest du das?« Sie wandte sich ihm wieder zu, Tränen rannen über ihre Wangen und sein Herz zersprang. »Wolltest du sehen, dass du mir wehgetan hast?«

»Nein, zum Teufel.« Er streckte die Hand nach ihr aus, aber sie wich zurück. »Gracie, warte. Du hast das alles falsch verstanden.«

Sie wischte ihre Tränen fort. »Es ist nicht schwer, die Wahrheit zu sehen. Du solltest mich jetzt besser nach Hause fahren.«

Er zog sie in seine Arme, ignorierte ihr Sträuben. »Nein. Du kannst so sauer sein, wie du nur willst, aber ich gehe nicht, bevor du die Wahrheit gehört hast.«

»Ich bin heute Abend nicht mit dir mitgegangen, um alles noch einmal zu durchleben.«

»Warum bist du dann mitgekommen?«, fragte er herausfordernd, und als sie ihn wütend anblickte, sagte er: »Ich sag dir, warum, Grace. Weil das, was wir da heute Abend im Fluss gefühlt haben, verdammt noch mal zu groß ist, um es zu ignorieren. Damals waren wir Kinder, aber wir waren nicht zu dumm, um zu wissen, dass das hier« – er zog sie näher an sich und die Luft wich aus ihrer Lunge – »*echt* ist. Erste Liebe hin oder her, ich habe nie wieder so etwas gefühlt wie in den Momenten, in denen ich mit dir zusammen war. Und als wir uns heute Abend geküsst haben? Verdammt, Grace …«

Er ließ sie los, aber sie wich nicht zurück, während sie ihn beschwörend ansah. Er legte die Arme wieder um sie. »Ich bin für niemanden weggegangen. Es war das Letzte, was ich wollte.

Aber ich *musste* zum Teufel nochmal von hier weg. Hier zu bleiben, war zu schwer. Ich hab dich *überall* gesehen. Jedes Mal wenn ich mich ins Auto setzte, roch ich dein Parfum, hörte ich dein Lachen. Wenn ich zum Fluss ging, erinnerte ich mich an dich, wie wir im Wasser herumgeplanscht hatten. Ich verstehe, warum du gegangen bist, warum du gehen *musstest*. Du hast das Richtige getan, Grace. Das weiß ich jetzt, aber du hast einen Teil von mir mitgenommen, und ich habe versucht, dieses Gefühl wiederzufinden, aber …«

»Du hast es nicht gefunden«, sagte sie voller Verwunderung, als hätte sie die gleichen Geister bekämpft.

Er schüttelte den Kopf. »Kein einziges Mal.«

»Es hat mir das Herz gebrochen, als du die Stadt verlassen hast. Ich weiß, das ist nicht fair. Ich bin ja fortgegangen, um zu studieren, aber ich dachte –«

»Was immer du gedacht hast, es war falsch, Gracie.« Er ließ die Hände über ihren Rücken nach oben gleiten, zog sie so noch näher an sich und ließ ihr gar keinen Raum. »Du hast mich gebrochen, als du gegangen bist. Obwohl du immer gesagt hattest, dass du dazu bestimmt warst, in der Großstadt zu leben, und ich wusste, dass du es ernst meintest. Ich wollte, dass sich all deine Träume verwirklichen. Ich habe es erwartet. Und dennoch hat es mich zerrissen.«

»Es hat auch mich zerbrochen. Ich konnte es einfach nur nicht zugeben, sonst wäre ich niemals gegangen.«

»Nachdem du fort warst, konnte ich nirgends hinschauen, ohne dich zu sehen. Und nachdem ich nach Michigan gezogen war, war es fast unmöglich, zu Besuch zurückzukommen, was eine ganz andere Geschichte ist. Wir haben beide geliebt und verloren, und ich weiß, ich habe versprochen, dich nicht wieder zu küssen, aber ich will –«

Sie stellte sich auf die Zehenspitzen und legte ihre Lippen auf eine überraschend sanfte, vorsichtige Art auf seine. Ihr verhaltenes Begehren kam einem heftigen Aphrodisiakum gleich. Er ließ seine Zunge über den Rand ihrer Lippen gleiten. Als sie den Mund öffnete, schob er beide Hände in ihre Haare und wurde direkter. Ihre Küsse wurden wild und drängend, beide gaben und nahmen gleichermaßen. Alles andere wich zurück, bis es nur noch ihn und Grace und ihre atemberaubende Verbindung gab.

Sie lösten sich so langsam voneinander, wie sie zusammengekommen waren. Grace zog ihre Hände zurück. Eine legte sie auf ihren Mund, die andere auf ihren Bauch. Ihr Blick wanderte suchend umher, als wäre sie ebenso benommen von dieser starken Verbindung zwischen ihnen wie er.

»Es ist immer noch echt, Gracie.«

Sie wirkte ebenso hin- und hergerissen, wie er sich bei ihrem Wiedersehen gefühlt hatte. »Ich hätte nicht … Wir … Das geht nicht.«

Er nahm ihre Hand in seine und sagte: »Es geht.«

»Es führt nirgendwohin«, sagte sie schwach.

Das Grinsen, das an seinen Lippen zuckte, konnte er nicht zurückhalten. »Ich kann mir einige Orte vorstellen, an die es führen könnte.«

Ein nervöses Lachen entwich ihrem Mund, und er war froh, sie lächeln zu sehen.

»Reed …« Sie trat einen Schritt zurück und schaute auf ihre verschränkten Hände. »Ich denke, du solltest mich zum Haus meiner Eltern zurückfahren.«

Ihre Hand löste sich von seiner und er sagte: »Grace …« Doch seine Stimme verlor sich, als sie zum Auto ging.

Die Fahrt zum Haus ihrer Eltern verlief angespannt und

ruhig, da beide in ihre eigenen Gedanken vertieft waren. Er stellte das Auto auf der Auffahrt ab, und eine Minute lang saßen sie schweigend nebeneinander, erinnerten sich an jene letzten Tage, bevor sie sich getrennt hatten. Alte Geister verfolgten sie. Damals war Reed ein Junge an der Schwelle zum Mannesalter gewesen, dem gerade der Teppich unter den Füßen weggezogen worden war. Jetzt war er nicht mehr dieser Junge und es gab keinen Teppich.

Er ging ums Auto herum und öffnete Grace die Tür. Als sie sich zum Aussteigen umdrehte, zog er sie zu einem langsamen, sinnlichen Kuss an sich, so wie sie es immer geliebt hatte. Er spürte, dass ihr Widerstand nachließ und sie sich an ihn schmiegte, und vielleicht machte es ihm zu einem Arschloch, aber er nutzte seine Fähigkeit, ihre Körpersprache zu lesen, zu seinen Gunsten aus und vertiefte den Kuss. Er küsste sie, bis sie kaum noch atmete, und dann liebkoste er ihren Mund weiter, bis sie in seinen Armen zitterte. Erst dann löste er sich mit einer Reihe von leichten Küssen von ihr.

Graces Augen blieben geschlossen.

Er ließ seine Hand in ihren Nacken gleiten und flüsterte: »Atme, Gracie. Wenn es um deine Küsse geht, werde ich immer dein Nimmersatt sein.« Sie hatte ihn immer *Nimmersatt* genannt, weil er nie genug bekommen konnte.

Sie zwinkerte mehrere Male, so als müsste sie den Blick auf ihn wieder scharf stellen, und dann, ohne ein Wort, stieg sie aus dem Pick-up aus. Er begleitete sie zur Tür und fragte sich, was sie dachte. Mann, er wusste ja nicht einmal, was *er* dachte.

Als sie die Veranda erreichten, beugte er sich vor, um sie auf die Wange zu küssen, und sie legte die Hand flach auf seinen Brustkorb, um ihn nicht zu nah kommen zu lassen.

Mit einem schüchternen Lächeln, das sich vertraut, aber

irgendwie auch zu distanziert anfühlte, griff sie nach dem Türknauf und sagte: »Danke für den heutigen Abend.« Sie ging hinein und ließ ihn mit der Frage zurück, wofür sie ihm dankte. Das Gespräch? Die Fahrt? Die Küsse?

Als er die Fahrertür öffnete, blickte er zu ihrem Kinderzimmerfenster und sah, dass sie hinausschaute. Seine Brust zog sich zusammen, als die Vorhänge zufielen.

Willkommen zu Hause, Gracie.

Sechs

Als Grace am Sonntagmorgen den Föhn abstellte, drangen die Stimmen ihrer Schwestern durch die offene Badezimmertür zu ihr.

»Endlich«, sagte Sable.

Innerlich aufstöhnend fuhr sich Grace rasch mit der Bürste durchs Haar und machte sich daran, etwas Make-up aufzulegen. »Hast du nicht in der Werkstatt zu tun?«

»Nicht am Sonntag.«

Morgyn? Grace stieß die Tür mit dem Fuß weiter auf und entdeckte Morgyn, die bäuchlings mitten auf dem Bett lag und in Graces Zeitschrift *Theatre Arts* las, wobei sich ihr Hippierock in einem bunten Meer um ihre Knie drapierte. Ihre Füße schwebten – samt Stiefeln – gefährlich nah über Graces Kissen, und die langen blonden Haare fielen ihr offen über die Schultern, zurückgehalten durch ein schmales Batikstirnband. Auf der Bettkante neben ihr saß Sable in abgeschnittenen Jeansshorts, Stiefeln und einem hautengen roten T-Shirt und blätterte durch Graces Skripte. Obwohl sie mit Geschwistern aufgewachsen war, die keinerlei Grenzen kannten, empfand sie dieses Verhalten – nachdem sie so lang allein gelebt hatte – als aufdringlich.

»Hallo, Morgyn«, sagte Grace. »Was machst du denn hier?«

Ihre Schwester grinste. »Du hast die Party gestern Abend mit einem ziemlich heißen und ziemlich verfügbaren Mann verlassen. Brindle hat gesagt, sie würde mir die Hölle heißmachen, wenn ich ihr nicht alle Details berichte.«

Es war schon schlimm genug, dass Grace Reed geküsst und kaum geschlafen hatte. Musste sie sich jetzt auch noch einer Inquisition stellen? »Wo ist Brindle?« Sie beugte sich näher zum Spiegel, als sie den Eyeliner auftrug.

»Sie ist nach der Party gestern mit Trace heimgegangen«, erklärte Sable. »Also hat sie in diesem Augenblick entweder einen Orgasmus, besorgt es Trace oder sie trennen sich mal wieder. Man weiß es nie so richtig.«

Als Grace ihr Make-up vollendet hatte, marschierte sie ins Schlafzimmer. Sie nahm Sable das Skript aus der Hand und legte es auf den Nachttisch. »Als ich gestern nach Hause kam, warst du nicht hier.«

»Ist spät geworden auf der Party«, sagte Sable, während ihr Blick an Graces Körper hinunterglitt. »Wow! Sieht aus, als wäre jemand auf den Geschmack gekommen und will jetzt mehr. Du siehst *heiß* aus!«

Grace spürte die Röte in ihre Wangen steigen und schaute an ihrem grauen Stretchrock und dem pinken kurzärmeligen Pullover hinunter. »Ist bequem.«

»Supersexy trifft's wohl eher«, sagte Morgyn. »Und das sind mörderische Stiefeletten. Ich wette, die haben dich einen Batzen gekostet.«

»Nichts Besonderes«, log Grace. Sie hatten einen Batzen gekostet und sie trug sie nur zu besonderen Gelegenheiten. Auch wenn sie es nicht unbedingt als besondere Gelegenheit bezeichnen würde, wenn sie Reed traf. Aber es war doch irgendwie *etwas*.

»Du hast dich eindeutig für den *Renovation Man* schick gemacht«, sagte Sable.

Grace hatte wirklich keine Lust, über ihr Outfit zu reden. Es ging ihre Schwestern nichts an, dass sie erregt und durcheinander aufgewacht war und nach einer kalten Dusche noch immer seine Lippen auf ihren spürte. Oder dass sie sich daran erinnerte, wie sehr Reed es damals gefallen hatte, wenn sie ihren kurzen Cheerleader-Rock getragen hatte.

»Hey, das kann man dir nicht übelnehmen«, meinte Sable. »Der Typ dürfte mich jederzeit flachlegen.«

»Sable!« Grace zeigte auf den Flur.

Sable lachte. »Keine Sorge, Schwesterherz. *Sisters before Misters*, du weißt schon. Ich würde mich nie an deinen Typen ranmachen.«

»Dann war es also nicht nur ein Flirt?« Morgyn setzte sich auf. »Du und Reed Cross, das ist was Ernstes?«

Das Grinsen von Sable ignorierend sagte Grace: »Nein, Reed Cross und ich sind nichts Ernstes. Er ist *ein Freund*. Ich kenne ihn von der Highschool.«

Morgyn strich sich die Haare hinters Ohr und schaute unschuldig zu Grace auf. »Ah … Ich dachte nur, weil ihr beide im Fluss gegenseitig eure Mandeln inspiziert habt, kennt ihr euch vielleicht etwas besser. Mein Fehler.« Sie stand auf und gab sich naiv, ganz die neckende Schwester. »So wie du guckst, könnte man denken, dass du dich entweder nicht daran erinnerst, ihn geküsst zu haben, oder dachtest, wie hätten dich nicht gesehen.«

»Ich …« *Erinnere mich an jede einzelne wunderschöne Sekunde.* Sie räusperte sich, versuchte, diese Erinnerungen zu verdrängen, und sagte: »Wir waren ziemlich gute Freunde.«

Ein Klopfen an der Glastür, die zur Veranda führte, ließ alle drei Richtung Vorhänge schauen.

»Mom und Dad sind mit den Hunden unterwegs und Brindle ist bei Trace«, sagte Morgyn. »Ich nehme mal an, dass dein *ziemlich guter* Freund hier ist und einen *ziemlich guten* Quickie wünscht.«

»Du meine Güte, du bist genauso schlimm wie Sable«, sagte Grace und zog die Vorhänge beiseite. Ihr Magen tat einen Sprung beim Anblick von Reeds jungenhaftem Lächeln und seinem unverkennbar männlichen Körperbau. Wie kam es nur, dass ein Mann mit Werkzeuggürtel Frauen so ausflippen ließ?

Sable drängte sich an ihr vorbei und riss die Tür auf. »Wunderschönen guten Morgen, Renovation Man.«

»Hey, Sable«, sagte er lässig, während er den Blick keine Sekunde von Grace abwandte. »Wie geht es den Montgomery-Damen heute Morgen?«

Graces Puls raste unter Reeds brennendem Blick. Sie brachte kein einziges Wort heraus. Ihre Gedanken hatten sich wieder an den Fluss verirrt, um noch einmal ihren ersten Kuss seit Ewigkeiten zu durchleben.

»Einige von uns funktionieren besser als andere«, antwortete Morgyn, als sie hinausging. »Ich muss los. Ich geh mit Haylie und Lindsay auf den Jahrmarkt.«

Haylie war die jüngere Schwester von Chet Hudson. Sie war alleinerziehende Mutter und die Verwaltungsleiterin des neuen Bürgerhauses No Limitz. Lindsay war die kleine Schwester von Sophie, und Grace wünschte sich, Sophie wäre auch hier und nicht in New York. Sophie war für sie dagewesen, lang bevor Reed in ihr Leben getreten war. Sie hatte Grace durch die Höhen und Tiefen der Kindheit begleitet, durch die Trennung von Reed und durch alle lebensverändernden Ereignisse seither.

Sophie würde ihr diese lächerliche Schwärmerei ausreden, oder was auch immer sie gerade dazu trieb, sich wie ein Teenager zu benehmen, der in den Bad Boy verknallt war.

Sable verschränkte die Arme und lehnte sich gegen den Türrahmen, während sie Grace und Reed beobachtete, als seien sie ein Unterhaltungsprogramm.

»Sable, hast du nicht gerade etwas Besseres zu tun?«, erkundigte sich Grace mit einem nicht allzu subtilen Blick.

»Was könnte besser sein, als zuzuschauen, wie etwas, das ein Jahrzehnt gedauert hat, Wirklichkeit wird?«

Reed holte eine große Tüte M&M's aus seinem Werkzeuggürtel. »Grace, ich nehme an, das ist immer noch dein Lieblingsfrühstück?«

»Das weißt du noch?«, stieß sie etwas zu kurzatmig aus.

»Du bist schwer zu vergessen.«

»Okay«, meinte Sable entschieden und drückte sich vom Türrahmen ab. »Das ist mir viel zu schnulzig. Ich bin weg.«

Reed trat zur Seite, um Sable vorbeizulassen, doch sein Blick haftete noch immer auf Grace, und das machte sie nervöser, als es sollte. Sie hatte beruflich mit allen möglichen Leuten zu tun, von reichen bis hin zu berühmten. Wie schaffte es so ein Kleinstadttyp wie Reed, ihr Hirn zu pulverisieren? Sie schaute hinunter auf ihre Finger, während sie gedankenverloren die Tüte mit den Süßigkeiten aufriss und ihr Herz noch etwas heftiger schlug.

Ah ja, genau so schafft er das.

Er kannte sie besser als sie selbst. Er hatte *vorhergesehen*, dass sie ihn sehen wollte, während sie sich zwar entsprechend angezogen hatte, gleichzeitig aber noch mit sich gerungen hatte, bis zu dem Moment, in dem sie sein gut aussehendes Gesicht gesehen hatte. Dieses Gesicht, das in ihren schmutzigsten

Fantasien die Hauptrolle spielte und sie davon abhielt, sich bei einem anderen Mann jemals ganz fallen zu lassen.

Ein Blick genügte, dann gab es keine Fragen mehr. Sie wollte ihn sehen. Himmel, sie wollte ihn küssen. Sie stopfte sich eine Handvoll Schokolade in den Mund, um diesen Drang zu bezwingen, und hielt Reed die Tüte hin. »Möchtest du?«

»Ja«, sagte er gelassen. Dann wurde sein Blick glühend, dunkel wie die Nacht und heiß wie Feuer, als er hinzufügte: »Aber nicht das, was du mir anbietest.«

Sie lachte und die in ihr ansteigende Spannung löste sich. »Warum bist du so darauf versessen?«

»Ich bin auf nichts versessen. Aber es wäre Verschwendung, die Chemie zwischen uns zu ignorieren. Findest du nicht?«

Sie hatte eine sehr lange Zeit ohne *Chemie* verbracht. So lang, dass sie es kaum noch buchstabieren konnte. Es zu ignorieren, war keine Option. Aber sie und Reed ... Das schrie nach Verletzung und sie lebte ganz gerne in ihrer einsamen Blase ohne weitere Stiche ins Herz. Okay, vielleicht hasste sie diese einsame Blase, aber sie wollte auf alle Fälle ihr Herz beschützen. »Ich finde, dass wir uns kaum noch kennen.«

Reed trat mit einem verschlagenen Ausdruck in den Augen näher.

»Warum kommst du immer so nah? Du dringst in meinen persönlichen Bereich ein.«

»Weil es manche Dinge gibt, die sich nicht verändern. Wie zum Beispiel deine Reaktion auf meine Nähe.« Sein Schweigen war lang genug, um die Luft zwischen ihnen in Brand zu setzen.

Grace rührte sich nicht und weigerte sich, die Niederlage und die weichen Knie einzugestehen.

»Ich bin versucht anzunehmen, dass sich andere Dinge auch nicht geändert haben«, sagte er leise. »Du hattest nie etwas für

Techtelmechtel übrig und wusstest immer, welches Ziel du als Nächstes vor Augen hast. Du denkst wahrscheinlich gerade darüber nach, dass du herausfinden möchtest, ob wir noch immer kompatibel sind, dass du aber nur zu Besuch bist und nicht weißt, was dann ist.«

»Ich bin nur für drei Wochen hier, Reed. Wie ich schon sagte, das hier führt nirgendwohin.«

Seine Lippen verzogen sich zu einem frechen Lächeln, mit den Fingern strich er über ihren Handrücken. »Und wie ich schon sagte, ich kann mir viele Orte vorstellen, an die das hier führen könnte.«

»Lass stecken, Playboy.«

»Ich bin kein Playboy, Grace. Das war ich nie und werde ich auch nie sein.« Er beugte sich noch weiter vor, sein minziger Atem erfüllte all ihre Sinne. »Aber das weißt du ja bereits.«

»Das wusste ich früher, aber ich habe keine Ahnung, wie dein Privatleben heute aussieht.«

»Dann wird es Zeit, dass wir das ändern. Geh mit mir aus.«

Sie schaute auf seinen Werkzeuggürtel. »Du arbeitest und ich muss einige Manuskripte lesen.«

»Heute Abend, Grace. Wir wollten immer zusammen auf den Jahrmarkt gehen. Jetzt haben wir die Gelegenheit.«

»Grace!«, rief ihre Mutter von der Wiese herüber, wo sie und Graces Vater mit den Hunden arbeiteten. »Komm und schau dir an, wie gut sich die Welpen machen!«

Hatten sie sie die ganze Zeit beobachtet? Grace trat einen Schritt zurück, doch Reed legte die Hand auf ihren Arm, während seine Einladung wie der Apfel im Paradies über ihnen schwebte.

»Heute Abend, Gracie«, sagte Reed, als wäre es schon entschieden.

Sie seufzte, denn sie wusste, dass sie nicht die geringste Chance hatte, ihn abzuweisen. »Okay.«

»Ich hole dich um sieben ab.« Sein Blick glitt an ihrem Körper hinab und ließ Gänsehaut sprießen. Er küsste sie auf die Wange und sagte: »Noch etwas hat sich nicht geändert: Ich liebe deine Beine immer noch.«

Und du lässt sie noch immer zu Pudding werden.

Sie behielt diese pikante Information für sich und ging zu ihren Eltern hinüber. Reba und Dolly sprangen auf sie zu, und sie bückte sich, um sie zu kraulen. Freudig sabbernd begrüßten die Hunde sie.

»Hallo, mein Schatz«, sagte ihr Vater und umarmte sie. Cade Montgomery war von Natur aus vorsichtig, ebenso sorgfältig und aufs Detail konzentriert wie Grace, Pepper und Amber, und wenn es um seine Töchter ging, war er schon immer ein wenig überfürsorglich gewesen. Nicht erdrückend, sondern gerade streng genug, um den Kerlen ihre Grenzen aufzuzeigen, bevor sie mit einer von ihnen ausgehen durften. »Du siehst hübsch aus. Hast du was vor?«

»Nur ein bisschen arbeiten, ein paar Telefonate erledigen. Du weißt schon, das Übliche.«

»Ich dachte, du hättest es dir abgewöhnt, M&M's zum Frühstück zu essen«, meinte ihr Vater und deutete auf die übergroße Tüte in ihrer Hand.

»Oh, äh … hab ich auch, wenn ich in der Stadt bin. Aber hier, du weißt schon …« *Ich hoffe, die Schokolade lässt mich vergessen, wie sehr ich Reed will.* »Nostalgie wahrscheinlich.«

Ihre Mutter gab ein *Hmm* von sich. »Du und Reed, ihr versteht euch anscheinend gut. Er ist ein netter Mann, Gracie.«

Grace seufzte und verspürte wieder dieses uralte Schuldgefühl, das sie als junges Mädchen immer erfüllt hatte, weil sie ihre Beziehung vor ihren Eltern und Freunden geheim gehalten hatte. »Ja, er ist sehr nett.«

»Du bist drei Wochen lang hier«, sagte ihre Mutter, als sie einen Ball für die Hunde warf. »Das ist lang genug, um ein paarmal auszugehen und sich zu amüsieren. Man weiß nie, was daraus wird.«

»Mom, ich werde nicht wieder hierherziehen.« Ihre Mutter versuchte immer, Grace und Pepper dazu zu bringen, zurück nach Hause zu ziehen. Bei Axsel hatte sie es aufgegeben, zumindest für die nächsten Jahre. Ihrer Mutter zufolge stieß er sich noch die Hörner eines Mannes von Anfang zwanzig ab.

Ihre Mutter zuckte mit den Schultern. »Hoffen darf eine Mutter wohl noch. Und was wäre daran so schlecht, hier zu wohnen? Du könntest hier im Ort Theater machen, wo die Menschen, die dich lieben, daran teilhaben könnten.«

»*Mom.*« Grace schüttelte den Kopf, denn sie hatte keine Lust, diese Diskussion schon wieder zu führen.

»Marilynn, wenn du nicht aufpasst, kommt sie nicht mehr zu Besuch«, warnte ihr Vater. Er lächelte und seine blauen Augen leuchteten noch heller. »Und du, Grace, kannst deiner Mutter nicht übelnehmen, dass sie es versucht. Sie vermisst dich.«

»Ich weiß, aber ich habe ein Leben in New York und eine tolle Arbeit.« *Auch wenn sie mich die meiste Zeit verrückt macht und meine gesamte Freizeit auffrisst.* Das war, was sie wollte, dafür hatte sie sich entschieden. Es war notwendig, wenn man eine hervorragende Produzentin sein wollte. »Ich bin über Gemeindetheater und Kleinstadtproduktionen hinaus. Das weißt du.«

»Ich bin stolz auf dich, mein Schatz«, sagte ihre Mutter. »Du hattest als kleines Mädchen schon einen Traum und hast ihn dir verwirklicht. Aber was ist, wenn du den besten Traum verpasst, während du dein Leben im Hamsterrad der Arbeit verbringst? Du sagst immer, die Männer in der Stadt sind zu kleinlich oder materialistisch. Ich dachte, wenn du Zeit mit Reed verbringst, wäre das eine erfrischende Abwechslung.«

Die alleinstehenden Männer, die Grace kannte, waren genau so, wie ihre Mutter sie beschrieb – oder noch schlimmer. Die Schauspieler waren Diven, oft noch schlimmer als ihre Kolleginnen. Sie wusste, dass es sehr verallgemeinernd war, von »den Männern in der Stadt« zu sprechen, aber sie arbeitete mit Künstlern, und Männer außerhalb dieser Branche kennenzulernen, war schwierig, wenn sie die meiste Zeit über arbeitete.

»Dann wirst du dich ja darüber freuen, dass Reed und ich heute Abend zusammen auf den Jahrmarkt gehen.«

Ihre Mutter machte große Augen und ein ebensolches Lächeln. »Wirklich? Das ist ja wunderbar!«

»Fang nicht an, unsere Hochzeit zu planen, Mom. Wir gehen als Freunde, und genau das werden wir sein, wenn ich wieder zurück in die Stadt gehe.« Ihr Handy klingelte, und froh über die Gelegenheit, das Gespräch zu beenden, holte sie das Telefon aus der Rocktasche. »Das ist Sophie. Entschuldigt mich kurz.«

Sie entfernte sich, als sie das Gespräch annahm, und sprach leise: »Dein Timing ist perfekt.«

»Ich hab deine Nachricht bekommen. Tut mir leid, dass ich nicht früher zurückgerufen habe, aber Brett und ich … haben uns sportlich betätigt.«

»Du hast meine Verzweiflung ignoriert, um es mit deinem Mann zu treiben? Jetzt weiß ich, wie weit ich in deiner Gunst gefallen bin«, scherzte Grace. Sophie war im neunten Monat. Sie und ihr Mann Brett Bad hatten ein Haus in Oak Falls gebaut, wo sie Sophies Mutterschutzurlaub verbringen wollten. Am nächsten Wochenende organisierte ihre Familie eine Babyparty und Grace freute sich auf das Wiedersehen.

»Wohl kaum. Du bist schon immer nach dem Sex mit Brett gekommen.« Sophie lachte. »Du meine Güte, das klingt so versaut, als wenn du *kommst*, nachdem *wir* Sex hatten!«

»Hör zu!«, sagte Grace kichernd. »Sei mal ernst, Soph! Ich habe ein Problem.«

»In Ordnung …« Sophie lachte wieder.

»Sophie, bitte! Ich habe das Gefühl, meine Trockenzeit ist in Gefahr. Nicht, dass das schlecht wäre, aber ich gehe heute Abend mit Reed zum Jahrmarkt.«

Sophie kreischte auf.

»Du bist keine Hilfe!« Sie ging auf dem Rasen auf und ab und beobachtete, wie in einiger Entfernung ihre Eltern mit den Hunden spielten. Sie genossen ihr Leben sehr, und Grace fragte sich, ob ihre Mutter recht hatte, wenn sie sagte, Grace verpasse ihr eigenes Leben. Sophies kürzlicher Sturzflug in den Hafen der Ehe und die bevorstehende Mutterschaft hatten diese Sorge ebenfalls angestachelt.

»Ach, komm schon, Grace! Du brauchst etwas Sex, bevor deine weiblichen Regionen noch zuwachsen, und du bist nie über Reed hinweggekommen.«

»Aber –«

»Bevor du es leugnest, denk daran, dass ich dabei war, als du dein Tattoo bekommen hast, und außerdem kenne ich den Namen deines Vibrators.«

Oh, Mist.

»Ganz genau, *Mr. Nimmersatt.* Wenn du denkst, ich wüsste nicht, dass es sich dabei um Reed handelt, unterschätzt du mich.«

Grace kniff die Augen zu. »Ich wollte es ja gar nicht leugnen. Und es stimmt ja, dass ich nie über ihn hinweggekommen bin, aber ...« Sie schaute zur Veranda hinüber und sagte: »Der Herzensbrecher schuftet hier gerade mit nacktem Oberkörper, sieht unglaublich heiß aus und macht mich frech an.«

»Ganz so, wie du es gern hast«, sagte Sophie.

»Mhm. Echt jetzt, als ich ihn das erste Mal wiedergesehen hab, bin ich sofort wieder zu diesem liebeskranken Teenager mutiert.«

»Ist doch klar. Wie gern hätte ich das gesehen! Was hast du mir bei Brett geraten? Mit ihm zu schlafen und ihn dann aus meinem Hirn zu verbannen – weißt du noch? Hat bei mir nicht funktioniert, aber es war ein guter Rat. Vielleicht solltest du mit Reed schlafen und herausfinden, ob es so mies ist.«

»Wenn seine Art zu küssen auf irgendwas schließen lässt, dann vögelt er immer noch wie ein Sexgott.«

»Du hast ihn *geküsst*? Und das höre ich erst jetzt? Ich will alle Einzelheiten!«

Grace berichtete ihr von der Party am Fluss und von seinen Küssen, die ihr jegliche Denkfähigkeit raubten. »Er ist immer noch mein Nimmersatt, Soph, nur dass sich jetzt alles anfühlt wie unter einem Vergrößerungsglas. Und wie er redet ... Ich schwöre, seine Stimme ist Verführung pur.«

»Weißt du noch, wie er dich immer angesehen hat? Du bist jedes Mal dahingeschmolzen.«

»Diesen Blick hat er immer noch drauf, aber in der Erwachsenenversion.«

»Oh Mist«, meinte Sophie fast flüsternd. »Du bist erledigt.«

»Ich weiß. Und M&M's hat er mir auch gebracht. Ich traue mir nicht, Soph. Ich wünschte, deine Babyparty wäre heute, damit du mich ans Bett fesseln könntest oder so.«

Sophie kicherte. »Ich bin sicher, Reed wäre dir dabei sehr gern behilflich.«

Ein lustvoller Schauer huschte über ihren Rücken. »Genau das bereitet mir Sorgen. Hast du nicht gehört, was ich gerade sagte? *Ich traue mir nicht!*«

Reed versuchte den ganzen Tag, sich auf die Restaurierung der Veranda zu konzentrieren und nicht Grace zu beobachten, die sich entschlossen hatte, ihren entzückenden Hintern in einen Gartenstuhl zu platzieren und in der Sonne zu arbeiten. Unnötig zu erwähnen, dass er für seine Aufgaben doppelt so lang gebraucht hatte. Nach der Arbeit war er zu sich nach Hause gefahren und hatte einige Stunden mit der Renovierung seiner eigenen Küche verbracht. Das alte Haus am Fluss hatte er zu einem guten Preis bekommen, und obwohl noch einiges an Arbeit daran anstand, fühlte es sich mit seinen vier Zimmern schon viel mehr wie ein Zuhause an, als sein Haus in Michigan es jemals gewesen war. Irgendetwas fehlte jedoch noch, und egal wie viel er daran herumbastelte, er konnte nicht den Finger darauf legen, was es war.

Nach einer kurzen Dusche zog er sich ein weißes T-Shirt und Jeans an, stieg in seine Stiefel und machte sich auf den Weg, um Grace zu ihrem Date abzuholen. So lächerlich es auch schien, aber er hatte damals in der Highschool so viele Dinge nicht für sie tun können, dass er sich unbändig darauf freute, sie endlich einmal zu einem richtigen Date abholen zu dürfen. Auf dem Weg besorgte er noch Blumen und dachte kurz einmal an die Typen, mit denen sie in New York wahrscheinlich ausging. Er umklammerte das Lenkrad fester und fragte sich, ob er lieber ein Button-down-Hemd hätte anziehen sollen. Er konnte solche Hemden nicht ausstehen und trug sie nur, wenn es unbedingt sein musste. Vor dem Haus ihrer Eltern stellte er das Auto ab und rieb sich über die Stoppeln, die sich auf seinen Wangen zeigten. Wahrscheinlich hätte er sich auch rasieren sollen.

Die Haustür ging auf, und diese Gedanken verflogen, während er aus seinem Pick-up ausstieg und Graces unfassbare Figur in einer schwarzen Skinnyjeans, Biker-Stiefeletten und einem schwarzen Seidentop auf sich wirken ließ. Himmel noch mal, sie war verdammt heiß.

Und sie betrog ihn um etwas.

»Was machst du da?«, rief er ihr zu, während er um das Auto ging und mit den Blumen im Rücken zu ihr marschierte. Mann, sie roch unglaublich. »Geh zurück ins Haus, Mädchen.«

»*Wie bitte?*«, stieß sie mit aufgerissenen Augen aus.

Er umklammerte die Blumen ganz fest, um nicht die Hände nach ihr auszustrecken, denn wenn sie erst einmal in seinen Armen läge, würde er sie nicht mehr loslassen. »Ich hatte nie die Gelegenheit, dich zu einem richtigen Date abzuholen. Das werde ich mir nicht noch einmal nehmen lassen. Jetzt beweg deinen hübschen Hintern wieder ins Haus und lass mich wie ein richtiger Gentleman an die Tür klopfen.« Er gab ihr einen Klaps auf den Hintern und sagte: »Geh.«

»Das ist nicht gerade eines Gentlemans würdig«, meinte sie mit einem sexy Lachen.

»Das sind die meisten Dinge nicht, die mir gerade im Kopf herumspuken, also genieß lieber die ritterlichen Gesten, solange du kannst.«

Sie warf einen Blick über die Schulter, bevor sie wieder

hineinging, und in diesem Bruchteil einer Sekunde neigte sich die Erde auf ihrer Achse. Grace war hier, in greifbarer Nähe, und in genau dieser Sekunde war alles andere egal.

Er versuchte, einen klaren Kopf zu bekommen, aber vergeblich. Grace hatte sich eingenistet. Er klopfte an die Tür und ihr Vater öffnete lächelnd.

»Hallo, Reed. Wie ich höre, hast du meine Tochter wieder hereingeschickt.«

Reed nickte. »Ja, Sir. Wenn ich eine Frau ausführe, möchte ich sie abholen, wie es sich gehört.«

»Ich hab dir doch gesagt, dass ich ihn mag«, sagte Marilynn, als sie sich neben Cade stellte. »Reed, kommen Sie doch herein, bitte.«

Grace stand ein paar Schritte entfernt und beobachtete amüsiert, wie er hereinkam. Er hatte das Innere ihres Hauses schon gesehen, als er die Arbeiten an der Veranda angefangen hatte, aber mit Grace wirkte alles noch heller.

Er lächelte und gab ihr den Blumenstrauß mit den rosa und weißen Orchideen – die gleichen Blumen, die er an jedem dreißigsten Tag ihrer Beziehung anonym auf die Veranda vor die Tür zu ihrem Schlafzimmer gelegt hatte. »Du siehst hinreißend aus, Grace.«

Wenn ein dahinschmelzendes Herz ein Gesicht hätte, gliche es dem von Grace in diesem Moment. Sie hob den Strauß an ihre Nase und roch lächelnd daran. »Sie sind wunderschön.«

Dass ihre Eltern Blicke tauschten, merkte er, doch er konnte die Augen keine Sekunde lang von Grace abwenden. »Ich wollte dir schon Blumen bringen, seit –« Er sah den warnenden Ausdruck in ihrem Gesicht, doch er hatte das Verstecken satt. Er musste in seiner Ehrlichkeit einfach nur kreativ sein. »Seit ich dich in der Highschool auf der Seitenlinie des Footballfeldes sah.«

Ein verträumter Blick huschte über ihr Gesicht. »Das ist eine lange Zeit.«

»Ja, das stimmt.« Reed konnte nicht anders, er trat einen Schritt auf sie zu, wobei er kaum wahrnahm, dass Marilynn nach Cades Hand griff. »Aber manche Dinge sind das Warten wert.«

Grace senkte den Blick und errötete.

»Lasst mich diese Blumen in eine Vase stellen, damit ihr zwei euch auf den Weg machen könnt.« Ihre Mutter nahm ihr die Blumen aus der Hand.

Reed legte Grace die Hand ins Kreuz und sagte: »Ich bringe sie nicht zu spät nach Hause.«

»Behalten Sie sie, solange Sie wollen. Auch über Nacht«, sagte Marilynn.

»Mom!«, gab Grace lachend von sich. »Es geht doch nichts über das Verhökern der eigenen Tochter.«

»Sie passen gut auf mein Mädchen auf, verstanden?«, meinte Cade mit einem Zwinkern.

»Ja, Sir.«

Als sie allein auf der Veranda standen, zog Reed sie in seine Arme und küsste sie tief und langsam, bis ihrer beider Lachen zu Leidenschaft wurde. Sie war so süß, so erwartungsvoll, dass er nicht aufhören wollte, aber sie standen auf der Veranda ihrer Eltern. Er hielt ihre Arme fest, zog sich aber widerwillig zurück.

»Danke«, sagte er und gab ihr noch einen schnellen, zärtlichen Kuss.

»Für die Küsse?«

Er nahm ihre Hand und sagte: »Dafür, dass ich erleben durfte, was ich vor all den Jahren nie erleben konnte.«

Sieben

Ein Surren hing in der Luft, während die Achterbahn nach oben in den Nachthimmel sauste, voller heller bunter Lichter und schreiender, mit den Armen fuchtelnder Insassen, was alle Gefühle in Grace widerspiegelte, während sie mit Reed durch die Menge schlenderte. Zum ersten Mal seit Ewigkeiten fühlte sich Grace sorgenfrei und wahrhaft glücklich – und das jagte ihr eine Heidenangst ein, denn was war in drei Wochen, wenn sie sich auf den Rückweg nach New York machte? Noch einmal ein gebrochenes Herz? Das würde sie nicht durchstehen. Aber mit Reed zusammen zu sein, einfach nur in seiner Nähe zu sein, auch wenn er sie nicht gerade schwindelig küsste, war alles, an was sie denken konnte. Er war echt, und er spielte ihr nichts vor, tat nicht so als ob, oder wollte etwas sein, was er nicht war. Das hatte sie schon immer an ihm bewundert.

Sie holten sich eine Zuckerwatte und Reed zupfte etwas von der klebrig-süßen Masse ab und hielt es an Graces Lippen. »Mach auf, meine Schöne.«

Sie öffnete den Mund und er legte die Zuckerwatte auf ihre Zunge. »Mhmm, ich hab eine Ewigkeit keine Zuckerwatte mehr gegessen.«

Er schloss sie in die Arme und legte seine Lippen auf ihre,

woraufhin die zuckersüße Köstlichkeit hinter seinem einzigartigen himmlischen Geschmack verschwand.

»Ah, sieh mal an, meine große Schwester macht herum, als sei sie gar nicht das zugeknöpfte Großstadtmädel.«

Grace löste ruckartig ihren Mund von Reeds, als sie Brindles Stimme hörte. Sie versuchte zurückzuweichen, aber Reed hielt sie fest an sich gedrückt. Er zuckte nicht, blinzelte nicht, sondern legte nur die Hand an ihre Wange, hielt ihre Aufmerksamkeit auf ihn gerichtet, als er ihre Lippen mit einem zärtlichen Kuss bedeckte und sagte: »Kein Verstecken, Gracie.«

Wie konnte er so ruhig sein, während ihr Innerstes Achterbahn fuhr?

Reed fuhr mit dem Daumen über ihre Wange und drehte sich dann langsam zu den anderen um. Brindle war in den Arm von Trace Jericho geschmiegt, als wäre sie dort festgenäht, und ihre Augen funkelten freudig, weil sie Grace in einer kompromittierenden Situation erwischt hatte. Trace war ein strammer, großer Cowboy mit dunklen Haaren und dunklen Augen sowie einem permanenten arroganten Lächeln. Neben ihm standen Shane und Trixie, zwei seiner vier Geschwister, die mit ihm zusammen die Familienranch führten. Beide unterhielten sich gerade mit Reeds Kumpel Chet, der seinen vier Jahre alten Neffen Scotty auf den Schultern trug.

Ein langsames Grinsen breitete sich in Reeds Gesicht aus, als er sagte: »Wie geht's so?«

»Anscheinend nicht so gut wie bei euch«, meinte Trixie lächelnd. »Ich würde dich ja zur Begrüßung umarmen, aber wie es scheint, sind deine Umarmungen vergeben.«

Grace konnte ihr Lächeln nicht unterdrücken, auch wenn sie den spöttelnden Gesichtsausdruck von Brindle nicht ausstehen konnte. »Hey«, sagte sie und schalt sich sofort dafür.

Hey? Wann hatte sie bitte statt *Hallo* oder *Hi* das letzte Mal *Hey* gesagt? Sie hatte sich zu sehr bemüht, diese Provinzmanieren abzulegen, als dass sie wieder in sie verfallen wollte. Wenn es das war, was Reeds Küsse mit ihr machten, sollte sie das Ganze noch mal überdenken.

Als könnte er ihre Gedanken lesen, beugte er sich zu ihr und flüsterte ihr zu: »Fühlt es sich nicht gut an, in der Öffentlichkeit *wir* zu sein?«

Vielleicht war es als Landei doch nicht so schlecht, denn meine Güte, *ja*, es fühlte sich großartig an!

»Oh, oh, oh, jetzt hab ich's!« Brindle wedelte mit dem Zeigefinger in ihre Richtung. »Deswegen bist du neulich Nacht so ausgeflippt. Wie lang macht ihr beiden schon heimlich rum?«

»Das wüsstest du wohl gern, wie?« Reed zwinkerte Brindle zu und Grace blickte ihn wütend an. Er drückte seine Lippen auf ihre. »Sie haben uns wohl durchschaut, Gracie. Kein Verstecken mehr.«

Sie griff nach dem ersehnten Rettungsseil, um weitere Fragen nach ihrer Vergangenheit zu vermeiden, und sagte: »Okay, du hast uns erwischt, Brindle. Wir haben schon seit Jahren eine heimliche heiße Fernbeziehung.«

Brindle schien kurz darüber nachzudenken – mit zusammengezogenen Augenbrauen und die Nase auf diese liebenswerte Art gerümpft, um die Grace sie immer beneidet hat.

»Mann, das hört sich perfekt an«, sagte Shane. »Fernbeziehung heißt doch, man sieht sich oft genug, um das Beste aus jedem Besuch zu machen, ohne Zeit zu haben, einander zu nerven.« Er war Cowboy mit jeder Faser, genau wie Trace und seine anderen Brüder, aber er war drei Jahre älter als Trace und nie so großspurig gewesen.

Grace mochte alle Jericho-Geschwister, aber Shane hatte so etwas von einem Gentleman an sich, das ihn zu einem ihrer Lieblings-Jerichos machte.

Trixie fummelte an ihrem Flanellhemd herum, das sie vor dem Bauch zusammengeknotet hatte und das einen Blick auf die gebräunte Haut über ihren Jeansshorts freigab. »Wir gehen auf das Riesenrad, kommt ihr mit?«

»Unbedingt«, sagte Reed. »Seit Jahren wollte ich Grace mal da ganz oben küssen.«

Ihr Magen schlug Purzelbäume. Er meinte es ernst mit dem Nicht-Verstecken. Sie machte sich im Geiste die Notiz, die Grenzen ihrer wiedergefundenen Beziehung zu definieren, wie zum Beispiel: *Bitte oute mich nicht gegenüber meiner Familie.* Sie war nie eine Lügnerin gewesen, außer wenn es um Reed gegangen war, und sie wusste, dass sie ihrer Familie die Wahrheit über ihre Vergangenheit sagen musste, bevor sie durch Brindle von ihrer angeblichen jahrelangen Fernbeziehung erfuhr.

Gemeinsam mit den anderen setzten sie ihren Weg fort und Trixie stupste Grace an. »Diese Stiefel sind verdammt süß. Hast du keine Angst, dass du sie dir ruinierst?«

Grace schaute auf ihre schwarzen Lederstiefeletten hinab, die bereits von Staub bedeckt waren, und stöhnte auf. Sie hatte vergessen, wie dreckig es auf dem Jahrmarkt war, und sie war so von Reed eingenommen gewesen, dass sie an nichts anderes gedacht hatte, als gut für ihn auszusehen.

»Du hättest Moms Stiefel anziehen sollen«, sagte Brindle.

So ungern sie es zugab, aber Brindle hatte recht.

Reed betrachtete ihre Stiefel. »Ich mach dir die bei mir zu Hause sauber, keine Sorge.«

Schmetterlinge flatterten in ihrem Bauch auf angesichts der

Aussicht, zu ihm nach Hause zu gehen – und angesichts seiner zuversichtlichen Haltung, dass das passieren würde. Aber so war es doch auch, oder? Hatte sie nicht den ganzen Abend versucht zu ignorieren, dass sie insgeheim das Gleiche hoffte? Anscheinend hatte Brindle seine Bemerkung auch gehört. Sie grinste wie ein Honigkuchenpferd, als sie sich in die Schlange beim Riesenrad stellten.

Während sie warteten, teilten sie ihre Zuckerwatte mit den anderen. Chet setzte Scotty auf dem Boden ab. Sein Gesicht und seine Hände waren rosa und klebrig.

»Bin gleich zurück.« Reed gab Grace einen kurzen Kuss und rannte dann zu einem Verkaufsstand in der Nähe. Mit einer Flasche Wasser und einigen Servietten kam er zurück. »Streck mal deine Hände aus, Kumpel.« Er goss Wasser über Scottys Hände und machte sie sauber.

»Der Kerl lässt deinen Onkel blöd aussehen, Scotty«, scherzte Chet.

»Quatsch«, sagte Reed und fuhr Scotty durch die Haare. »Ich hab in Michigan ein bisschen mit Kindern gearbeitet. Da bin ich klebrige Hände gewohnt.«

Gütiger Himmel. »Du bist gerade um das Zehnfache heißer geworden«, stieß Grace aus, bevor sie sich versah.

Reed zog sie ausgelassen wieder an sich. »Wenn das so einfach ist, dann sollte ich dir vielleicht davon erzählen, als ich mich mal als Weihnachtsmann verkleidet habe.«

Er berührte ihre Lippen mit seinen und Trixie seufzte: »Ich sollte mir unbedingt auch einen Liebhaber für eine Fernbeziehung suchen.«

»Nur über meine Leiche«, sagte Trace.

»Und wenn er tot ist, musst du mich auch erst noch erledigen«, sagte Shane.

»Bin ich froh, dass ich nicht so viele Brüder habe«, sagte Brindle. »Trix, du bist doch oft genug in Maryland. Such dir einfach dort einen. Oder hilf mir bei der Aufführung mit der Theater-AG. Da sind viele alleinstehende Väter.«

»Wirklich?« Trace sah sie ernst an. Brindle lachte und verdrehte die Augen.

»Alleinstehende Väter sind nichts für mich«, sagte Trixie. »Ich brauche meine Freiheit.«

Brindle grinste. »Ganz deiner Meinung, Schwester. Ich hab auch nicht vor, mich knebeln zu lassen.«

Reed warf Trace einen Blick zu, der eindeutig die Frage stellte, was diese Bemerkung zu bedeuten hatte.

»Keine Fesseln«, sagte Trace zwinkernd. »Allein darum geht es im Leben.«

Brindle nickte zustimmend. Auch wenn Grace wusste, dass Brindle nicht daran interessiert war, sich mit irgendeinem Mann häuslich niederzulassen, so machte es sie dennoch traurig, dass ihre Schwester es in Ordnung fand, wenn Trace mit einer anderen Frau zusammen war. Sie hatte keine Ahnung, wie sie und ihre Geschwister von denselben Eltern aufgezogen worden waren und doch in vielerlei Hinsicht so verschieden sein konnten.

Scotty zupfte an Brindles T-Shirt und sagte: »Mommy meint, ich kann in deinem Stück mitspielen, wenn ich größer bin.« Zum x-ten Mal schob er seine wuscheligen blonden Haare aus dem Gesicht, doch sie fielen sofort wieder zurück.

»Und ob du das kannst, kleiner Mann«, sagte Brindle. »Das erinnert mich an etwas. Grace, könntest du diese Woche nachmittags mal bei den Proben vorbeischauen? Ich hab ein paar Probleme mit dem Skript. Wir fangen um halb vier an. Ich könnte deine Meinung gebrauchen.«

Sie und Brindle händelten ihr Privatleben vielleicht nicht unbedingt gleich – Brindle flirtete schamlos, während Grace auf dem Gebiet immer sehr vorsichtig gewesen war –, aber wenn es um ihren Beruf ging, waren beide leidenschaftlich bei der Sache. Brindle gab alles für ihre Schüler.

»Klar, gern. Meine Schreibwerkstatt in Ambers Buchladen fängt morgen an und geht von vier bis sechs, am Montag, Mittwoch und Freitag. Ich könnte Dienstag kommen.«

»Perfekt«, freute sich Brindle.

Reed drückte Grace an seine Seite. »Falls du je bei den Bühnenbildern Hilfe brauchst … Ich kann hier und da eine Stunde einschieben.« Er küsste Grace auf die Schläfe und fügte hinzu: »Wenn mein Mädchen dabei ist, würde es sogar ganz oben auf meiner Prioritätenliste stehen.«

Sein Mädchen? Alles an diesem Abend müsste ihr eigentlich Sorgen bereiten, aber das Zusammensein mit Reed war immer noch so leicht wie früher. Das Schlimme war das Verstecken gewesen. Schrille Warnungen ertönten in ihrem Kopf: *Pass auf! Herzschmerz im Anmarsch!* Aber vielleicht hatte ihre Mutter recht. Sie hatte drei Wochen, und es war lange her, dass sie so glücklich gewesen war. Warum sollte sie es nicht genießen?

Brindle schaute zu Trace auf, der sie hoch überragte, und sagte: »Siehst du? Manche Männer nehmen sich die Zeit und helfen.«

»Kleines«, sagte Trace, »ich muss eine Ranch führen. Aber wenn du die Zeit, die wir zusammen haben, lieber mit Bühnenbau verbringen willst anstatt …«, er schaute kurz zu Scotty und räusperte sich, »mit unseren *anderen* Freizeitaktivitäten, lässt sich das einrichten.«

»Nee! Schon gut«, sagte Brindle und wechselte schnell das Thema.

Sie kamen schneller in der Schlange voran als erwartet, und bevor sich Grace versah, waren sie auch schon an der Reihe. Sie stiegen in ihre Gondel und Graces Puls beschleunigte sich sofort. Solche Fahrgeschäfte liebte sie, sie machten sie aber auch immer nervös. Reed zog sie an sich und zeigte auf Scotty, den Chet sicher unter seinen Arm genommen hatte.

»Es gibt doch nichts, was so sexy ist wie ein Mann, der das Wohl von Kindern im Blick hat«, sagte Grace.

»Ich habe auf Scotty gezeigt, nicht auf Chet«, brummte Reed.

»Ich weiß. Und ich habe von dir geredet.«

»Ach, Gracie.« Seine Lippen hauchten einen Kuss auf ihre Lippen, als sich die Gondel in Bewegung setzte und sie in die Lüfte gehoben wurden. »Ich habe dich vermisst.«

»Ich habe dich auch vermisst«, sagte sie aufrichtig und war überrascht, wie sehr sie sich ihm gegenüber öffnete. »Ich möchte von allen großen Dingen erfahren, die in deinem Leben passiert sind.«

Als ihre Gondel weiter gen Himmel schaukelte, zeigte Reed in die Ferne jenseits des Jahrmarkts. »Siehst du die Straße dort hinten? Die führt zu dem Theater, hinter dem ich meine Jungfräulichkeit an ein *ganz* besonderes Mädchen verloren habe. Dort habe ich ihr auch zum ersten Mal gesagt, dass ich sie liebe. Siehst du die Highschool? Das Footballfeld? Dort habe ich sie zum ersten Mal gesehen.«

Grace kuschelte sich noch enger an ihn, der kalte Wind stach ihr in die Augen. Aber vielleicht war es auch Nostalgie. So lang war es her, dass sie etwas anderes als Eile und Einsamkeit gefühlt hatte, dass sie nicht sagen konnte, was es war. »Bei all dem war ich dabei. Ich möchte wissen, was seitdem passiert ist.«

Er schaute ihr tief in die Augen, und sie spürte, wie die

Gefühle, die sie in seinen Augen sah, unter ihre Haut krochen und sich dort einnisteten.

»Verstehst du nicht, Gracie? Nur du bist wichtig.«

Sie amüsierten sich mit ihren Freunden, fuhren Achterbahn und Autoscooter und schlidderten eine riesige Rutsche in Jutesäcken hinunter. Sie warfen Pfeile und Trace gewann einen kleinen Plüschhund für Brindle. Als Grace darüber ins Schwärmen geriet, gab Reed fünfzig Dollar an der Schießbude aus, bis er einen riesigen Plüschbären für sie gewonnen hatte. Sie drückte das Felltier an sich und sah dabei entzückend aus.

»Angeber!«, scherzte Trace.

»Ich find den Bär toll!«, rief Grace, während sie versuchte herauszufinden, wie sie ihn tragen sollte. »Wie soll ich ihn nennen?«

Reed holte sich noch einen Kuss ab und sagte: »Nimmersatt natürlich. So denkst du immer an mich, wenn du ihn siehst.«

Sie zog ihn an seinem T-Shirt noch einmal zu sich herunter und küsste ihn. »Danke. Wie könnte ich nach einem so herrlichen Abend nicht mehr an dich denken?«

»Kannst du nicht, wenn ich es verhindern kann.« Er hob das Plüschtier auf seine Schultern und legte den Arm um sie, um dann den anderen zum nächsten Stand zu folgen. Nach einer Weile verabschiedeten sie sich von ihren Freunden und endlich hatte Reed Grace wieder ganz für sich allein.

»Es ist herrlich, mit dir hier zu sein«, gestand sie. »Wir haben als Teenager eine Menge verpasst, aber ich glaube, es hat unsere Beziehung tiefer gemacht, weil wir so viel Zeit allein verbracht haben und uns wirklich kennenlernen konnten.«

»Wir werden all diese verpassten Dinge nachholen«, versicherte er ihr. »Ich muss zugeben, ich war neidisch auf all die kleinen Sachen, die wir nicht haben konnten, wie zum Beispiel ein richtiges Date oder diese Freundschaftsbänder mit den Perlen, die alle hatten. Ich hätte dich auch gern bei einem Spiel mit einem meiner Football-Trikots gesehen.«

»Wir haben den Abschlussball verpasst, die Homecoming-Partys …«

»Wir werden neue Erinnerungen schaffen«, versprach er.

»Ein Dollar! Schätzen Sie ihr Gewicht oder ihre Größe!«, rief ein Mann an einer großen Waage.

Grace zerrte Reed fort. »Mach einen großen Bogen um den Mann. Das ist das Furchterregendste auf dem ganzen Jahrmarkt.«

Er lachte, und sie betraten ein Spielzelt, wo sie direkt auf die Fotobox zusteuerten. Überraschenderweise gab es keine Schlange. Er setzte den Plüschbären in die Box, dann zwängten sich die beiden hinein und zogen den Vorhang hinter sich zu. Begleitet von der Melodie surrender Geräte und klingelnder Maschinen zog er Grace auf seinen Schoß. Ein Gefühl von Vollkommenheit erfüllte ihn plötzlich. Es war so lang her, dass er etwas auch nur annähernd Ähnliches empfunden hatte, dass er eine Sekunde brauchte, um es zu erkennen.

»Erinnerst du dich an die Bilder, die wir in der Fotobox in Wishing Creek gemacht haben?« Der Ort Wishing Creek lag etwa eine halbe Stunde von Oak Falls entfernt. Früher waren sie gelegentlich dorthin gefahren, um Zeit miteinander zu verbringen, ohne sich Sorgen machen zu müssen, dass ihre Freunde sie sahen.

»Ich habe meine noch«, sagte sie fröhlich.

»Ich auch.« Er holte sein Portemonnaie heraus und nahm ein paar Dollar für die Fotos heraus. Dann gab er Grace die Börse. »Sieh mal hinein.«

Verwirrt machte sie das Portemonnaie auf.

»Mach nur. Schau die mal durch.« Er zeigte auf die Kreditkartenhüllen.

Sie klappte eine nach der anderen um, hielt unschlüssig inne.

»Weiter«, sagte er.

Ein leiser Aufschrei entwich ihr, als sie zu den Fotos kam, die sie in Wishing Creek gemacht hatten. Sie schauten einander tief in die Augen, mit einem Lächeln so strahlend wie ihre frische Liebe.

Sie fuhr mit dem Finger über ihre Gesichter. »Wir waren so jung.«

»Und du warst so schön.« Er nahm das Foto heraus, faltete es auf und brachte so noch ein anderes Bild zum Vorschein, auf dem sie sich küssten, sowie eines, auf dem sie Grimassen zogen.

»Die hast du die ganze Zeit mit dir herumgetragen?«, fragte sie.

»Nein. Es gab eine Zeit, gleich nach unserer Trennung, da hatte ich sie nicht bei mir, aber ich habe sie immer behalten. Als ich mich entschloss, zurück nach Oak Falls zu ziehen, habe ich sie wieder in mein Portemonnaie getan. Das Universum muss gewusst haben, dass wir noch nicht fertig miteinander waren.«

Er steckte die Geldscheine in den Schlitz und die Fotos wieder in seine Geldbörse. »Zeit für neue Erinnerungen.«

Sie drückten ihre Gesichter eng aneinander. Grace lächelte in die Kamera, aber Reed war so von ihr eingenommen, dass er nirgendwo sonst hinschauen konnte. Und als ihre grünen Augen sich ihm zuwandten, fanden ihre Münder hungrig zueinander. Ihre Lippen waren warm und süß, als er den Kuss vertiefte. Der Blitz leuchtete mehrere Male um sie herum auf. Dann war nur noch Dunkelheit um sie herum. Der Vorhang der Fotobox schirmte sie von der Außenwelt ab, während sie leidenschaftlich herummachten wie vor all den Jahren, sich streichelten und küssten, als würden sie nie genug voneinander bekommen. Er hob sie hoch und sie setzte sich rittlings auf seinen Schoß, sie hielt sein Gesicht in ihren weichen Händen, als wollte sie ihn nie gehen lassen – und ja, er hoffte so sehr, dass sie es nicht tat.

»Komm mit mir nach Hause, Grace«, sagte er zwischen den Küssen.

»Okay«, sagte sie und drückte ihre Lippen auf seine. »Noch einen Kuss.«

Als sie mit ihrem riesigen Bären aus der Fotobox herausstolperten, stand Reeds Körper in Flammen. Sie knutschten auf dem Weg zum Pick-up weiter und hielten alle paar Minuten an, um sich an dem Bär vorbei zu küssen. Er warf das Plüschtier hinter die Sitze, bevor sie in hektischer Lüsternheit auf die Vordersitze fielen. Sein Körper lag schwer auf ihrem, und seine Hand fand den Weg unter ihre Bluse, um sie über ihre fraulichen Formen gleiten zu lassen. Sie stöhnte und der Laut drang bis in sein von Lust benebeltes Hirn vor.

Er fluchte. »Nicht hier, Grace. Ich möchte dich nackt in den Armen halten, und ich möchte mir keine Sorgen darüber machen, wer uns sehen oder hören könnte.«

»Oh! Stimmt!«, sagte sie und sofort erfüllte Sorge ihren Blick. »Brindle hat uns zusammen gesehen. Wir werden morgen das Stadtgespräch sein, wenn wir es nicht schon sind.«

»Das meine ich nicht«, sagte er und lachte leise, als er aus dem Pick-up ausstieg und ihr half, sich aufrecht hinzusetzen.

»Ich bin froh, dass sie uns gesehen haben.« Er ging auf die Fahrerseite und zog sie über den Sitz zu sich, bis sie eng an ihn gekuschelt saß. »Reden ist eines. Ihnen eine Show zu bieten, ist etwas anderes. Lass sie reden, so viel sie wollen. Schon bald wird sich niemand mehr daran erinnern, wann wir nicht zusammen waren. Vor allem *du* nicht.«

An jeder Ampel auf dem Weg zu seinem Haus küssten sie sich, und als sie von der Hauptstraße abbogen, sagte Grace: »Erinnerst du dich noch daran, wie wir davon geträumt haben, dass uns dieses viktorianische Haus in der Straße von Sophies Eltern gehört?«

»Mhm.« Je näher sie zu seinem Haus kamen, umso klarer wurden seine Gedanken. Er drängte darauf, dass sie kein Verstecken mehr spielten, und das bedeutete, dass sie ehrlich sein mussten, in Bezug auf alles. Einschließlich Alina. Über sie zu sprechen, war ihm absolut zuwider, und es war ihm noch mehr zuwider, dass er gegenüber Grace zugeben musste, fast die falsche Frau geheiratet zu haben. Aber sie vertraute ihm und er wollte ihr nichts verheimlichen.

»Sophie hat hier ein Haus gebaut. Sie kommt nächstes Wochenende für ihre Babyparty nach Hause und –« Sie hielt inne, als sie in seine Straße *und* die seiner neuen Nachbarin Sophie abbogen. »Reed …?«

Er fuhr auf seine Auffahrt, die von hohen Eichen gesäumt war, und sein Pulsschlag nahm an Fahrt auf, als das Haus vor ihnen auftauchte. Er hielt so an, dass das Haus von den Scheinwerfern angeleuchtet wurde.

»Du hast es gekauft? Es ist *deins*?« Ihr Blick wanderte über die breite Veranda, die an das Türmchen zur Linken angrenzte, und dann hin zu den beiden Fenstern im zweiten Stock.

Er stellte den Motor ab und stieg aus. »Das Schicksal geht

merkwürdige Wege, um Dinge zu vollbringen. Diese alte Dame, meine ›Painted Lady‹ kam genau zum richtigen Zeitpunkt auf den Markt. Wie hätte ich das Haus nicht kaufen können? Es ist ein Stück Geschichte« – *unsere und seine eigene* – »und hat alles, was ich so schätze. Sieh dir nur die verschnörkelten Zierleisten an, die große Veranda und den achteckigen Turm. Und das steile, vielseitige Dach ist wahrhaft viktorianisch. Ganz abgesehen von den Erinnerungen, die ich daran habe, wie verträumt wir dieses Haus immer angesehen haben.« Er schaute zu Grace und merkte, dass sie ihn verwundert ansah. »Tut mir leid, ich werde gerade etwas überschwänglich.«

»Nein, es ist schön zu sehen, dass du diese romantische Ader nicht verloren hast. Du warst immer überschwänglich, wenn es um Häuser ging oder um Dinge, die andere Jugendliche nicht beachteten. Das war eine der Seiten, die ich an dir bewundert habe. Du warst damals anders als alle anderen. Bist es wahrscheinlich immer noch.«

Als sie zur Haustür gingen, sagte sie: »Es ist wunderschön. Sieht so aus wie früher, nur anders. Besser.«

»Ich hab die Verschalung und die Zierleisten unter den Giebeln erneuert und es streichen lassen. Beim Reparieren der Veranda konnte ich das meiste der Originalmaterialien nutzen. Warte, bis du das Innere siehst. Es ist noch besser, als wir es uns vorgestellt hatten.«

»Du hast es weiß, lavendelfarben und blassgrün gestrichen«, bemerkte sie lächelnd.

»Mit Farben hatte ich es nie so.« Das stimmte nicht, aber Grace hatte diese Farben geliebt, und als es um den Anstrich ging, hatte er sich gedacht: Warum nicht? »Du hattest ein gutes Auge dafür.«

»Ich höre mich bestimmt total verstört an, aber ich kann nicht fassen, dass du es gekauft hast.« Sie fuhr mit der Hand über das Geländer, als sie die Stufen hinaufgingen.

»Ich hab noch etwas Arbeit in der Küche vor mir und muss noch das Wohnzimmer streichen, aber es wird.«

Er öffnete die Tür und machte den Blick frei auf hohe Decken, Bogengänge hin zum Wohnzimmer und zur Küche, restaurierte geschnitzte Täfelungen, die halbhoch die Wände bedeckten, und eine Treppe zu ihrer Rechten. Grace lächelte anerkennend, als sie das Ergebnis seiner harten Arbeit in sich aufnahm. Sie betrat das Wohnzimmer, das zum Esszimmer führte.

»Die Küche ist um die Ecke und da ist dann auch noch ein großes Tageszimmer mit Blick auf den Fluss.«

»Wow, das ist wunderschön.« Sie ließ die Finger über die aufwändigen Leisten gleiten und schaute zu dem kunstvollen Leuchter und der komplizierten Rosette an der Decke auf. »Hast du das alles gemacht?«

Stolz kam in ihm auf. »Ja.«

»Es ist wirklich unglaublich schön. Und was ist hier los?« Sie zeigte auf die Farbbeispiele, die er an die Wand gemalt hatte.

»Ich konnte mich nicht entscheiden, welche Farben am besten aussehen. Welche gefällt dir?«

Sie kniff konzentriert die Augenbrauen zusammen, neigte den Kopf zu einer Seite, dann zur anderen. »Diese hier gefällt mir sehr.« Sie zeigte auf seinen Favorit, ein blasses Gischtgrün. »Es greift das Grün von außen auf. Es ist lebendig, aber auch irgendwie weich, aber es könnte zu viel für den ganzen Raum werden. Ich würde mich wahrscheinlich für so etwas entscheiden.« Sie zeigte auf das nächste Beispiel. »Das erinnert mich an Buttercreme und weiße Leisten würden es betonen. Es passt auch zu allem.« Sie schaute sich im Zimmer um. »Nicht dass du irgendetwas hättest, zu dem es passen müsste. Wo sind deine Möbel?«

»Ich hab das Notwendigste: eine Matratze, eine Kommode und einen Küchentisch. Bisher brauchte ich nicht mehr. Abgesehen von meiner Tante und meinem Onkel, denen ich das Haus gezeigt habe, bist du mein erster Gast.«

»Mit einem so besonderen Haus willst du nicht angeben?«

»Eigentlich nicht. Ich mache es für mich zurecht, nicht damit andere Leute es begaffen können.«

»Also, es ist wirklich beeindruckend, was du geleistet hast, und es bringt Erinnerungen zurück. Es riecht wie in den Häusern, an denen dein Onkel gearbeitet hat«, sagte sie und verschränkte die Hand mit seiner.

Diese einfache Geste, mit der sie ihren Anspruch auf ihn geltend machte, ihn wissen ließ, dass sie noch immer hier bei ihm war, sorgte für ein erneutes Glücksgefühl. »Die Häuser, in die wir uns zum Knutschen geschlichen haben? Ich habe noch vage Erinnerungen an den Geruch, von dem du redest, aber ich erinnere mich viel deutlicher an deinen süßen Duft, mit dem du mich umgehauen hast.«

»Reed«, meinte sie mit einem verlegenen Lächeln.

»Ich kann nichts dafür, Grace. Ich erinnere mich an alles. Wie wir uns geküsst haben, unter den Sternen gelegen haben und wollten, dass unsere gemeinsamen Nächte nie enden. Wie wir uns bis drei Uhr morgens Nachrichten geschrieben haben, du dann eingeschlafen bist und mich ziemlich oft hast hängenlassen.«

Mit einem Seufzer vergrub sie ihr Gesicht an seiner Brust.

»Mein Mädchen brauchte ihren Schönheitsschlaf.«

»Dein Mädchen hätte auf dieselbe Schule gehen sollen wie

ihr Freund, damit sie ihn jeden Tag hätte sehen können, ohne sich über die anderen Gedanken machen zu müssen.«

»Die Rivalitäten damals waren grauenhaft, oder?« Er erinnerte sich an zu viele Jugendliche, die in Prügeleien hineingeraten waren, um zu beweisen, dass ihre Schule die beste war, und an Mädchen, die aufs Übelste beleidigt worden waren, weil sie mit Jungs von anderen Schulen zusammen waren. Er wäre nie das Risiko eingegangen, dass Grace so etwas passierte. »Jetzt ist es hier nicht mehr so. Wusstest du das? Alle kommen miteinander aus, egal aus welchem Ort sie kommen.«

Sie nickte. »Das habe ich auch schon gehört.«

»Ich wollte damals jede einzelne Sekunde mit dir zusammen sein. Das wusstest du sicher, Grace.« Ihr Blick war sanft und verführerisch, zog ihn immer tiefer in sich hinein. »Und jetzt möchte ich nichts lieber, als dich nach oben tragen und dich lieben, bis es nichts anderes um uns herum mehr gibt.«

»Der Plan gefällt mir«, sagte sie leise.

Was er als Nächstes tun musste, konnte diesen Moment zerstören, das wusste er, aber um Graces Vertrauen zu behalten, musste er das Risiko eingehen.

Acht

In Grace bebte es. Sie konnte es nicht glauben, dass sie wirklich in Reeds Haus stand, einverstanden war, mit ihm nach oben zu gehen und ihn nach all den Jahren zu lieben. Aber sie fühlte sich in seiner Gegenwart so gut, sie konnte sich nicht vorstellen, dass sie irgendetwas davon abhalten konnte, den nächsten Schritt zu gehen.

Reed hauchte ihr einen Kuss auf die Lippen, der ihr Verlangen nach mehr schürte. »Gracie, ich will dich mehr als alles, was ich je in meinem Leben gewollt habe. Aber ich kann dir nicht in deine vertrauensvollen Augen schauen und irgendetwas Unausgesprochenes zwischen uns stehen lassen. Du hast nach meinem Leben gefragt und ich möchte mehr über deines erfahren. Lass uns etwas trinken und reden.«

Sie atmete aus, nachdem sie gar nicht gemerkt hatte, dass sie den Atem angehalten hatte, und merkte, dass sie schrecklich nervös war. »Ein Drink ist wahrscheinlich eine gute Idee.«

Sie bewunderte die kunstvollen Stuckleisten an der Decke und die eleganten, antiken Kronleuchter, als er sie durch das Esszimmer in eine große Küche mit traumhaft schönen Arbeitsflächen aus Marmor und Aussparungen für Herd und Geschirrspüler führte. Ein Tisch für zwei stand neben einer

Glastür, die zum Garten führte. In der Dunkelheit draußen konnte sie sehen, wie sich das Mondlicht in dem kleinen Fluss spiegelte.

Er nahm eine Flasche Wein aus dem Schrank und löste eine rote Schleife vom Flaschenhals. »Von Roy und Ella.« Er schenkte ihnen ein, gab ihr ein Glas und führte sie durch die Küche zu einer anderen Treppe.

Sie folgte ihm hinauf zu dem großen Schlafzimmer, in dem nur eine antike Kommode stand. Eine Doppelmatratze lag auf dem wunderschönen Parkett vor einer Front aus fast bodentiefen Fenstern. Grace musste schlucken. War das ihr Gespräch gewesen? Die wenigen Sekunden in der Küche? Ihre Nerven spielten verrückt.

»Komm mit.« Reed führte sie durch das Schlafzimmer und durch eine Glastür hindurch auf eine Veranda. Er legte einen Schalter um und winzige weiße Lichter, die um ein Eisengeländer gewickelt waren, leuchteten auf. Sie entdeckte eine Sitzecke in U-Form mit dicken Kissen und einigen kuschelig aussehenden Decken. Ein kleiner runder Tisch stand in der Ecke an einer Feuerstelle.

Der Blick auf den Fluss raubte Grace den Atem. Sie stellte sich vor, wie Reed die meiste Zeit hier draußen verbrachte. Als sie zusammen gewesen waren, hatten sie keinen Ort gehabt, an den sie gehen konnten, also hatten sie viel Zeit an abgeschiedenen Stellen im Freien verbracht wie zum Beispiel hinter dem Theater, unten am Fluss und in kleinen Parks. Ihr wurde bewusst, wie wenig Zeit sie im Freien verbrachte, wenn sie in der Stadt war.

»Es ist wunderschön hier. Ich weiß noch, dass du immer gesagt hast, du hättest gern ein Baumhaus, wärst aber zu alt dafür. Ist dies deine Version eines Baumhauses für Erwachsene?«

»So in etwa.« Er griff nach ihrer Hand und führte sie zu der Couch.

»Bringst du all deine Dates hierher? In deine Junggesellenbude mit romantischen Lichtern und einer Knutschcouch?«

Er zog seine Stiefel aus und warf ihr einen *Mach-dich-nicht-lächerlich*-Blick zu. »Eher nicht.«

Er legte das Kissen auf den Boden, kniete sich vor ihr hin und machte sich daran, ihr die Stiefel auszuziehen, was sie noch nervöser machte.

»Ich werde sie sauber machen, wie versprochen. Aber jetzt lass es uns einfach gemütlich machen.«

»Ich kann sie morgen sauber machen.«

Er stellte ihre Stiefel beiseite und drückte ihre Beine auseinander, um sich dazwischen zu knien und die Arme um ihre Taille zu legen. Er lächelte und berührte damit all die einsamen Regionen in ihr, die sie seit Jahren hatte hungern lassen.

»Ich muss dir etwas erzählen, Gracie, und es könnte schmerzhaft werden, es zu hören, aber ich möchte, dass keinerlei Geheimnisse zwischen uns stehen.«

»Das ist nicht gerade der beste Spruch, um eine Frau ins Bett zu kriegen.«

»Ich weiß, aber du musst es hören. Die ganze Zeit überlege ich, wie ich es dir sagen soll, und das Seltsame ist, ich bin sicher, dass es für dich schwer zu verkraften sein wird, aber für mich hat es keine Bedeutung. Das sollst du wissen.«

»Jetzt spuck es einfach aus, Reed. Du machst mich nervös.«

»Du hast nach meinem Leben gefragt, und was ich auf dem Riesenrad gesagt habe, stimmt. Nichts von dem, was ich getan habe, ist wichtiger, als wieder mit dir zusammenzukommen. Nachdem wir uns getrennt haben, bin ich nach Michigan gezogen. Roys Bruder Joe lebt dort. Ich bin aufs College gegangen und er hat mich mit einer Firma für Denkmalpflege zusammengebracht. Während der Collegezeit habe ich da gearbeitet und dort auch Thad kennengelernt, der schließlich mein Geschäftspartner wurde. Nach dem College haben wir uns in der Branche einen Namen gemacht, innerhalb von ein paar Jahren schrieben wir siebenstellige Zahlen und alles lief gut. Vor etwa zwei Jahren habe ich eine Frau kennengelernt, Alina, und wir waren eine Zeit lang zusammen. Sie wollte heiraten, und obwohl ich wusste, dass irgendetwas zwischen uns nicht stimmte, dachte ich darüber nach. Vor sechs Monaten kam ich früher von einem Geschäftstermin nach Hause und erwischte sie mit Thad im Bett. Zwei Monate später hatte Roy seinen Herzinfarkt. Ich habe meine Hälfte der Firma an Thad und auch mein Haus mit allen Möbeln verkauft und bin hierhergekommen.«

Grace kämpfte mit ihrer Stimme. »Du warst vor sechs Monaten *verlobt*?«

»Nein, *fast* verlobt, wenn man es denn so nennen kann. Unsere Beziehung war nicht das, was es hätte sein sollen, also bin ich diesen letzten Schritt nie gegangen. Irgendetwas fehlte immer.«

Sie stand auf, fühlte sich, als hätte man ihr die Eingeweide herausgerissen. »Nicht, was es hätte sein sollen? Was heißt das?« Sie atmete heftig und hatte irgendwie noch immer das Gefühl, keine Luft zu bekommen. »Wie kannst du sagen, dass du so viel für mich empfindest, wenn du erst vor sechs Monaten eine andere Frau geliebt hast?«

Reed erhob sich und trat nah an sie heran. »Grace, ich habe sie nicht geliebt. Ich habe für sie nie das empfunden, was ich für dich empfunden habe oder was ich jetzt für dich empfinde, nachdem ich nur ein paar Tage mit dir verbracht habe.«

»Du warst nie mit mir verlobt, also musst du *mehr* empfunden haben.« Sie wandte sich ab, starrte hinaus auf den Fluss und versuchte, dem kreischenden Schmerz in ihr zu entkommen.

»Das ist Unsinn. Ich habe sie nie meiner Familie vorgestellt und in den letzten vier Monaten habe ich nicht ein einziges Mal das Bedürfnis verspürt, mit irgendjemandem über sie zu sprechen. Außer Roy und Ella weiß hier niemand etwas über sie. Sagt dir das nicht alles? Ich habe *nie* für jemanden mehr empfunden als für dich. Ich habe ein Jahrzehnt damit verbracht, nichts zu empfinden, Grace. Hast du eine Ahnung, wie das ist? Ich hatte die Hoffnung aufgegeben, jemals wieder das zu finden, was wir hatten. Ich hatte *aufgegeben*, Grace. Ich dachte mir, ich bin zwar vielleicht nicht ganz und gar in sie verliebt, aber sie wollte heiraten. Ich hoffte, vielleicht eines Tages das zu überwinden, was mich zurückhielt, also habe ich es in Betracht gezogen. Es gab keinen Ring, keinen Heiratsantrag, kein ›Ich kann nicht ohne dich leben‹. Und weißt du auch, warum?«

Sie verschränkte die Arme und versuchte die Tränen zurückzuhalten, die er sicher nicht verdiente. Warum tat es so weh, zu wissen, dass er fast eine andere geheiratet hätte?

»Gracie, bitte sieh mich an. Ich versuche, ehrlich zu dir zu sein. Wir haben uns nie angelogen, und damit wollte ich jetzt nicht anfangen.«

Sie drehte sich um, eine Träne löste sich. Mit dem Daumen wischte er sie fort und die Liebe in seinen Augen bohrte sich in ihre Brust.

»Ich habe es nie zu ihr gesagt, weil ich es nie gefühlt habe. Du warst nicht so gebrochen wie ich. Du hast sicher andere Beziehungen gehabt. Erzähl mir nicht, dass du nie kurz davor warst, dich mit jemandem häuslich niederzulassen.«

»War ich nicht! Wäre ich vielleicht gewesen, wenn ich den Richtigen getroffen hätte, aber …« Sie zwinkerte Tränen weg, dachte daran, mit wie wenig Männern sie eigentlich ausgegangen war und wie enttäuschend sie am Ende alle waren. »Keiner war richtig. Keiner war *du*, und ich war deswegen so wütend auf dich, denn ich war verletzt, dass du die Stadt verlassen hast, nachdem du mir gesagt hattest, dass du nie gehen würdest.«

Er streckte die Hand nach ihr aus. »Aber jetzt weißt du, warum ich gegangen bin.«

»Ich *weiß*«, fuhr sie ihn an und kam sich dumm vor, weil sie weinte. »Und ich habe keine Ahnung, warum ich so aufgewühlt bin oder warum es so wehtut, dass du fast jemand anderen geheiratet hättest, aber es tut weh.«

»Weil du mich noch immer liebst, Grace.« Er wischte ihre Tränen fort und nahm sie in die Arme. »Du liebst mich noch, ebenso wie ich dich noch immer liebe.«

Sie versuchte, den Schmerz beiseitezuschieben und mit der Wahrheit, die er ausgesprochen hatte, zurechtzukommen.

»Ich weiß, dass es schwer für dich war, das zu hören. Für mich war es genauso schwer, es auszusprechen, und zwar nicht nur, weil ich wusste, dass es dich aufwühlen wird, sondern auch, weil ich meinen Gefühlen nicht genug getraut habe, um aus dieser Beziehung auszusteigen, lange bevor sie zusammengebrochen ist. Ich bin nicht bereit, denselben Fehler noch einmal zu machen und meine Gefühle zu missachten. Du bist die Eine für mich, Grace. Das bist du immer gewesen. Mit allem jetzt ins Reine zu kommen und die zehn Jahre davor, das war schwer. Aber dich zu lieben, war immer einfach.«

»Es war nie einfach für uns«, erinnerte sie ihn. »Wir mussten uns heimlich treffen.«

»Schwierig war nur, dich zu sehen, nicht, dich zu lieben. Ich hätte alles auf mich genommen, um dich zu sehen, weil ich dich geliebt habe.«

Das Herz stieg ihr in die Kehle. »Aber wir haben wieder nur eine begrenzte Zeit.«

»Das muss nicht sein. Eine Fernbeziehung kann funktionieren, wenn wir es wollen. Ich werde nie von dir verlangen, deine Träume aufzugeben.«

Sie dachte an ihr hektisches Leben in der Großstadt und wie schwierig es sein würde, eine Beziehung aufrechtzuerhalten, wenn sie die üblichen Überstunden machte und auch an Wochenenden arbeitete. Könnten sie eine Fernbeziehung hinkriegen? Vielleicht könnten sie dann wirklich die Zeit genießen, die sie miteinander hatten, ohne den Stress, dass sich einer von ihnen täglich durch die Arbeit des anderen zurückgesetzt fühlte. Hoffnung keimte in ihr.

»Du hast mich damals nie darum gebeten, meine Träume aufzugeben«, wurde ihr gerade bewusst. »Du hast mich nie gebeten, in Oak Falls zu bleiben. Im Gegenteil, du hast mich eher gedrängt, aufs College und nach New York zu gehen.«

»Weil ich dich geliebt habe. Ich wollte, dass du glücklich bist, und ich wusste, dass du es nie sein würdest, bis du dir nicht diesen aufgehenden Stern geschnappt hättest und mit ihm bis zum Mond gereist wärst. Das bist du, Gracie. Du warst das Mädchen mit den großen Träumen, und jetzt bist du die Frau, die sie verwirklicht hat. Das würde ich dir nie nehmen wollen. Wenn die einzige Möglichkeit für uns eine Fernbeziehung ist, dann gebe ich mich damit zufrieden. Ich werde dich dieses Mal nicht fortschicken. Ich bitte dich darum, Teil deines Lebens sein zu dürfen, wie auch immer wir das anstellen.«

Seine Aufrichtigkeit, sein grenzenloser Glauben an ihre

Fähigkeiten und seine Unterstützung berührten sie so tief. Sie wollte ihre gemeinsame Zukunft nicht auseinandernehmen oder sich fragen, ob all die Puzzleteile ihrer selbst gerade tatsächlich ihren richtigen Platz fanden oder ob sie sich das nur ausmalte. Das Einzige, was sie wollte, als sie sich nun auf die Zehenspitzen stellte und mit ihren Lippen Reeds berührte, war *er*.

Zum ersten Mal seit Jahren dachte Reed nicht an die anstehende Arbeit oder das nächste Projekt. So ungeduldig Grace war, so wenig wollte er denken. Besitzergreifend forderte er ihren Mund ein, seine Hände glitten über ihre üppigen Kurven. Sie drängte sich ihm entgegen, und er umfasste ihren Hintern, laut stöhnend dank des Infernos, das die Berührung in ihm entfachte. Er vertiefte den Kuss, wurde ungestümer, versuchte, den dünnen Faden seiner Kontrolle zu halten.

»Grace«, stieß er zwischen wilden Küssen aus, denn er musste wissen, dass dies alles nicht nur Einbildung war, dass sie ihn so sehr wollte wie er sie.

»Frag nicht. Du *weißt* es«, sagte sie begierig. »Du hast es immer gewusst.«

Ihre Münder prallten aufeinander, als sie zur Couch stolperten und ihre Lippen sich nur gerade so lang trennten, wie sie sich ihre T-Shirts vom Leib rissen. Reeds Atem stockte beim Anblick ihrer herrlichen Brüste unter der schwarzen Spitze.

»Verdammt, Grace. Beweg dich nicht. Lass mich dich einfach ansehen.« Unzählige Male hatten Fantasien in seinem Kopf getobt, aber nichts, absolut nichts davon war damit zu vergleichen, sie nun in den Armen zu halten. Verschwunden war das Mädchen, in das er sich verliebt hatte. Sie war vollkommen Frau, kurvenreich und verführerisch. »Du bist umwerfend.«

Ihre Haut glühte, als er mit den Händen über ihre Taille glitt, an ihren Rippen hinauf und über die raue Spitze hinweg, während er den Mund auf die Wölbung ihrer Brust senkte. Er kostete sich über einen warmen Hügel hin zu der Senke ihres Dekolletés, wo er blieb und sie küsste, bis sie vor Begehren stöhnte. Er öffnete ihren BH am Vorderverschluss und schob ihn über ihre Schultern, küsste sie erneut, langsam und sinnlich, während er die Hände um ihre Brüste legte und mit den Daumen über ihre harten Brustwarzen strich. Sie keuchte in ihren Kuss und dieses sündige Geräusch jagte Blitze in seine Mitte. Er drückte ihre Brüste zusammen, küsste und knabberte an ihrer erhitzten Haut, bis sie vor Verlangen zitterte. Sie reagierte noch immer auf jede seiner Berührungen, jeden seiner Küsse, aber ihre Reaktionen waren gewaltiger, sinnlicher. Sie umklammerte seine Hüfte, als er den Mund auf einen Nippel legte und heftig saugte.

»Oh Gott«, entwich es ihr. »Das fühlt sich gut an.«

Er nahm den Nippel zwischen die Zähne, zupfte zärtlich, und sie ging auf die Zehenspitzen und vergrub die Finger in seine Taille.

»Reed«, keuchte sie.

»Ich hab dich, Kleines, und auf keinen Fall werde ich mich jetzt beeilen.«

Er biss sie zärtlich in den Hals und gab sich noch einem wilden, intensiven Kuss hin. Er war steinhart, bereit für sie, aber zuerst … »Ich werde es genießen, dich in den Wahnsinn zu treiben.«

Den Blick in ihre Augen versenkt fuhr er mit der Zunge

über ihre Unterlippe und umschloss ihr Gesicht mit den Händen. Er hielt ihren Mund geöffnet, während er sie küsste, bis sie den Versuch aufgab, seinen Kuss zu erwidern, und ihn jeden Winkel ihres Mundes liebkosen ließ, bis er ihn in- und auswendig kannte. Schon immer hatte ihn ihr süßer, sexy Mund verrückt gemacht, wie sie keuchte und sündige Laute über ihre Lippen kamen, selbst wenn er sie küsste.

»Ich liebe deinen Mund, Kleines.« Er ließ ihre Wangen los und küsste sie nun langsam und berauschend.

Sie atmete kaum, als ihre Lippen sich voneinander lösten. »Liebe mich ganz, Reed.«

»Das tue ich und das werde ich«, versprach er und küsste sie erneut.

Voller Hingabe widmeten sie sich einander, zogen die restlichen Klamotten aus und fielen auf die Couch, nackt und zwischen Küssen keuchend. Er verflocht ihre Hände miteinander, sog das Gefühl in sich auf, ihre Oberschenkel an seinen zu spüren, seine Härte an dem Haar zwischen ihren Beinen, während der begierige Blick in ihren Augen ihn in den Bann zog. Er fuhr mit den Lippen über ihre Wange und den Mund, hauchte eine Reihe von leichten Küssen auf ihre Haut. Sie roch himmlisch weiblich und betörend vertraut. Die Erinnerungen waren ihm willkommen, als sie die Beine öffnete, um seine Hüfte aufzunehmen.

Ein Lächeln zuckte über seine Lippen, als er ihre Hände losließ, an ihrem Körper nach unten wanderte und dabei knabberte und kostete. Sie wand sich unter ihm, bog sich ihm entgegen und vergrub die Finger in den Kissen, als er mit offenem Mund Küsse knapp über ihrem Schoß platzierte. Ihre Hüfte hob sich, als ihre Knie noch weiter auseinanderfielen – eine sündhafte Einladung, der er nicht widerstehen konnte. Er legte den Mund auf ihre feuchte Mitte, und ihr Saft breitete sich über seiner Zunge aus, süß und heiß und so verdammt perfekt.

»Oh, Reed«, stieß sie zittrig atmend hervor.

Das Flehen in ihrer Stimme raubte ihm die letzte Kontrolle, und er labte sich an ihr, liebkoste sie mit Zähnen, Zunge und Fingern, bis sie zitterte und um Luft rang. Seine Härte pulsierte vor Verlangen, aber er wollte seine Grace berauscht vor Lust erleben, bevor sie endlich zueinanderkamen, und er wusste genau, wie er das zu tun hatte. Er umfasste ihre Brust mit einer Hand, während er mit den Fingern der anderen ihre Mitte reizte, sie in ihrer feuchten Erregung versenkte. Sie stöhnte und bewegte rhythmisch ihre Hüfte, und er glitt mit der Hand unter ihren Hintern, während er mit seinem Mund ihr Kostbarstes liebkoste. Er konnte nicht anders, er musste zu seinem schönen Mädchen hinaufschauen, und ihre Blicke versanken ineinander.

»Ja«, sagte sie atemlos und ihre Hüfte kreiste. »Liebe mich ganz.«

Und das tat er, brachte sie hoch hinauf in die Wolken, während sein Name wie ein Gebet von ihren Lippen flog. Als sie vom Gipfel heruntersegelte, ließ er sie wieder in die Höhe steigen, liebkoste sie mit dem Mund und den Händen, bis sie unter ihm zusammenbrach, erschöpft und lächelnd. Erst dann glitt er an ihrem Körper nach oben, um sich noch einmal ihren Brüste zu widmen.

Er verschränkte seine Hände wieder mit ihren und rieb seine Erektion gegen ihre feuchte Mitte. Das verführerische Flehen, das ihm das einbrachte, gab ihm fast den Rest.

»Gracie, vertraust du mir?«

»Mehr als mir selbst.«

Die Aufrichtigkeit in ihrer Stimme ließ ihn wieder die

Lippen auf ihre senken. Er küsste sie, bis sie stöhnten und sich wanden.

»Nachdem ich meine Ex mit Thad erwischt hatte, hab ich sichergestellt, dass ich gesund bin. Seitdem war ich mit niemandem zusammen. Bitte sag mir, dass du die Pille nimmst.«

»Nehme ich, und ich will dich g–«

Ihre Worte wurden von dem festen Druck seiner Lippen erstickt, als ihre Körper sich vereinten. Er füllte sie vollkommen aus, wie es schon immer gewesen war, und er wusste, dass sie füreinander geschaffen waren. Sie hielten beide inne, schauten sich tief in die Augen.

»Kannst du es fühlen, Gracie? Wie sehr ich dich liebe?«

»Ja, und jetzt *zeige* es mir.«

Sie liebten sich wild, krallten und bissen, küssten und stöhnten, während sie ihren Rhythmus fanden und sich in perfekter Harmonie bewegten. Sie liebten sich, bis sie beide in süßer Pein von purer, explosiver Lust schwer atmeten. Später im Schlafzimmer vereinten sie sich erneut, langsam und zärtlich, während ihre Liebe sie wie eine unendliche Schleife miteinander verband.

Grace schlief in Reeds Armen ein. Er lag wach bei ihr und spürte den sanften Rhythmus ihres Atems auf seiner Haut, erfüllt von einem Gefühl des Friedens, das er noch nie zuvor erlebt hatte. Sein Blick glitt über ihren Körper, als er nach der Decke griff, und er bemerkte ein kleines Tattoo hinten auf ihrem Oberschenkel: eine Orchidee. *Du hast es nie vergessen.*

Die Zeit schien zu schnell zu vergehen. Der Morgen rückte näher, und das Letzte, was er wollte, war, sich auch nur einen Zentimeter zu bewegen, aber er wusste, er musste das Richtige tun.

Er hauchte Küsse auf ihre Wange und flüsterte: »Gracie, Kleines.«

»Hm?« Sie kuschelte sich noch enger an ihn.

Mit dem nächsten Kuss sammelte er die Kraft für das, was er nicht wollte.

»So gern ich mit dir in meinen Armen aufwache, ich möchte nicht, dass du dich morgen in Gegenwart deiner Eltern unwohl fühlst oder dass sie denken, es ist nur eine Affäre. Ich bringe dich wohl lieber nach Hause.«

Sie drehte sich in seinen Armen um, ein verschlafenes Lächeln lag auf ihren Lippen. »Meinst du wirklich? Es ist hier so gemütlich.«

Er drückte seine Lippen auf ihre. »Finde ich auch, aber ich möchte, dass du morgen mit einem Lächeln aufwachst und nicht mit der Sorge, wie du deinen Eltern gegenübertrittst.« Er küsste sie auf die Nasenspitze und sagte: »Ich kenne dich, Gracie. Du bist ein zurückhaltender Mensch, und es wird dir peinlich sein, nach Morgengrauen nach Hause zu kommen. Deine Eltern sollen wissen, dass ich dich genug liebe, um das Richtige zu tun.«

»Vertrau mir«, meinte sie mit einem verführerischen Lächeln. »Du hast alle richtigen Dinge getan.«

Sie küsste ihn und ihr Gesichtsausdruck wurde ernst. »Du hast auch das Richtige getan, indem du mir erzählt hast, was in Michigan passiert ist. Du tust immer das Richtige, auch wenn es schwierig ist.«

»Weil man das macht, wenn man jemanden aufrichtig liebt. Man stellt das Wohlergehen des anderen über das eigene.«

Neun

Grace wachte frisch und munter auf – obwohl sie so wenig geschlafen hatte und an Stellen wund war, von denen sie es nicht für möglich gehalten hatte. Aber es war ein herrliches Wundsein, und sie bedauertes es kein bisschen, Sex mit Reed gehabt zu haben. Sie griff nach ihrem Handy und eine Nachricht von ihm bestätigte ihr, dass er es auch nicht bereute. *Guten Morgen, meine Schöne. Meine Laken riechen nach dir. Ich habe Entzugserscheinungen. Kann ich dich heute Abend sehen?* Sie lächelte, als sie die Antwort tippte. *Ich würde dir nie deine nächste Dosis vorenthalten.*

Sie rollte sich herum, erdrückte dabei fast Clayton und umarmte den Plüschbären Nimmersatt, während sie an Reeds Geständnis dachte. Seine Fast-Verlobung hatte sie so aufgewühlt, dass sie gar nicht darüber hatte nachdenken können, was er durchgemacht hatte und wie sehr dieser Betrug geschmerzt haben musste. Ihr Blick wanderte zu den Vorhängen, und sie wünschte sich, dass er da wäre und sie mit ihm darüber reden könnte.

Sie nahm sich eine Handvoll M&M's vom Nachttisch und steckte sie sich in den Mund. Sie griff noch einmal in die Tüte, hielt dann aber inne. Wenn sie so weiter aß, musste sie sich in einem Fitnessstudio anmelden. Drei Wochen Junkfood würden sicher zwei bis drei Kilo mehr auf ihren Hüften ergeben.

Es sei denn, Reed und ich können es abtrainieren.

Angetan von dieser Vorstellung aß sie noch ein paar M&M's und beschloss, am nächsten Tag mit dem Laufen anzufangen. Selbst wenn sie das Junkfood gemeinsam abtrainierten, so war sie doch an ihr Training am Morgen gewöhnt und würde verrückt werden, wenn sie sich nicht bewegte.

Sie scrollte sich durch die anderen Nachrichten und las eine von Sable: *Hank war gerade bei mir in der Werkstatt. Er meinte, im Café seid ihr, du und Reed, das Gesprächsthema Nummer eins.*

Großartig. Hank und seine Frau Pearl waren die Eigentümer des Stardust Cafés. Sie waren mittlerweile Ende siebzig und so leitete ihre Tochter Winona im Grunde das Geschäft. Reeds Stimme hallte in ihrem Kopf wider. *Lass sie reden, so viel sie wollen. Schon bald wird sich niemand mehr daran erinnern, wann wir nicht zusammen waren. Und* du *schon gar nicht.* Er war sich seiner selbst so sicher, schon immer. Das war eine der Seiten, die sie so an ihm liebte.

Sie schickte Sable eine kurze Antwort. *Danke, dass du die Haustür für mich offen gelassen hast. Ich hatte schon befürchtet, ich würde die Hunde wecken.*

Sables Antwort kam nur Sekunden später. *Hab mich darum gekümmert, als ich um zwei nach Hause gekommen bin.* Ihre Nachricht endete mit einem Zwinker-Smiley. Sable stellte – wie Brindle – gern ihr Liebesleben zur Schau.

Dann las sie eine Nachricht von Sophie. *Kamst du letzte Nacht in den Genuss deines Nimmersatts? Ich will alle Einzelheiten!* Anstatt zurückzuschreiben, rief Grace an.

Sophie war nach dem zweiten Klingeln dran. »So gut war's

also?«

»Du hast ja keine Ahnung, Soph. Ich hab mich noch immer nicht erholt.« Sie ging ins Badezimmer und stellte die Dusche an.

»Wurde auch Zeit, dass du deinen Hunger nach diesem Mann mal stillst.«

Sie würde jetzt nicht einmal mehr so tun, als hätte sie nicht jeden Mann, mit dem sie jemals ausgegangen war, mit Reed verglichen. »Du weißt, dass ich immer vorsichtig bin und genau aufpasse, wohin etwas führen kann.«

»Deswegen sind wir ja beste Freundinnen. Wir könnten demselben Schoß entstammen.«

»Dann sag mir bitte, ob ich verrückt bin. Also, du darfst es niemandem erzählen, aber er war fast verlobt und sie ist fremdgegangen. Er sagt, er hat sie nie wirklich geliebt. Bin ich bescheuert, ihm das zu glauben? Wenn wir zusammen sind, ist es, als sei das vergangene Jahrzehnt nur ein kurzer Moment in unserem Leben gewesen und als wären wir dazu vorherbestimmt, uns wiederzufinden. Aber das passiert nur in Märchen, oder? Ich benehme mich albern, nicht wahr?«

»Himmel, wie ich Fremdgeher verabscheue, und nein, du bist weder verrückt noch blöd. Du folgst deinem Herzen. Du bist deinem Herzen nach New York gefolgt und hast deine Träume verwirklicht. Warum solltest du Reed nicht genießen? Du weißt, dass er dein Mann für den *Ewigen Kuss* ist.« In Sophies Familie herrschte seit jeher der Glaube, dass der Mensch, der für einen bestimmt ist, der ist, dessen Küsse noch lange anhalten, nachdem er das Zimmer verlassen hat.

Reeds Küsse hatten jahrelang angehalten. »Vielleicht.«

Das Anklopfsignal für einen weiteren Anruf ertönte und sie sah Ambers Namen auf dem Display. »Das ist Amber. Ich muss drangehen. Heute Nachmittag fange ich die Schreibwerkstatt an. Ich melde mich später.«

»Ach, ich hab vergessen, dir zu erzählen, dass Nana sich für den Kurs angemeldet hat. Viel Spaß dabei! Tschüss!« Sophies Großmutter Nina, die von allen Nana genannt wurde, war wie eine Oma für Grace, und sie war im ganzen Ort dafür bekannt, dass sie jeden Feiertag und jedes Ereignis feierte, als wäre es ihr letztes. Sie war außerdem sehr direkt. Sable und Brindle hätten ihre Töchter sein können.

Grace nahm den Anruf entgegen. »Hey, Amber, keine Sorge, ich bin rechtzeitig vor dem Kurs da. Hatte mir gedacht, dass ich etwas früher komme, um alles vorzubereiten.«

»Klingt gut. Ich wollte dir noch sagen, dass wir eine fünfte Anmeldung haben. Meine Freundin Janie, die Autorin mit den erotischen Liebesromanen, kommt auch dazu.«

»Großartig. Das wird nett. Janie ist blind, oder?«

»Genau, deshalb rufe ich an. Sie meinte, wenn du ihr die Unterlagen per Mail schickst, kann sie sie sich von einem Programm vorlesen lassen. Gibt es irgendwelche Materialien, für die etwas anderes notwendig ist?«

»Nein, ein Vorleseprogramm ist perfekt. Abgesehen von dem groben Überblick über die Inhalte findet alles mündlich oder während des Kurses an den Computern statt. Schick mir ihre E-Mail-Adresse und ich lass ihr die Informationen zukommen.«

Sie unterhielten sich noch ein paar Minuten, danach duschte Grace und machte sich für den Tag fertig. Voller Vorfreude darauf, Reed an diesem Morgen zu sehen, wenn er an der Veranda ihrer Eltern arbeitete, nahm sie sich extra viel Zeit für ihre Haare und das Make-up. Ein Blick durch die Vorhänge verriet ihr, dass noch niemand auf der Veranda war. Sie roch an den Blumen, die er ihr gegeben hatte. Ihre Mutter hatte sie wohl auf ihren Nachttisch gestellt, nachdem sie zu ihrem Date aufgebrochen waren. Als sie ihren süßen marineblauen Minirock und das weiße Seidentop anzog, die sie auch bei ihrem Kurs tragen wollte, und in ihre Riemchensandalen schlüpfte, hatte sie das Gefühl, auf Wolken zu gehen. Sie schnappte sich ihr Handy und die Tasche mit der Arbeit für den Tag darin und ging nach unten in die Küche, um einen Kaffee zu trinken.

Reba stupste ihr zur Begrüßung die Schnauze in den Schritt. Grace drehte sich zur Seite und streichelte sie. »Dir auch einen guten Morgen, Reba. Wo ist denn deine Schwester?«

»Reba, sitz!«, sagte ihre Mutter.

Der junge Hund ließ den Hintern auf den Boden plumpsen und die Zunge aus dem Maul hängen, während Grace ihre Tasche auf der Arbeitsfläche abstellte.

»Dolly ist mit Dad zur Bücherei gefahren«, sagte ihre Mutter und gab Grace eine Tasse Kaffee. »Wie geht es dir, Schatz?«

»Gut. Danke für den Kaffee.« Sie nahm einen Schluck und schaute zur Seitentür hinaus – in der Hoffnung, Reeds Pick-up zu entdecken. Er war noch nicht da. Sie überlegte, ob sie ihm eine Nachricht schicken und fragen sollte, wann er käme, aber das erschien ihr etwas klammernd, also drehte sie sich von der Tür weg.

»Hältst du nach Reed Ausschau?« Ein Funke Neugier glomm in den Augen ihrer Mutter auf.

»Mhm. Tut mir leid, dass ich letzte Nacht so spät gekommen bin.«

»Mir nicht«, erwiderte ihre Mutter mit einem verschmitzten Lächeln. Sie setzte sich an den Küchentisch. Reba trottete zu ihr und ließ sich neben ihren Füßen nieder. »Setz dich und unterhalte dich ein bisschen mit mir. Wir hatten noch gar keine Zeit miteinander.«

Grace war nervös, was albern war, sie war schließlich erwachsen.

»Ich gehe davon aus, dass dein Date mit Reed gut lief?«, meinte ihre Mutter, die zweifellos auf mehr Informationen hoffte.

Ein Schuldgefühl überkam sie. »Ja, sehr gut sogar. Auf dem Jahrmarkt war es nett und nachher sind wir noch zu ihm gegangen.«

Ihre Mutter hob die Augenbrauen. »Wie schön. Wie ich gehört habe, hat er das Haus der Carmels gekauft. Angel sagte, er hat ziemlich viel Arbeit hineingesteckt, zumindest nach dem zu urteilen, was sie von außen gesehen hat.« Angel war die Mutter von Sophie.

»Stimmt, und was er bisher gemacht hat, ist wirklich unglaublich toll.«

»Wie er.« Sie nahm einen Schluck Kaffee und beobachtete Grace über den Rand der Tasse hinweg.

Grace verschränkte die Arme und wappnete sich für die Inquisition. »Jetzt mach schon, Mom. Frag, was immer du wissen möchtest.«

»Ich möchte nicht neugierig sein.« Ihre Mutter stellte die Tasse ab.

»Doch, möchtest du.«

Sie lächelte und beugte sich vor. »Du hast recht, das will ich! Ach, Gracie, er ist so ein netter Mann! Und wie er dich ansieht ...« Sie wedelte dramatisch vor ihrem Gesicht herum. »Der Mann könnte seine Gefühle für dich auch mit einer Maske nicht verbergen. Er würde durch sie hindurch strahlen.«

»Mom!« Grace spürte die Röte ins Gesicht steigen.

»Ach, Schatz, ich bitte dich! Wenn du glaubst, es war ein Witz, dass er dich über Nacht behalten sollte, dann irrst du dich gewaltig. Es wurde Zeit, dass du einen Mann kennenlernst, der erkennt, wenn jemand Besonderes direkt vor ihm steht.«

Grace hörte den Pick-up von Reed auf der Auffahrt und sprang vom Stuhl auf, wobei sie eine Hand auf ihr rasendes Herz hielt. Reba hob den Kopf und hechelte fröhlich.

»Tja, sieht so aus, als wüsstest du genauso gut wie Reed, wenn jemand Besonderes vor dir steht.«

»Warum bin ich nur so nervös?«, fragte sie sich selbst eher als ihre Mutter.

»Weil es lang her ist, dass du Orchideen bekommen hast, und das macht dir Angst.«

Grace riss die Augen auf.

Ihre Mutter stand auf und legte die Hand auf Graces Schulter. »Mütter wissen immer alles, meine Kleine. Du warst damals glücklich. Und jetzt bist du sogar noch glücklicher.«

»Wusste Dad davon?«

»Väter müssen nicht immer alles wissen.«

All die Zeit hatte sie gedacht, sie wäre so vorsichtig gewesen. Wie konnte es sein, dass ihre Mutter Bescheid wusste und ihre Geschwister nicht? Die Erkenntnis, dass ihre Mutter das Geheimnis bewahrt hatte, rührte sie über alle Maßen.

»Es muss schwierig für euch beide gewesen sein, eure Beziehung geheim zu halten«, sagte ihre Mutter. »Obwohl ich mir vorstellen kann, dass es in dem Alter auch in gewisser Weise aufregend war.«

Grace erinnerte sich an das aufregende Gefühl, sich heimlich zu treffen, und das gleichzeitige Verlangen, es nicht tun zu müssen. »So oft wollte ich es dir und allen anderen erzählen. Himmel, fast jeden Tag. Ich weiß noch, dass ich so eifersüchtig war, wenn meine Freundinnen ihre Freunde zu unseren Treffen mitgebracht haben. Es war schwer, es nicht zu erzählen. Sable wusste es und Sophie auch, aber sonst niemand. Es tut mir wirklich leid, Mom.« Sie wollte Reeds Tante und Onkel nicht erwähnen, weil es sich wie ein Betrug anfühlte, dass sie und Reed den beiden, aber nicht dem Rest ihrer Familie vertraut hatten, auch wenn sie wusste, dass die meisten ihrer Geschwister nicht in der Lage gewesen wären, ein solches Geheimnis für sich zu behalten.

»Um ehrlich zu sein«, sagte ihre Mutter, »war ich froh, dass ihr euch hattet, egal, wie es dazu kam. Ich habe dich nie glücklicher gesehen als in der Zeit, in der du mit ihm zusammen warst. Sorgen habe ich mir nur gemacht, weil es dich vielleicht vom College abgehalten hätte, und als das nicht der Fall war, habe ich mir Sorgen gemacht, dass du zu abgelenkt sein würdest, um erfolgreich zu sein. Aber du bist immer stark gewesen. Reed hatte jedenfalls eine schwerere Zeit. Die Leere in seinen Augen, nachdem ihr zwei euch getrennt hattet, war so tief, dass ein olympischer Schwimmer ertrunken wäre. Ich habe mich immer gefragt, ob er deswegen weggezogen ist.«

Ein Schmerz bohrte sich erneut durch Graces Herz.

Reed klopfte an die Fliegengittertür. Bei seinem Lächeln schlug ihr Magen Purzelbäume, während er sagte: »Morgen, Gracie.«

»Er kann es beim besten Willen nicht verbergen«, flüsterte ihre Mutter. Lauter sagte sie dann: »Reed, mein Lieber, kommen Sie doch herein. Kaffee?«

Reed kam herein und ging direkt auf Grace zu. »Ich glaube, ich nehme heute Morgen meinen Zucker ohne Kaffee, danke.« Er küsste Grace auf die Wange und bekam ein zustimmendes

Lächeln von ihrer Mutter. »Grace, kann ich dich für eine Minute entführen? Ich möchte dir etwas zeigen.«

Er nahm ihre Hand, führte sie zur Tür hinaus und auf die andere Seite des Pick-ups, wo er die Arme um sie schlang und seine Lippen auf ihre senkte. Er schenkte ihr einen so heißen Kuss, dass eine Warnmeldung vorher angebracht gewesen wäre. Etwas schwindelig und sehr erregt löste sie sich schließlich von ihm.

»Keine Sekunde hätte ich länger warten können«, sagte Reed und holte sich noch mehr. Seine Hände glitten hinunter zu ihrer Hüfte und die Energie ihrer Küsse drückte sie gegen den Pick-up. Ihre weiche Gestalt passte sich an seine harten Konturen an. Sie waren schon immer unersättlich gewesen, aber jetzt fühlte sich alles noch größer, stärker, realer an. Er wollte sie hochheben, sie gleich dort am Pick-up nehmen, doch er erinnerte sich daran, dass sie auf der Auffahrt ihrer Eltern standen, und zog sich zögernd zurück. Aber das Feuer in ihren Augen und die Art, wie sie seine Schultern umklammerte, brachten seinen Mund wieder auf ihren.

Als sie schließlich voneinander ließen, legte er die Hände flach gegen die Tür und hielt sie so gefangen. Das war sicherer als die Hände auf ihrem Körper, denn sonst hätte er am liebsten den ganzen Tag damit verbracht, all die verlorenen Jahre nachzuholen.

»Ich habe kein bisschen geschlafen«, gestand er. »Immer wenn ich die Augen schloss, habe ich dich gesehen.«

Ihre Lippen waren vom Küssen verlockend rosa, und als sie

ein sexy Lächeln zeigten, legte er seine Stirn auf ihre, um sie nicht wieder zu küssen. »Was hast du mit mir gemacht, Gracie?«

»Ich glaube, du meinst: Was haben wir mit uns gemacht? Was immer es auch ist, ich möchte nicht aufhören. Und, Reed, ich schulde dir eine Entschuldigung.«

Er zog sich etwas zurück, um ihr Gesicht besser zu sehen. »Wofür?«

»Als du mir gestern Abend erzählt hast, was mit deiner Ex passiert ist und dass du deine Firma verkaufen musstest, war ich so mit mir selbst beschäftigt, dass ich nicht einmal daran gedacht habe, wie du dich dabei gefühlt haben musst. Der Betrug allein war sicherlich schon schrecklich, aber zusammen mit dem Verkauf der Firma, in die du so viel Arbeit gesteckt hast ... Ich kann mir nicht vorstellen, wie fertig du gewesen sein musst.«

»Das ist vorbei, Grace. Das gehört der Vergangenheit an.«

»Ich dachte, wir verstecken uns nicht mehr vor der Vergangenheit. Übrigens, meine Mutter wusste von uns. Sie hat es mir gerade erzählt. Aber sie meinte, sie hätte es nie meinem Vater erzählt, was wirklich ... unglaublich ist.«

»Wie hat sie es herausgefunden?«

Grace zuckte mit den Schultern. »Sable war es wohl nicht, und wenn es sonst jemand von meinen Geschwistern gewusst hätte, wären sie nie imstande gewesen, das für sich zu behalten. Intuition einer Mutter, nehme ich an. Aber können wir kurz noch mal auf das andere zurückkommen? Du sollst wissen, dass du mit mir darüber reden kannst, was in Michigan passiert ist, und ich verspreche, dass ich mich dann nicht aufrege.« Sie nahm seine Hand und sagte: »Ich möchte nicht die Dinge auslassen, die dich zu dem Mann gemacht haben, der du jetzt bist. Nichts soll unausgesprochen bleiben.«

»Über Alina zu reden ist das Letzte, worauf ich Lust habe.«

»Dann rede nicht über sie. Erzähl mir von *dir*.«

»Gracie …«

»Du musst es nicht, aber ich weiß, dass es sicher sehr wehgetan hat.«

Sie umarmte ihn, und ihr Trost fühlte sich so gut an, dass die Wahrheit ihm mühelos über die Lippen kam. »Ach, Grace, bei unserer Trennung damals habe ich mich nicht wirklich betrogen gefühlt, denn auch wenn ich mich ganz und gar unserer Beziehung hingegeben hatte, so wussten wir doch beide immer, wohin es dich nach der Highschool verschlagen würde. Wir wussten, was bevorstand. Aber bei ihr habe ich mich nie ganz der Beziehung hingegeben. Als sie mich dann betrogen hat, war es schmerzhaft, ja, aber ich wusste auch, dass ich gerade noch mal davongekommen war. Von meinem Geschäftspartner betrogen zu werden war viel schlimmer als von meiner Ex. Thad und ich verband etwas, in das ich über Jahre mehr als hundert Prozent investiert habe.« Er ballte die Fäuste. »Dieser Verrat hat mich so wütend gemacht, dass ich nicht mehr zurück konnte. Deshalb habe ich ihm meine Anteile an der Firma verkauft. Ich wäre ohnehin nach Hause gekommen, um meinem Onkel zu helfen. Aber ich habe mir den Arsch aufgerissen, um diese Firma aufzubauen, und Thad hat durch sein Handeln alles zunichte gemacht. Er hat mein Vertrauen missbraucht, und das wieder hinzubiegen war mir die Mühe nicht mehr wert, nicht nach der Enttäuschung.«

»Fehlt dir die Arbeit?«, fragte sie.

»Klar, aber es gibt nichts, was ich nicht tun kann. Ich werde mir hier wieder etwas aufbauen. Ein paar Projekte habe ich schon im Visier.« Er gab ihr einen zarten Kuss. »Kurz nachdem ich hierher zurückkam, war ich im Laden von Morgyn, um ein

Geschenk für meine Tante zu kaufen, und wir haben uns etwas unterhalten. Als sie hörte, dass ich wieder hergezogen bin, sagte sie etwas, ohne etwas über meine Gründe zu wissen: ›Das Universum hat einen Plan für dich, und wenn es sich dir offenbart, wirst du wissen, dass du das Richtige getan hast.‹«

Grace lachte. »Das klingt ganz nach Morgyn. Sie ist überzeugt davon, dass man alles in die Hände des Schicksals legen sollte.«

Er schaute ihr tief in die Augen. Sein Herz war so erfüllt von ihr, dass sich seine Vergangenheit wie die Geschichte von jemand anderem anfühlte. »Verstehst du nicht, Gracie? Sie hatte recht.«

Zehn

Als Grace am Montagnachmittag die Hauptstraße von Meadowside entlang zu Ambers Buchladen fuhr, spürte sie eine kitzelnde Vorfreude am ganzen Körper. Meadowside war ein uriger kleiner Ort, ähnlich wie Oak Falls, der bekannt für seinen ländlichen Charme und seine starke Gemeinschaft war. Aber für Grace würde es immer *der Ort, in dem Reed wohnte* sein. Als Jugendliche waren ihr immer Schauer der Vorfreude über den Rücken gelaufen, allein weil die Möglichkeit bestand, Reed über den Weg zu laufen, wenn sie mit Freunden oder Familie hier unterwegs gewesen war. Ihn nur zufällig zu sehen, hatte damals ausgereicht, um sie für Stunden in Euphorie zu versetzen. Aber jetzt würde – wenn dieser Morgen irgendeine Prognose ermöglichte – ein zufälliger Blick auf ihn nie mehr ausreichen.

Grace stellte ihr Auto auf dem Parkplatz neben der Drogerie ab und ging die Straße hinunter zu Ambers Buchladen Story Time, der zwischen dem Restaurant Catch Up Diner und einem Geschenkeladen lag. In Ambers Schaufenster war eine Mischung aus Neuerscheinungen, Lieblingsbüchern ihrer Kunden und verschiedenen Geschenkartikeln und Trockenblumen ausgestellt. Während Grace dem Kleinstadtleben immer hatte entkommen wollen, war das bei den meisten ihrer

136

Geschwister ganz und gar nicht der Fall. Amber liebte es hier und war so sehr in Oak Falls und Meadowside verwurzelt, dass es an ein Wunder grenzte, dass sie noch keine Schösslinge getrieben hatte. Sie hatte die natürliche Gabe, jedem das Gefühl zu geben, ein fester Bestandteil ihres Buchladens zu sein. Sie organisierte Wettbewerbe für die Schaufenstergestaltung, verschickte Geburtstagsgrüße und nahm sich jeden Kundenvorschlag zu Herzen. Sie steckte ihre Energie in die Gemeinschaft, so wie Grace ihre Energie in jede einzelne ihrer Produktionen steckte.

Eine Glocke über der Tür ertönte, als Grace eintrat. Begrüßt wurde sie von einem dezenten Zimtduft und einer Wohlfühlatmosphäre, die Amber gekonnt geschaffen hatte. Hier würde man am liebsten die Schuhe ausziehen und sich eine Weile zum Lesen hinsetzen.

»Hey, Gracie«, sagte Amber, die hinter der Ladentheke gerade den Einkauf von Haylie Hudson, Scottys Mutter, in die Kasse eingab. »Bin gleich fertig. Fühl dich wie zu Hause.«

»Hallo, Grace.« Haylie umarmte sie. »Ich habe gehört, du gibst eine Schreibwerkstatt für Theaterstücke. Find ich toll! Ich würde auch gerne teilnehmen, aber neben dem Bürgerhaus und Scotty habe ich während der Woche kaum Zeit zum Atmen. Aber Boyds Verlobte Janie freut sich schon sehr darauf. Ihr erster Liebesroman war ein Riesenerfolg. Sie ist so kreativ. Und sie versucht immer, ihre Fähigkeiten zu verbessern.« Boyd war der Bruder von Haylie und Chet.

»Ich freu mich schon sehr, sie kennenzulernen«, sagte Grace. »Schön, dich zu sehen.«

Amber gab Haylie die Tüte mit ihren Büchern und kam um die Theke. Sie trug eine süße Jeans und bunte Lederstiefel. Reno erhob sich gemächlich und trottete zu ihr.

»Danke, Amber.« Haylie lächelte Grace an und sagte: »Scotty erwähnte, dass er dich und Reed auf dem Jahrmarkt gesehen hat. Seid ihr zwei zusammen? Er ist ein toller Kerl.«

»Sind wir.« Es fühlte sich großartig an, das so offen zuzugeben.

»Heißt das, du ziehst hierher zurück?«, fragte Haylie.

»Nein«, antwortete Grace hastig. »Mein Leben ist jetzt in New York.« Ihr *nerviges* Leben, wie sich an diesem Morgen gezeigt hatte. Ein Regisseur, den sie toll fand und mit dem sie sehr gerne in der nächsten Produktion zusammenarbeiten würde, hatte den Morgen damit verbracht, sie zu einem großen Risiko mit einem unbekannten Theaterautor zu überreden. Er schwor, die Produktion würde gut laufen, aber Grace hatte zuvor schon zweifelhafte Unternehmungen auf sich genommen und die verursachten für gewöhnlich mehr Kopfschmerzen, als dass sie die Mühen wert waren. Ihr sagte die Idee nicht zu und so hatte sie ihre Entscheidung noch offengelassen.

»Fernbeziehungen können funktionieren, wenn man es will, aber nach einer gewissen Zeit wird es schwierig«, sagte Haylie. »Nun ja. Ich muss zurück ins Bürgerhaus, bevor sie denken, ich sei ganz abgehauen. Viel Glück bei dem Kurs.«

Nachdem Haylie gegangen war, fragte Amber: »Es stimmt also? Du und Reed, ihr seid ein Paar?«

»Ja, es stimmt.« Sie vertraute Amber, und sie musste ihr Glück einfach teilen, daher weihte sie sie ein: »Bitte sag es niemandem, aber wir waren in der Highschool schon zusammen. Ich muss es Dad irgendwann erzählen. Anscheinend wusste Mom es die ganze Zeit, aber aus irgendeinem Grund macht es mich richtig nervös, Dad erzählen zu müssen, dass ich ihn angelogen habe.«

»Weil du keine Lügnerin bist.« Amber lächelte und sagte:

»Aber irgendwie schon! Du meine Güte, Gracie! Du und Reed, ihr hattet eine heimliche Affäre?«

»Nein, keine Affäre. Er war meine erste Liebe, und ich schwöre, viel hat sich nicht geändert. Klingt das lächerlich?«

Amber seufzte. »Nein, du klingst glücklich.« Sie umarmte Grace. »Ich hatte mich gefragt, warum du in New York nach all dieser Zeit noch keinen richtigen Freund gefunden hattest. Du bist bezaubernd, klug und erfolgreich. Du könntest jeden Mann haben. Sophie hat mir mal gesagt, du seist zu wählerisch. Aber das war es nicht, oder? Du hast auf Reed gewartet.«

»Ich wünschte, diese romantische Vorstellung wäre wahr, aber ich habe nicht *gewartet*«, gestand sie. »Oder zumindest war ich mir dessen nicht bewusst. Aber als wir uns geküsst haben … in dem Augenblick zündete ein einziges Feuerwerk.«

»Das will ich auch!«, stieß Amber mit aufgerissenen Augen aus. »Ich will Feuerwerk. Nur *ein Mal* in meinem Leben möchte ich einen Kuss erleben, der mich Sterne sehen lässt.«

»Das wirst du, Amber. Und wenn mein Leben irgendwelche Rückschlüsse zulässt, dann geschieht es immer, wenn man es am wenigsten erwartet.«

»Das hoffe ich.« Amber hakte sich bei Grace unter und führte sie in den hinteren Teil des Geschäfts. »Komm, ich zeig dir, womit du arbeiten kannst.«

Während der vordere Teil des Ladens mit Regalen bis unter die Decke, einigen Bücherschränken und ein paar Auslagen gefüllt war, war der hintere Teil zwangloser gestaltet. Die Kinderecke nahm die rechte Ecke ein und hatte ein zylindrisches Regal aus gestapelten Holzkisten, auf dem ganz oben zahlreiche Topfpflanzen und Efeu standen, sodass das Ganze baumartig wirkte. Im Laufe der Jahre hatte Amber es durch künstliche Ranken und Blumen ergänzt, wodurch es vielseitig und lebendig wirkte. Auf Dutzenden kleinen Teppichen konnten die Kinder herumturnen und es sich zum Lesen gemütlich machen.

Ein Bereich mit bequemen Sofas und verschiedenen Sesseln nahm die Mitte des hinteren Ladenteils ein, umgeben von noch mehr Bücherregalen und Auslagen.

»Es gibt drei Möglichkeiten, wo du unterrichten kannst. Ich habe mehrere Laptopkissen im Lager, wenn du also in der Leseecke arbeiten willst, ist das kein Problem. Aber ich habe auch diesen Tisch aufgestellt.« Amber ging um das Sofa herum und zeigte auf einen langen Holztisch mit mehreren Stühlen. »Das ist etwas vom Rest des Ladens abgetrennt und jeder hat einen richtigen Sitzplatz. Aber wenn du ungestörter sein möchtest, kannst du auch mein Büro benutzen. Da habe ich auch einen Tisch aufgestellt.«

Ihr Büro war vom übrigen Laden mit einer Wand aus Regalen im unteren Bereich und mit Fenstern oben abgetrennt, sodass Amber von ihrem Platz aus in den Laden schauen konnte.

»Du hättest dir nicht so viel Mühe machen müssen. Wir könnten im Büro anfangen, damit sich erstmal alle wohlfühlen. Nach dem ersten Mal habe ich eine bessere Vorstellung davon, was sich gut eignet. Wie ich höre, kommt Nana.«

»Oh, ja.« Amber strich sich die Haare hinter die Ohren und sagte: »Mach nicht den gleichen Fehler wie ich. Ich habe sie *Nina* genannt, weil sie sich unter dem Namen angemeldet hat, und daraufhin hat sie mir eine zehnminütige Lektion darüber erteilt, dass ›Kinder‹ meines Alters sie nur *Nana* nennen dürfen. Sie hat sich zusammen mit ihrer Freundin Hellie angemeldet. Du weißt ja, wie wild die beiden werden können. Ich habe gehört, wie sie sich darüber unterhalten haben, worüber sie schreiben wollen.« Amber lächelte und hob die Augenbrauen. »Das wird entweder unglaublich lustig oder du hast mehr Probleme mit den beiden als mit den Jugendlichen, die sich angemeldet haben.«

»Nachdem ich mich den ganzen Morgen mit einem Regisseur herumgestritten habe …« Grace verdrehte die Augen. »Da kann ich etwas Spaß gebrauchen, um mich daran zu erinnern, warum ich überhaupt in dieser Branche bin.«

Sie gingen in ihr Büro und Amber meinte: »Ich habe keine Ahnung, wie du bei jeder Produktion so viele Dinge auf einmal im Blick behalten kannst. Ich hab schon Probleme mit nur einem kleinen Laden und du musst dich immer wieder um die Finanzen, die Besetzung, Auswahl des Skripts, des Bühnenbilds und was weiß ich noch alles kümmern. Das ist doch ein unendliches Meer von Entscheidungen und Problemen.«

»Ach, komm. Du hast ebenso viel zu tun wie ich.« Sie stellte ihre Tasche auf dem Tisch ab. »Du bist hoffentlich nicht enttäuscht, weil der Kurs so klein ist. Ich weiß, dass du gehofft hast, das Ganze würde dem Buchladen mehr Aufmerksamkeit einbringen.«

»Sei nicht albern. Ich bin begeistert, dass du dich dazu bereit erklärt hast, und in Zeiten, in denen so viele Leute E-Books lesen, ist mir jede Aufmerksamkeit für den Buchladen recht. Und wenn fünf Leute im Kurs Spaß haben, dann werden sie darüber reden, und du weißt ja, wie schnell sich Klatsch und Tratsch hier ausbreitet. Vielleicht können wir eine jährliche Veranstaltung daraus machen. Man weiß ja nie, es könnte das nächste große Event in Oak Falls werden.«

Angesichts ihrer Begeisterung war Grace froh, dass sie sie nicht im Stich gelassen hatte und gleich wieder nach New York abgereist war. Die Glocke über der Ladentür ertönte und Grace sagte: »Ich hoffe wirklich, es bringt etwas. Ich bereite hier alles vor und du kümmerst dich um deine Sachen. Und, Amber, danke! Ich freue mich, dass wir das hier zusammen machen.«

Amber umarmte sie. »Ich mich auch!«

Während Grace den Kurs vorbereitete, an jedem Platz Unterlagen auslegte und im Geiste ihre Pläne durchging, wurde sie mit jeder Minute aufgeregter. Sie dachte unvermittelt an ihre Englischlehrerin in der elften Klasse, Miss Devonshire. Grace hatte sich schon immer für das Theater begeistert. Von der Grundschule bis zum Highschoolabschluss war sie in Theater-AGs gewesen. Sie hatte sich im Schreiben versucht, es aber nie richtig ernst genommen, bis Miss Devonshire sie mit einer zusätzlichen Schreibaufgabe herausgefordert und von ihr verlangt hatte, ein Theaterstück für Grundschüler zu schreiben. Grace wurde erst Jahre später bewusst, dass dieser Anstoß von Miss Devonshire ihre Liebe zum Kreativen Schreiben genährt hatte. Miss Devonshire war längst in Pension und in den Süden gezogen, aber Grace schickte ihr noch immer eine Weihnachtskarte. Es war erstaunlich, was die Aufmerksamkeit eines Menschen für einen anderen bewirken konnte. Sie freute sich darauf, nun etwas weiterzugeben und anderen bei der Suche nach ihrer Kreativität zu helfen.

»Gracie!«, sagte Nana, als sie mit einer großen Stofftasche mit dem leuchtend roten Aufdruck *Got Life?* zur Tür hereinkam. Hellie folgte ihr auf den Fersen. Nana sah aus wie eine liebe und anständige Großmutter, bekleidet mit einer modischen Leinenhose und einem adretten Oberteil. Ihre kurzen, stufig geschnittenen Haare waren überwiegend weiß mit ein paar blonden Strähnen darunter. Sie umarmte Grace ein wenig zu fest und trat zurück, um sie von Kopf bis Fuß anerkennend in Augenschein zu nehmen.

»Du bist sogar noch hübscher als auf Sophies Hochzeit. Wie ich gehört habe, seid du und Reed Cross ein Paar.« Nana wackelte mit den Augenbrauen. »Wenn du schlau bist, und das weiß ich ja, gibst du diesem Prachtexemplar von Mann alles, was er will. Er ist zu gut, um ihn sich entgehen zu lassen.«

»Mhm, allerdings«, stimmte Hellie zu und warf ihre wilden silbernen Locken über die Schulter zurück. Ihr langes buntes Kleid, die karamellfarbene Haut und die braunen Augen verliehen ihr ein exotisches Aussehen. Sie und Nana waren in Oak Falls aufgewachsen und kannten all seine Geheimnisse.

Grace fragte sich plötzlich, ob Nana wohl auch ihres wusste. Sie hatte nie etwas angedeutet, aber Grace wusste, dass man sich bei Nana nie sicher sein konnte. Als sie die beiden gerade zu ihren Plätzen führte, betraten zwei Mädchen plaudernd den Raum.

»Hallo, ist das hier die Schreibwerkstatt?«, fragte die größere der beiden Teenager. Ihr pechschwarzer Pixie Cut war von leuchtend blauen Strähnen durchzogen und ihre stark geschminkten Augen waren so dunkel wie ihr schwarzes T-Shirt und die Shorts. Die Schnürstiefel trugen das ihre zu dem trendigen, rebellischen Großstadtoutfit bei.

»Ja, kommt doch rein. Ich bin Grace und werde den Kurs leiten.« Sie zeigte auf die Stühle. »Setzt euch, wo ihr möchtet. Wie heißt ihr?«

»Ich bin Phoenix«, sagte das Mädchen mit den rabenschwarzen Haaren. Sie stupste das rothaarige Mädchen mit den Sommersprossen an, das eifrig Nachrichten ins Handy tippte, und sagte: »Das hier ist Lauryn.«

Lauryn schaute auf und ihre sanften grünen Augen wurden ganz groß. »Ich freue mich so, Sie kennenzulernen. Meine Eltern haben mich vor zwei Jahren in *Summer Fever* mitgenommen und das war so gut!« *Summer Fever* war ein Stück, das Grace geschrieben und produziert hatte. Es hatte mehrere regionale Preise gewonnen und war über ein Jahr lang gelaufen.

»Danke«, sagte Grace und war froh, dass das Mädchen nicht wie viele Teenager nur auf ihr Handy fokussiert war. »Das Stück hat wirklich Spaß gemacht.«

Als die Mädchen sich setzten, traf auch Janie, eine süße, kurvige Blondine, mit ihrem Blindenhund ein. Graces Mutter hatte den Hund ausgebildet.

»Janie? Hallo, ich bin Grace. Freut mich, dich persönlich kennenzulernen.«

»Danke, dass du mir die Unterlagen vorher geschickt hast«, sagte Janie. »Ich freue mich darauf, loszulegen. Haben wir neben meinem Stuhl Platz für Friday, meinen Hund?«

»Klar.« Sie führte Janie zu ihrem Platz. »Alle sitzen um diesen Tisch herum. Sie haben ausreichend Platz.«

Janie richtete sich mit ihrem Laptop und ihrem Braille-Zusatzgerät ein, während Grace ihr half, die Steckdosen zu finden. Sobald Janie mit dem Hund zu ihren Füßen und die anderen startbereit waren, sagte Grace: »So, da sind wir nun alle. Lassen Sie uns zu Anfang am besten einmal eine Vorstellungsrunde machen.« Sofort wurde sie von Nana unterbrochen: »Aber dann lassen wir alle doch gleich mal das *Sie* weg! Wir können uns in dieser Runde doch sicher duzen.« »Wunderbare Idee«, stimmte Grace zu. »Wenn alle einverstanden sind? Dann würde ich gern wissen, was euch veranlasst hat, zu diesem Kurs zu kommen und ob ihr schon irgendeine andere Form des Schreibens ausprobiert habt. Ich fange an. Wie ihr alle wisst, bin ich Grace Montgomery. Ich bin in Oak Falls aufgewachsen, habe schon immer das Theater geliebt und später auch eine Liebe zum Kreativen Schreiben entwickelt. Seit ein paar Jahren arbeite ich als Theaterproduzentin in New York und freue mich, mein Wissen mit euch zu teilen. Janie, möchtest du weitermachen?«

»Klar«, meinte sie munter. »Ich bin Janie Jansen, bald Janie *Hudson*.« Sie hielt die linke Hand in die Höhe und zeigte einen wunderschönen Verlobungsring, den alle bewunderten. »Ihr habt sicher meinen Blindenhund Friday bemerkt. Er ist sehr freundlich, ist aber darauf trainiert, an meiner Seite zu bleiben. Wenn ihr ihn streicheln wollt, nur zu, aber nur, wenn ich nicht herumlaufe und gerade seine Hilfe benötige. Ich schreibe erotische Liebesromane und mein zweites Werk erscheint noch in diesem Jahr.«

»Hallo, Janie. Ich bin's, Nana. Dein erstes Buch, *Sündige Fantasien*, fand ich großartig«, sagte Nana und hob vielsagend die Augenbrauen. »Ich frage mich, ob du mit Boyd praktische Recherche betreibst. Denn das würde diese heißen Sexszenen erklären.«

Janie lachte. »Nana, das werde ich in der Öffentlichkeit nicht kommentieren.«

»Kennt ihr beiden euch?«, wollte Grace wissen.

»Schatz, ich kenne alle in diesem Raum«, erwiderte Nana stolz. »Ich habe Lauryns Mutter die Windeln gewechselt, hab Phoenix den Ärger vom Hals gehalten, als sie beim Herumknutschen hinter dem Stardust Café erwischt wurde, und Hellie und ich kannten Boyds Eltern, bevor Boyd und seine Familie sie bei einem Brand verloren haben, die Armen. Das war grauenvoll. Janie ist den meisten bekannt, weil sie Schriftstellerin ist, aber für mich wird sie immer das Mädchen sein, das Boyd zurück zu seiner Familie gebracht hat, wo er hingehört.«

Janie lächelte. »Danke, Nana, aber deine Frage zu meinen

Recherchemethoden werde ich trotzdem nicht beantworten.«

Alle lachten und dann fuhren sie mit der Vorstellungsrunde fort.

»Ich bin Phoenix. Ich bin in der elften Klasse auf der Highschool und schreibe einfach gern.« Wieder stupste sie Lauryn an.

»Ich bin Lauryn, auch in der Elften. Ich schreibe für die Schulzeitung und hoffe, dass ich eines Tages in den Big Apple ziehen und in Graces Fußstapfen treten kann.«

Diese Bewunderung rührte Grace. »Wow, danke. Sicher wirst du es eines Tages noch viel weiter bringen als ich. Hellie? Würdest du dich gern vorstellen?«

»Wie Nina lebe auch ich schon seit Ewigkeiten hier, also kenne ich so ziemlich jeden. Ich besuche diesen Kurs, weil Nina sich gelangweilt hat und mich überredet hat, ihre Schreib-partnerin zu geben. Ich bin gespannt, was wir zustande bringen werden.«

»Und ich muss mich nicht vorstellen«, sagte Nana. »Das Einzige, was du wissen musst, ist, dass ich mit deiner Hilfe ein verdammt gutes Skript schreiben werde. Jetzt lasst uns loslegen. Die Zeit läuft uns davon!«

»Gute Idee. Ich weiß, dass ihr euch darauf freut, etwas Schönes zu schreiben, und das werdet ihr auch. Aber einen Großteil werdet ihr außerhalb der Kurszeiten schreiben, und das analysieren und besprechen wir dann hier, damit ihr praktische Erfahrungen sammeln könnt.«

»Janie hat uns schon etwas voraus, wenn es um die praktischen Erfahrungen geht«, warf Nana lächelnd ein, woraufhin alle, einschließlich Janie, lachten.

»Hey«, sagte Hellie. »Wir haben auch gewisse Erfahrungen. Ich weiß ja nicht, wie es bei dir aussieht, aber nur weil Schnee auf dem Schornstein liegt, heißt das nicht, dass darunter kein Feuer brennt.«

Die Mädchen kicherten, und Grace versuchte, ihre Teilnehmer nicht weiter abschweifen zu lassen. »Wie ich sehe, werden wir viel Spaß miteinander haben. Aber bevor wir ganz vom Thema abkommen, lasst uns über die Punkte reden, die uns beschäftigen werden: Aufbau, Figurenentwicklung, Dialoge, Konflikt, Stil und Stimmung …«

Grace beantwortete Fragen, fand ihren Rhythmus und genoss die zwei Stunden von Anfang bis Ende. Sie fühlte sich lebendig und erinnerte sich daran, wie aufregend der gesamte kreative Prozess war. Als Hausaufgabe gab sie den Teilnehmern mit, eine kurze Beschreibung von dem zu verfassen, was sie schreiben wollten.

Als alle zusammenpackten, herrschte eine freudige Aufregung. »Können wir uns zum Schreiben mit jemandem zusammentun?«, fragte Lauryn auf dem Weg zur Tür.

»Klar, wenn ihr möchtet«, antwortete Grace und griff nach ihrer Tasche.

»Oh, klasse!« Leiser sagte Lauryn: »Ich schau mal, ob Nana mit mir schreiben würde. Ich *liebe* sie!«

»Ich schreib mit dir«, sagte Nana, die offensichtlich ihre Unterhaltung belauscht hatte. »Aber ich will nichts Kitschiges schreiben.«

»Gibt schon genug Kitsch im wahren Leben«, sagte Hellie. »Wir halten uns eher an krasse Typen.«

»Klingt spannend«, sagte Phoenix. »Vielleicht sollten wir es mit einem Gruppenprojekt versuchen.«

»Nur wenn Janie einverstanden ist, die sexy Seiten unserer Figuren aufzupeppen«, stimmte Nana zu.

Janie lachte, als sie sich ihre Tasche über die Schulter warf.

»Jetzt sprecht ihr meine Sprache.«

Gemeinsam verließen sie den Laden, während sie sich gegenseitig Ideen zuwarfen. Grace nahm ihr Handy aus der Tasche, um die Nachrichten zu checken, und Amber erschien in der Tür.

»Scheint, als hätten sie Spaß gehabt.« Ihre Schwester ging um den Tisch und schob die Stühle heran.

»Ja, und ich auch. Es war toll.« Sie klickte eine Nachricht von Reed an. *Hoffe, dein Kurs lief gut. Bin spät dran und mitten in einem Job aufgehalten worden. Kannst du zu mir kommen? Zieh was an, das schmutzig werden kann.*

Amber spähte ihr über die Schulter. »Reed?«

»Ja, wir gehen essen, aber er ist spät dran. Was, meinst du, will er damit sagen, wenn er schreibt ›Zieh was an, das schmutzig werden kann‹?«

»Wenn du Brindle wärst, würde ich sagen, zieh sexy Unterwäsche an. Wenn du Sable wärst, dann würde ich sagen, zieh einen Blaumann an. Und wenn du ich wärst, dann würde ich sagen, bereite dich auf Gartenarbeit oder so vor. Aber da du es bist, habe ich keine Ahnung. Habt ihr früher irgendetwas Schmutziges gemacht?«

Grace prustete los. »Oh ja!«

»Das meine ich nicht!« Amber wurde rot. »Das will ich von dir gar nicht wissen.«

»Tut mir leid.« Vergeblich versuchte sie, das Lachen zu unterdrücken, als sie ihre niedliche, unschuldige Schwester umarmte. »Ehrlich, ich erinnere mich nicht, irgendetwas besonders Dreckiges gemacht zu haben.«

Amber sah sie wütend an.

»Tut mir leid! Dieses Mal wollte ich wirklich keine Anspielung machen.« Sie warf sich die Tasche über die Schulter.

»Obwohl …«

»Halt den Mund!« Amber hob die Hand.

Grace verschloss ihrem Mund mit einem imaginären Reißverschluss.

»Zurück zu deiner Frage. Da Reed mit den Jerichos befreundet ist, solltest du dich vielleicht zum Reiten oder für eine Quadtour anziehen?«

»Oh. Vielleicht entscheide ich mich doch für die sexy Unterwäsche und versuche so, ihn abzulenken.«

Elf

Das Geräusch von Graces Auto lenkte Reed von der Wohnzimmerwand ab, die er gerade strich. Er kletterte von der Leiter, legte den Pinsel auf der Farbwanne ab und hoffte, dass ihr Kurs gut gelaufen war. Einige Stunden zuvor hatte er einen Eindruck davon gewonnen, welch starke Geschäftsfrau sie war, als sie im Garten telefonierend auf und ab gelaufen war, während er an der Veranda ihrer Eltern arbeitete. Er hatte nicht gelauscht, aber man konnte kaum den entschlossenen Gang übersehen und den ruhigen, aber bestimmten Tonfall überhören.

»Klopf, klopf«, sagte Grace durch die Fliegengittertür hindurch und beäugte seinen freien Oberkörper.

Den ganzen Tag hatte er an sie gedacht. Ihr vertrauter Duft hatte noch in seinem Schlafzimmer gehangen, als er nach Hause gekommen war, und beim Anstreichen hatte er ihre Gegenwart überall gespürt, was seine Gefühle in Wallung gebracht hatte. Als er jetzt die Tür öffnete und sie in ihrem Minirock und der Bluse unschuldig und sinnlich zugleich aussah, zog er sie in seine Arme und ließ sein Herz sprechen.

»Willkommen zu Hause, schöne Frau.« Er schloss die Tür und senkte seine Lippen auf ihre, um sie dann mit all der Leidenschaft zu küssen, die sich den ganzen Tag über aufgestaut hatte. Er wurde ungestümer, und die Tasche, die sie bei sich hatte, fiel zu Boden.

»Kann ich noch einmal hinausgehen und klopfen? Diese Begrüßung gefällt mir.«

»Wie wär's, wenn du hierbleibst und ich dich küsse, bis dich deine hinreißenden Beine nirgendwohin mehr tragen?«

»Ja, bitte«, stimmte sie mit einer sexy Stimme zu und rieb sich an ihm.

Ein weiterer langsamer, sinnlicher Kuss setzte seinen Körper in Brand. Ihre Hände glitten an seiner Brust hinauf und hielten ihn dicht an sie gedrückt, während er an ihrer Unterlippe knabberte.

»Verdammt, Gracie, wie ist es möglich, dass ich dich nach nur wenigen Stunden so vermisse?« Er küsste ihren Hals, und sie beugte den Kopf einladend zur Seite.

»Keine Ahnung, aber wir müssen wohl jeden Tag ein paar Stunden getrennt verbringen, damit ich zu dem hier zurückkommen kann.«

Er fuhr verführerisch mit seinen Lippen über ihre. »Das können wir einrichten.«

»Ich störe dich beim Streichen«, sagte sie zwischen Küssen.

»Ich dachte, ich wäre fertig, bevor dein Kurs zu Ende ist, aber da das nicht der Fall ist ...« Er strich mit der Zunge über ihre Ohrmuschel, ließ die Hände an ihrer Taille nach oben gleiten und streifte ihre Brüste. »Was hältst du von einem Maler-Date?«

Er biss sie zärtlich in den Hals und ihr stockte der Atem.

»Ja«, stieß sie hervor.

Er berührte ihre hübsche Bluse, fuhr dann mit den Fingern an ihren Oberschenkeln entlang, während er sie wieder küsste. Ihre Haut war warm und weich und er hatte alles andere als

Streichen im Sinn. »Das hier ist nicht unbedingt Kleidung zum Schmutzigwerden.«

»Ich habe das Gefühl, es funktioniert ganz gut«, sagte sie und betrachtete die Farbe, die er auf ihrem Bein hinterlassen hatte.

Er schaute auf ihr Bein, dann auf die Farbe auf ihrer Bluse und sah sie reumütig an. »Tut mir leid, Kleines. Ich zahle für die Reinigung.«

»Ich sollte sie wohl ausziehen.« Die Augen auf ihn gerichtet, machte sie sich daran, die Bluse aufzuknöpfen. »Oh.« Sie hielt inne. »Aber vielleicht lenke ich dich dann vom Streichen ab.«

»Lenk mich ab, Kleines.« Er küsste sie innig, aber wie er erwartet hatte, reichte es keinem von beiden. Ihre Küsse wurden dringlicher und ungestümer, während er an ihren Knöpfen herumfummelte und sie an seinem Gürtel.

»Ich schwöre, ich bin nicht nur am Sex mit dir interessiert«, sagte er. »Ich will wissen, wie deine Schreibwerkstatt war.«

»Fantastisch.«

Sie küsste seinen Brustkorb und ihre geschickten Finger huschten über seine Muskeln, während er mit ihren Knöpfen kämpfte. Mit der Zunge fuhr sie über seine Brustwarze und trieb ihn fast in den Wahnsinn. Einen Knopf schaffte er noch, dann hielt er inne und bewunderte ihren vollen Busen, der von einem knappen pinkfarbenen BH gehalten wurde. Unwillkürlich entwich ihm ein tiefes Stöhnen.

»*Himmel*, Gracie! Du weißt, wie sehr ich dich in pinkfarbener Spitze liebe.«

»Dann wird dir wahrscheinlich das passende Unterteil gefallen.« Sie zwinkerte ihn an und schaute durch ihre langen schwarzen Wimpern zu ihm auf, als sie den Saum ihres Rockes anhob und ein pinkfarbenes Höschen offenbarte.

Sein Mund fand ihren, ihrer beide Hände waren überall gleichzeitig. Sie umfasste seinen Kopf, seine Schultern, als er ihren Hintern umfasste und die Kombination von Spitze und heißer Haut in seinen Handflächen genoss. Sie stieß die Hüfte vor und zurück und er glitt von hinten mit der Hand zwischen ihre Beine und strich mit den Fingern über ihr feuchtes Höschen. Noch ein Stöhnen entwich, als er seine Finger unter den nassen Stoff und in ihre enge Hitze schob.

»Oh, Reed –«, sagte sie und zerrte am Knopf seiner Jeans.

Er griff nach ihrem Handgelenk, sie schaute ihn mit ihren dunklen, hungrigen Augen an. »Zuerst bin ich dran.« Er zog ihr Höschen hinunter und ging auf die Knie, um es ganz auszuziehen. Er schob ihre Beine auseinander, hielt ihre Oberschenkel fest und drückte sie gegen die Wand, während er über ihre feucht glitzernde Mitte leckte. Alle Luft strömte aus ihrer Lunge. Sie krallte die Fingernägel in seine Kopfhaut, als er ihren süßen Saft kostete. Sie räkelte sich und stöhnte, während er seinen Zauber verrichtete und sie ihn mit ihrem sexy Flehen anspornte. Ihre Beine beugten sich und ihr Körper zitterte, als er seine Finger ins Spiel brachte.

»Hör nicht auf«, keuchte sie. »Nicht –«

Er legte den Mund auf ihre Mitte, liebkoste mit den Fingern ihren sensibelsten Punkt, und ein langer, hingebungsvoller Laut entwich ihren Lippen. Er wurde schneller, saugte und leckte, knabberte. Er stieß die Zunge immer wieder in ihre enge Hitze. Jedem Stoß begegnete sie mit einem Rucken ihrer Hüfte, ein winziges Keuchen und dann drückte sie sich bebend von der Wand ab und schrie: »Ja, ja, ja!«

Ihre Mitte pulsierte, sie wand sich und flehte. Er blieb bei ihr, liebkoste sie bis zum allerletzten Schauer ihres Orgasmus. Als sie langsam wieder herunterschwebte, ließ er seine Jeans bis zu den Knien fallen, hob Grace hoch und drang mit einem harten Stoß in sie ein. Ihre Zungen umspielten sich und tanzten. Er liebte es, dass sie vor ihrem eigenen Geschmack nicht zurückwich. Ihre Fingernägel gruben sich in seine Haut, als er sie auf seiner Länge immer wieder hochhob, jedes Mal kräftiger als zuvor, bis ihre Körper blind vor Leidenschaft die Kontrolle übernahmen. Sie war so verdammt heiß, so eng und begierig, es gab kein Halten mehr. Er stieß in sie, war von ihrer Erregung nass und das gab ihm fast den Rest. Er bemühte sich, nicht ganz die Kontrolle zu verlieren, denn er wollte – *musste* – fühlen, wie sie sich noch einmal in ihm verlor. Nur wenige Sekunden später schrie sie seinen Namen und wurde von einem weiteren intensiven Höhepunkt mitgerissen. Er vergrub die Zähne in ihrer Schulter, saugte so fest, dass er noch eine Reihe von sündigen, erotischen Bitten zu hören bekam, während ihre Körper sich aneinander rieben. Mit jeder Aufwärtsbewegung an seinem Schaft schoss die Hitze durch sein Rückenmark.

»Oh Gott … *Reed* …«

Noch ein Höhepunkt erfasste sie. Sie krallte sich in seine Schultern, und er folgte ihr in eine glückselige Besinnungslosigkeit, nahm ihr leidenschaftliches Flehen mit weiteren hungrigen Küssen gefangen und trieb mit ihr gemeinsam auf den Wogen ihrer Liebe.

Er hielt sie so fest, dass er nicht wusste, wo sie aufhörte und er anfing, und küsste sie, bis ihre Körper sich langsam beruhigten.

Sie legte ihre Wange auf seine Schulter, sodass ihr warmer Atem seine Haut streichelte, und sagte: »Wir waren noch nie gut im Warten.«

Er konnte das Lächeln in ihrer Stimme hören und küsste ihren Hals, als sie draußen eine Wagentür hörten.

Sie hob den Kopf, hatte die Augen weit aufgerissen. »Wer ist das?«

»Wahrscheinlich der Pizzabote. Gut, dass wir vor ihm gekommen sind.«

»Reed!«, fuhr sie ihn an, als er sie absetzte. Sie schnappte sich ihre Unterhose und die Tasche, die sie mitgebracht hatte. »Und wenn er uns erwischt hätte?« Eine Antwort wartete sie nicht ab, sondern sprintete sofort die Treppe hinauf.

Reed griff nach seiner Jeans und rief ihr hinterher: »Dann hätte er ein ziemlich großes Trinkgeld bekommen!«

Nachdem er die Pizza bezahlt und abgestellt hatte, ging er nach oben, um sich zu waschen. Er folgte dem Geräusch von Grace, die vor sich her summte, und fand sie im großen Badezimmer. Zwischen ihren Zähnen klemmte ein dunkles T-Shirt, während sie den Reißverschluss ihrer kurzen Jeansshorts hochzog. Die Haare hingen ihr vor dem Gesicht und sie sah wieder aus wie achtzehn. Sie strich sich die Strähnen hinter die Ohren, als sie das T-Shirt aus dem Mund nahm und ihn mit glutvollen Augen ansah.

Er schlang die Arme um sie und küsste sie zärtlich.

»Du riechst sauber«, sagte er und liebkoste ihren Hals.

»Und du riechst wie ich.«

»Mein Lieblingsduft.« Er hob sie auf das Waschbecken und spielte mit den Fransen ihrer ausgebleichten Shorts. »Ich kann mich noch an diese Shorts erinnern.«

»Ich fasse es nicht, dass sie mir noch passen. Als du gesagt hast, ich soll etwas anziehen, das schmutzig werden kann, wusste ich nicht, was du meinst, also habe ich mir ein paar meiner alten Sachen aus dem Schrank geschnappt und …«

Ihr Blick wanderte zu der Tasche, die neben seinen Füßen lag, und als er ihrem Blick folgte, sah er ein paar Stücke aus

Seide und Spitze. Wieder zuckte es in seiner Mitte. »Wenn du mir ständig deine Unterwäsche zeigst, werde ich nie mit dem Streichen fertig.«

»Guter Punkt.« Sie glitt vom Waschbecken herunter. »Außerdem hattest du dein *Dessert*, aber ich sterbe vor Hunger.«

»Dein Dessert habe ich hier, Kleines.« Er griff sich grinsend in den Schritt.

Sie lachte und ging Richtung Treppe. »Ich mag mein Dessert gern mit Schlagsahne.«

Kichernd stellte er den Wasserhahn an und machte sich im Geiste die Notiz, demnächst Schlagsahne zu besorgen.

Mit Musik von Reeds Handy aßen sie die Pizza und strichen anschließend das Wohnzimmer. Grace stellte überrascht fest, dass er die Farben gewählt hatte, die ihr am besten gefielen. Die Leisten hatte er schon weiß lackiert und die Wandvertäfelung war bereits in einem blassen Gischtgrün gestrichen. Der Raum wirkte wärmer und heller. Reed hörte aufmerksam zu, während sie bei der Arbeit von ihrem Kurs erzählte.

»Sie wollen als Gruppe arbeiten, was richtig toll ist, weil gemeinsames Schreiben noch mehr Kreativität zutage fördern kann. Und du weißt ja, wie Nana ist«, sagte Grace. Reed kannte Nana, Hellie und Janie aus dem Ort. »Kannst du dir vorstellen, was dabei herauskommt, wenn sie all diese Frechheit in ein Stück stecken würde? Oh Mann, Reed, vielleicht hätte ich ihr sagen sollen, dass sie es jugendfrei halten soll.«

»Nana ist umwerfend komisch. Als ich hier eingezogen bin und an der Fassade gearbeitet habe, fuhr sie immer ganz langsam vorbei und schaute mir zu. Manchmal hat sie mir eine Karaffe Eistee oder einen Muffin vorbeigebracht. Sie sagte, sie hätte ein paar Frauen für mich im Sinn und erzählte mir dann etwas über die verschiedensten Frauen, einschließlich Sophies Schwester Lindsay, die laut Nana ein *schändliches Singledasein* führt.«

»Sie hat früher auch immer versucht, Sophie zu verkuppeln. Sie hat dich eindeutig in Augenschein genommen.«

»Was soll's«, meinte er lachend. »Wenn deine Teilnehmer nur halb so begeistert sind wie du, dann scheinst du wirklich etwas zu bewegen.«

»Keine Ahnung, ob ich etwas bewege«, sagte sie, als sie ihre Rolle wieder in die Farbe tauchte. »Man kann ja noch nicht einmal sagen, ob überhaupt alle dabeibleiben. Drei Wochen sind lang. Aber ihr Enthusiasmus erinnert mich daran, wie ich war, als ich anfangs in die Branche kam. Ich war mit der gleichen Freude dabei, bei allem, was ich tat.«

Er legte die Rolle in die Farbwanne und fragte: »Und jetzt nicht mehr?«

»Doch, aber es ist anders. Ich dachte, das Produzieren wäre genauso wie an der Schule, nur in einem viel größeren Rahmen. Aber es ist so, als sei man die Geschäftsführerin eines riesigen komplizierten Unternehmens. Da muss man viel Babysitten, Hände halten, beschwichtigen ...«

»Was genau machst du als Produzentin?«

»Was mache ich *nicht*?«, fragte sie sarkastisch zurück. »Ich bin als freie Produzentin tätig, also initiiere ich die Produktion, das heißt, ich suche das Stück aus und verpflichte einen Regisseur. Manchmal organisiere ich die Castings, andere Male segne ich die Besetzung nur ab. Ich stelle das Budget zusammen und bin dafür verantwortlich, ziehe Förderungen an Land, stelle

Marketing- und Werbestrategien auf, setze Ticketpreise und Aufführungstermine fest. Und ich Glückskind darf mich auch meistens mit den Diven und hochnäsigen Schauspielern herumschlagen.«

Sie legte ihre Farbrolle ebenfalls ab und seufzte, als sie daran dachte, wie schwierig es gewesen war, die Hauptrolle ihres aktuellen Stücks zu besetzen. Keagen Thorpe war ein Hitzkopf, der sich für einen Goldesel hielt – was er vielleicht auch war, wenn man sich vor Augen hielt, wie viel er verdiente. Die Sponsoren hatten darauf bestanden, ihn zu nehmen, und Grace konnte sich glücklich schätzen, dass er sich bisher an die Regeln gehalten hatte.

»Das klingt wahrscheinlich albern, aber ich vermisse es, mich so für Produktionen zu begeistern, wie es früher der Fall war. Ist das in jedem Beruf so?«, fragte sie. »Verliert man automatisch die Freude am Job, wenn man ihn eine Zeit lang gemacht hat?«

»Das war bei mir nie der Fall. Na ja, so ganz stimmt das nicht. Nach dem, was in Michigan passiert ist, machte mich allein der Gedanke an die Projekte, die ich mit Thad gestartet hatte, krank. Aber das lag an ihm, nicht an der Arbeit. Ich liebe meinen Beruf. Jedes Projekt ist einzigartig und hat seine eigenen Herausforderungen. Alte Gebäude zu erneuern und ihnen ihre ursprüngliche Schönheit wiederzugeben, erneuert gleichzeitig auch Erinnerungen und Geschichte. Außerdem habe ich das Gefühl, den Orten, in denen sie gebaut wurden, wieder etwas zurückzugeben.«

Die Begeisterung in seiner Stimme war greifbar und machte Grace deutlich, wie schmerzlich sie ihr fehlte. Sie fing wieder an zu streichen. »Das ist auch etwas, das ich vermisse. In meiner Branche geht es immer nur ums Nehmen, Nehmen, Nehmen.

Das ist auch in Ordnung. Das verstehe ich. Es ist ein hartes Geschäft und alle wollen vorankommen. Aber ich vermisse es, den Menschen etwas zurückzugeben, die dankbar sind für das, was ihnen geschenkt wird. Als ich am College war, habe ich ehrenamtlich bei einer Theater-AG an einer Highschool ausgeholfen. Die Jugendlichen freuten sich über alle kleinen Dinge, die Übungen, die Proben, die Freundschaften.«

»Du warst ja auch in der Theater-AG an der Highschool. Ich bin immer davon ausgegangen, dass du am College damit weitermachst. Kannst du dich in New York nicht ehrenamtlich an einer Schule engagieren?«

»Nicht bei meinem vollen Terminkalender. Diese drei Wochen hier sind ganz untypisch für mich. Und selbst wenn ich mir freinehme, habe ich nicht wirklich frei. Ich habe eine Produktion, die gut läuft, und einen Assistenten, der sich um alles kümmert, so lange ich hier bin, aber diese Zeit nutze ich normalerweise, um das nächste Projekt in Gang zu bringen. Leider macht mir der Regisseur, mit dem ich arbeiten wollte, Probleme. Ich muss ihn entweder davon überzeugen, ein Skript zu nehmen, das mir gefällt, oder ich muss einen neuen Regisseur verpflichten. Aber das ist nur eine kleine Komplikation, nichts Schlimmes. Dass ich es in den letzten Tagen etwas langsamer angehen lassen konnte, hat mir wirklich gezeigt, in was für einem Hamsterrad ich mich befinde. Weißt du, dass Sophie und ich uns nicht mehr als einmal im Monat zum Essen treffen können, weil ich so viel zu tun habe? Wir trainieren zusammen, aber auch das ist im Moment selten. Es ist verrückt, und zum Schreiben bin ich auch nicht gekommen, dabei ist das meine wahre Leidenschaft. Wie gern hab ich immer vormittags im Central Park geschrieben. Dann habe ich mich immer auf eine Bank oder eine Decke in die Sonne gesetzt und geschrieben, bis ich meinen Tag in Angriff nehmen musste. Draußen zu sein ist so inspirierend. Aber neben Arbeit, Sport und Schlaf ist die Zeit dafür einfach verschwunden. Abgesehen von diesen letzten Tagen hier glaube ich nicht, dass ich mich seit dem College irgendwann einmal *entspannt* habe.«

Reed legte seine Farbrolle beiseite, nahm ihr auch ihre Rolle ab und verschränkte ihrer beider Hände. »Ich habe dich heute Morgen am Telefon beobachtet. Du bist offensichtlich sehr geschäftstüchtig, und du hattest immer die Gabe, Lösungen zu finden. Gibt es nicht einen Weg, dass du weniger produzieren und mehr schreiben kannst?«

Sie schüttelte den Kopf. »So funktioniert es eben nicht, es sei denn, ich nehme eine Auszeit, und dann muss ich mich abstrampeln, um wieder ins Spiel zu kommen. Versteh mich nicht falsch. Mir gefällt das Produzieren immer noch, und ich bin dankbar für all das, was ich erreicht habe. Der Workshop heute hat mir nur irgendwie deutlicher vor Augen geführt, wie viel Enthusiasmus ich verloren habe, und das möchte ich zurückhaben.«

Er nahm sie in die Arme und gab ihr einen Kuss. »Lass uns mal überlegen. Was macht dich am glücklichsten? Was fehlt?«

Das hier. »Vieles.«

»Nenn mir ein Beispiel.«

»Außer Zeit zum Atmen?«

Er rieb mit seinen Stoppeln über ihre Wange und jagte ihr ein angenehmes Kribbeln bis in die Fußspitzen. »Komm schon, Gracie, ich will dir helfen.«

»Orgasmen«, meinte sie mit verspieltem Grinsen.

»Freut mich zu hören, schließlich war ich nicht bei dir. Wir müssen dafür sorgen, dass du erfüllt zurückgehst und wir zwischen unseren Besuchen jede Menge FaceTime-

Verabredungen einplanen.«

»FaceTime-Verabredungen? Ich kann doch nicht …« *Oder doch?* Sie war überrascht, dass sie es wollte. Sie schauderte bei dem Gedanken daran, etwas so Unanständiges mit Reed zu tun.

»Kleines, es gibt nichts, was wir nicht zusammen tun können.« Er streichelte ihr mit dem Daumen über die Wange, und sein Blick wurde verführerisch dunkel, als er den Finger dann über ihre Unterlippe gleiten ließ. »Du kannst und wir werden.«

»Okay«, entwich es ihr spontan, was sie überraschte und erfreute zugleich.

»Jetzt konzentrier dich mal einen Augenblick auf deine Arbeit. Wie kann ich dir dabei helfen, deine Freude wiederzufinden? Willst du einen Weg finden zu unterrichten? Ich weiß, dass du schreiben willst. Kannst du das in der Mittagspause machen oder am Wochenende?«

»Du bist so ein Problemlöser«, sagte sie lächelnd, denn er hatte schon immer versucht, Probleme für sie zu lösen, als sie jünger waren. Egal, ob ein Streit mit ihren Geschwistern oder Schwierigkeiten beim Auswendiglernen ihres Texts für ein Stück – er war immer an ihrer Seite gewesen und hatte nach einer Lösung gesucht.

»Und du bist immer zu dickköpfig gewesen, um mich helfen zu lassen. Warum war das so? Weil du die Älteste bist und denkst, es ist deine Aufgabe, allen zu helfen? Lass mich teilhaben, Kleines. Lass uns darüber reden.«

Hilfe zu benötigen, war – so lange sie denken konnte – für sie immer ein Zeichen von Schwäche gewesen. Sie war kurz davor, ihm zu sagen, dass er keine Ahnung hätte, wie ihr Terminplan aussah, und dass, wenn sie selbst schon keinen Weg sah, er wohl kaum einen sehen könnte, doch sie zwang sich, einen Gang herunterzuschalten und einen Schritt zurückzutreten.

Sie hatte diese Gefühle in Bezug auf ihre Arbeit schon die letzten Monate über entwickelt, und sie hatte noch nichts unternommen, um ihre Situation zu verbessern. Darüber zu sprechen, würde ihr vielleicht helfen, einiges klarer zu sehen. *Wenn wir uns die Zeit genommen hätten, all unsere Möglichkeiten durchzusprechen, bevor ich ans College gegangen bin, hätte ich vielleicht nicht die falschen Schlüsse gezogen und ein Jahrzehnt unnötigen Schmerz mit mir herumgetragen. Vielleicht wärst du nie weggezogen. Oder vielleicht wärst du irgendwann nach New York gekommen.*

Sie drückte seine Hand und fragte: »Hast du einen Schluck Wein da?«

Zwölf

Am Dienstagmorgen stand Grace früh auf, aß eine Handvoll M&M's und zog ihre Laufsachen an, obwohl sie und Reed in der letzten Nacht wahrscheinlich genug Kalorien abtrainiert hatten, um die Süßigkeiten zu kompensieren. Nachdem sie über ihr verrücktes Leben in New York gesprochen hatten, fühlte sie sich viel besser. Zwar hatten sie keine eindeutigen Antworten gefunden, aber sie hatten ein paar Ideen entwickelt, über die sie nachdenken konnte. Viel wichtiger war jedoch noch etwas anderes. Nachdem sie seit so langer Zeit ihre Probleme in einer Art Vakuum immer selbst in Angriff genommen hatte, war es nun eine regelrechte Erlösung, ihre geheimsten Gedanken mit jemandem zu teilen, dem sie wichtig war und der keinerlei Hintergedanken in Bezug auf ihre Arbeit hatte oder sie dazu bewegen wollte, wieder nach Hause zu ziehen. Sie hatten die Wände zu Ende gestrichen, waren nackt, voller Farbe und ineinander verschlungen auf den Abdeckplanen im Wohnzimmer gelandet und hatten dann zusammen geduscht, einander sauber gemacht, nur um dann wieder schmutzige Dinge zu tun.

Sie schnürte gerade ihre Laufschuhe, als Sable in ihr Schlafzimmer schlenderte, mit dem gleichen Outfit – von den Stiefeln bis hin zum Stetson – wie am Tag zuvor. Sie ging an

Grace vorbei, nahm eine Handvoll M&M's und setzte sich dann neben sie auf das Bett. Grace schaute auf die Uhr – 6:02 – und verbiss sich den Kommentar, dass sie sich doch ihren eigenen Freund suchen und dessen M&M's essen sollte.

»Wer war gestern Abend der Glückliche?«

»Niemand hatte Glück.« Sable steckte sich die Schokolinsen in den Mund und ließ sich auf den Rücken fallen. »Nach der Bandprobe sind wir in JJ's Pub gegangen und dort geblieben, bis er zumachte. Der einzige Typ, der mein Interesse geweckt hat, war ein gewisser Feuerwehrmann, der mich schon zu oft hat abblitzen lassen, als dass ich es nochmal versuchen würde.«

»Wer?«

Sable sah sie ausdruckslos an. »Wie viele heiße Feuerwehrmänner kennst du denn, die mich abblitzen lassen würden?«

Grace stand auf und dehnte sich. Auf ein Ratespiel hatte sie keine Lust und außerdem konnte sie einen mit Sicherheit benennen. Chet Hudson hatte Sable immer links liegen lassen und das machte ihn für ihre draufgängerische Schwester zur ultimativen Herausforderung. »Es überrascht mich, dass du keinen anderen heißen Typen zum Abschleppen gefunden hast.«

»Hab ich, aber der war dann doch nicht so mein Fall.«

»Vielleicht hast du diese One-Night-Stands einfach satt.«

»Sei bloß ruhig! Ich war nur abgelenkt. Ich hab an ein paar Ideen für neue Songs gearbeitet, also bin ich raus und hab ich mich auf den Hügel gesetzt, aber …« Sable seufzte. »Ich finde einfach keine Inspiration. Das macht mir in letzter Zeit ziemlich zu schaffen. Sogar mit Axsel habe ich eine Zeit lang telefoniert. Er ist richtig gut darin, mir kreative Pfade aufzuweisen.«

Während Grace schon selbst nicht gern um Hilfe bat, zog Sable es vor, dass niemand auch nur andeutungsweise merkte, dass sie vielleicht welche brauchen könnte. Grace freute sich, dass ihre Schwester ein wenig von ihrem knallharten Image abließ, das sie gern von sich aufrechterhielt, und sich nicht nur an Axsel gewandt hatte, sondern es auch mit ihr besprach. So konnte sie sich der Schwester näher fühlen, die ihr immer das Gefühl gegeben hatte, unnötig zu sein. Die Unterhaltung mit Reed über ihr Dilemma bei der Arbeit kam Grace wieder in den Sinn. Er hatte ein paar gute Vorschläge gehabt. Dass sie zum Beispiel von drei auf zwei Produktionen pro Jahr heruntergehen und versuchen könnte, sich ein paar freie Nachmittage herauszunehmen, sobald eine Produktion in Gang gebracht war. So lange schon hatte sie immer nur Tempo gemacht, dass die Vorstellung, sich einfach nur mal freizunehmen, irgendwie als Zeitverschwendung eingestuft worden war. Wie war es dazu gekommen? Zeit zum Schreiben oder für ein langes Wochenende mit Reed war eindeutig keine Zeitverschwendung. Sie musste einiges überdenken.

Sie bekam gerade noch das Ende von dem mit, was Sable erzählte, und merkte, dass sie sich mental ausgeklinkt hatte. Um sich wieder ins Spiel zu bringen, fragte sie: »Wie geht es Axsel?« Axsel war fast sechs Jahre jünger als Grace, und er reiste so viel, dass sie ihn nur ein oder zwei Mal pro Jahr sah.

»Ging es ihm jemals *nicht* hervorragend? Dem Chill-Boy geht es immer gut. Ihn bringt nichts aus der Fassung. Er ist wieder in L. A. und ärgert sich, dass er nicht hier ist und mit dir abhängen kann.«

Grace verschränkte die Hände und dehnte die Arme über ihrem Kopf. »Ich vermisse ihn und Pepper, aber das nächste Weihnachtsfest kommt bestimmt.«

»Apropos Pepper. Mom hat sie nächsten Freitag zum Grillen eingeladen, aber sie schafft es natürlich nicht. Sie hat irgendwas von einem Forschungsprojekt gesagt.«

»Pepper hat doch immer irgendein Forschungsprojekt, aber was für ein Grillen?« Sie dehnte ihre hinteren Oberschenkel und dachte daran, wie selten sie die Wissenschaftlerin sah.

»Ihr beide seid euch ähnlicher, als du vielleicht denkst«, meinte Sable und gab sich gelangweilt. »Gestern Abend sagte Mom, sie macht nächsten Freitagabend ein Familiengrillen, nachdem Reed die Veranda fertiggestellt hat. Ach ja, du sollst ihn einladen, und ich sollte dir eine Nachricht schicken, um es dir mitzuteilen. Tut mir leid.«

»Großartig. Da nimmt er bestimmt Reißaus.« In kleinen Dosen war ihre Familie schon eine Herausforderung. Auf einen Haufen konnte sie geradezu erdrückend wirken, besonders auf einen Mann, der Ruhe gewohnt war.

Sable lächelte und schloss die Augen. »Du solltest ihn lieber früher als später mit dem Chaos vertraut machen.« Sie legte sich den Hut über die Augen und sagte: »Es macht dir doch nichts aus, wenn ich gleich hier penne, oder?«

Normalerweise hätte Grace sie aus dem Zimmer geworfen, aber sie wollte die Tür nicht zuknallen, die Sable gerade erst aufgeschlossen hatte. Sie zog Sable die Stiefel aus und stellte sie neben das Bett. »Schlaf ein wenig. Ich muss mein Junkfood abtrainieren.«

Sie schrieb Reed eine kurze Nachricht auf einen Zettel – *Sable schläft auf meinem Bett, also geh nicht hinein und reiß dir die Klamotten vom Leib oder so. Ich bin laufen. Xox, Grace* – und holte sich aus der Küche ein Stück Klebestreifen, bevor sie dann wieder nach dem Stift griff. Sie strich *Grace* durch und schrieb stattdessen *Gracie* hin.

Summend ging sie hinaus und klebte den Zettel von außen an die Glastür. Reed hatte bisher wunderbare Arbeit an der

Veranda geleistet, und sie freute sich, dass ihr Elternhaus liebevoll instand gesetzt wurde.

Sie erinnerte sich daran, dass sie und Reed sich oft heimlich vor Sonnenaufgang beim Footballfeld getroffen hatten, und so joggte sie in diese Richtung los.

Als sie um die Ecke Richtung Ort bog, voller Energie durch die Gedanken an Reed, wurde ihr bewusst, dass nicht nur ihr Elternhaus liebevoll instand gesetzt wurde.

Reed fuhr bei Roy und Ella vorbei, um seinen Onkel von den Fortschritten der Arbeit bei den Montgomerys zu berichten und nach den Materialien für seine Küche zu fragen, um die Roy sich kümmern wollte. Sie saßen gerade am Frühstückstisch, als er an die Küchentür klopfte und hineinging.

»Da bist du ja«, sagte Ella, als sie aufstand, um ihn zu begrüßen und ihn sofort zu einem Stuhl zu führen. »Ich hol dir einen Teller.«

»Schon gut, Ella. Ich bin nicht zum Frühstücken gekommen. Setz dich und entspann dich.«

»Du weißt, dass das nicht gut ankommt«, murmelte Roy leise.

»Ein arbeitender Mann muss essen.« Sie stellte eine Tasse Kaffee vor ihm auf den Tisch und klopfte ihm auf die Schulter, bevor sie zurück zum Herd ging. »Du entspannst dich jetzt.«

»Danke.« Reed nahm einen Schluck.

»Cade sagte, du bist fast mit der Veranda fertig«, sagte Roy. »Er ist natürlich sehr zufrieden mit deiner Arbeit.«

»Gut zu hören. Ende nächster Woche werde ich fertig sein.«

»Viel wichtiger ist …«, sagte Ella, als sie einen Teller mit Pancakes vor Reed abstellte. »Warum sind wir die Letzten, die zu hören bekommen, dass du und Gracie wieder zusammen seid?«

Autsch, Mist! Er hatte vergessen, wie schnell Neuigkeiten von Ort zu Ort eilten. »Ihr seid nicht die Letzten.«

Ella setzte sich neben Roy und legte eine Serviette auf ihren Schoß. »Laut meiner Freundin Rosie, die gestern Abend Hellie beim Bingo getroffen hat, weiß die ganze Stadt schon über euch Bescheid.« Sie nahm einen Schluck Kaffee und ihre lächelnden Augen spähten ihn über den Tassenrand hinweg an. »Hat die Geheimniskrämerei also jetzt ein Ende?«

Reed lachte und spießte ein Stück Pancake mit der Gabel auf. »Die hat eindeutig ein Ende.«

»Halleluja«, meinte Roy. »Wahre Liebe kann man nicht finden, wenn man sich in Heimlichkeiten verrennt. So funktioniert das im Leben nicht.«

Reed konzentrierte sich auf sein Frühstück und nicht auf die Botschaft, die sein Onkel eigentlich übermitteln wollte und die klar angekommen war. Nach seiner Rückkehr waren Roy und Ella nicht von der Neuigkeit begeistert gewesen, dass er fast mit einer Frau verlobt gewesen war, die sie nie kennengelernt hatten.

Ella berührte seine Hand, sodass er sie anschaute. »Schatz, wir verstehen, warum ihr die Sache für euch behalten musstet, als ihr in der Schule wart. Kinder können grausam sein und du wolltest deine Freundin beschützen. Du hast unter den gegebenen Umständen das Richtige getan. Und was diese letzte Frau angeht, so kann ich nur annehmen, dass sie dein Herz noch nicht geküsst hatte und du sie deshalb geheim gehalten hast. Aber in Zukunft hätten wir wirklich lieber keine

Geheimnisse mehr.«

Ein schmerzhaftes Schuldgefühl bohrte sich durch Reeds Brust. »Keine Geheimnisse mehr«, stimmte er zu. »Und es tut mir leid, dass ich überhaupt welche hatte.«

»Die Frau war eine Lückenbüßerin, mein Junge«, sagte Roy, während er seine Pancakes zerteilte. »Eine, die dir Gesellschaft geleistet hat, bis die Zeit für dich gekommen war, heimzukehren und deine wahre Seelenverwandte zu finden.«

Reed hielt inne. »Das klingt, als wäre ich ziemlich herzlos, Roy. Ich habe sie nicht als Lückenbüßerin gesehen. Ich war einfach nicht in der Lage, ihr alles von mir zu geben.«

»Das meinte ich nicht, Reed, also reg dich wieder ab.« Roy lehnte sich zurück und atmete langsam aus. »Das mit der Liebe ist eine seltsame Sache. Wenn sie dich trifft, hast du keine Chance, auf Abstand zu bleiben, und man fragt sich auch nicht, ob man irgendetwas unternehmen sollte, weil sie sich etwas komisch anfühlt. Daher wussten wir, dass du und Grace füreinander bestimmt wart, und deswegen haben wir auch euer Geheimnis bewahrt, obwohl es das Richtige gewesen wäre, dich dazu zu bewegen, vor euren Freunden dazu zu stehen und sie am Haus ihres Dads zu einem Date abzuholen, wie es sich gehört. Mit dem Begriff Lückenbüßerin wollte ich nicht sagen, dass du diese andere Frau vielleicht schlecht behandelt oder einen schlimmen Fehler gemacht hast. Ich meinte damit, dass du versucht hast, die Leere in dir zu füllen. Das ist nur natürlich, so wie es für sie natürlich war, die Last einer anderen Frau in deinem Herzen zu fühlen.«

Reed legte die Gabel auf seinen Teller. »Roy, wusstest du, dass Grace nach Hause kommen würde?«

»Ich habe *vielleicht* gehört, dass sie eventuell zu Besuch kommt«, murmelte Roy und stopfte sich Pancakes in den

Mund.

»Ella?«

»Mein Gedächtnis ist nicht mehr so gut wie früher.« Sie tupfte sich den Mund mit der Serviette ab.

Schweigend aßen sie weiter, während Reed diese neue Information verarbeitete. Wollten sie ihn verkuppeln? Er versuchte, Roys Gesichtsausdruck zu deuten, und fragte sich, was er wohl sonst noch für sich behalten hatte.

»Der Großteil deiner Geräte wird Donnerstag geliefert«, sagte Roy ein paar Minuten später. »Bleibt es dabei, dass wir uns an deine Küche machen, sobald du bei den Montgomerys fertig bist?«

»Ja, ich freue mich darauf, mit dir zu arbeiten. Grace und ich haben schon einiges gestrichen. Abgesehen von der Küche ist nicht mehr viel zu tun.« Er betrachtete die beiden Menschen, denen er von seinem Vater anvertraut worden war. Die beiden Menschen, die noch vor ihm wussten, was er brauchte. Er musste die Frage stellen, die ihm auf der Zunge brannte. »Wann haben deine Ärzte dir das Okay gegeben, dass du wieder arbeiten kannst?«

Ella verschluckte sich an ihrem Kaffee.

Roy hielt inne, blickte starr auf seinen Teller.

Reeds Innerstes zog sich zusammen, als ihn die Erkenntnis durchfuhr. »*Roy?*«

»Ach, Reed, was wissen denn diese Ärzte schon? Mein Körper brauchte die Erholung und du warst ja sowieso hier. Die Unterlagen für die neue Firma hatten wir noch nicht fertig, und die Projekte, für die wir ein Angebot abgegeben haben, waren noch nicht reingekommen. Da war es einfach sinnvoll, dass du den Montgomery-Auftrag übernimmst.«

»Er musste sich wirklich noch erholen, Reed«, pflichtete Ella bei. »Du siehst ja, dass er jetzt viel kräftiger ist.«

»Das sehe ich und ich mache die Arbeit gern.« Reed aß auf, trug seinen Teller zur Spüle und grübelte weiter über ihr Verhalten nach, das ihn sehr rührte. »Ich bin froh, dass diese Geheimniskrämerei jetzt ein Ende hat.«

Ella blickte zu Roy auf.

»Ach, komm schon, Ella. Was gibt's denn noch?«

Sie sah Roy finster an.

»Ach, verdammt noch mal.« Roy warf seine Serviette auf den Tisch und sagte: »Ich hab doch gerade erwähnt, dass die *meisten* Geräte Donnerstag geliefert werden? Bei deinem Herd hab ich ein paar Zahlen vertauscht und aus Versehen einen knallroten bestellt. Aber das ist schon geregelt.«

Ella stand auf und griff nach Roys Teller. Roy legte den Arm um ihre Taille und zog sie an sich. »Und nur zu deiner Information: Deine Tante hat mir die Hölle heißgemacht, weil ich wegen der Arbeit nicht ganz offen zu dir war. Aber das mit der Herdbestellung hab ich im Griff, also mach dir da keine Sorgen.«

Reed musste lachen. »Schon gut, und apropos im Griff haben ...« Er gab Ella einen Kuss auf die Wange und schlug Roy auf den Rücken. »Ich hatte Gracie heute Morgen noch nicht im Arm. Hab euch lieb, und danke, dass ihr auf mich aufpasst. Nicht nur jetzt, sondern ... ach, ihr wisst schon.«

»Ja, ja, wir wissen schon«, sagte Roy. »Jetzt beweg deinen faulen Hintern zur Arbeit, bevor dein Mädchen noch denkt, du hättest sie vergessen.«

Zwanzig Minuten später fuhr Reed auf die Auffahrt der Montgomerys und wurde mit dem spektakulärsten Anblick eines herrlichen Hinterns begrüßt. Diesen Hintern hätte er überall wiedererkannt. Er stieg aus dem Pick-up, als Grace gerade ihren wunderschönen Körper dehnte und die Finger gen Himmel streckte. Sie drehte sich um, strahlte heller als die Morgensonne, und – *Heiliger Bimbam!* – ihre schwarze Laufhose saß ihr tief auf der Hüfte und schmiegte sich an sie, als wäre sie gemalt. Und ihr Sport-BH kreuzte sich irgendwie so, dass ihre Brüste zusammengedrückt wurden und ein so tiefes Dekolleté entstand, dass er am liebsten hineingekrochen und dort gehaust hätte. Ihre Haare waren zu einem hohen Zopf zusammengebunden und legten ihren langen Hals und die süßen Ohren frei, an denen er so gern knabberte. Ihre Wangenknochen schienen noch höher zu sein, wenn sie die Haare zurückband, ihre Augen sahen noch grüner aus, und ihre Haut schimmerte vor Schweiß, was sie wie eingeölt und feurig sexy aussehen ließ. Er wurde in die Zeit zurückkatapultiert, in der er ihr zugesehen hatte, wenn sie das gegnerische Team anfeuerte. Wie eifersüchtig er doch auf die Kerle gewesen war, die das Glück hatten, ihr täglich bei den Proben zusehen zu dürfen! Jetzt hatte sie weiblichere Kurven, und ihr Blick war scharfsinniger als der eines naiven Mädchens, was sie nur noch attraktiver machte.

Als er die Arme nach ihr ausstreckte, stolperte ihm das Herz in der Brust, und er schickte ein Dankgebet gen Himmel, weil seine Verwandten ihn gut genug kannten, um den Besuch von Grace für sich zu behalten. Hätte er gewusst, dass sie da sein würde, hätte er den Auftrag vielleicht nicht angenommen.

»Du hast nie schöner ausgesehen als in diesem Moment«, sagte er, als er sie in die Arme schloss.

»Ich bin total verschwitzt«, warnte sie ihn.

Er legte ihre Arme um seinen Hals und sagte: »Es wäre mir egal, wenn du dich in Pferdemist gewälzt hättest. Du würdest immer noch besser aussehen und riechen als jede andere Frau auf der Erde, weil du mir gehörst, Gracie, und ich vergöttere dich.«

Er drückte seine Lippen auf ihre und sog ihre Lieblichkeit in sich auf. Mit den Fingern fuhr er leicht an der Seite ihres Körpers hinunter und sie erschauderte in seinen Armen. »Ich wusste nicht, dass du läufst.«

»Normalerweise laufe ich im Studio, aber ich habe hier noch nirgends eine vorübergehende Mitgliedschaft«, sagte sie auf dem Weg zur Veranda. »Und wenn ich weiter M&M's und Pizza esse, werde ich zweimal pro Tag joggen gehen oder größere Klamotten kaufen müssen.«

»Ich würde dir diese Klamotten gern ausziehen«, sagte er, als sie die Stufen hinaufgingen, folgte ihr zu ihrer Schlafzimmertür und sah sie erröten. »Warum willst du in einem Studio trainieren, wenn du die Sonne und frische Luft genießen kannst? Hilf mir doch heute. Dann hast du ein tolles Training und ich kann den Tag mit dir verbringen. Das nennt man Win-win-Situation.«

Sie sah ihn skeptisch an. »Du willst nur, dass ich deine *Gerätschaften* halte.«

Das von ihr zu hören, erregte ihn schon. »Kleines, ich will deine heißen Hände ständig auf meinen *Gerätschaften* fühlen.« Er drückte die Hüfte gegen ihre und sagte: »Aber ich bin mir ziemlich sicher, deine Eltern fänden keinen Gefallen an dem Spektakel.«

Wieder wurden ihre Wangen rot, und er konnte nicht widerstehen, sie mit seinen Lippen zu bedecken.

»Du musst mir nicht helfen.« Da er wusste, wie sehr sie den Wettstreit liebte, piesackte er sie weiter, in der Hoffnung, den Tag mit ihr zu verbringen. »Ist ja sowieso Männerarbeit.«

Entgeistert sah sie ihn an und genauso schnell verfinsterte sich ihr Blick und sie trat einen Schritt zurück. »*Männerarbeit?* Ich hol schnell die Gerätschaften von meinem Dad ...« Ein

Lächeln trat in ihr Gesicht und ihre Nase kräuselte sich. »Beziehungsweise, ich hole die Gerätschaften von *Sable*. Ich hab Brindle versprochen, dass ich später bei ihrer Theaterprobe vorbeischaue, aber ich denke, ich kann dich vorher noch bloßstellen.«

Er legte den Arm um ihren Hals und lachte. »Du bist echt heiß, wenn du jemanden überzeugen willst.« Er gab ihr einen keuschen Kuss und bemerkte eine Notiz an der Tür. »Ist das für mich?« Laut las er vor: »›Hey, großer Junge, komm rein. Ich bin bereit und warte.‹ Mist, ich wünschte, ich hätte nicht bei Roy —«

Sie riss ihm die Notiz aus der Hand und überflog sie. Wütend biss sie die Zähne aufeinander, Funken sprühten aus ihren Augen, als ein Kichern durch das Küchenfenster zu ihnen drang, wo Brindle und Morgyn nicht mehr an sich halten konnten.

»Die bringe ich um«, schnaubte Grace und zerknüllte den Zettel, während ihre Schwestern hysterisch lachend mit Reba und Dolly im Schlepptau aus der Küche kamen.

Sie drückte ihm den Zettel in die Hand und preschte die Veranda hinunter auf sie zu. Brindle und Morgyn schrien und rannten in den Garten. Reba und Dolly jagten hinter ihnen her und bellten wie von Sinnen.

»Ich bring euch um!«, brüllte Grace.

»Nur wenn du uns fängst!«, rief Morgyn zurück, während sie mit voller Kraft voraus zur Scheune sprintete.

»Mach mich nicht dreckig!«, schrie Brindle, als Grace sie erwischte. »Ich muss zur Arbeit!«

Die Tür zu Graces Zimmer ging auf und Sable kam verschlafen heraus. »Was ist denn hier los?«

Reed sah zu, wie Grace Morgyn zu Boden warf und beide herzhaft lachten. »Ich glaube, Gracie findet zurück zu ihren Wurzeln.«

Dreizehn

Nach der morgendlichen Jagd machten sich Graces Schwestern auf den Weg zur Arbeit, und Grace zog sich kurze Jeansshorts an, die Reed so liebte, um dann gemeinsam mit ihm an der Veranda zu arbeiten. Sie werkelte den ganzen Vormittag, als hätte sie ihr ganzes Leben lang nichts anderes gemacht. Sie war ebenso sorgfältig wie Reed, und er hatte seinen Spaß daran, dass sie es permanent ablehnte, ihn die Bretter tragen zu lassen oder irgendetwas anderes *für sie* zu tun. *Mit ihr* dagegen lief es grandios. Reed brachte ihr bei, wie man die Kappsäge und die Nagelpistole benutzte, gab ihr eine Lektion in Nivellierung und Ausformung, und sie hörte so konzentriert zu, dass er wusste, ihr entging kein Wort. Zusammen maßen sie aus, sägten und hämmerten. Er konnte seine anzüglichen Kommentare nicht zurückhalten und lobte sie für ihren meisterlichen Umgang mit den Gerätschaften, was ihre entzückende Wangen wieder erröten ließ und beide zum Lachen brachte.

»Nach dieser Plackerei schuldest du mir eine Ganzkörpermassage«, sagte Grace, als sie eine Diele legten.

»Wenn du glaubst, das ist eine Drohung, dann irrst du dich gewaltig.« Er nahm sie in den Arm und küsste sie mit dem dazugehörigen »Muahh!«, was zu einem weiteren herzerweichenden Lachen führte.

»Sieht aus, als seid ihr beide ein tolles Team«, sagte Cade, als er mit Dolly und zwei Gläsern um die Hausecke kam. »Ich dachte, ihr könntet etwas Eistee vertragen. Ohne Axsel im Haus ist es nett, mal wieder einen Mann hier zu haben. Bei all dem Östrogen bin ich etwas unterlegen.«

Reed lachte. »Sie sind auf jeden Fall in der Unterzahl.« Er nahm einen Schluck und kniete sich nieder, um Dolly zu streicheln.

»Ich weiß nicht, Dad«, sagte Grace, während Dolly um ihre Beine strich. »Sable benimmt sich irgendwie manchmal wie ein Kerl.«

»Sable ist zäh«, stimmte Cade zu. »Aber unter dieser harten Schale ist sie ein richtiger Schatz. Sie hat eine weichere Seite. Schon immer. Sie braucht einfach nur einen Mann, der stark – und geduldig – genug ist, um diese Seite zu finden.«

»Viel Glück dabei.« Grace legte den Kopf in den Nacken, streckte mit geschlossenen Augen das Gesicht in die Sonne und sah aus wie eine Göttin – trotz des Schweißes, den sie sich erarbeitet hatte, und des Drecks, der sich auf ihr angesammelt hatte. Wie viele Frauen würden stundenlang körperliche Arbeit in der Sonne verrichten, wenn sie anderes tun könnten? Und das Ganze auch noch mit Humor. Aber Grace war noch nie vor harter Arbeit zurückgeschreckt.

Reed hatte immer den Eindruck gehabt, dass sie größere Angst davor gehabt hatte, nicht als eigenständige Person gesehen zu werden, als vor der Arbeit, die vielleicht nötig war, um dorthin zu kommen. Er war sich nicht sicher, aber er dachte, es könnte etwas damit zu tun haben, dass sie mit so vielen Geschwistern aufgewachsen war. Aber der Grund spielte keine Rolle. Er liebte Grace für ihre Entschlossenheit und für ihre Unsicherheit. Sie war so authentisch, wie eine Frau nur sein konnte, und er wusste, dass er ein verdammtes Glück hatte.

»Sie haben starke Töchter großgezogen«, sagte Reed. »Sable ist nicht stärker als Grace. Sie zeigen es nur auf unterschiedliche Art.«

»Da bin ich Ihrer Meinung«, sagte Cade.

Marilynn und Reba kamen aus der Scheune, und in der Sekunde, in der Reba sie sah, stürmte sie über den Rasen zu Dolly. Beide Hunde leckten Reed ab. Grace nahm Reeds Glas und stellte es auf der Veranda neben ihrem ab, um sich dann zu ihnen ins Gras zu setzen. Sofort kletterte Reba an ihr hoch und leckte ihre Wange ab.

»Das ist ihre Spielzeit«, sagte Marilynn, als sie sich neben Cade stellte. »Aber ich kann sie jederzeit zurückrufen, wenn ihr wollt.«

»Ich liebe Hunde.« Reed umfasste Rebas Kopf und drückte ihr einen Kuss auf die Schnauze. »Sind Sie nicht traurig, wenn Sie sie trainiert haben und dann weggeben müssen?«

Marilynn und Cade lächelten sich wissend an.

»Wir vermissen alle, aber wenn wir sie behalten würden, müssten wir ein größeres Haus kaufen«, erklärte Marilynn.

»Ohne Zweifel, es ist schwer, sie gehen zu lassen. Aber wir ziehen sie auf, damit sie unabhängig werden und Bedeutendes im Leben von anderen Menschen leisten, fast wie mit unseren Kindern«, sagte Cade, während Grace aufstand und sich neben ihn stellte. Er legte den Arm um sie und sein Blick war randvoll mit Liebe. »Schön zu sehen, dass du etwas anderes machst als arbeiten, Schatz. Ich habe für dich und Reed etwas zu essen gemacht. Es ist im Kühlschrank.«

»Die Mühe hätten Sie sich nicht machen müssen«, sagte Reed, als er aufstand.

»Das war keine Mühe. Ich hab ein paar Sandwiches gemacht und ein bisschen Obst aufgeschnitten. Nichts Besonderes. Das ist das Mindeste, was ich tun kann, wenn man bedenkt, dass Sie es schaffen, mein Mädchen hier zu halten, ohne dass sie ihre Nase in ein Skript steckt.«

»Dad!« Grace verdrehte die Augen. »Was soll ich deiner Meinung nach tun? Barfuß herumlaufen und schwanger werden?«

»Jetzt kommen wir doch mal auf den Punkt!«, meinte Marilynn lächelnd. »Ein oder zwei Enkelkinder wären nicht schlecht.«

»Hör auf!«, warnte Grace sie.

»Keine Sorge, mein Schatz. Ich entführe deine Mutter zu einem Ausritt.« Cade griff nach Marilynns Hand. »Sie wird dich heute Nachmittag nicht unter die Haube bringen.«

»Reed, fragen Sie doch Ihre Tante und Ihren Onkel, ob sie uns am nächsten Freitagabend zum Grillen Gesellschaft leisten möchten«, schlug Marilynn vor.

Reed schaute Grace an. »Grillen?«

»Oh Mist! Das wollte ich dir noch erzählen«, sagte Grace. »Ich war etwas abgelenkt durch …« Sie betrachtete seinen nackten Oberkörper. »Die ganze Arbeit, die wir hier hatten.«

Er lachte.

»Arbeit? So nennt man das heutzutage?«, neckte Marilynn.

»Mom! Bitte, Dad, bring sie weg!«

Als Cade Marilynn Richtung Scheune führte, sagte ihre Mutter: »Bitte fragen Sie Roy und Ella, ob sie nächsten Freitag kommen möchten. Wir feiern die Fertigstellung der Veranda und den Auszug von Sable.«

»Sable wird sich freuen, zu hören, dass ihr feiern wollt, dass sie weggeht«, scherzte Grace.

Ihre Mutter drehte sich noch einmal um, als wollte sie etwas sagen, doch Cade drückte sie an sich und brachte sie mit einem Kuss zum Schweigen.

»Ich mag deine Eltern«, sagte Reed, als er Grace in die Arme schloss.

»Ja, die sind schon ziemlich cool, oder?« Sie steckte die Finger in den Bund seiner Jeans. »Hast du Hunger?«

»Ich könnte etwas essen.«

»Ich auch«, sagte sie mit einer Stimme, die so sanft und berauschend war wie ein Whiskey. Rückwärts ging sie in Richtung der Tür, die zu ihrem Schlafzimmer führte, und zog ihn an seinem Hosenbund mit sich.

»Grace, was ist mit deinen Eltern?«

»Wir haben vor Jahren herausgefunden, dass ›Ausritt‹ das Codewort von Mom und Dad für ›Rummachen‹ ist.« Sie stieß die Tür auf und zog ihn in ihr Schlafzimmer. Nachdem sie die Verandatür abgeschlossen hatte, zog sie die Vorhänge zu und schloss dann auch die Tür zum Flur ab. Mit einem glühenden, sexy Ausdruck in den Augen machte sie sich an seinem Gürtel und dem Hosenknopf zu schaffen und sagte: »Das ist heute dein Glückstag!« Als sie den Reißverschluss der Jeans herunterzog, fügte sie hinzu: »Zufällig bin ich total ausgehungert, aber nach einem Mittagessen steht mir nicht der Sinn.«

Er war schon hart, aber als sie die Hand in seine Unterhose gleiten ließ, entlockte ihr fester Griff um seine Länge ihm ein tiefes Stöhnen.

»Mein Glückstag war an dem Morgen, an dem du in diesem aufreizenden kleinen Pyjama aus diesem Schlafzimmer heraus und zurück in mein Leben gekommen bist.«

»Mal sehen, ob du in zehn Minuten auch noch so denkst.« Mit einer zügigen Bewegung riss sie seine Hose herunter und dann berührte sie die Spitze seiner Härte mit den Lippen. »Hallo, mein Großer, du hast mir gefehlt.«

Sie senkte ihren Mund über die Spitze, reizte ihn in einem langsamen Rhythmus mit der Zunge, der ihm den Verstand raubte. Als sie seine Hoden umfasste und ihn bis in den hintersten Winkel ihres Mundes aufnahm, stöhnte er und vergrub die Hände in ihren Haaren, ließ sie aber das Tempo vorgeben. Sie saugte und leckte, während ihre Hand mit perfektem, festem Griff an seiner Härte entlangglitt. Ihre Haare strichen über seine Oberschenkel und sie stöhnte immer wieder. Das sündige Geräusch vibrierte in ihm, und als sie schneller wurde und seinen Hintern umklammerte, damit sie ihn noch tiefer in sich aufnehmen konnte, verlor er fast die Kontrolle.

»Gracie«, stieß er hervor, »du lässt mich gleich kommen.«

Sie zog sich zurück, liebkoste ihn weiter mit der Hand, und das Begehren in ihren Augen konnte man nicht falsch verstehen. »Das hoffe ich doch.«

Sie fuhr mit der Zunge über den ganzen Schaft bis zur Spitze und vollbrachte dann ihren Zauber. Die Welt raste, als ihr herrlicher, heißer Mund ihn auf den Höhepunkt schnellen ließ. Sie blieb bei ihm, bis zu dem allerletzten Pulsieren seiner Erleichterung, stand dann auf, und er nahm sie in die Arme, um seine ganze Liebe in leidenschaftliche Küsse fließen zu lassen.

»Wir haben uns beide geirrt, Kleines«, flüsterte er ihr ins Ohr. »Jeder Tag, den wir zusammen sind, birgt mehr Glück als der zuvor.«

Später an dem Nachmittag besuchte Grace ihre Schwester

Brindle bei der Probe der Theater-AG. Was hatten diese Grundschulen an sich, dass sie sich entweder kerzengerade hinstellen oder wild über den Flur rennen wollte? Als Kind war sie nie über den Flur gelaufen, und sie konnte es sich gar nicht erklären, warum ihr das überhaupt in den Sinn kam, als sie jetzt zu dem Mehrzweckraum ging. Während die Hälfte der Rebellionen ihrer Geschwister wild und verrückt abgelaufen waren, hatte Grace sich abgesehen von ihrer Lüge bezüglich ihrer Beziehung zu Reed in der Highschool nur äußerst selten rebellisch verhalten. Sie hatte nur einmal vorgegeben, krank zu sein, und war ins Krankenzimmer gegangen. Man hatte ihre Mutter angerufen, die sie frühzeitig von der Schule abholen musste. Auf dem Weg zum Auto war Grace in Tränen ausgebrochen und hatte ihrer Mutter erzählt, dass sie gar nicht richtig krank war. Dann war sie direkt ins Büro des Direktors marschiert – obwohl ihre Mutter versucht hatte, sie davon zu überzeugen, dass es vielleicht keine schlechte Idee war, einen halben Tag zugunsten der psychischen Gesundheit freizunehmen. Grace hatte dem erstaunten Direktor ihre Schuld eingestanden und sich selbst Nachsitzen auferlegt. Dies war ihr erster und letzter Grundschulstreich gewesen.

Als sie den Mehrzweckraum betrat, riefen die Stimmen der Kinder Erinnerungen an ihre eigene Zeit in der Theater-AG hervor. In diesem Raum hatte sie neben Sophie gesessen, Texte für die Stücke gelesen und mit ihren Freundinnen herumgekichert. Hier hatte ihre Freude am Theater ihren Anfang gehabt, genährt von der Unterstützung durch Lehrer und Klassenkameraden. Sie lehnte sich gegen die Wand, beobachtete Brindle, die mit den Kindern und offenbar einigen Helfern im Highschoolalter im Kreis saß und die Schüler ihre Zeilen vortragen ließ. Selten konnte sie Brindle beim Unterrichten zusehen, und so nahm sie sich einen Augenblick, um sie zu beobachten. Brindles blonde Haare fielen sanft über die Schultern ihrer hübschen transparenten Bluse, die sie über einem schlichten weißen Top trug. Selbst im Schneidersitz auf dem Boden, mit Jeans und Sandalen wie die Kinder, sah Brindle elegant, professionell und gar nicht wie das Mädchen aus, das noch vor ein paar Stunden über den Rasen bei ihren Eltern gerannt war.

Brindle hörte aufmerksam zu, machte Vorschläge, wenn die Kinder einen Einsatz verpassten, und lobte jedes einzelne, als es fertig war. Es war interessant zu sehen, wie ihre sonst so flirt- und risikofreudige Schwester dermaßen ernsthaft bei der Sache war und den Kindern beibrachte, was sie auf der Bühne zu erwarten hatten.

Eines der Kinder entdeckte Grace. Brindle schaute auf und lächelte.

»Kinder, das ist meine Schwester Grace. Sie wird mir dabei helfen, das Stück etwas kürzer zu machen«, sagte Brindle und alle Kinder johlten.

»Danke!«, rief ein flachsblonder Junge.

»Aber nicht viel kürzer«, bat ein entzückendes Mädchen mit Zöpfen.

»Nat, kannst du bitte weitermachen?«, fragte Brindle einen der Teenager.

»Klar«, sagte Nat, ein lernbegierig aussehendes Mädchen mit dicker Brille und aufrechter Haltung, die Grace an sich selbst in dem Alter erinnerte.

»Danke, dass du gekommen bist. Komm, wir setzen uns.« Brindle deutete auf die Sitzreihen und beäugte Grace dann neugierig. Als sie den Raum durchquerten, sagte sie: »Anscheinend ist Oak Falls wirklich gut für die Seele, wie Mom immer behauptet. Du siehst toll aus, als wärst du … Keine Ahnung. Erquickt? Glücklich?«

»Das hat wahrscheinlich mehr mit Reed zu tun als mit Oak Falls«, sagte Grace, als sie sich setzten. »Ich habe ihm heute Morgen bei der Veranda geholfen.« Sie merkte, dass ihre Wangen bei der Erinnerung daran, bei was sie ihm sonst noch geholfen hatte, glühten.

Brindle stockte der Atem und ihre Augen funkelten belustigt. Sie beugte sich vor und flüsterte: »Grace! Hattest du ein Schäferstündchen? Bei Mom und Dad im Haus?«

Grace lachte leise und gestand: »Mom und Dad haben einen ›Ausritt‹ unternommen.« Sie hatte mit Brindle bisher nie über ihr Liebesleben gesprochen, und sie wusste nicht, warum sie es jetzt tat, außer dass sie mit Reed so glücklich war, dass die ganze Welt daran teilhaben sollte – an ihrem Glück, nicht an ihren intimen Begegnungen. Das war ihr nur herausgerutscht.

Brindle quietschte unterdrückt auf und umarmte sie. »Ich bin so stolz auf dich!«

»Hör auf!« Lächelnd drückte sie ihre Schwester weg. »Wir reden nicht darüber«, sagte sie entschieden.

»Na ja, *du* nicht, aber … oooh, Gracie!«

»Nein, Brindle«, beharrte sie mit strengem Blick. »Du sprichst auch nicht darüber. Ich möchte nichts darüber von Morgyn oder Sable oder sonst wem hören.«

Brindle seufzte. »Schon gut! Du bist ja so langweilig.« Ein Lächeln trat in ihre Augen, als sie sich vorbeugte und flüsterte: »Aber du bist ja so was von überhaupt nicht langweilig! Das ist so toll! Ich freue mich, dass du keine Eiskönigin bist.«

»Ahh! Können wir bitte arbeiten?«

Brindles Blick wurde sanfter. »Ich fand ja nicht, dass du eine Eiskönigin bist. Das war Sable. Ich freue mich einfach nur, dass sie sich irrt, denn, du weißt schon … Du bist immer so aufgeräumt und brav, und es würde mich traurig stimmen, wenn du etwas verpasst. Zum Beispiel, wenn du es nicht ausnutzt, dass sich unsere Eltern zum Rummachen absetzen.«

Grace konnte ein Lachen nicht unterdrücken. »Danke.«

Brindle schaute zu den Kindern hinüber und ein Ausdruck von Bewunderung trat in ihre Augen.

»Diese Kinder sind so klug, Gracie. Sie haben das ganze Stück schon fast vollkommen auswendig gelernt, dabei haben sie noch ein paar Wochen Zeit.«

»Wo liegt dann das Problem?«

»Das hier sind meine Dritt- und Viertklässler, aber wir haben in dem Stück auch Kinder aus der ersten und zweiten Klasse. Sie proben in einem der Klassenzimmer mit zwei Freiwilligen von der Highschool. Das Stück ist eine Stunde lang, und das ist für sie zu viel. Sie werden unruhig, und ich möchte, dass es allen Kindern Spaß bringt. Ich denke, ein guter Kompromiss für alle wäre es, wenn wir es auf dreißig, maximal fünfundvierzig Minuten kürzen. Ich habe es versucht, aber ich hänge an jedem einzelnen Wort der Geschichte.«

Sie gab Grace das Skript. »*Von Mäusen und Mobbern*, davon hab ich noch nie gehört.«

»Nat hat es geschrieben. Sie ist in der Highschool in meiner Englischklasse und sie ist so kreativ. Ich habe mich an die Geschichte erinnert, die du in der Highschool für die Grundschüler geschrieben hast. Du sagtest, dass Miss Devonshire dich damals wirklich motiviert hat, dein Schreiben ernst zu nehmen. Diese Taktik wollte ich mir ausleihen.« Sie zuckte auf ihre Brindle-typische Art mit der Schulter, zog die Nase lächelnd in Falten und sagte: »Ich glaube, es funktioniert tatsächlich. Sie schreibt schon an einem anderen Stück. An deinem Workshop wollte sie auch teilnehmen, aber es passte zeitlich nicht mit unseren Proben.«

Grace war beeindruckt und seltsam gerührt von dem Interesse ihrer Schwester, ihren Schülern zum Erfolg zu verhelfen. Sie hatte sich Sorgen gemacht, als Brindle sich für den Lehrerberuf entschieden hatte, da das Unterrichten für jeden eine große Herausforderung war und Brindle nie eine besonders ehrgeizige Schülerin gewesen war. Sogar auf dem College war Brindle noch ein Wildfang gewesen, und Grace hatte ihr gesagt, dass es im Berufsleben von Lehrern keinen Platz für *wild* gab. Brindle hatte geschworen, das Lehrerdasein wäre ihre Berufung, weil sie das Gefühl hatte, zu Kindern allen Alters eine Beziehung aufbauen zu können – und das hatte sie unzählige Male bewiesen. Ihre Schüler liebten sie, weil sie unkompliziert war, aber sie war auch streng genug, um Respekt einzufordern. Grace stellte erfreut fest, dass sich diese Haltung in der Theater-AG fortsetzte.

»Vielleicht finde ich eine Möglichkeit, um Nat aus der Ferne zu betreuen«, bot Grace an. »Das würde mir sogar gefallen.«

»Wirklich? Sie wird begeistert sein. Danke. Ich stell euch einander vor, wenn wir fertig sind. Glaubst du, dass du das Skript umschreiben kannst?«

Grace beobachtete Nat, die in ihrem Verhalten gegenüber den Schülern offenbar Brindle imitierte, denn sie war ebenso motivierend wie sie. »Das ist Nats Stück. Ich denke, du solltest Veränderungen mit ihr besprechen.«

»Habe ich, aber sie sagte, sie weiß nicht, wo sie anfangen soll.«

»Scheint, als könnte die Betreuung gleich heute anfangen. Kannst du sie eine Stunde lang entbehren?«

»Unbedingt! Ich hol sie.« Brindle sprang auf und umarmte Grace. »Ich kann dir gar nicht genug danken. Es ist so schwer, Jugendliche zu finden, die nicht nur Partys im Sinn haben, und Nat ist wirklich mit Begeisterung bei diesem Projekt dabei.«

Grace musste lachen. »Und das sagt die, die nie eine Party ausgelassen hat.«

Brindle legte einen Finger auf die Lippen. »Psst! Das müssen sie ja nicht wissen.«

»Du weißt aber schon, dass diese Stadt überall ihre Ohren hat, oder?«

»Ja, aber die Leute wissen ganz genau, dass sie lieber nichts dazu sagen, und ich bin mittlerweile ziemlich gut darin, mein Privatleben unter Verschluss zu halten.«

Grace hob skeptisch eine Augenbraue.

»Na ja, so ziemlich unter Verschluss«, gestand Brindle kleinlaut. »Außerdem hat es schon seit einer Weile nur Trace gegeben, wenn auch mit Unterbrechungen. Aber erzähl ihm das nicht. Das Ego des Kerls ist größer als sein ...« Sie schaute zu ihren Schülern und sagte: »Herz.«

Auch wenn Grace überrascht war, dass Brindle nur noch mit Trace zusammen gewesen war, so kannte sie sie doch gut genug und würde keine Hoffnung darauf verschwenden, dass sie ruhiger werden würde, wenn sie in diesem Sommer sechs Wochen in Paris verbringen würde.

Brindle übertrug einem anderen Teenager die Verantwortung für die Klasse, während sie Nat und Grace miteinander bekannt machte.

»Ich freue mich so, Sie kennenzulernen«, sprudelte es aus Nat hervor. »Ich wollte wirklich gerne an Ihrem Workshop teilnehmen, aber ich wollte auch hier für die Kinder da sein, und meine Mom sagte, es wäre wichtiger, dieses Stück bis zum

Ende zu begleiten, als an einem anderen Projekt zu arbeiten.«

Nat sprach schnell, fummelte an ihrer Brille herum, dann am Saum ihres T-Shirts und dann wieder an der Brille. Grace fand ihre Nervosität reizend und ihre Freude inspirierend.

»Ich weiß, dass sie recht hat«, sagte Nat, »aber ich wünschte, ich hätte beides machen können.«

»Es ist bewundernswert, dass du bei deinem Stück geblieben bist. Da hatte deine Mutter eindeutig recht. In allen Künsten ist es ein heikler und aufregender Prozess, wenn dein Traum Realität wird. Je mehr Kontrolle man hat, umso besser.«

Als sie über den Flur zu dem Klassenzimmer gingen, das Brindle ihnen für die Besprechung vorgeschlagen hatte, wurde Grace klar, dass es aus anderen Gründen auch für sie heikel gewesen war, ihre Träume Realität werden zu lassen. Sie hatte dabei eine Menge Lebensfreude verloren. Sie fragte sich, ob es eine Möglichkeit gab, alles etwas langsamer anzugehen, und wenn ja, welche Auswirkungen es auf ihre Karriere hätte.

Und wenn ich es nicht mache, was bedeutet das für mich und Reed?

Warum nur kam es ihr so vor, als wäre für alles Gute im Leben eine schmerzhafte Wahl vonnöten?

Vierzehn

Die nächsten Tage – eine Mischung aus Telefonkonferenzen, Schreibwerkstatt und Arbeit an den Skripten am Tag und Lachen und Liebe in der Nacht – flogen nur so dahin. Graces Liebe für Reed erblühte zu einem Gefühl, das wahrhaftiger und tiefer war als alles, was sie jemals erlebt hatte. Am Freitagnachmittag, als sie ihren Kurs im Buchladen leitete, konnte sie nicht glauben, dass an diesem Abend schon die erste Woche zu Hause zu Ende war. Wie war die Zeit so schnell vergangen? Sie und Reed hatten sich am Mittwochabend auf die Suche nach Möbeln gemacht, und nachdem sie ihrem Bedürfnis nachgekommen waren, auf jedem Sofa zu kuscheln und sich zu küssen – nur um zu testen, ob es bequem war –, hatte er eine schöne dunkelblaue Couch und ein passendes Zweiersofa mit einem antiken Touch gekauft, einen Glastisch mit Leder an den Ecken und einen kleinen Plüschteppich. Sie hatten auch eine Esszimmergruppe gekauft, die aus wiederaufgearbeitetem Scheunenholz hergestellt war und wunderbar zu dem entspannten und gleichzeitig eleganten Ambiente des Raumes passte. Die Möbel waren gestern Abend geliefert worden und sie hatten das ohnehin schon hinreißende Haus in ein warmes und einladendes Zuhause verwandelt. Ob sie es wollte oder nicht,

Grace hatte einfach das Gefühl, sich ein gemeinsames Zuhause mit ihm einzurichten. Doch sie versuchte, sich nicht allzu sehr in dieses Gefühl hineinzusteigern, denn es war Reeds Zuhause, und sie hatte ihr eigenes, in das sie in zwei Wochen zurückkehren würde. Aber sie genoss es, das Haus mit ihm einzurichten. Er hatte ein aufmerksames, künstlerisches Auge.

Sie ließ den Blick über die anderen künstlerisch begabten Persönlichkeiten am Tisch schweifen, mit denen sie ihre Zeit verbrachte und die gerade über Figurenentwicklung und Handlungsabläufe diskutierten. Die Schreibwerkstatt war am Mittwoch sogar noch mitreißender gewesen als zu Beginn. Sie hatten viel Arbeit in den ersten groben Abriss des Stückes gesteckt, das sie schreiben wollten.

»Okay, meine Damen«, sagte Grace. »Sind wir bereit für unsere Besprechung?«

»Ja!«, ertönte es einstimmig.

»Wunderbar. Wer präsentiert die Story?«

Sie sahen sich alle an und Lauryn flüsterte Janie etwas zu.

»Klar, gern«, sagte Janie. »Wollt ihr alle, dass ich anfange?«

Alle stimmten zu und Janie legte los: »Unser Stück heißt *Ich bin keine Cinderella*. Unsere Protagonistin ist clever, rebellisch und absolut nicht die Person, die herumsitzt und auf ihren Prinz wartet.«

»Und der Prinz ist ihr nicht krass genug, also serviert sie ihn ab und baggert einen Motorradtypen an«, warf Nana ein. »Der ist richtig krass.«

»Mhm«, stimmte Hellie zu. »Der Prinz ist ein Weichei. Unser Mädel braucht einen richtigen Mann, und sie wartet nicht darauf, dass er zu ihr kommt.«

»Dieser Motorradtyp wird vom Hocker fallen«, sagte Janie. »Es findet ein großer Scheunentanz im Ort statt, so ähnlich wie die monatlichen Jamsessions bei den Jerichos.«

Phoenix ließ ihre grünen Augen böse funkeln und sagte: »Und die Stiefschwestern sind absolute Miststücke, aber Cinder, so heißt unsere Heldin, weist sie sofort in ihre Schranken.«

»Und die Stiefmutter ist von Anfang an total klasse. Wir waren uns alle einig, dass wir das Klischee von der bösen Stiefmutter blöd finden«, erklärte Lauryn. »Aber es ist normal, dass Schwestern sich ärgern, egal ob Stief- oder echte Schwestern.«

Dieser originelle Stoff brachte Graces Puls in Fahrt. »Die Grundidee klingt großartig, aber das alles wird im Geschriebenen Form annehmen müssen. Es muss mehr als nur das Rebellische herausgearbeitet werden. Was könnt ihr mir über die Entwicklung eurer Figuren sagen?«

»Oh, ich kann dir was über Cinder erzählen!«, ereiferte sich Lauryn. »Sie hat einiges durchgemacht. Ihre Mutter war drogenabhängig, der Vater war ziemlich toll, ist aber gestorben, kurz bevor das Stück beginnt. Sie war nie so ein Papakind, aber er hat immer auf sie aufgepasst.«

»Er hat hinter ihr gestanden«, fügte Phoenix hinzu.

»Ja«, pflichtete Lauryn bei. »Aber sie hat nie wirklich zugelassen, dass sich jemand um sie kümmert. Also fällt es ihr schwer, ihre Stiefmutter an sich heranzulassen, und sie bekämpft sie die ganze Zeit.«

»Und dann kommt es zum Riesenzoff mit den Schwestern, wo sie ihr vorwerfen, dass sie sie nicht richtig an ihrem Leben teilhaben lässt, und deshalb sind sie so zickig«, erklärte Janie. »Das kommt im zweiten Akt.«

»Das ist eine großartige Wendung nicht nur für Cinder, sondern auch für die Schwestern.« Bei der Aussicht auf ein Stück, das so emotional zu werden versprach, wurde Grace ganz aufgeregt. Sie arbeiteten weiter die Figuren aus, die Schauplätze und die Struktur. Sie wünschte, Nat könnte dabei sein. Ihr würden diese Gruppe und auch die Art ihrer Geschichte gefallen. Grace hatte ihr Tipps gegeben, wie sie das Stück kürzen könnte, und Nat hatte ihr dann auch die veränderten Versionen zum Durchlesen gemailt. Etwas sehr Schönes entwickelte sich da.

Amber steckte den Kopf zur Tür herein und sagte: »Entschuldige, Grace, aber ich schließe früher und treffe mich noch mit Aubrey Stewart. Sie hat ein paar großartige Ideen für die Erweiterung des Ladens. Schaltest du die Alarmanlage an, wenn ihr fertig seid?«

Grace schaute auf die Uhr und merkte, dass sie schon fast eine Stunde überzogen hatten. Sie hatte sich mit Reed um Viertel nach sieben zum Essen verabredet.

»Klar. Tut mir leid, dass es so spät geworden ist«, sagte sie. »Liebe Grüße an Aubrey.«

Amber hatte die Boyer University am Stadtrand von New York City besucht und sich mit einer Gruppe von jungen Frauen angefreundet, die ihre Liebe zum Schreiben teilten. Aubrey gehörte auch dazu. Sie hatten damals ein Haus gemietet, in dem sie wie in einer studentischen Verbindung wohnten, und hatten ihre eigene Schwesternschaft namens *Ladies Who Write* gegründet. Aubrey und zwei andere dieser »Schreibenden Ladys« waren mittlerweile Eigentümerinnen eines Multimedia-Unternehmens namens LWW Enterprises, mit mehreren Büros in den USA, und sie hatten ihr altes Schwesternschaft-Haus mittlerweile als Rückzugsort für Autorinnen der Ladies Who Write gekauft. Es war schön zu sehen, dass Amber ebenso viel Mühe in ihre Freundschaften steckte wie in ihre Arbeit. *Das ist bei mir weiß Gott nicht oft genug der Fall.*

»Bleibt so lange, wie ihr mögt«, sagte Amber. »Aubrey ist nur auf der Durchfahrt, wird also ein kurzer Gruß.«

Nachdem Amber gegangen war, räumte Grace ihre Unterlagen zusammen. »Wir sollten für heute auch Schluss machen. Wenn ihr eure ersten Seiten fertig habt, fangen wir an, den Dialog zu bearbeiten.«

»Den ersten Akt haben wir schon fertig«, sagte Janie. »Wir haben uns jeden Tag ein paar Stunden zusammengesetzt und diese Damen hier sind brillant.«

»Ach, ich bitte dich!«, sagte Hellie. »Wir sind alle brillant. Janie, deine Kompetenz verwandelt unsere Ideen in magische Momente.«

»Augenblick mal. Ihr seid mit dem ersten Akt *fertig*?«, wollte Grace wissen.

»Und mit dem zweiten zur Hälfte«, ergänzte Janie.

»Wir haben schwer gearbeitet, während du mit deinem schönen Liebhaber Nestbau spielst«, sagte Nana und schob ihr einen Stapel Papier über den Tisch zu. »Ich muss los, bevor Poppi sich statt am Abendessen an den Keksen vergreift. Ihr wisst ja, was für ein Zuckerjunky der Mann ist.«

»Ich mach mich auch besser auf den Weg«, sagte Janie. »Boyd und ich gehen aus.«

»Ich habe ein heißes Date mit meiner Querflöte.« Lauryn warf einen Blick zu Phoenix und sagte: »Ich habe Phoenix endlich überzeugen können, bei der nächsten Jamsession bei den Jerichos am kommenden Freitag Banjo zu spielen.«

Phoenix verdrehte die Augen und stand auf. Heute trug sie schwarz-silberne Bikerstiefel, eine schwarze Jeans und ein T-Shirt mit Aerosmith-Aufdruck. Ihr Eyeliner war knallblau und an der rechten Seite ihres Kopfes hing eine pinkfarbene Feder in einer kleinen geflochtenen Haarsträhne. »Sie möchte, dass ich meine heimliche Landpomeranzenseite zeige. Aber ich habe nur zugestimmt, weil sie versprochen hat, Querflöte zu spielen.«

»Hey, Mädel.« Nana richtete den Zeigefinger auf Phoenix. »Pass auf, was du sagst. Ich bin stolz auf meine heimliche, öffentliche und alle anderen Landpomeranzenseiten.«

»Tut mir leid, Nina«, entschuldigte sich Phoenix.

Nana warf ihr einen bösen Blick zu.

»Nana«, korrigierte Phoenix sich. »Ich will ja nicht unhöflich sein, aber nicht jeder ist für das Landleben geschaffen, oder, Grace? Also, seht euch doch nur mal das Outfit von Grace an. Sie sieht aus, als käme sie direkt aus einer Modezeitschrift mit diesem schwarzen eingesteckten Hemd und dem Rock mit den schrägen Reißverschlusstaschen. Für diese schwarzen Lederpumps mit den silbernen Schnallen würde ich töten! Ja, wenn man die mit einem schwarzen Lederrock anziehen würde, käme das voll Sadomaso, aber mit diesem hellbraunen Rock ist das total schick, so als würdest du in ein Fünf-Sterne-Restaurant gehen. Niemand zieht sich hier so an. Ich glaube nicht, dass überhaupt jemand auf die Idee käme, Grace könnte von hier sein.«

Grace sah an sich herunter. Es war eines ihrer Lieblingsoutfits, und Phoenix hatte recht, was die Pumps anging. Deshalb hatte sie sie auch gekauft, weil sie schick fürs Büro oder sexy fürs Nachtleben getragen werden konnten. Plötzlich wurde ihr klar, dass das Outfit hier den Eindruck erwecken musste, sie wäre ziemlich eingebildet. Oder sie hätte es darauf abgesehen, dass andere Leute auf sie aufmerksam wurden. Bei dem Gedanken wurde ihr ganz mulmig, und sie hoffte, dass andere sie nicht so einschätzten.

»Für jeden sind andere Dinge im Leben wichtig«, sagte Grace dann schließlich und fühlte sich etwas unwohl in ihrer

Haut, als würde sie ihre Familie irgendwie beleidigen, indem sie ihr zustimmte. Plötzlich fragte sie sich, ob ihre Familie oder ihre Bekannten es wohl schon immer als ein Zeichen der Missachtung gedeutet hatten, dass sie ihren Wurzeln entkommen wollte.

Auf dem Weg zu ihrem Auto versuchte sie sich davon zu überzeugen, dass sie zu viel über ihr Auftreten nachdachte. Sie holte ihr Handy hervor, um Reed zu schreiben. Eine Nachricht wartete bereits auf sie. *Du. Ich. Unter den Sternen. Heute Abend.*

Das klang nach dem perfekten Abend. Sie schrieb ihm noch kurz, dass sie spät dran war. Sie konnte noch immer kaum glauben, dass er wieder Teil ihres Lebens war.

Als sie ins Auto stieg, fand sie eine einzelne Wildblume auf dem Beifahrersitz. Sie roch daran und erinnerte sich, wie er früher immer an den seltsamsten Orten eine einzelne Blume für sie hinterlassen hatte. Sie hatte sie in ihrer Cheerleader-Tasche gefunden und auf dem Feld vor einem Spiel. Auch wenn er nie eine Nachricht hinterlassen hatte, war ihr immer klar gewesen, dass sie von ihm waren. Selbst beim allerersten Mal, als sie vor der Schule eine unter dem Scheibenwischer ihres Autos gefunden hatte. Und wenn ihre Schwestern darüber gestolpert waren, hatte sie die Situation gerettet und sie gefragt, wer von deren Freunden ihnen eine Blume hinterlassen hatte.

Auf der Fahrt zum Haus ihrer Eltern wirbelten ihre Gefühle durcheinander, aufgepeitscht von Gedanken an Reed und der Erkenntnis, dass sie die Gefühle ihrer Familie vielleicht sehr verletzt hatte. Als sie eintraf, war sie ganz aus der Fassung, weil sie darauf angesprochen worden war, dass sie nicht wie jemand aus Oak Falls aussah, obwohl sie sich doch gerade so angestrengt hatte, genau das zu erreichen.

Schwanzwedelnd begrüßten Dolly und Reba sie an der

Küchentür. »Hallo, Mädels«, sagte Grace, als sie sich an den Hunden vorbei zu ihrer Mutter schob, die gerade Gemüse schnitt. Die Haare hatte sie zu einem Pferdeschwanz hochgebunden, was sie sehr jugendlich erscheinen ließ.

»Hallo, meine Süße. Hast du gesehen, wie viel Reed bei der Veranda geschafft hat? Und sie sieht so schön aus. Wie war dein Kurs?«

Grace war zu sehr in ihre Gedanken vertieft gewesen, um die Veranda zu bemerken. »Der war großartig. Hat wirklich Spaß gemacht.« Sie nahm sich ein Stück Gurke und biss hinein.

»Aber …?«

Sie nahm noch einen Bissen und sagte: »Kein Aber.«

»Vielleicht nicht wegen der Schreibwerkstatt, aber ich kenne dich, Grace, da schwirrt irgendwo ein Aber herum und versucht, herauszukommen.«

Grace seufzte und lehnte sich gegen die Arbeitsplatte. »Jemand hat gesagt, dass ich nicht so aussähe, als käme ich von hier.«

»Hm.« Ihre Mutter gab ihr ein Stück Karotte. »Und?«

»Es ärgert mich einfach nur. Ihr wisst schon, dass ihr mir nicht peinlich seid und so, oder?«

»Aha, da ist das Aber.« Ihre Mutter legte das Messer zur Seite und ihr Gesichtsausdruck wurde ernst. »Grace, du hast schon immer mehr gewollt, als diese kleine Stadt dir bieten konnte, aber das bedeutet nicht, dass du eine andere Familie haben wolltest oder wir dir nicht gut genug waren. Das wissen wir, Schatz.«

Erleichtert atmete sie aus. »Gott sei Dank.«

»Aber …« Ein kleines Lächeln erschien auf den Lippen ihrer Mutter. »Menschen verändern sich, Schatz. Nur weil du das hast, von dem du dachtest, dass du es immer wolltest, bedeutet es nicht, dass du für immer das Gleiche wollen musst.«

»Ich liebe meinen Beruf.« Sie hörte die fehlende Begeisterung in ihrer eigenen Stimme und ihre Mutter mit Sicherheit auch. Sie hatte bereits den Regisseur verärgert, den sie eigentlich engagieren wollte, weil sie nicht das Stück nehmen wollte, das er vorgeschlagen hatte. Und jetzt war sie wieder am Ausgangspunkt und überlegte, welches Stück das größte Potenzial hatte, Förderungen einzufahren und begehrte Schauspieler zu ergattern. Allein der Gedanke, sich mit eingebildeten Schauspielern abzugeben, die vielleicht einmal von ihrer Leidenschaft getrieben worden waren, aber mit der Zeit verkorkst und zu den nervigsten Menschen auf Erden mutiert waren, nahm ihr die Begeisterung dafür, sich mit Herz und Seele in jede Produktion zu stürzen.

»Wenn du es sagst.« Ihre Mutter wandte sich wieder dem Gemüse zu. »Wenn du darüber reden willst, ich bin hier.«

»Ich weiß. Danke, Mom. Macht es dir etwas aus, wenn ich heute bei Reed übernachte?«

Das brachte ihr das breiteste Lächeln ein, das sie gesehen hatte, seit Reed sie zu ihrem ersten Date abgeholt hatte. Ihre Mutter legte das Messer weg und wischte sich die Hände an einem Geschirrtuch ab. »Ob es mir etwas ausmacht? Ich helfe dir beim Packen!«

Grace lachte, als ihre Mutter sie am Arm in ihr Schlafzimmer zog, gefolgt von den beiden Hunden.

»Kaum zu glauben, dass du so lange gewartet hast.« Ihre Mutter ging zum Bett und nahm den großen Plüschbär in den Arm. »Nimmst du Nimmersatt mit?«

Sie hatte ihrer Mutter erzählt, dass der Bär so getauft worden war, weil Reed den Großteil ihres Popcorns auf dem Jahrmarkt gegessen hatte. Das hatte ihre Mutter ihr sofort abgenommen. Jedenfalls hatte sie das bis jetzt gedacht …

»Nein.« Grace öffnete ihre kleinste Tasche und fing an zu packen. »Der würde das ganze Bett einnehmen. Ich zieh ja nicht ein. Ich bleibe nur ein oder zwei Nächte.«

»Mhm.«

Das Handy vibrierte. Grace nahm es vom Nachttisch und las Reeds Nachricht. *Bin gleich da.*

»Ich nehme an, das war er?«, fragte ihre Mutter.

»Ja. Er weiß nicht, dass ich Sachen zum Übernachten packe. Könnte ich doch nur Mäuschen spielen, wenn er diese Nachricht liest.« Sie gab eine Antwort ein und konnte ihr Grinsen kaum unterdrücken. *Warte dort. Ich packe ein paar Sachen für die Nacht. Wir treffen uns bei dir.* Wenige Sekunden später klingelte ihr Telefon.

»Oh! Da freut sich aber jemand«, sagte ihre Mutter. »Ich lass dich mal allein.«

Grace gab ein lautloses »Danke« von sich und nahm Reeds Anruf an. Noch bevor sie etwas sagen konnte, fragte er: »Du bleibst über Nacht?«

»Wenn du nichts dagegen hast?«

»Hat ein Bär etwas gegen den Winterschlaf?«

Sie versuchte, die Freude zu dämpfen, die sie erfasste. Auf keinen Fall konnte sie es sich leisten, einem Hirngespinst zu verfallen, aber sie weigerte sich auch, mit Gedanken an ihren nur vorübergehenden Aufenthalt zu verhindern, dass sie jede Minute genoss, die sie mit Reed hatte.

»Dann mach mir einen Platz in der Höhle fertig, denn ich muss nur noch ein paar Sachen erledigen und mache mich dann auf den Weg.«

Reed marschierte auf der Veranda auf und ab, als Grace die Auffahrt hinauffuhr. Die letzten zwei Stunden hatte er damit verbracht, alles für ihr Date vorzubereiten, und dass sie über Nacht blieb, würde das perfekte Ende für einen hoffentlich unglaublichen Abend bringen. Als sie ausstieg, hob er sie sofort hoch, drehte sie im Kreis und küsste sie gleichzeitig.

»Sag mir noch einmal, dass du bleibst«, bat er, doch noch bevor sie antworten konnte, küsste er sie noch einmal.

»Ich bleibe.«

»Ich habe wahrscheinlich mein ganzes Leben darauf gewartet, das von dir zu hören.« Er strich mit seinen Lippen über ihre und wusste, dass er in der Tat gewartet hatte, doch er wollte noch viel mehr als eine Nacht. »Morgen werde ich also tatsächlich mit dir in meinen Armen aufwachen?«

»So viele Morgen wie du möchtest, bis ich nach Hause fahre.«

Hin- und hergerissen war er zwischen Euphorie und Kummer, denn er wusste, dass ihre Beziehung befristet war. Oder zumindest eine Pause bevorstand. Ein Blick in ihre liebevollen Augen und die Euphorie gewann. Er setzte sie ab und führte sie zu seinem Pick-up.

»Wohin fahren wir?« Sie beeilte sich, um mit ihren Stöckelschuhen mithalten zu können.

»Wir bringen deine Sachen später hinein. Ich habe eine Überraschung für dich.« Er half ihr in den Pick-up. Als er auf der anderen Seite einstieg, rutschte sie zu ihm herüber. Diese simple Geste ließ sein Herz hüpfen. Er konnte es kaum abwarten, ihr die Neuigkeit zu verraten, dass der Kauf besiegelt war und der Vertrag für das Theater bald vorliegen würde, aber er hatte etwas Besonderes vorbereitet, um es ihr mitzuteilen.

Er fuhr zum Majestic, und als er den Wagen abstellte, sagte er: »Ich weiß, wie sehr du diesen Ort liebst, also dachte ich, wir sehen uns hier endlich mal einen Film an.« Er nahm die Kühltasche und den Rucksack, den er vorbereitet hatte, und führte sie durch das hohe Gras zu einer Decke und der Ausrüstung, die er hinter dem Gebäude aufgebaut hatte.

»Ist das ein Projektor? Sehen wir uns wirklich einen Film an?«

»Ganz genau. Der Projektor ist mit meinem Computer verbunden und wirft das Bild auf die Rückseite des Gebäudes. Beckett hat mir von diesen fantastischen Lautsprechern erzählt, mit denen wird es sein, als säßen wir in einem Open-Air-Kino.«

»Das wird *so* toll! Aber was ist, wenn man uns erwischt? Die Leute können die Lichter von der Straße aus sehen.«

Das Theater lag schräg zur Straße, sodass die hintere Seite nicht einsehbar war. Dort herumzuknutschen war nie ein Problem gewesen, aber sie hatte recht: Die Leute würden sicher bemerken, dass sie einen Film sahen. Das war ihm egal, solange er diesen besonderen Abend mit Grace verbringen konnte.

»Das ist schon okay. Der Eigentümer soll ein netter Typ sein.«

»Wenn du das sagst. Das Schlimmste, was passieren kann, ist wohl, dass uns jemand verjagt. Unglaublich, dass du all das hier aufgebaut hast. Seit wann bist du so ein Technikfreak?«

»Bin ich nicht. Beckett hat mir geholfen. Der Kerl kennt sich mit Computern so gut aus wie mit Zahlen.«

»Das überrascht mich nicht. Einen Großteil seines Geschäfts macht er online. Ich fasse es nicht, dass du deine Ausrüstung hier draußen gelassen hast. Die hätte jeder klauen können.«

Er kicherte. »Du bist nicht mehr in der Großstadt, mein Schatz. Niemand wird meinen Kram klauen.« Er hielt einen Zettel hoch, den er an den Projektor geklebt hatte: FASS MEINEN PROJEKTOR AN UND DU WIRST NIE MEHR LAUFEN KÖNNEN. ÜBERLEG ES DIR GUT. REED CROSS.

»Wer will sich schon mir dir anlegen?«, neckte sie ihn.

»Jedenfalls kein schlaues Kind, so viel ist sicher.« Er gab ihr einen Klaps auf den Hintern. »Setz dein hübsches Hinterteil auf die Decke und lass mich dir mit all meiner Grace-Date-Kompetenz den Hof machen.«

»Wie wortgewandt du bist.« Kichernd zog sie die Schuhe aus und setzte sich auf die Decke.

Mit den Augen verschlang er die aufblitzenden glatten Oberschenkel, die unter ihrem Rock sichtbar wurden, als sie die Beine seitlich anzog.

»Hey, Nimmersatt«, sagte sie, damit er seinen Blick auf ihre Augen richtete. »Kein Nachtisch vor dem Essen.«

Er beugte sich vor und küsste sie. »Wetten, ich kann dich umstimmen?«

»Hast du Schlagsahne dabei?«

Er fluchte leise, wenn auch nur aus Spaß. Er hatte nicht vor, sich gleich hier mit ihr auszuziehen. Als Jugendliche hatten sie sich kaum lang genug zurückhalten können, um sich die Klamotten vom Leib zu reißen, und abgesehen von dem Feld hinter dem Theater, dem Pick-up seines Onkels, Graces Auto oder den leer stehenden Häusern, in denen sein Onkel gearbeitet hatte, gab es nicht viele Orte, an denen sie damals hatten allein sein können. Das war jetzt kein Problem mehr, und er wollte nicht das Risiko eingehen, dass jemand sie in intimen Momenten überraschte.

»Schlagsahne habe ich nicht, aber ich war in Wishing Creek.

Wir feiern heute Abend.«

»Was feiern wir?«

Er gab ihr einen Burger und Pommes frites vom Creekside Diner, in dem sie früher immer gegessen hatten. »Das wirst du schon noch herausfinden.«

Sie schaute hinunter auf die verräterische Verpackung mit Bildern von Wishing Creek darauf. »Bacon Cheeseburger?«

»Was sonst?« Er griff in die Kühltasche und holte einen To-go-Becher hervor. »Und einen – mittlerweile wahrscheinlich suppigen – Schokolade-Vanille-Milkshake. Weißt du was? Ich habe doch Schlagsahne mitgebracht. Auf dem Shake war welche, aber die ist bestimmt schon geschmolzen. Ich weiß, dass du es wahrscheinlich gewohnt bist, fürstlich bewirtet zu werden, und ich habe mich abgerackert, um ein Restaurant hierher liefern zu lassen, aber –«

»Reed, das hier ist mehr als perfekt. Weißt du, was du bekommst, wenn du fürstlich bewirtet wirst? Aufrechte Haltung und jede Menge *Bitte* und *Danke*.« Sie packte ihn an seinem T-Shirt und zog ihn zu einem unbändig leidenschaftlichen Kuss heran. Als sich ihre Lippen voneinander lösten, lächelte sie sündhaft und sagte: »Und das bekommst du, wenn du das Romantischste auf Erden für mich machst. Ich liebe es, dass du dich daran erinnert hast, und ich liebe es, dass du mich nicht vergessen lässt, wer wir waren, wer ich war, denn weißt du was? All meine besten Erinnerungen sind auch hier entstanden.«

Fünfzehn

Reed und Grace saßen auf der Decke und aßen, als der Titel *Lady Henderson präsentiert* auf der Wand des Gebäudes erschien.

»Ich liebe diesen Film!«, stieß Grace hervor. »Hast du ihn schon mal gesehen?«

»Ja. Macht es dir etwas aus, ihn noch einmal zu sehen?« Der Film handelte von einer Frau, die ein altes heruntergekommenes Theater erbte, es als Varieté-Theater wiedereröffnete und damit Geschichte schrieb. Reed hatte sich schon gedacht, dass Grace den Film bereits kannte, da sie schon immer eine begeisterte Kinogängerin gewesen war. Aber es war der perfekte Film, um seine aufregende Neuigkeit zu verkünden.

»Überhaupt nicht. Er ist irrsinnig witzig.« Sie steckte sich eine Pommes in den Mund. »Mhm. Seit ich weggezogen bin, war ich nicht mehr im Creekside Diner. Die Pommes sind so salzig und köstlich.«

»Das versetzt mich direkt zurück in diese Sitzecken mit den Vinylpolstern, wo wir Pommes und Küsse genossen haben, als müssten wir uns nicht heimlich treffen.« Er beugte sich vor und holte sich einen salzigen Kuss ab. »Heimliche Treffen waren heiß, aber ...« Er küsste sie noch einmal, intensiver und länger. »Aber dich zu küssen, wann immer ich will, ist einfach unglaublich.«

»Feiern wir das? Dass wir uns nicht verstecken?«

»Nee.« Er biss von seinem Burger ab, als der Film begann. »Aber wenn dieses Theater meines wäre, würde ich dafür sorgen, dass Pommes angeboten werden, damit ich diese herrlichen salzigen Küsse von dir bekäme.«

Während sie den Film anschauten und aßen, kuschelten sie sich aneinander. Ab und zu mutmaßte Grace, was sie eigentlich feierten. »Dass wir uns seit einer Woche wiederhaben?«

»Nein, aber das ist eine Feier wert«, sagte er.

Etwas später tauchte eine Gruppe Jugendlicher aus Richtung Parkplatz auf.

»Hey«, rief einer der Jungs. »Was dagegen, wenn wir von der Wiese aus mitschauen?«

»Überhaupt nicht«, sagte Reed.

Sie gingen weiter in die Wiese hinein und verschwanden wieder in der Dunkelheit. Reed bemerkte, dass die vorbeifahrenden Autos langsamer wurden, und er nahm an, dass die Menschen darin sich wohl fragten, was da hinter dem Theater vor sich ging. Er und Roy hatten sich gemeinsam das Innere des Gebäudes angesehen, und Roy hatte ihn mit Geschichten aus seiner Jugend und der guten alten Zeit gefesselt, die er und Ella im Majestic erlebt hatten. Reed fragte sich unvermittelt, ob irgendwer von den Vorbeifahrenden schon lang genug hier lebte, um sich an die Zeit zu erinnern, als das Theater vor über fünfunddreißig Jahren noch in Betrieb gewesen war.

Kurze Zeit später schaute Grace zu ihm auf und sagte: »Dein Geburtstag ist es nicht, der ist im Oktober.«

Er küsste sie sanft. »Schön, dass du dich daran erinnerst.«

Sie sagte sehr lang nichts, und er wollte es ihr unbedingt

erzählen, aber es machte ihm auch Spaß, sie raten zu lassen.

Noch ein paar andere Leute schlenderten vorbei, manche fragten, ob sie sich dazugesellen durften, andere nahmen es einfach an. Reed machte es nichts aus. Die Leute hielten etwas Abstand, und er hatte alles, was ihm wichtig war, in seinen Armen. Die Welt hätte um sie herum explodieren können und er wäre immer noch der glücklichste Mensch auf Erden gewesen.

Grace aß ihre Pommes auf – vor ihrem Burger, so wie er es in Erinnerung hatte – und sagte: »Ich habe im Laufe der Jahre viel an dich gedacht, auch wenn ich versucht habe, es nicht zu tun. Du warst immer da.«

»Und werde es auch immer sein.«

Er stellte sein Getränk ab und setzte sich hinter sie, damit sie sich mit dem Rücken an seinen Oberkörper lehnen und er sie enger an sich drücken konnte. Sie kuschelte sich an ihn und in schweigender Harmonie sahen sie sich den Film an.

Als die Frau in dem Film herausfand, dass sie das Theater geerbt hatte, machte er noch eine Andeutung. »Witzig, wie manchen Leuten Theater in den Schoß fallen.«

»Mhm.«

Etwas später waren sie in den Film vertieft und lachten über eine Szene, als Reed das Lachen von jemand anderem hörte. Von mehreren anderen sogar. Er schaute zur Straße und entdeckte eine Schlange von Autos, die am Straßenrand parkten, und Menschen, die im Gras saßen.

Er schaute über die Schulter auf die Wiese hinter sich, von wo ein Pulk von Menschen den Film schaute. »Himmel, Grace. Guck dich mal um.«

Sie drehte sich um und sah an ihm vorbei. »Du meine Güte. Da sind bestimmt über fünfzig Leute. Wie kommt es, dass wir sie nicht gehört haben? Das ist fantastisch! Kannst du dir vorstellen, wie es wäre, wenn die dein Angebot für das Theater annehmen würden? Du könntest das hier …« Sie kniete sich hin und sah ihn mit großen Augen an. »Das ist es, oder? Feiern wir das? Wurde dein Angebot angenommen?«

Er lachte und zog sie zu einem Kuss an sich.

»Endlich, Kleines! Ich hab den ganzen Abend schon versucht, dir Hinweise zu geben.«

»Ach, du meine Güte! Reed! Das hier wird dir gehören? Stell dir mal vor, was du alles damit machen könntest! Open-Air-Kino, Aufführungen der Theatergruppe! Können wir reingehen? Ich war noch nie drinnen. Du warst schon mal da drin, oder? Musst du ja, wenn du ein Angebot abgegeben hast.«

Sie plapperte wie ein Wasserfall. Er sah, dass ihre Schwestern, ein paar der Jericho-Brüder und eine Handvoll anderer Leute näher kamen, aber er wollte Grace nicht bremsen.

»Wie konntest du das die ganze Zeit für dich behalten? Und ich kapiere keinen einzigen deiner Hinweise! Theater, die Leuten in den Schoß fallen!« Sie lachte. »Ich bin so schwer von Begriff. Ich war so in den Film und dich versunken, dass ich an so etwas überhaupt nicht gedacht habe.«

»Kaum zu glauben, dass ihr das hier organisiert und uns nicht einmal eingeladen habt«, sagte Sable.

Grace drehte sich ruckartig um und entdeckte die Freunde.

»Kumpel, was soll das?« Trace streckte die Arme mit den Handflächen nach oben aus. »Du hast hier draußen ein richtiges Kino laufen und all diese Leute aus Meadowside sind hier? Was sind wir denn? Aussätzige?«

»Nein, Mann«, erwiderte Reed. »Das hier war ein Date, das gesprengt wurde.«

Morgyn und Sable nahmen auf der Decke Platz. Sable

schnappte sich, was von Graces Milkshake noch übrig war, und sagte: »Herrlicher Abend für ein Date. Zum Glück wart ihr beiden nicht nackt. So ziemlich die ganze Abschlussklasse von Oak Falls ist hinter euch.«

»Ich habe Chet, Boyd und Janie auf dem Hügel gesehen«, ergänzte Morgyn. »Und Mom hat mir geschrieben und gefragt, ob ich etwas über einen Kinoabend beim Majestic wüsste.«

»Das ist es, Reed! Kinoabend beim Majestic! Das musst du machen!«, flehte Grace ihn an. »Stell dir das mal vor! Altmodische Popcorn-Automaten, Limonade … Du könntest Filme für Familien zeigen, romantische Komödien für Paare …«

»Hey, was meinst du damit, *er* könnte?«, hakte Brindle nach.

»Reed kauft das hier«, sagte Grace und schlug sich dann sofort die Hand vor den Mund. »Oh, war das ein Geheimnis?«

»Nein, Kleines, schon gut.« Er erklärte, dass gerade der Vertrag für das Grundstück bestätigt worden war und er das Geschäft in wenigen Wochen abschließen würde. »Wir haben einen langen Weg vor uns, um alles wieder instand zu setzen, aber von innen ist das Gebäude umwerfend und es hat eine Menge Potenzial.«

»Reed«, sagte Trace, »wenn du das hier kaufst, dann will Jeb bestimmt ein Angebot für einige Arbeiten abgeben.« Jeb war der Älteste von Traces Geschwistern, ein begabter Künstler, der mit Stein, Holz und Metall arbeitete und maßgefertigte Möbel herstellte und Antiquitäten restaurierte.

»Ich würde nicht direkt ein Angebot abgeben«, sagte Morgyn, »aber ich würde gern bei der Innenausstattung helfen. Ich könnte bei den Vorhängen, Polsterungen und was immer du sonst für notwendig hältst, behilflich sein. Bei so einem Projekt würde ich gern mitanpacken.«

»Danke, das ist großartig«, sagte Reed. »Vielen Dank für das Angebot. Und, Trace, ich werde mich sicher bei Jeb melden, wenn wir so weit sind.« Er zog Grace wieder an sich, als die anderen es sich bequem machten, um den Film anzusehen.

»Danke, dass du Nat geholfen hast«, sagte Brindle. »Sie hat mir die Änderungen gezeigt, und ich glaube, das Stück wird perfekt.«

»Sie ist wirklich talentiert und ein unglaublich nettes Mädel«, sagte Grace. »Du hast ihr wirklich etwas Gutes getan, Brin, und sie schwärmt von dir. Was immer du da auch machst, mach weiter damit. Ich habe ihr gesagt, wenn ich wieder in New York bin, werde ich sie per E-Mail betreuen.«

»Ich weiß«, sagte Brindle und kuschelte sich enger an Trace. »Sie hat jedem erzählt, wie sehr sie sich freut. Sie ist heute Abend auch hier.« Sie drehte sich herum und zeigte auf eine Gruppe Mädchen unter der Laterne. »Sie ist mit Phoenix und Lauryn hier, oder, wie ich die drei jetzt nenne, deinem Fanclub.«

»Ach, hör auf.« Grace schüttelte den Kopf.

Sie wandten ihre Aufmerksamkeit wieder dem Film zu, aber Reed war zu sehr von Grace eingenommen, um irgendetwas anderes als ihr Lächeln zu sehen, als sie ihm die Arme um den Hals schlang, sich eng an ihn schmiegte und nur für ihn hörbar flüsterte: »Sophie kommt Samstagnachmittag nach Hause und ihre Babyparty ist am Sonntagmorgen. Glaubst du, wir könnten versuchen, so etwas hier für sie und Brett zu machen? Die finden das sicher großartig. Brett ist ein Riesen-Kinofan. Und vielleicht könnten wir Roy und Ella einladen? Sie fänden das wahrscheinlich auch toll. Und wenn wir meine Familie nicht einladen, dann kommen sie wahrscheinlich trotzdem.« Sie lehnte sich zurück und sagte: »Ich bin sicher, am Ende sind sowieso alle hier.«

»Kleines, wir können machen, was immer du möchtest.«

»Am darauffolgenden Wochenende muss ich zurück nach New York«, sagte sie leise und die Traurigkeit in ihrer Stimme war unüberhörbar.

»Ich weiß. Wir machen es davor. Vielleicht an dem Wochenende, an dem du gehst, als Abschiedsparty. So haben alle die Möglichkeit, Tschüss zu sagen.«

»In Ordnung.« Einen kurzen Augenblick sagte sie nichts, lehnte nur ihren Kopf an seine Schulter. Dann drückte sie einen Kuss neben sein Ohr und sagte: »Ich habe das Gefühl, dass du das sehr oft von mir hören wirst, aber ich kann es nicht glauben, dass du das Theater kaufst. Du bist für immer der Eigentümer des Grundstücks, auf dem wir zum ersten Mal … du weißt schon.«

»Ich weiß, Kleines. Und wir werden unzählige weitere Erinnerungen schaffen, die genauso großartig sind. Genau jetzt in diesem Moment schaffen wir sie.« Er schaute gerade zu ihren Schwestern und ihren Freunden auf, als Graces Eltern mit großen Popcorntüten in der Hand und Amber mit Reno um das Gebäude herumkamen.

Gleichzeitig standen alle auf, um sie zu begrüßen.

Grace hielt Reeds Hand, wartete, bis sie dran waren und sagte zu ihm: »Tut mir leid, dass unser romantischer Abend zu einer Party wurde. Das wäre in der Großstadt nie passiert.«

»Ganz genau«, sagte ihre Mutter. »Das hier wäre in der Großstadt *niemals* passiert.«

Sechzehn

Beim Aufwachen spürte Grace Reeds Mund auf ihren Rippen. Mit den Fingern fuhr sie durch sein dichtes Haar, während die Erinnerung an ihren Abend zurückkamen. Lange nachdem der Film geendet hatte, waren sie noch mit Freunden und Familie dort geblieben, und sie hatte einige ihrer ehemaligen Schulkameraden getroffen. Die letzten Jahre waren ihre Besuche zu Hause immer sehr kurz ausgefallen, und wenn sie ihre Freunde nicht zufällig getroffen hatte, wenn sie mit ihren Schwestern unterwegs war, hatte sie sich selten mit ihnen unterhalten. Aber gestern Abend war Reed gern länger mit ihr geblieben und hatte sie plaudern lassen, solange sie wollte. Um fast zwei Uhr morgens waren sie nach Hause gekommen, und dann hatten sie sich geliebt, bis sie beide vollkommen erschöpft waren.

Reed knabberte an ihrem Bauch, und ihre Gedanken kehrten wieder zu dem Mann zurück, der sich gerade an ihrem Körper entlangküsste. Er hielt inne, um ihre Brüste zu liebkosen, und mit jedem Zungenschlag schoss die Hitze wie Pfeile bis in ihren Schoß. Als er sich über sie legte und mit den Ellbogen abstützte, kitzelten seine Brusthaare ihre Haut.

Sie lächelte zu ihm auf. »Es gefällt mir, mit dir

aufzuwachen.«

»Mir gefällt alles mit dir.«

Er küsste sie noch einmal, ein langer, süßer Kuss, der ihr Innerstes weich und ihn an ihrem Bauch hart werden ließ. Mit seinen Stoppeln strich er über ihre Wange, küsste und kratzte sie abwechselnd. Grace dachte an den Augenblick zurück, als sie ihn das erste Mal bei den Jerichos auf einem Pferd wiedergesehen hatte. Sie hatte sich so sehr bemüht, *nicht* das zu fühlen, was er in ihr ausgelöst hatte, und jetzt, als sein warmer Atem über ihre Haut strich, konnte sie sich nicht vorstellen, jemals wieder *nicht* so zu fühlen. Sorge schlich sich heran, als er ihrer beider Hände verschränkte und ihr liebevoll in die Augen schaute.

»Was geht in deinem schönen Kopf vor sich, Gracie?«

Da sie nicht über die Tatsache reden wollte, dass ihr Leben Hunderte Meilen entfernt stattfand, versuchte sie, ihn abzulenken. »Ich habe mich gefragt, ob du jemals ein Bettgestell kaufen wirst.«

»Möchtest du ein Bettgestell?«

»Das hier ist nicht mein Haus.«

Sein Blick verfinsterte sich. »Aber du liegst in meinem Bett.« Er küsste sie auf das Kinn. »Sollte ich mir Sorgen darüber machen, dass du an Bettgestelle denkst, während ich auf dir liege, und zwar nackt?«

»Nein«, sagte sie locker. »In Wirklichkeit habe ich mich gefragt, wann du deine Küche wohl fertig machst, damit du nicht immer auswärts essen musst.«

Sein Blick wurde stockdunkel, dann knabberte er an ihrer Unterlippe. »Ich esse gern auswärts.«

Ein leises Lachen entwich ihr und sie flüsterte: »Ich auch. Eigentlich habe ich auch nicht an die Küchengeräte gedacht.«

»Ach, du fängst schon an, mich zu belügen«, neckte er sie.

»Nur, die Wahrheit zu vermeiden. Ich dachte daran, wie sehr mir das hier gefällt.« Sie setzte sich auf, um ihn zu küssen, und mit schelmischem Blick zog er sich zurück.

»Das hier?« Er bewegte die Hüfte und drückte seine Erektion gegen sie.

»Ja, aber es ist noch größer.«

»Hey, pass auf!«

»Nicht größer als *das*. Mit dir zusammen zu sein, in deinen Armen einzuschlafen, mit deinen Küssen aufzuwachen. Es fühlt sich an, als sei es schon immer so gewesen. Das Leben ging weiter, als wir nicht zusammen waren, aber all das erscheint mir jetzt wie ein einziger kurzer Moment.« Auch wenn sie erst in zwei Wochen abreisen musste, so hing das Ende ihres Aufenthaltes doch wie ein Damoklesschwert über ihr und machte jeden gemeinsamen Augenblick mit ihm zu etwas Besonderem und jeden Augenblick mit ihrer Familie zu etwas Bedeutendem, so wie sie es nie empfunden hatte.

»Als ich bei meinen Eltern eintraf, habe ich mich gefragt, wie ich drei Wochen mit meinen chaotischen Schwestern aushalten sollte, und dann habe ich dich gesehen, und meine Welt stand Kopf. Aber meine Schwestern haben mich nicht wahnsinnig gemacht. Sie haben es mir ermöglicht, mehr von dem zu machen, was ich liebe, und sie haben mir Seiten an sich gezeigt, für die ich mir nie die Zeit genommen habe, sie wertzuschätzen. Und du und ich … Na ja, die zwei Wochen, die uns noch bleiben, scheinen mir nicht genug zu sein.«

»Weil sie es nicht sind. Nichts wird je genug sein, aber das soll es auch nicht. Liebe soll stärker werden, nicht einfacher.«

»Aber *das hier* werden wir nicht haben, Reed. Im Moment haben wir uns jeden Tag. Wir werden Freitag- und

Samstagabend haben und Samstag- und Sonntagmorgen. Aber ich muss in der Zeit auch etwas arbeiten und du sanierst das Theater. Du wirst hier sein müssen.«

»Wir finden einen Weg«, versprach er. »Was wir im Moment nur wissen müssen, ist, dass wir beide wollen, dass es funktioniert. Willst du das?«

»Ja, sehr.«

»Gut. Dann möchte ich dir noch eine wichtige Frage stellen. Glaubst du«, er küsste sie auf den Mundwinkel, »dass ich hier anfangen sollte?« Er küsste die andere Seite ihres Mundes. »Oder sollte ich bei deinen hübschen kleinen Zehen anfangen und mich über deine hinreißenden Beine ganz nach oben bis hin zu deinen Lippen vorarbeiten?«

Seine Verspieltheit ließ sie kichern. »Die zweite Option klingt verlockend, aber ich habe eine noch bessere Idee.« Sie drückte ihn an den Schultern von sich und er legte sich auf die Seite. Dann drehte sie sich so, dass ihre Beine bei seinem Kopf waren, und küsste sein Fußgelenk. »Wie wär's, wenn wir beide so anfangen und uns dann in der Mitte treffen?«

Mit den Fingern fuhr sie über seine kräftigen Waden, während sie seine Beine küsste und er das Gleiche bei ihr tat. Seine Lippen waren warm und weich, und seine Hände fest und beharrlich, als sie bei jedem Kuss ihre Fesseln und Waden drückten und himmlische Qualen verursachten. Sie versuchte, sich darauf zu konzentrieren, ihm ebenso viel Lust zu bereiten, als sie sich an seinen kräftigen Oberschenkeln hinaufküsste und -streichelte, während all ihre Sorgen schwanden. Dann war sein Mund auf ihrer Mitte, so fest wie seine Hände auf ihrem Hintern, die sie bei ihm hielten, während seine Zunge sie unfähig machte, irgendetwas anderes zu tun, als dort zu liegen und zu keuchen. Sie zwang sich, klar zu denken, und legte die

Hand um seine Härte, doch schon hatte er ihr Bein über seine Schulter gelegt und sein herrlicher Mund lag wieder auf ihr und ließ die Funken unter ihrer Haut sprühen. Seine Zunge tauchte in sie ein, während er sie mit einer Hand auf ihrem Hintern festhielt und mit der anderen ihre Mitte liebkoste. Ein langes, hingebungsvolles Stöhnen entwich ihrer Lunge.

Seine Hüfte bewegte sich im gleichen Rhythmus wie seine Zunge und lenkte ihre Aufmerksamkeit wieder auf seine kräftige, köstliche Länge. Sie glitt mit der Zunge über die empfindliche Eichel und folgte dem Schaft bis hin zum Ansatz.

»Oh verdammt, Kleines. Dein Mund macht mich fertig.«

Sie ließ seine Spitze in ihren Mund gleiten, und er legte seine Hand über ihre und drückte sie fest um seine Länge, während er immer wieder durch ihre Faust stieß. Mit jeder Bewegung seiner Hüfte tauchte seine Länge tiefer in ihren Mund ein, und schon war sie in der Lust verloren, streichelte und saugte besinnungslos. Seine Hand glitt weg, und sie verschlang und liebkoste ihn weiter, streichelte und nahm ihn, hatte das Gefühl, niemals genug von ihm zu bekommen. Er verschloss ihre Mitte mit dem Mund, saugte und neckte, während er zupackte und leckte. All ihre Kraft musste sie aufbringen, um sich ans Atmen zu erinnern, als er sie auf den Rücken legte. Sie versuchte, seine Länge in ihren Mund zu führen, doch er machte irgendetwas mit seinen Zähnen und der Zunge, dass die Hitze wie ein Blitzschlag durch ihren ganzen Körper fuhr. Ihre Hüfte zuckte, während seine Finger erkundeten, und sein gieriger Mund brachte ihre auf den Kopf gestellte Welt ins Schleudern.

Sie ballte die Fäuste in den Laken, ihre inneren Muskeln pulsierten so heftig, dass sie stöhnte. »Mehr. Hör nicht auf«, stieß sie hervor.

Mit den Zähnen berührte er sanft ihre Mitte, labte sich an ihr und ließ sie hoch, immer höher und an den Himmel schweben. Als ihr Innerstes zitterte und bebte, legte er sich auf sie, drückte ihre Hände auf das Bett und küsste sie gierig. Sein Mund war nass von ihrer Erregung, aber das war ihr egal, denn der Geschmack von Reed überragte alles, als er nur seine Spitze in ihr vergrub.

Er zog sich von dem Kuss zurück, sein Blick so intensiv wie liebevoll, als er so langsam in sie eindrang, dass sie fühlte, wie ihr Körper sich streckte, um ihn aufzunehmen, wie ihr Herz ihn willkommen hieß und ihre Seele ihn vergötterte.

Als er tief in ihr war, sagte er: »Du warst meine erste Liebe, Gracie, und ich weiß – egal, wo wir leben –, dass du meine einzige sein wirst.«

Später an diesem Morgen machte Reed Platz in seinem Schrank, damit Grace ihre Sachen verstauen konnte, und es bereitete ihm viel zu große Freude, ihr beim Einräumen zuzusehen. Nur mit größter Mühe schaffte er es, sie nicht zu bitten, hierher zurückzuziehen, hier *ein*zuziehen, doch er biss sich auf die Zunge.

Als sie sich fertigmachten, um zum Frühstück ins Stardust Café zu fahren, stand Grace mit einem Paar süßer Sandalen in der Hand im Flur und sah mit ihren Skinnyjeans und einem fliederfarbenen Top und mit ihrem zu einem Dutt hochgebundenen Haaren wunderhübsch aus. Einige dunkle Strähnen hatten sich schon gelöst und umrahmten verführerisch ihr Gesicht.

Reed umarmte sie von hinten. »Sollen wir nach dem Frühstück noch nach einem Bett Ausschau halten?«

Sie drehte sich um und legte ihm die Arme um den Hals, sodass die Sandalen über seine Schulter baumelten. »Du weißt, dass es mir egal ist, ob du ein Bettgestell hast oder nicht, oder?«

»So ein Großstadtmädel wie du braucht ordentliche Möbel.«

Sie gab ihm einen Klaps auf den Arm und beugte sich dann hinunter, um die Sandalen anzuziehen. »Brauche ich gar nicht.«

Er kicherte.

»Ich muss ein Geschenk für Sophies Babyparty besorgen. Können wir bei dem neuen Babyladen im Ort anhalten?«

»Klar.« Er öffnete die Haustür für sie und folgte ihr.

»Und ich sollte nachher wirklich noch eine Runde joggen. Kommst du mit?«

»Was hast du immer mit dem Trainieren? Du bist hinreißend.«

»Es hält mich gesund. Baut Stress ab.«

»Warum bist du gestresst?« Er zog sie wieder in seine Arme. Manche Menschen überlebten dank tiefer Atemzüge, er überlebte dank dieser Momente mit Grace.

»Bin ich im Moment eigentlich gar nicht. Das wurde mir auch gerade bewusst. Aber ich bin es gewohnt, ein paarmal pro Woche Sport zu treiben, und zwar nicht horizontal. Jeder hat so seine Stützen. Du arbeitest den ganzen Tag – und die Nacht – mit den Händen. Meine Arbeit ist geistig anspruchsvoll, und manchmal habe ich das Gefühl, ich muss diesem ganzen geistigen Chaos ein Ventil geben.«

»Verstehe, und ich gehe mit dir joggen, wann immer du willst. Aber es könnte vielleicht noch mehr Spaß machen, wandern zu gehen oder, keine Ahnung, Frisbee zu spielen oder so.«

»Das sind beides großartige Ideen!« Ihr Handy klingelte und sie zog es aus der Tasche. »Ahh! Apropos geistiges Chaos, das hier ist Arbeit. Tut mir leid, ich versuche, es kurz zu machen.« Sie ging die Verandatreppe hinunter, als sie das Gespräch annahm, und marschierte Richtung Pick-up. »Nein, Satchel. So funktioniert das nicht.« Sie hielt einen Finger in die Höhe, um Reed mitzuteilen, dass sie einen Moment brauchen würde, und entfernte sich dann etwas, während sie ernst weitersprach.

Reed schloss ab und setzte sich auf die Verandastufen. Zehn Minuten später wartete er immer noch. Er ging zum Fluss hinunter, damit sie sich nicht unter Druck gesetzt fühlte, und ließ sich im hohen Gras nieder, um dem raschelnden Laub und dem leisen Plätschern des Wassers zu lauschen. Die meisten Bäche rochen erdig und kräftig, aber die Bäche in Virginia hatten für sein Empfinden immer lieblicher gerochen als die in Michigan. Ebenso wie ihm die kleinen Orte freundlicher und die Luft frischer erschienen. Natürlich entsprach nichts davon der Wahrheit. Er war sich seiner Voreingenommenheit zugunsten seiner Heimat durchaus bewusst. Ihm hatten die Verbundenheit innerhalb des Ortes und die Leichtigkeit der Freundschaften gefehlt, als er in Michigan gewesen war. Sein Leben war ein einziges Rennen gewesen. Zuerst hatte er versucht, seinem Kummer zu entkommen, und später hatte er sich auf alles andere als auf die Leere in sich konzentriert. Alina zu verlieren, war eine Erleichterung gewesen, und obwohl der Verlust seiner Firma schmerzhaft gewesen war – aus heutiger Sicht war auch die Firma nur eine Maske gewesen, eine sichere Ablenkung von dem, was ihm in seinem Leben gefehlt hatte.

Er spürte Grace hinter sich, noch bevor er die Schritte im Gras hörte oder ihr süßes Parfum roch. Er stand auf und versuchte, ihren besorgten Gesichtsausdruck zu deuten, bevor er sie in die Arme schloss. »Wem muss ich in den Hintern treten?«

»So lässt sich das nicht lösen. Außerdem würde Satchel dich nur einmal ansehen und dann weglaufen.«

»Satchel? Was für ein Name ist das denn?«

»Eigentlich heißt er Samuel, aber Samuel ist nicht gerade ein Name für einen Künstler. Er macht das Casting und ist wunderbar. Aber der Hauptdarsteller in dem Stück ist anscheinend ein richtiger Hohlkopf. Er hat mit einer der Mitwirkenden angebändelt und dann wohl beschlossen, sich jedem Typen gegenüber, der sie auch nur anschaut, wie ein Arschloch zu benehmen. Was ist eigentlich mit den Männern los? Sobald sie Sex mit einer Frau hatten, glauben sie entweder, sie wäre ihr Eigentum, oder sie lassen sie fallen. Es gibt keinen Mittelweg.«

»Fragst du mich das wirklich? Glaubst du nicht, dass Frauen auch so sind?«

»Natürlich nicht.«

Er hob eine Augenbraue.

»Was ist? Ich bin nicht fies zu Frauen, die dich angucken, und glaub mir, fast jede Frau, die an dir vorbeigeht, mustert dich eingehend. Sogar meine Schwestern.«

»Und wie gehst du damit um? Sagst du etwa ›Ja, der ist heiß. Versuch dein Glück!‹?«

Sie stieß ihn mit der Schulter an. »Im Ernst?«

»Sag nicht, dass du mich nicht als dein Eigentum angesehen hast, nachdem wir miteinander geschlafen hatten«, scherzte er.

»Wir hatten noch nicht einmal mitein–«

»Schön, dass du mich verstehst.« Er gab ihr einen keuschen Kuss und legte den Arm um ihre Schulter, als sie zum Pick-up gingen. »Und was glaubt Satchel jetzt, was du aus vierhundert

Meilen Entfernung ausrichten kannst?«

»Er hält mich nur auf dem Laufenden. Theoretisch sollte das Team in der Lage sein, damit zurechtzukommen und das Chaos zu managen. Praktisch kann es so sein, als hütete man Bärenbabys, die eben manchmal nur auf die Bärenmama hören.«

»Sag einfach Bescheid, wenn du Rückendeckung brauchst.«

»Ich hab das im Griff. Aber von jetzt an engagiere ich nur kastrierte Männer und Frauen, die sich einverstanden erklären, Keuschheitsgürtel zu tragen.«

Zwanzig Minuten später betraten sie das Stardust Café. Jeder rote Vinylhocker an der Theke des zwanglosen Cafés im Retrostil war besetzt und die Sitzecken waren fast ebenso gut belegt.

»Kommt her und setzt euch an die Theke.« Winona Hanson, ein Rotschopf in den Vierzigern mit genug Power, um eine Dampflok anzutreiben, winkte sie heran. An eine braunhaarige Frau an der Theke gewandt, sagte sie: »Ali, würdest du mit Walter in der Sitzecke dort drüben Platz nehmen, bitte? Ich habe mit diesen Turteltauben ein Hühnchen zu rupfen.«

»Wir können uns dort in die Ecke setzen«, bot Grace an.

Winona verschränkte die Arme und richtete ihren grünäugigen Blick auf Grace. »Oh nein, das könnt ihr nicht.«

Die braunhaarige Frau glitt von dem Hocker, sodass ihr hochschwangerer Bauch sichtbar wurde, und warf die Arme um Grace. »Gracie! Ali Parker, erinnerst du dich an mich? Die Dicke Ali? Also, jetzt heiß ich Ali Larson. Ich hab dich ja seit Ewigkeiten nicht gesehen! Der ganze Ort spricht von euch beiden.«

»Ali!« Graces Stimmlage verriet ihre Überraschung. »Du

meine Güte, du siehst unglaublich aus! Und du bekommst ein Baby!«

»Danke. Vor zwei Jahren habe ich fast vierzig Kilo verloren, dank Wally.« Ali schaute den großen Mann neben sich verliebt an. »Wir haben uns bei einer Verkostung von Cupcakes kennengelernt. Er ist nämlich Bäcker. Dann haben wir angefangen, gemeinsam wandern zu gehen, und na ja …« Sie zuckte mit den Schultern. »Er hat mir einiges übers Maßhalten beigebracht und das alles.« Sie beugte sich vor und sagte: »Dann haben wir geheiratet und ich habe mit *unserem* kleinen Cupcake wieder zehn Kilo zugenommen.« Sie strich sich über den Bauch. »Unsere Kleine kommt schon in sechs Wochen.«

Grace strahlte sie herzlich an. »Ihr bekommt ein Mädchen? Ich freue mich ja so für euch. Wally, schön, dich kennenzulernen. Und dies ist mein Freund Reed Cross. Er ist in Meadowside aufgewachsen und gerade vor ein paar Monaten zurückgezogen.«

Als sie jünger waren, hätte Reed Grace so gern als seine Freundin vorgestellt. Und nun, da sie ihn ihren Freund nannte, berührte es ihn mehr, als es in seinem Alter der Fall sein sollte. Aber es bereitete ihm ein unglaubliches Glücksgefühl. Er gab Walter die Hand. »Schön, euch beide kennenzulernen.«

»Du bist derjenige, der das Theater kauft?«, fragte Walter.

»Stimmt. Die Gerüchteküche brodelt ja schon gewaltig.« Reed griff nach Graces Hand.

»Also gut, ihr Plappermäuler«, sagte Winona. »Es wird Zeit, dass ihr euch setzt. Ihr könnt euch ja mal bei einem Mittagessen länger austauschen.«

»Gute Idee! Das sollten wir bald mal machen«, sagte Ali und umarmte Grace noch einmal kurz. »Ich will alles über das Stück hören, das ihr plant.«

»Das Stück?«, fragte Grace.

»Ach, vielleicht habe ich mich da verhört. Du weißt schon, Schwangerschaftshirn und so«, sagte Ali. »Ich meinte, gehört zu haben, dass du hier im Ort ein Stück produzierst.«

»Oh nein. Ich veranstalte eine Schreibwerkstatt in Ambers Buchladen.«

»Komm, Liebling.« Walter legte eine Hand auf Alis Rücken. »Wir sollten uns setzen, bevor Winona sich weigert, dir noch mehr Gewürzgurken und Frischkäse zu bringen. War nett, euch kennenzulernen. Genießt euer Frühstück.«

»Ich hab die seltsamsten Gelüste«, sagte Ali noch, bevor sie zu ihrer Sitzecke gingen.

Reed und Grace setzten sich an die Theke. Winona stellte zwei Becher vor sie hin und schenkte mit einem Grinsen in ihrem Sommersprossengesicht Kaffee ein.

»Dann schieß mal los, Winona«, sagte Grace, während sie Sahne in ihren Kaffee goss. »Frag schon.«

»Keine Sorge, das werde ich.« Sie stellte die Kaffeekanne hinter sich ab.

Ein korpulenter tätowierter Kerl in der Küche stellte zwei Teller in die Durchreiche und rief: »Bestellung fertig!«

Winona brachte die Teller zu einem Gast am anderen Ende der Theke. Als sie zurückkam, beugte sie sich herüber und fragte leise: »Erzählt mir nur eines: Habt ihr all diese Jahre miteinander herumgemacht? Oder war das eine Highschoolaffäre und ihr seid erst jetzt wiedervereint?«

Grace blinzelte mehrmals und war ebenso überrascht wie Reed.

»Du wusstest von uns?«, flüsterte Grace. »Wussten es alle hier?«

»Sei nicht albern. Ich weiß es nur, weil meine Cousine Tami

im Creekside Diner arbeitet. Sie hat erwähnt, dass ihr zwei da vor einem Jahrzehnt als Teenager rumgeknutscht habt. Irgendjemand muss ja nach euch schauen.«

»Aber du hast nie etwas gesagt«, staunte Grace.

Winona zwinkerte ihr zu. »Und das werde ich auch jetzt nicht. Ich wollte nur wissen, ob es wahr ist. Aber ich sehe es euch an. Alle denken, ich kann keine Geheimnisse bewahren.« Sie beugte sich noch etwas weiter vor und flüsterte noch leiser: »Ihr habt das damals richtig gemacht, mit all diesen verrückten Rivalitäten da.«

»Danke, Winona.« Reed drückte Graces Hand. »Und um deine Frage zu beantworten: Nein, Grace und ich haben uns jetzt gerade wiedergefunden.«

Winonas Blick ging zwischen ihnen hin und her. Sie zückte den Stift, den sie hinterm Ohr klemmen hatte, und wedelte damit vor ihnen herum. »Und all die anderen Gerüchte? Ich habe gehört, ihr habt einen Kinoabend für den Ort organisiert und seid nicht einmal auf die Idee gekommen, meine Eltern einzuladen, die dich, Grace Montgomery, schon kennen, seit du nicht mehr als nur eine Hoffnung im Herzen deiner Mutter warst.«

Grace lächelte und schüttelte den Kopf. »Das war ein Date, das Reed für uns beide organisiert hat. Die Leute haben entdeckt, dass da ein Film lief, und haben spontan mitgeschaut.«

»Und Reed kauft das Theater?«, wollte sie wissen.

»Das mache ich. Und bevor du mir erzählen willst, was ich damit anstellen soll, mach dir keine Sorgen. Ich hab mir gestern Abend schon einiges anhören müssen. Scheint, als ob jeder hier ein Open-Air-Kino ebenso sehr will wie ein Theater.«

Winona nickte. »Und ob! Keiner will eine halbe Stunde zu

einem riesigen Kino-Komplex fahren, für das man *drinnen* ein Navi braucht. So, und jetzt möchte ich nur noch eines wissen, bevor ich eure Bestellung aufnehme und euch in Ruhe lasse.« Sie blickte Reed ernst an und sagte: »Tami hat mir erzählt, dass du in dem Diner Trübsal geblasen hast, nachdem ihr beiden diese geheime Geschichte beendet habt, von der wir nicht reden. Und dass du wochenlang nichts gegessen hast.« Sie fuchtelte vor Grace mit dem Stift herum. »Liebeskummer bei Teenagern ist das Schlimmste überhaupt.« Sie zeigte auf die Graffiti-Wand hinten im Café. »Ihr wisst, dass fast jeder Teenager, der je in Oak Falls gelebt hat, hier irgendwann mal gearbeitet hat, und unsere Lass-es-raus-Wand ist voll mit *Joanie liebt Johnny* und allen möglichen Herzschmerz-Geschichten. Das ist eine Sache, aber ich will nicht, dass hier jemand Trübsal bläst. Wenn ihr beide beschließt, dass sich eure Wege trennen, dann wird hier keiner allein rumsitzen und in einen Schokoshake starren, habt ihr verstanden?«

Reed musste lachen. »Laut und deutlich, Winona.« Er küsste Grace auf den Handrücken und sagte: »Aber wir sind keine Teenager mehr, die aufs College zusteuern.«

»Nein, es ist um ein Zehnfaches komplizierter«, sagte Winona. »Eure Herzen sind so miteinander verbunden, dass ihr euch einfach wiederfinden musstet, aber eure Leben sind jetzt Welten voneinander entfernt.«

»Hast du noch nie den Spruch gehört *Wo ein Wille ist, ist auch ein Weg?*«, fragte Reed.

»Klar hab ich das«, erwiderte Winona grinsend. »So kam es, dass ich Shayla allein großziehe. Mein Mann hatte den Willen und sein nichtsnutziges Flittchen hat einen Weg gefunden.« Sie richtete den Stift auf Reed und sagte: »Wenn du ihr so was antust, dann bekommst du es mit mir persönlich zu tun. Und nun«, sie strahlte ihre Gäste an, »was kann ich euch zum Frühstück bringen?«

Nach dem Frühstück machten sie sich auf die Suche nach einem Bettgestell und schlenderten durch das Möbelgeschäft im Einkaufszentrum. »Ich glaube nicht, dass ich jemals so nach Möbeln geschaut habe«, sagte Grace und blickte sich in dem fast leeren Geschäft um.

»Du meinst, Arm in Arm mit einem Typen, der ständig deinen Hintern begrapscht?« Reed zog sie an sich.

»Das und das Shoppen in einem realen Geschäft. Als ich aufs College kam, waren die Zimmer möbliert, und als ich eine eigene Wohnung bekam, habe ich online Möbel eingekauft. Es überrascht mich, dass solche Geschäfte sich halten können, wenn man doch von zu Hause aus einkaufen kann. Das ist alles so …«

»Langweilig?«

»Ja, absolut. Du hast so hart dafür gearbeitet, dass dein Haus etwas Besonderes ist, und es ist einfach zu hübsch für das hier. Diese Möbel würden es runterziehen. Der Laden, in dem wir die Sofas und das Esszimmer gekauft haben, hatte zumindest einzigartige Stücke. Aber hier fühlt sich nichts besonders an.«

»Du hast vollkommen recht. Das hier sind nicht wir, Grace. Lass uns gehen.« Er nahm ihre Hand und ging Richtung Ausgang. »Es gibt nur einen Ort, an dem wir nach einem Schlafzimmer gucken können, das meinen Mädels gerecht wird. Die ›Scheune‹.«

Sie blieb abrupt stehen. »Wie bitte? *Mädels?* Plural?«

»Ja, du und mein Haus, meine Painted Lady. Sie ist mein anderes Mädel.« Er drückte sie fest an sich und sagte: »Lies dir lieber noch ein bisschen was über viktorianische Häuser an, Kleines. Sonst brauchst du dein morgendliches Jogging nur wegen irgendwelcher Missverständnisse.«

»Ich glaube, wir müssen noch bei der Bibliothek vorbei.«

Sie fuhren hinaus zu Jeb Jerichos Laden. Jeb besaß ein paar Morgen Land, gerade weit genug von der Hauptstraße entfernt, um von einer ruhigen Lage zu profitieren, aber nah genug dran, um von Kunden gefunden zu werden. Er führte dort die »Scheune«, ein Möbelgeschäft in einer riesigen blauen, renovierten Scheune, mit dem Verkaufsraum im Erdgeschoss und seiner Wohnung im ersten Stock. Die Werkstatt befand sich in einem separaten Steinhaus, das ehemals als Kirche erbaut worden war.

»Ich verstehe nicht, warum wir nicht gleich daran gedacht haben, hierher zu kommen«, sagte Grace, als sie den breiten Weg hin zur Scheune gingen.

»Muss an dem ganzen wahnsinnigen Sex gelegen haben, gefolgt von einem vollen Magen.« Er zog sie zu einem köstlichen Kuss an sich. »Du machst mich ganz benommen, Schatz.«

»Seltsam, du machst mich glücklich.«

Sie schmiegte sich an ihn, als sie die Granitstufen hinaufgingen. An der Scheunentür war ein Hinweis angebracht: BIN IN DER WERKSTATT – mit einem Pfeil, der auf das alte Kirchengebäude zeigte.

Die Werkstatt war vom Boden bis zur Decke aus Stein gebaut, mit Ausnahme von einigen wenigen bunten Kirchenfenstern auf beiden Seiten und an der oberen hinteren

Wand, an der sich einst der Altar befunden haben musste. Auf mehreren großen Werkbänken standen Möbel in unterschiedlichen Stadien der Fertigung. Metallregale mit Werkzeug säumten die Seitenwände, und eine Art Kamin oder Brennofen war in die hintere Wand integriert worden, direkt neben einer riesigen Doppeltür. Jeb – in kompletter Schutzkleidung – schweißte gerade zwei Metallstücke zusammen. Als er sie sah, stellte er sein Schweißgerät ab und nahm den Helm herunter.

»Hey, Leute. Wie geht's?«, fragte er, während er die Handschuhe und auch gleich seinen Schutzanzug auszog. »Wie ich höre, fallen bei dem alten Theater ein paar Arbeiten an.«

In einer verblichenen Jeans und einem blauen T-Shirt mit der Aufschrift COWS WON'T MILK THEMSELVES kam er auf sie zu. Als Sohn von Farmern war Jeb immer stolz auf seine Wurzeln gewesen. Er griff nach einer Baseballkappe und setzte sie auf. Er hatte kleine, schlaue Augen, bei denen Grace immer das Gefühl hatte, dass sie weit mehr sahen, als den anderen lieb war. Diese aufmerksamen Augen richteten sich nun auf sie beide. Jeb, knapp über dreißig, war groß und im Ort für seine künstlerische Ader und sein überfürsorgliches Wesen bekannt. Mit Jeb und ihren anderen Brüdern als Aufpasser hatte die arme Trixie es nicht leicht mit ihren Dates.

»Ganz genau«, sagte Reed. »Ich habe erst gestern erfahren, dass der Kauf zustande kommt, und muss das noch verdauen.«

»Das ist ein Wahnsinnsgebäude. Ich hätte es gekauft, wenn ich das Geld hätte, aber das geht über meine Verhältnisse. An dem Projekt würde ich aber gern mitarbeiten.«

»Geht klar«, sagte Reed. »Wir verabreden uns mal und schauen uns das zusammen an. Jetzt könntest du uns vielleicht mit einem Bettgestell helfen.«

Jeb lächelte und sofort wurden seine kantigen Gesichtszüge weicher. »Sicher. Freut mich, dass die Gerüchte über euch beide stimmen. Was schwebt euch vor?«

Der schelmische Blick in Reeds Augen, als er »Etwas Stabiles« antwortete, sagte Grace genau, in welche Richtung die Unterhaltung driftete. Sie zog einmal kräftig an seiner Hand und er drückte sie lachend an sich.

»Sollte ein Witz sein«, sagte Reed. »Na ja, eigentlich nicht, aber du weißt schon …«

Nach etlichen anzüglichen Bemerkungen und entsprechend viel Gelächter hatten sie einen Vertrag für ein maßgefertigtes Gestell aus Holz und Eisen in der Hand. Sie schauten sich noch etwas im Geschäft um und entschieden sich für zwei einzigartige Nachttische, bevor sie zurück in den Ort fuhren, um ein Geschenk für Sophies Baby zu kaufen.

»Kaum zu glauben, dass Sophie geheiratet hat und ein Baby bekommt«, sagte Reed, während sie sich Babyspielsachen anschauten. »Magst du ihren Mann?«

»Brett ist großartig und er liebt Soph wahnsinnig. Er ist aus New York. Dass er ihr hier ein Haus gebaut hat und die ganzen drei Monate ihres Mutterschaftsurlaubs mit ihr hier verbringt, sagt wohl alles.«

»Ich freue mich, dass sie einen netten Kerl gefunden hat.« Reed las die Beschreibung auf einem Spielzeugkarton durch. »Guck mal hier. Das ist ein Activity-Center, und hier steht, dass es nicht nur die Entwicklung der Fein- und Grobmotorik unterstützt, sondern dass das Musikmobile auch noch die Problemlösekompetenz des Babys fördert und es zu einem kleinen Einstein macht. Echt jetzt?« Er zeigte ihr den Karton. »Wer denkt daran, die Problemlösekompetenz des Babys zu fördern?«

Grace las sich Erklärungen mehrerer anderer Spielzeuge durch. »Überall steht so etwas. Jedes Spielzeug soll dein Kind schlauer machen. Und ich wollte etwas Weiches und Kuscheliges haben.«

»Oh nein, weich und kuschelig geht gar nicht, wenn es doch so was hier gibt.« Er griff nach einem Musikspielzeug und las. »Das hier ›führt Ihren kleinen zukünftigen Maestro in die klassische Musik ein‹.« Er stellte den Karton weg und nahm einen anderen. »Das hier lehrt dich alles über Ursache und Wirkung.« Er betrachtete noch einen Karton. »Und das bringt dir bei, Tiere zu benennen.«

»Alle Babyspielzeuge helfen den Kleinen beim Lernen.« Grace entdeckte einen Plüschhund und ließ das samtene Ohr über ihre Wange streichen. »Fühl mal.« Sie strich über seinen Arm. »Der bringt ihnen bei, wie wichtig das Kuscheln ist.«

»Wir brauchen Bettlaken aus dem Material.« Er hob vielsagend die Augenbrauen. »Aber mal im Ernst, Grace. Wir hatten Stöcke und Steine, und aus uns ist auch etwas geworden.«

»Ich weiß noch, dass ich aus Pappbechern Sachen gebastelt habe und Töpfe und Kochlöffel von meiner Mom benutzt habe, um mit meinen Geschwistern Musik zu machen.«

»Ich muss Ella anrufen. Sie hat mich ganz offensichtlich falsch großgezogen. Wahrscheinlich wäre ich jetzt so begabt wie Mozart oder so brillant wie Galileo, wenn ich nur diese Spielzeuge gehabt hätte.«

»Es ist egal, welches Spielzeug man Babys gibt«, sagte sie. »Sie mögen sowieso immer den Karton am liebsten.«

»Alles, was kleine Kinder brauchen, ist Liebe. Dass man sie in den Arm nimmt und mit ihnen redet, damit sie wissen, dass sie gewollt sind.«

Graces Herz zog sich zusammen. Dachte er an seinen Vater? Oder daran, dass er nie von seiner Mutter in den Arm genommen worden war? Sie wollte ihn fragen, aber falls er nicht an diese Dinge dachte, wollte sie ihn nicht traurig stimmen, also behielt sie diese Gedanken für sich.

»Aber wenn das Kind älter ist, bekommt es einen Kreisel«, meinte er grinsend. »Diese Dinger kriegt man nur selten dazu, sich zu drehen, und wenn doch, dann hören sie auf, bevor man jemanden herbeirufen kann. Das ist dann eine Lektion in Sachen Frusttoleranz und Selbstbeherrschung. Ich weiß noch, dass ich diese Dinger an die Wand knallen wollte.«

»Ich weiß noch, dass ich meine Geschwister an die Wand knallen wollte«, scherzte sie.

»Ja, aber du liebst sie. Das steht dir ins Gesicht geschrieben.«

»Du glaubst, du kannst mich lesen?« Sie zwang sich zu einem ernsten Gesichtsausdruck. »Was denke ich gerade?«

Er legte die Hand auf ihren Hintern. »Du verdorbenes Mädchen. Das können wir doch hier nicht machen.«

»Typisch Mann.«

»*Dein* Mann, und umso schneller wir ein Geschenk kaufen, umso eher können wir all die verdorbenen Dinge tun, die dir gerade durch den Kopf gehen. Wobei wird Sophies Baby Hilfe brauchen? Sie ist ziemlich schlau, oder? Ist Brett auch schlau? Kreativ?«

»Er ist unglaublich schlau, und was seine Kreativität betrifft, da weiß ich nur, dass Sophie immer zufrieden und nie gelangweilt ist.« Sie fuhr mit dem Finger über seinen Brustkorb und sagte: »Also sollten wir ihrem Baby vielleicht etwas kaufen, das es mehr als ein paar Minuten beschäftigt, damit sie Bretts *Kreativität* genießen kann.«

»Guter Gedanke.« Er zeigte auf die Auslagen. »Dann durchforsten wir die Regale, bis wir einen Karton finden, auf dem steht, dass es das Baby stundenlang beschäftigt, damit Mommy und Daddy ihre eigene Spielzeit genießen können.«

Mit zwei Taschen voller Geschenke verließen sie das Geschäft und lachten immer noch darüber, dass Sophies Baby kreativ und schlau werden würde und dass Grace und Reed einiges verpasst hatten, weil sie ohne teures Spielzeug aufgewachsen und daher keine Genies geworden waren.

»Mit all diesen zeitaufwändigen, klug machenden Geschenken« – er hob die Taschen in die Höhe – »ist Sophie mit Baby Nummer zwei beschäftigt, bevor du dich versiehst.«

Während er die Taschen hinter die Vordersitze des Pick-ups stellte, holte Grace das Geschenk hervor, das sie heimlich gekauft hatte, während er mit der Verkäuferin geredet hatte. »Ich habe dir etwas Kleines gekauft. Ich möchte, dass auch all deine Träume wahr werden.« Sie gab ihm das Spielzeugklavier. »Jetzt kannst du üben und so musikalisch wie Mozart werden.«

Mit einem Staunen im Gesicht zog er sie in seine Arme. Seine Lippen strichen über ihre wie der Wind, immer wieder, bis sie vor Erwartung eines richtigen Kusses kaum noch atmen konnte.

»Danke«, sagte er leise.

Seine Hand lag warm auf ihrem Hals, als er ihre Lippen mit seinen streichelte, sie meisterhaft reizte und hinhielt. Er wusste ganz genau, wie er das Begehren in ihrem Körper steigern und ihren Geist der vollkommenen Hingabe entgegentreiben konnte. Er drückte sie gegen den Pick-up, neckte sie mit Versprechungen, die er gegen ihre Lippen flüsterte. Ihr Herz schlug wie wild. Sie war *so nah* dran, um einen richtigen Kuss zu betteln, als sein Mund den ihren endlich fordernd und besitzergreifend bedeckte. Lust schoss durch sie hindurch, als sie die Hände in seine Gesäßtaschen steckte, seinen kräftigen Körper an sich drückte und sich ihrer beider Leidenschaft hingab. Ihre Knie wurden weich und er ließ langsam von ihr ab.

»Ich liebe dich, Gracie«, sagte er zärtlich und hinterließ eine Spur von Küssen auf ihrer Wange. Er schaute auf das Klavier, das er noch in der Hand hielt, und sagte: »Du wirst eines Tages eine wunderbare Mom werden.«

Eines Tages …

Sorge flackerte kurz in ihr auf. Ihre Leben fanden wirklich Hunderte Meilen voneinander entfernt statt. Die gemeinsame Zeit jetzt war ein Geschenk. Ja, sie war es allmählich satt, mit arroganten Schauspielern umgehen und die Katastrophen bei der Produktion ausbügeln zu müssen, und sie wollte mehr Zeit zum Schreiben haben. Aber sie war nicht bereit, alles aufzugeben. Sie kannte Reed gut genug, um sich darüber im Klaren zu sein, dass er eines Tages Kinder haben wollte. Er hatte so viel Liebe zu geben. Schon immer. Wie sollte das funktionieren, wenn sie hin- und herpendelten?

Sie dachte viel zu weit, und als er eine Strähne wegschob, die ihr vor die Augen gefallen war, und sein jungenhaftes Lächeln zeigte, verdrängte sie diese Sorgen und schwor sich, keine einzige Sekunde der gemeinsamen Zeit mehr durch weitere sorgenvolle Gedanken zu vergeuden.

»Möchtest du Kinder haben, Grace? Oder ist dein Leben zu voll für sie?«

»Eines Tages«, antwortete sie ehrlich.

»Eines Tages«, flüsterte er. Dann lauter: »Eines Tages hört sich gut an.«

Siebzehn

Reed fand das, was er suchte, am Sonntagmorgen auf dem Dachboden, von wo aus er einen Moment lang aus dem Fenster hinaus zu Graces Auto auf der Auffahrt sah. Ihre Leben hatten sich nahtlos miteinander verwoben. Am Abend zuvor hatten sie im Park Frisbee gespielt und waren dann in den Ort spaziert. Dort hatten sie zufällig Sable und Amber getroffen, die auf dem Weg in die Pizzeria waren und denen sie dann beim Essen Gesellschaft geleistet hatten. Grace hatte so viel mit ihren Schwestern gelacht, dass sie ihm wie ein anderer Mensch vorkam als die Frau, die er an dem ersten Abend auf der Party am Fluss gesehen hatte. Nachdem sie nach Hause gekommen waren, hatten sie eine Decke auf den Rasen geworfen und in die Sterne geguckt, sich geküsst und geredet, bis sie beide zu müde zum Denken wurden und schließlich nach oben ins Bett gegangen waren. All die Monate hatte es sich in seinem Haus angefühlt, als ob etwas fehlte, und jetzt wusste er genau, was das war. *Grace.* Sie hatten dieses Haus vor all den Jahren schon geliebt, und so wie er sie nie vergessen hatte, hatte er auch diese Erinnerungen nur vergraben. Sie waren ein Teil von ihm, so wie das Blut, das durch seine Adern rann.

Er ging zu dem Fenster auf der gegenüberliegenden Seite des

Zimmers und sah zum Fluss hinaus, in Gedanken bei dem Spaziergang, den sie früher am Morgen gemacht hatten und bei dem sie über die Vergangenheit gesprochen und von der Zukunft geträumt hatten. Sie waren nach Hause gekommen, hatten gemeinsam geduscht und waren dann hinaus auf die Veranda gegangen, wo er an seinen Plänen für das Theater gearbeitet und Grace einige Skripte bearbeitet hatte. Jetzt stellte er sich in die Tür und beobachtete sie. Entspannt sah sie aus in ihren Shorts und dem T-Shirt, während sie in ihrem Notizblock schrieb. Es war der perfekte Start in einen schönen sonnigen Tag und Reed wollte mehr. Noch mehr sexy Nächte und liebevolle Morgen, mehr von einer entspannten Grace, die sich selbst fand. Mehr Tage, an denen er ihre Hand hielt, und mehr Nächte, in denen er sich noch verrückter, leidenschaftlicher verliebte.

Mit seiner Überraschung hinter dem Rücken versteckt setzte er sich zu ihr auf das Sofa und legte einen Arm um sie. Mit einem süßen Lächeln sah sie zu ihm auf, während sie sich den Notizblock auf den Schoß legte.

»Es ist herrlich, hier zu schreiben.« Sie versenkte die Hand in einer M&M's-Tüte und steckte sich einige in dem Mund.

»Hast du ein gutes Theaterstück gefunden?«

»Nein, ich habe vor einiger Zeit aufgehört zu suchen. Als wir gestern Abend im Park Frisbee gespielt haben, hatte ich eine Idee für eine Geschichte. Ich dachte mir, ich mache mir ein paar Notizen, damit ich es nicht vergessen, und jetzt sieh mal, wie viel ich geschrieben habe.« Sie drehte den Block zu ihm um und blätterte darin.

»Das ist einer der Vorteile von Frisbee gegenüber Jogging.«

»Gestern Abend hatte ich so viel Spaß wie schon lange nicht mehr. Es ist inspirierend. Diese Geschichte hat schon ein

Eigenleben entwickelt, und das beweist, dass ich wirklich mehr nach draußen muss. Sonnenschein und *Reed* sorgen eindeutig für Inspiration.« Sie kuschelte sich enger an ihn.

»Als wir jünger waren, haben wir so viel Zeit draußen verbracht, da kann ich es mir gar nicht vorstellen, dass du dein Leben anders verbringst. Deshalb kam mir die Bemerkung über das Fitnessstudio wahrscheinlich so seltsam vor. Und ich habe genau das Richtige, um dich dazu zu bewegen, nach draußen zu gehen, wenn du in New York bist. Gib mir dein T-Shirt.«

Sie lachte. »Du glaubst also, dass Sex mich daran erinnern wird, öfter nach draußen zu gehen?«

Er schüttelte den Kopf und hob den Saum ihres T-Shirts an. »Schließ die Augen und lass sie zu.«

Er zog ihr das T-Shirt aus, stülpte sein Football-Trikot von der Highschool über ihren Kopf und führte ihre Hände durch die Ärmel. »Gut, Kleines, jetzt mach die Augen auf.«

Sie schaute an sich herunter und kreischte auf. »Dein Trikot!« Sie schlang die Arme um ihn. »Das trage ich heute, und es ist mir egal, was wir machen oder wohin wir gehen. Eigentlich muss das von jetzt an mein Sonntagsshirt werden. Kann ich es behalten?«

»Natürlich, Kleines. Es ist deins.«

»Ich kann kaum glauben, dass es *mir* gehört, nach all den Jahren.«

»Ebenso wie ich.« Langsam senkte er seine Lippen auf ihre, und er spürte ihr Lächeln, während er sie küsste.

»Ich habe eine großartige Idee!«

»Du ziehst deine Cheerleader-Uniform an und ich sorge für den Touchdown?«

Sie lachte und setzte sich rittlings auf seinen Schoß. »Das hatte ich nicht im Sinn, aber ... ich wette, meine Mom hat die

Uniform irgendwo in einem Karton aufbewahrt.«

»Habe ich dir in letzter Zeit schon mal gesagt, wie toll deine Mutter ist?« Er küsste ihre lächelnden Lippen.

»Wenn wir das mit der Fernbeziehung machen, dann lass uns wie meine Eltern sonntags nicht arbeiten. Sie haben nie sonntags gearbeitet. Sie kümmern sich natürlich um die Tiere, aber sie arbeiten nie wirklich. Das ist immer ein Familientag für uns gewesen.«

»Die Idee gefällt mir, aber ich dachte, du hättest auch an manchen Wochenenden mit deinen Produktionen zu tun.«

»Stimmt, aber das ist normalerweise nur am Anfang so. Wenn die Produktion erst einmal läuft, kümmere ich mich schon um die Auswahl und die Vorbereitungen für die nächste, aber da ist der Sonntag nicht zwingend nötig. So hat es sich wohl einfach nur ergeben.« Sie fuhr mit dem Finger an seinem Kiefer entlang und sagte: »Ich hatte nie einen Grund, nicht sonntags zu arbeiten, aber den habe ich jetzt, und ich möchte Tage wie diesen nicht verpassen.«

»Das hört sich perfekt an. Auf der ganzen Welt gibt es kein Gebäude, an dem ich lieber arbeiten würde, als mit dir Zeit zu verbringen.«

»Apropos Gebäude, glaubst du, wir könnten uns das Theater von innen anschauen, bevor ich abreise? Ich muss immer daran denken.«

»Sicher, ich möchte es dir unbedingt zeigen. Ich werde etwas mit Meggie Tipster, meiner Maklerin, vereinbaren.«

»Du arbeitest mit Megafon-Meggie?« Ihr Lächeln wurde noch strahlender. »Sie war in meinem Cheerleader-Team. Sie konnte lauter anfeuern als alle anderen. Ich habe sie ewig nicht gesehen. Ist sie immer noch so ein zierliches Püppchen?«

Er schüttelte den Kopf. »Ich würde sie nicht gerade als

zierlich bezeichnen. Also, sie hat eine gute Figur, aber nichts von einem Püppchen, und sie ist immer noch so laut wie ein Megafon. Sie war bisher großartig, wirklich professionell.«

Das Geräusch eines Autos erregte ihre Aufmerksamkeit.

»Erwartest du jemanden?«, fragte Grace, als sie aufstanden.

»Nein«, sagte er, bevor sie hineingingen und sich auf den Weg nach unten machten. Er machte gerade die Haustür auf, als Nana, Hellie, Janie und Janies Assistenzhund aus dem Auto stiegen. Einen Augenblick später kletterten noch zwei jüngere Mädchen von der Rückbank. Nana trug eine große, dunkle Sonnenbrille. Sie straffte die Schultern und sah die anderen an, als wäre sie die Anführerin. Hellie strich ihre dunkle Tunika über der Hüfte glatt. Ihr bunter Rock wehte ihr um die Beine, als sie und Nana die anderen entschlossen Richtung Veranda führten.

»Was machen die denn hier?« Grace ging die Stufen der Veranda hinunter und knotete gleichzeitig den Saum des Trikots über ihrer Hüfte zusammen.

»Siehste«, sagte Nana und warf Hellie einen Blick zu. »Ich hab dir doch gesagt, die sind am Rummachen.«

Reed musste lachen.

»Wir sind nicht am *Rummachen*«, erwiderte Grace scharf. »Woher wusstet ihr überhaupt, wo ich bin?«

Sie sah in seinem Trikot so verdammt süß aus, dass er am liebsten … *Warum auch nicht?* Er holte sein Handy aus der Tasche und machte ein Foto von ihr.

»Nach dem Kinoabend beim Majestic?« Nana winkte ab. »Als wenn du irgendwo anders sein würdest.« Sie beugte sich noch einmal ins Auto.

Eines der Mädchen, eine Rothaarige, sagte: »Tut mir leid, wenn wir stören. Wir haben versucht anzurufen.«

»Schon gut«, sagte Grace. »Reed, das hier ist Lauryn.«

Das Mädchen lächelte scheu.

»Und dies ist Phoenix.« Grace deutete auf das andere Mädchen, das ihm zuwinkte.

»Freut mich, euch beide kennenzulernen.«

»Wenn Grace ans Telefon gegangen wäre, hätten wir euer Stelldichein nicht stören müssen.« Nana gab Reed eine Tüte. »Wir haben Frühstück gekauft, denn jeder weiß ja, dass du keine funktionierende Küche hast.«

»Wieso weiß das *jeder*?«

»Ist doch egal, wieso«, meinte Nana mit einem Seufzer. »Sag einfach danke.«

»Danke.« Er schaute sich die Frischhaltedosen in der Tüte an. »Habt ihr uns Frühstück *gemacht*?«

»Wir haben bei der Arbeit gebacken«, sagte Lauryn. »Nana und Hellie haben mir und Phoenix beigebracht, wie man Maisbrot und Zimtschnecken macht.«

»Die jungen Leute von heute sind so mit ihren Handys und Facebook beschäftigt, dass sie die grundlegenden Dinge fürs Leben nicht mehr lernen«, sagte Hellie.

»Wir sind hier, weil wir einfach so aufgeregt sind. Wir konnten es nicht abwarten, Grace unsere Neuigkeit mitzuteilen«, erklärte Janie.

»Neuigkeit?« Grace drehte sich zu Reed um und sagte: »Tut mir leid.«

Amüsiert von der ganzen Situation sagte er: »Schon in Ordnung. So haben wir jetzt sogar Frühstück.«

»Wir haben unser Stück fertiggeschrieben!«, platzte es aus Phoenix heraus.

Hellie gab Grace einen Ordner. »Es ist sogar noch besser geworden, als wir dachten.«

Grace klappte den Ordner auf und schaute die Unterlagen durch. »Ihr habt das *ganze* Stück fertiggeschrieben? Da habt ihr ja den ganzen Tag und die Nacht durchgearbeitet.«

»Ganz genau. Wir haben praktisch eine Pyjamaparty daraus gemacht. Bis Mitternacht haben wir gearbeitet und dann gleich wieder ab Sonnenaufgang. Und jetzt sind wir hier und wollen unser Meisterwerk zu einem Theaterstück machen.« Nana hob das Kinn und fügte hinzu: »Und *du* wirst es produzieren.«

Grace lächelte und sah das Skript durch. Ohne den Blick abzuwenden, sagte sie: »Mhm. Sicher. Das hier ist *richtig* gut, Leute.«

»Ich habe versucht, es mit dem Sexuell-Aufpeppen nicht zu übertreiben«, sagte Janie, »trotz Nanas Aufforderung.«

Nana warf die Hände in die Luft. »Was habt ihr jungen Leute immer für Komplexe mit euren Körpern? Sex gehört genauso zur Liebe wie Kompromisse und dieses mulmige Gefühl im Magen. Das geht alles Hand in Hand. Und, Janie, ich hab dich und Boyd neulich Abend beim Eisladen herumknutschen gesehen. Sag mir nicht, dass du es nicht liebst, diesen Kerl anzufassen.«

Lauryn kicherte.

»Ja, aber ich würde das nicht auf einer Bühne machen«, erwiderte Janie.

Nana brummelte etwas, das Reed nicht hören konnte, und dann sagte sie: »Kommen wir zur Sache. Grace, kannst du die Produktion für uns übernehmen?«

Grace zog die Stirn in Falten. »Na ja, ich bin keine zwei Wochen mehr hier, aber wir hätten Zeit, um das Skript durchzuarbeiten und es zu optimieren. Wir könnten überlegen, es als Gemeindetheater aufzuziehen, wenn ich über die Weihnachtsfeiertage wiederkomme. Habt ihr Freunde, die eventuell mitspielen würden? Und was ist mit dem Veranstaltungsort? Wollt ihr es in einem eurer Gärten machen oder so? Wir brauchen Material für die Bühnenbilder und Requisiten, und –«

»*Weihnachten?*« Nana schüttelte den Kopf. »Oh nein, das geht nicht. Wir sind so weit, dass wir es jetzt machen können, und das hier ist kein Theaterstück für einen *Garten*.«

»Diese Geschichte verdient eine größere Bühne. Ein großes Publikum«, pflichtete Hellie bei. »Und es ist kein Theaterstück für den Winter. Es ist eine Sommergeschichte. Es muss wirklich im Sommer stattfinden, egal wo.«

»Wie wäre es mit nächstem Sommer? Wird das Majestic bis dahin fertig sein?«, fragte Grace Reed.

»Das ist ein riesiges Projekt«, sagte er. »Ein Jahr könnte reichen, aber das ist schwer zu sagen, bevor wir angefangen haben.«

»Das ist so lange hin. Wir wollen nicht ein Jahr lang warten«, sagte Phoenix. »Können wir es nicht machen, bevor du abreist, Grace?«

Grace sah sie mitfühlend an, als sie den Ordner zuklappte. »Ich wünschte, das wäre möglich, aber Produktionen brauchen viel Zeit. Sogar Grundschüler haben mehrere Wochen für die Vorbereitung. Die Schauspieler müssen ausgewählt werden und sie müssen ihren Text lernen. Ihr wisst, dass das nicht über Nacht passiert. Und wenn ihr einen Veranstaltungsort suchen wollt …« Ihre Augen blitzten auf. »Was ist mit der Scheune der Jerichos?« Vor Aufregung überschlug sich ihre Stimme. »Oder vielleicht das Gemeindezentrum No Limitz? Ich könnte Haylie fragen. Dort gibt es einen tollen Saal. Oder die Aula in der Highschool? Brindle könnte da vielleicht etwas arrangieren.«

»Das Gemeindezentrum!« Lauryn klatschte in die Hände.

»Das ist eine tolle Idee. Die haben viele Räume.«

»Mir gefällt die Scheune«, sagte Janie. »Die Geschichte spielt in einem Dorf. Und was ist mehr Dorf als eine Scheune?«

»Ich finde die Scheune auch gut. Aber, Lauryn, wenn du eher für das Gemeindezentrum bist, können wir darüber reden«, sagte Hellie.

»Nein, ich finde, Janie hat recht. Die Scheune ist sogar noch besser«, sagte Lauryn.

»Das ist also geregelt«, sagte Nana. »Ich rede mit Nancy Jericho, und meine Enkelin Lindsay kann eine Party aus dem Stegreif organisieren!«

»Eine Party? Ihr geht das alles zu vorschnell an«, sagte Grace. »Wir müssen uns um Kostüme kümmern, Sitzplätze …« Wieder legte sie die Stirn in Falten. »Morgyn könnte bei den Kostümen helfen.«

»Und meine Ladies vom Strickclub können wir auch einspannen.« Hellie fischte ein Handy aus ihrer Rocktasche und fing an zu tippen.

»Die Theatergruppe von der Highschool kann wahrscheinlich bei den Bühnenbildern helfen.« Lauryn zog ebenfalls ihr Handy hervor und schrieb eine Nachricht.

Grace ging auf und ab. »Das Ganze ist total aufregend! Aus so vielen Gründen. Ihr gehört alle verschiedenen Generationen an und wart doch in der Lage, gemeinsam etwas Wunderbares zu schaffen. Zumindest sieht es so aus, als würde es wunderbar werden. Ich konnte ja noch nicht alles lesen. Ich denke, alle hier im Ort würden sich freuen, dieses Stück zu sehen, aber trotzdem können wir es nicht so schnell auf die Beine stellen. Einige Dinge können wir aber tun, um es in Gang zu bringen. Lasst uns eine Liste aufstellen mit dem, was wir erledigen müssen, und wenn ich in ein paar Wochen wiederkommen, sehen wir, wie weit wir sind.«

»Ein paar *Wochen*?« Nanas Blick ging zwischen Grace und Reed hin und her. »Erzähl mir nicht, dass du ein paar Wochen weg bist, bevor du Reed wiedersiehst. Oh nein, meine Kleine. Das geht ebenso wenig, wie ein paar Wochen auf die Aufführung zu warten.«

»Ich muss das Skript aber immer noch *lesen*, Nana. Es ist sicherlich gut, und ich möchte euer Stück zum Leben erwecken, weil ihr alle so hart daran gearbeitet habt. Aber manche Dinge lassen sich nicht übers Knie brechen. Warum frühstücken wir nicht erstmal und stellen einen Zeitplan auf?«, schlug Grace vor. »Sobald wir einen groben Überblick darüber haben, wer was vorbereitet, haben wir auch eine bessere Vorstellung davon, wie lang es dauert, die richtigen Leute zu kontaktieren. Theater-produktionen kosten Geld, also müssen wir vielleicht an Firmen aus der Gegend herantreten, damit die Veranstaltung gesponsert wird. Oder wir lassen Anzeigen in den Programmen schalten, wie es in den Schulen gemacht wird, um Gelder zu beschaffen. Ich denke, Brindle würde dabei auch gern behilflich sein. Und meine Mutter hat Jahre im Lehrer-Eltern-Ausschuss gesessen. Ich wette, sie würde auch gern mitmachen.«

Reed konnte die Rädchen praktisch sehen, die sich in Graces Hirn in Gang gesetzt hatten, während sie alle Optionen im Geiste abhakte. Es war herrlich, sie so begeistert zu sehen.

»Wir brauchen Musik«, sagte Phoenix. »Meinst du, es besteht die Möglichkeit, dass Sable uns da unterstützen könnte?«

»Ich rufe sie an.« Grace holte ihr Handy hervor, und dann, als hätte ihr eine Böe den Wind aus den Segeln genommen, ließ sie ihr Handy sinken, drehte den anderen den Rücken zu und sagte leise zu Reed: »Mir ist gerade bewusst geworden, dass wir verabredet haben, sonntags nicht zu arbeiten, und was mache ich? Ich arbeite. Sable hat recht«, sagte sie fast flüsternd. »Ich bin nicht in der Lage, eine Grenze zwischen Freizeit und Arbeit zu ziehen. Ich sage ihnen, dass wir das morgen machen.«

Er nahm ihr Gesicht in die Hände und sagte: »Kleines, hast du Spaß daran, über dieses Projekt nachzudenken? Denn du scheinst dich wirklich zu freuen.«

»Ja, schon, aber wir haben gerade gesagt, dass wir sonntags freimachen, und ich reise in zwei Wochen ab.«

Reed war sich darüber im Klaren, dass die anderen trotz Graces Flüstern jedes einzelne Wort mithörten. Aber nicht nur die Mädels warteten mit angehaltenem Atem. Sein Mädel wartete auch und sah ihn an, als wäre sie bereit, auf den Ball zu verzichten, auf den sie ein Leben lang gewartet hatte.

»Ich will nicht, dass du mich für einen Workaholic hältst.« Sie zog die Augenbrauen zusammen und fügte hinzu: »Aber ich bin ziemlich sicher, dass Sable recht hat. Ein bisschen davon habe ich wohl.«

»*Ein bisschen?*«, sagte Nana. »Deine Mama sagt, du arbeitest rund um die Uhr.«

Ein allgemeines »Scht!« von den anderen ertönte und Grace wirkte noch besorgter.

Reed hätte diese Sorge am liebsten fortgeküsst, aber da das im Moment keine Option war, sagte er: »Wenn man sich in eine leidenschaftliche Frau verliebt, muss man wissen, dass ihre Leidenschaft alle Bereiche ihres Lebens einbezieht.« Er spürte, dass ihre Anspannung verflog. »Es ist keine Arbeit, wenn wir es zusammen machen, und ich bin sicher, dass ihr jemanden braucht, der euch bei den Bühnenbildern hilft.« Er musste grinsen. »Ich habe Gerätschaften, und manche Leute denken, dass ich ein gewisses Talent mit meinen Händen habe.«

»Wirklich? Würde es dir nichts ausmachen?«

»Überhaupt nicht. Lass es uns machen, Grace. Es wird schön werden, dich in Aktion zu erleben.«

Es wurde gejubelt, und in der nächsten Sekunde umarmten sich alle – einschließlich Reed – und schmiedeten Pläne, schon während sie ins Haus gingen.

Als er Janie und ihren Hund ins Esszimmer führte, sagte sie: »Danke, dass du Grace heute mit uns teilst. Ich verspreche dir, dass wir nicht immer so reinplatzen werden.«

Er sog Graces Lächeln in sich auf, als sie ihren Laptop aufklappte und aufgeregt über die Rollenbesetzung und den Produktionsablauf redete. Dies war noch etwas, das in seinem Haus – ihrem gemeinsamen Haus – gefehlt hatte, seit er es gekauft hatte. Er konnte Schönes schaffen, aber echte Liebe und Freundschaft konnten nur aus dem Herzen kommen.

Ihr gemeinsames Haus wurde zu einem Heim.

»Ihr seid jederzeit willkommen, Janie. Es ist kein Hereinplatzen, wenn die Tür immer offen steht.«

Achtzehn

Nach nur wenigen Tagen des Zusammenlebens mit Reed hatte
Grace das Gefühl, nie woanders gewohnt zu haben. Am
Montagmorgen hatten sie den Rest ihrer Sachen bei ihren
Eltern abgeholt, einschließlich Nimmersatt. Der riesige Bär saß
nun auf einem schönen samtenen Vintagesessel, von dem Reed
behauptete, er habe ihn besorgt, weil sie ihn *brauchten*, aber
Grace hatte das Gefühl, er hatte ihn für den Bären gekauft.
Scinc stete Würdigung dessen, was sie gemeinsam erlebten, war
noch etwas, das sie an ihm so liebte. Unübertrefflich waren die
Morgen, an denen sie in den Armen des Mannes aufwachte, der
sie am besten kannte und mit dem sie künftige Erinnerungen
und neue Träume schuf – abgesehen vielleicht davon, dass sie
endlich entspannt Zeit mit ihren Familien verbringen konnten.
Am Abend zuvor hatten sie Roy und Ella zum Essen ins
Stardust Café eingeladen. Es war unglaublich schön zu sehen,
wie fürsorglich Reed mit seiner Tante und seinem Onkel
umging und wie liebevoll sie ihm begegneten. Sie hatten diese
Herzlichkeit auf Grace ausgeweitet, als wäre sie schon immer
Teil der Familie gewesen. An diesem Morgen waren sie und
Reed in den Ort gejoggt, als die Sonne über den Bergen
aufging, und hatten über die verschiedenen Möglichkeiten für

das Majestic geredet. Sie waren so zeitig am Haus ihrer Eltern angekommen, dass sie sogar noch mit ihnen frühstücken konnten, bevor Reed angefangen hatte, die Veranda zu streichen.

Jetzt, am Nachmittag, saß Grace im Pavillon und sah E-Mails zu ihrer nächsten Produktion durch, während sie immer mal wieder zu Reed schaute, der die Verzierungen um die Veranda herum anstrich. Mit freiem Oberkörper stand er auf der Leiter, die Jeans tief auf der Hüfte, und stützte sich mit einer Hand am Dach ab, während er strich. Reed hatte den ganzen Sonntagmorgen und den Nachmittag mit ihr und der Schreibgruppe gearbeitet. Mittlerweile hatte Grace Zeit gehabt, das ganze Skript zu lesen, und auch wenn es ein paar Änderungen brauchte, so war es doch ein wunderbares generationenübergreifendes Stück, mit Motiven altmodischer Familienwerte und moderner Jugend, verpackt mit einer guten Portion Rebellion und noch mehr Humor. Sie und die Frauen trafen sich weiterhin in Ambers Buchladen, da die Schreibwerkstatt ja auch eine Veranstaltung sein sollte, mit der ihre Schwester Kunden anlocken konnte. Deshalb hatten sie beschlossen, nach Freiwilligen für das Theaterstück mit Flyern zu suchen, die sie in den Geschäften vor Ort und in der Highschool verteilen wollten. Alle Interessierten sollten sich im Buchladen melden. Nana und die anderen hatten dieses Unterfangen gestern auf den Weg gebracht, und Grace hoffte, dass sie zumindest ein paar Freiwillige fanden. Die ganze Theatertruppe war mit solch einer Begeisterung dabei, da wollte sie nicht, dass sie enttäuscht wurden.

Reed schaute zu ihr herüber, mit diesem sexy schiefen Lächeln, das ihr immer einen Schauer der Erkenntnis durch den Körper fahren ließ. Himmel, sie liebte ihn so sehr. Ihr war nicht bewusst gewesen, was ihr fehlte.

Sie warf ihm gerade ein Küsschen zu, als ihr Handy klingelte, und ihr Magen zog sich zusammen, sobald sie Satchels Namen auf dem Display entdeckte.

»Schlechte Nachrichten«, sagte Satchel betreten, noch bevor sie etwas sagen konnte.

Sie gab einen tiefen Seufzer von sich. »Was macht Keagen jetzt schon wieder?« Sie hörte sich eine ganze Litanei von Beschwerden an, von seiner Meckerei über angeblich talentlose Nebendarsteller bis hin zu seinem unprofessionellen Verhalten bei den Proben. Ein anderer Anrufer klopfte an und sie schaute auf das Display. Amber. »Bleib mal kurz dran, Satchel. Ich hab einen anderen Anruf.«

Sie nahm das andere Gespräch an. »Hallo, Amber.«

»Grace, du *musst* herkommen.«

»Warum? Heute findet doch kein Kurs statt.«

»Mein Telefon klingelt pausenlos«, flüsterte Amber hektisch. »Du hast mir nicht gesagt, dass ihr Flyer verteilt. Mein Laden ist rappelvoll.«

»Ich glaube nicht, dass die Mädchen sie schon verteilt haben, aber das sind doch gute Nachrichten. Brauchst du Hilfe an der Kasse? Ich kann in einer Viertelstunde da sein.« Das war die perfekte Entschuldigung, um das Gespräch mit Satchel zu beenden.

»Komm einfach her. Ich brauche mehr als nur Hilfe an der Kasse.«

Nachdem sie das Gespräch beendet hatte, sagte sie Satchel, dass er sich um die Probleme kümmern sollte, und erinnerte ihn daran, dass sie eigentlich freihatte. Dann berichtete sie Reed von Ambers Anruf.

Er schlang die Arme um sie. Seine Haut war warm von der

Sonne, und als er ihre Lippen mit seinen berührte, wünschte sie, sie könnte ewig in seiner Umarmung verharren.

Sein Handy vibrierte, und er holte es hervor, um kurz die Nachricht zu überfliegen. »Das ist Roy.«

»Ruf ihn zurück. Ich muss schnell in den Buchladen.«

Er legte die Arme fester um sie, nachdem er das Telefon zurück in die Hosentasche gesteckt hatte. »Ich rufe *ihn* später an und küsse *dich* jetzt.«

Fünfundzwanzig Minuten später – und das war einzig und allein Reeds Schuld, weil er sie geküsst hatte, bis sie Amber fast vergessen hatte – betrat sie den Buchladen. Beziehungsweise sie zwängte sich hinein. Im Geschäft war kaum Platz, um sich zu bewegen, jeder Gang war voller Menschen.

»Grace!« Amber, die etwas erschöpft wirkte, winkte ihr von der Ladentheke aus zu.

»Grace?«, rief jemand aus dem hinteren Bereich des Ladens. »Ich kann beim Make-up helfen!«

Plötzlich fingen die Leute an, ihr etwas zuzurufen, und die Menge drängte sich nach vorne wie bei einem Konzert. Der ganze Laden summte nur so vor Energie. Grace gab ein lautloses »Was ist denn hier los?« in Richtung Amber von sich, während sie sich an einer Gruppe von Mädchen vorbeidrängte, die an der Kasse herumstanden.

Amber hielt einen Flyer in die Höhe, den Grace kurz überflog. *Willst du ein Star werden? Komm in den Buchladen Story Time! Wir brauchen Schauspieler und Freiwillige für …* Es folgte der Titel des Stücks und alle Bereiche, in denen sie Hilfe brauchten. Grace war überwältigt.

Sie trat hinter die Ladentheke und Amber sagte: »Das geht schon über eine Stunde so.«

»Das tut mir so leid. Sie müssen vergessen haben, die Zeiten der Schreibwerkstatt auf dem Flyer zu vermerken.« Grace hob die Hände und richtete sich an die Menge, um annähernd so etwas wie Kontrolle zu erlangen. »Hey, Leute, darf ich kurz mal um eure Aufmerksamkeit bitten?«

Während der Lärm der Menge allmählich abebbte, nahm Grace eine Reihe von vertrauten Gesichtern wahr: Männer und Frauen, mit denen sie zur Schule gegangen war, Freunde ihrer Eltern und ein Haufen Teenager. Mit einem Lächeln in ihrem hübschen Gesicht stand auch Nat schweigend in der Menge.

»Danke, dass ihr alle gekommen seid. Zuerst möchte ich noch einmal klarstellen, dass dies keine bezahlten Jobs sind, sondern ehrenamtliche.«

»Natürlich«, erwiderte eine Frau irgendwo links.

Grace war erstaunt. Sie hatte erwartet, dass einige gehen würden, wenn sie das hörten. »Okay, ich hatte nicht mit so vielen Freiwilligen gerechnet.«

»Warum nicht?«, fragte ein Teenager hinten aus der Menge.

Sie warf Amber einen Blick zu, in deren Augen die gleiche lautlose Frage zu lesen war, und als sie antwortete, kam ihr die Wahrheit leicht über die Lippen. »Weil ich zu lang in einem Haifischbecken gelebt habe.« *Und ich habe vergessen, wie wundervoll und hilfsbereit die Menschen hier sind.*

Unerwartete Emotionen stiegen in ihr auf.

Amber musste ihr etwas angesehen haben, denn sie griff nach Graces Hand und sagte leise: »Wir kriegen das hin.«

Grace räusperte sich und bemühte sich, ihr rasendes Herz zu ignorieren und die Stimme wiederzufinden. »Wir haben Aufgaben für alle«, sagte sie laut. »Ein paar Minuten werde ich brauchen, um hier alles zu organisieren. Während ich das vorbereite, könntet ihr doch Amber etwas Gutes tun und mal schauen, ob ihr ein Buch für euch selbst oder als Geschenk für jemanden findet.«

»Gute Idee!«, rief jemand.

Die Menge bewegte sich auf die verschiedenen Regale zu und allgemeines Plaudern breitete sich aus, während Grace in ihrer Tasche nach ihren Unterlagen suchte.

»Das ist unglaublich«, flüsterte Grace und holte ihren Notizblock hervor. »Ich muss Nana und den Rest der Truppe anrufen und Reed schreiben, um ihm zu sagen, dass es wahrscheinlich später wird, als ich dachte. Das hier könnte Stunden dauern.«

»Erstens: Das war klasse, danke«, sagte Amber. »Und zweitens: Du bist ja schon eine Zeit lang weg, aber erinnerst du dich wirklich nicht? So war es schon immer. Wenn jemand Hilfe braucht, dann gibt es mehr Leute, die zu helfen bereit sind, als du dir je erträumt hättest. Weißt du noch, als Mom ihre Unterleibsoperation hatte und so viele Leute etwas zum Essen brachten, dass wir das meiste davon weitergeben mussten? Und als der Baum auf die Scheune der Jerichos fiel, tauchte fast der ganze Ort auf, um bei der Reparatur zu helfen.«

»Das war mitten im Winter. Das weiß ich noch«, sagte Grace. »Ich hab mir den Hintern abgefroren.«

»Aber du warst da, Grace. Genau wie diese Leute jetzt für dich hier sind. Deshalb habe ich nie verstanden, warum du unbedingt wegziehen wolltest.«

»Ich wollte mehr als das«, überlegte sie, aber die Worte kamen ihr matt und wenig enthusiastisch über die Lippen.

»Und das hast du bekommen. Die Frage ist nur, ist *mehr* immer besser? Denn das hier ...« Amber schaute auf all die Menschen in ihrem Geschäft und mit der Hand auf dem Herzen sagte sie: »Das hier ist alles, was ich mir je von einer Gemeinschaft wünschen könnte.«

Grace fragte sich selbst, ob sie mehr als diese Gemeinschaft gesucht hatte oder mehr als das, was diese Gegend an beruflicher Karriere zu bieten hatte. Sie war nicht mehr in der Lage, eine Antwort darauf zu geben.

Reed stieg am Dienstagabend gerade aus seinem Pick-up, als sein Handy in der Tasche vibrierte. Er nahm es heraus und las die Nachricht seines Onkels. Da wurde ihm bewusst, dass er auf eine frühere Nachricht von Roy nicht reagiert hatte, in der dieser ihn gebeten hatte, ihn anzurufen. Er rieb sich seine etwas schmerzende Schulter und schaute zum Haus hinauf. Grace fehlte ihm nach nur wenigen Stunden bereits. Er hatte herausfinden wollen, ob sie Zeit für ein schnelles Abendessen hatte, und war auf dem Nachhauseweg bei dem Buchladen vorbeigefahren, aber schon von der Straße aus hatte er einen ganzen Schwarm von Menschen im Geschäft gesehen.

Er schrieb seinem Onkel: *Komme gerade nach Hause. Rufe dich nach der Dusche an. Es bleibt bei Morgen um 19h für die Besichtigung im Theater.* Er wollte seinen Verwandten und Grace das Innere des Theaters zeigen. Als er sein Werkzeug von der Ladefläche räumte, bemerkte er ein heruntergekommenes weißes Auto, das langsam vorbeifuhr. Der Kofferraum war verrostet und eines der hinteren Fenster war mit einem Stück Karton zugeklebt. Reeds Nackenhaare stellten sich auf, sein eingebauter Warnmelder. Er legte die Werkzeuge weg und ging zur Straße. Nach seinem Haus kam nur noch das Grundstück von Sophies Familie, und er würde einen Teufel tun und Ärger zu ihnen durchlassen.

Das Auto hielt am Straßenrand an. Reed verschränkte die Arme vor der Brust und beobachtete, wie ein ungepflegter Mann aus dem Auto ausstieg. Humpelnd ging er zum Kofferraum und nahm einen Schuhkarton heraus.

»Kann ich Ihnen behilflich sein?«, fragte Reed.

Der Mann klappte den Kofferraumdeckel herunter und blickte Reed aus schmalen Augen an. Er hatte dichte Augenbrauen, eine leicht knollige Nase und gelbliche Haut. Die Hose und das Hemd hingen an ihm herunter, so wie bei einem Jungen, der die Kleidung seines Vaters trägt, nur dass dies kein Junge war. Es war ein erschöpft und müde aussehender Mann mit silbrig-strähnigen Haaren und einem Bart, der an den Seiten weiß und am Kinn eher bräunlich war. Er machte ein paar wackelige Schritte, bis ein Lächeln seine schmalen Lippen nach oben zog, sodass seine Augen noch kleiner wirkten. Mitleid erfasste Reed.

»Reed«, sagte der Mann mit einer gewissen Vertrautheit.

Eine schmerzhafte Lanze bohrte sich durch Reed, als er das gealterte Gesicht des Mannes betrachtete. Er versuchte, ein Bild seines Vaters aus der Erinnerung an seinen Besuch hervorzuholen, als Reed erst vier Jahre alt gewesen war. Doch es war, als zerrte er an einer Angelleine, die sich am Grunde eines Sees verhakt hatte und nicht loszureißen war. Irrte er sich? Er musste schwer schlucken, atmete schneller und versuchte, seine Stimme unter Kontrolle zu bringen.

»Ja?«

Der Mann sah zu Boden. Ein verhärmter Ausdruck zeigte sich in seinem Gesicht, als er näher humpelte. Reed löste seine verschränkten Arme, obwohl er sich fühlte, als nähere sich eine Bedrohung. Vor langer Zeit schon hatte er innere Mauern errichtet und hohe Tore, um sich zu schützen. Und nach mehr als zwanzig Jahren der Abwesenheit gedachte er nicht, diese Tore zu öffnen. Ein heftiger Sturm tobte in seinem Inneren, als der Mann eine Armlänge von Reed entfernt stehenblieb und Reeds Blick erwiderte und standhielt.

»Es ist lange her«, sagte der Mann.

Seine Stimme klang wie ein raues Überbleibsel der vagen Erinnerungen, die Reed noch hatte. Der Mann wischte sich über die Augenbrauen, und Reeds Blick fiel auf die geschundene Haut seines linken Handrückens und Unterarms, eine Landkarte aus wütenden Narben. Reeds Magen zog sich bei dem quälend vertrauten Anblick der Verbrennung zusammen. Sein Handy klingelte, aber er war vollends darauf konzentriert, die bruchstückhaften Erinnerungen zusammenzusetzen. Sie fühlten sich dunkel und hässlich an, sorgten für einen Eispanzer um sein Herz.

»Ich bin es, Reed. Frank.« Seine Augen flehten um ein Wiedererkennen. »Dein Vater.«

Reed presste die Zähne fest aufeinander, seine Hände ballten sich zu Fäusten. Wut bäumte sich wie ein wildes Tier in ihm auf, und er schaffte es nicht, die schmerzhaften Worte aufzuhalten, die aus ihm herausplatzten. »Roy Cross ist mein Vater.«

Frank schaute auf den Karton in seinen Händen, dann zu dem Haus. Reed wollte diesen Mann nicht in der Nähe seines Hauses oder seines Lebens haben. Er wollte nicht, dass Mitleid und Sehnsucht in ihm gegen seine Wut ankämpften, gegen seinen glühenden Hass auf diesen Mann, der ihn weggegeben hatte wie einen alten Hund. Reed trat näher an den Straßenrand heran, um Franks Aufmerksamkeit von dem Haus abzulenken.

»Ich habe einen weiten Weg hinter mir«, sagte Frank. »Ich dachte, wir könnten reden.«

»Du hast einen weiten Weg hinter dir?« Reed schnaubte und verschränkte wieder die Arme, um sich gegen das verletzte Kind zu wappnen, das sich in seinem Inneren regte. Er deutete mit einer Kopfbewegung auf Franks Auto und sagte: »Ich schlage vor, du machst kehrt und haust auf dem Weg wieder ab, auf dem du gekommen bist.«

Schmerz breitete sich in Franks Gesicht aus. »Das habe ich verdient.« Er hielt Reed den Schuhkarton mit zittrigen Händen hin. »Ich dachte, du hättest vielleicht gern ein paar Dinge von deiner Mutter.«

Reed starrte den Karton an und spürte den verzweifelten Wunsch, eine Verbindung zu der Mutter zu haben, die er nie kennengelernt hatte, aber er fühlte auch, dass er Frank irgendwie Einlass in sein Leben gewährte, wenn er den Karton annahm. Er hielt die Arme verschränkt und sagte nichts.

Frank stellte den Karton auf dem Gehweg ab – wie eine entsicherte Granate, die in die Luft fliegen konnte, wenn man sie nicht richtig handhabe – und sagte: »Ich bin bis Montag im Marriot Courtyard am Ortsrand. Zimmer 433, falls du deine Meinung änderst.«

Reed stand regungslos da, die Schultern gestrafft, der Kopf erhoben, während Frank zu seinem Auto humpelte und fortfuhr. Erst nachdem das Auto schon lang außer Hörweite war, entwich die Luft aus Reeds Lunge. Seine Knie gaben nach und er hockte sich keuchend auf den Boden. Er war wie betäubt und wandte den Blick nicht von dem Karton, den Frank zurückgelassen hatte.

Neunzehn

Als Grace am Abend endlich auf dem Heimweg war, begegnete ihr der Pick-up von Roy, der gerade vom Haus wegfuhr. Das Haus war dunkel, abgesehen von einem Licht in der Küche, wo sie einen alten Schuhkarton auf dem Tisch entdeckte. Er war zugeklebt, und sie fragte sich, ob Roy etwas mitgebracht hatte. Sie stellte ihre Tasche ab.

»Reed?«, rief sie, während sie nach oben ging. Morgyn hatte die Geschenke fertiggestellt, um die Grace sie gebeten hatte, und sie konnte es kaum erwarten, Reed seines zu geben.

Im Schlafzimmer hielt sie am Fuße der Matratze inne und erinnerte sich an die Bewunderung in Reeds Blick, als sie sich am Morgen geliebt hatten. Seine zarten Worte – *Wie soll ich eine einzige Nacht ohne dich in meinen Armen durchstehen?* – hatten sie den ganzen Tag über geplagt, hatten ihr wohlige Gefühle verschafft und sie gleichzeitig traurig angesichts ihrer bevorstehenden Trennung gemacht. Wieder einmal stellte sie sich mutig dieser Realität und sagte sich, dass sie jeden Tag wertschätzen musste, anstatt den letzten zu fürchten.

Sie ging hinaus auf die Veranda, aber abgesehen von Reeds Pick-up auf der Auffahrt war von ihm nirgendwo etwas zu sehen. Als sie hinaus in den Garten schaute, entdeckte sie seine

Silhouette unten beim Fluss. *Wie romantisch.* Sie zog ihre hochhackigen Stiefel, den Rock und die Bluse aus, griff stattdessen nach Shorts und einem Hoodie und steckte sein Geschenk in die Tasche. Sie schlüpfte in Flipflops und hatte nach diesem wundervollen Tag das Gefühl zu schweben. Nana und die anderen waren noch gekommen und hatten ihr geholfen, die Freiwilligen in Gruppen einzuteilen und Telefonlisten zu erstellen, damit sie ein Vorsprechen organisieren und Teams für die unterschiedlichen Aufgaben bilden konnten. Es war unmöglich, das alles auf die Beine zu stellen, bevor sie abreiste, selbst mit so vielen Freiwilligen, aber es entstand etwas, und das war unglaublich aufregend.

Sie eilte die Treppe hinunter und stürmte zur Küchentür hinaus und die Verandastufen hinunter, während sie das Lied »Stupid« von Levi Hummon summte. Sie wollte töricht mit Reed sein und verrückt-verliebte Albernheiten anstellen, ohne über die Folgen nachzudenken. Sie sang ein paar Zeilen, während sie zu Reed ging. Er blickte hinaus auf das Wasser, die Beine angezogen, die Arme um die Knie geschlungen und die Hände verschränkt. Sie legte ihm eine Hand auf die Schulter und spürte, wie sich die Muskeln unter ihren Fingern anspannten.

»Hallo, mein Schöner«, sagte sie leise und drückte ihm einen Kuss auf die Wange, als sie sich neben ihn ins Gras setzte. »Ich habe dir etwas mitgebracht.«

Er drehte sich zu ihr um und ihr zog sich das Herz zusammen angesichts des gequälten Blicks in seinen Augen. Sein Geschenk war vergessen. »Was ist los?«

»Nichts, Kleines.« Er legte die Arme um sie und drückte sie fest an sich. »Ich bin froh, dass du zu Hause bist.«

»Tut mir leid, dass es so spät geworden ist.« Sie fragte sich, ob darin das Problem lag. Es war fast acht Uhr.

Er drückte die Lippen auf ihre Wange und sagte: »Wie ist es gelaufen? Ich bin am Laden vorbeigefahren, aber da waren so viele Leute, dass ich nicht hineingegangen bin.«

»Es war wundervoll. Wir haben für alles Freiwillige: Kulissenbau, Besetzung, sogar der Veranstaltungsort ist geklärt. Die Jerichos freuen sich, uns ihre Scheune zu überlassen, und es gibt eine Gruppe von Schülern der Highschool, die anscheinend großartige Künstler sind und die Poster und Flyer erstellen wollen. Morgyn kam vorbei, und sie wird uns mit den Kostümen helfen, zusammen mit einigen von Hellies Freunden und ein paar Mädchen von der Highschool. Lindsay war mit Nana da, und ich sag dir, die zwei sind ein einziges Kraftwerk. Du weißt ja, dass Nana alles gern feiert. Lindsay organisiert eine Rebellische-Cinderella-Mottoparty mit entsprechender Deko und Essen. Es wird großartig.«

Reeds Mundwinkel zuckten nach oben, aber es war nur ein halbherziges Lächeln. »Schön, Kleines. Ich kann es kaum abwarten, dass das alles Realität wird.«

»Geht mir genauso. Aber bist du sicher, dass es dir gut geht? Es tut mir leid, dass ich so spät gekommen bin, falls es das ist, was dir zu schaffen macht.«

Seine Hand glitt in ihren Nacken und er legte seine Stirn gegen ihre. »Nein, Kleines«, sagte er leise. »Ich bin nicht sicher, ob es mir gut geht, aber das hat nichts mit dir oder der Zeit zu tun. Es macht mir nichts aus, dass du lang gearbeitet hast.«

»Was ist es dann? Ist etwas passiert? Ich habe Roy wegfahren gesehen. Ist bei ihm und Ella alles in Ordnung?«

»Ihnen geht es gut.« Er drückte seine Lippen auf ihre, lehnte sich dann zurück und schaute wieder hinaus auf das Wasser. Seine Hände ballten sich zu Fäusten und sogar im Mondlicht sah sie die Muskeln seines Kiefers zucken. »Mein … *Frank* ist vorhin hier aufgetaucht.«

»Frank …?«

Aus dem Augenwinkel schaute er sie an und sein finsterer Blick verschaffte ihr Klarheit. In ihrem Kopf schwirrte eine verrückte Mischung aus Angst und Hoffnung. Reed hatte so viel Wut auf seinen Vater in sich, da war es kein Wunder, dass er sich so seltsam verhielt.

»Frank, im Sinne von dein Vater?«

Er nickte einmal kurz.

»Hier? Im Haus? Habt ihr geredet? Wie war es?«

»Nein, wir haben nicht *geredet*«, erwiderte er heftig. »Dieser Mann hat in meinem Leben nichts zu suchen.« Er stand auf und tigerte hin und her. »Roy hat versucht, mich vorzuwarnen, aber ich war den ganzen Tag über zu beschäftigt, um ihn zurückzurufen, und dann war Frank plötzlich hier.«

Sie ging auf ihn zu, aber er trat einen Schritt zurück und hob die Hände.

»Tut mir leid, Kleines, aber ich bin zu angespannt. Ich will es nicht an dir auslassen.«

So hatte sie Reed noch nie gesehen, aber sie wollte nicht ausgeschlossen werden, und sie wollte auf keinen Fall, dass er dachte, er müsste damit allein fertigwerden. Sie schob einen Finger durch seine Gürtelschlaufe und zog sich zu ihm, bis sie dicht beieinander standen. Seine Mundwinkel gingen nach oben, auch wenn seine Augen weiterhin seine Qualen verrieten, und er schaute zum Mond hinauf.

»Gracie, bitte nicht.«

»Was nicht? Dich lieben?«, fragte sie. »Denn das wäre nötig, um mich von dir fernzuhalten, wenn du leidest, innerlich zerrissen bist oder wütend auf deinen Vater.«

»Ich bin so wütend«, zischte er. »*Zu* wütend. Ich will nicht, dass du dabei in Mitleidenschaft gezogen wirst.«

Sie schlang die Arme um seine Taille und drückte die Wange an seine Brust, in der sie sein Herz schnell und heftig schlagen hörte. »Ich weiß. Das wirst du nicht zulassen. Darüber mache ich mir keine Sorgen.«

»Für wen hält der sich, dass er hier so auftaucht?«

Sie wusste, dass er keine Antwort erwartete.

»Welches Recht hat er, mein Leben zu stören? Wie kommt er auf den Gedanken, dass ich ihn sehen will?«

Sie lockerte den Griff so weit, dass sie zu ihm aufschauen konnte. Sorgenfalten gruben sich zwischen seinen Augenbrauen und unter den Augen in sein Gesicht. Sein Mund zuckte wütend. Und doch überlagerte die Last der Traurigkeit all diese Wut. Es tat ihr weh, das zu sehen.

»Hat er etwas gesagt? Oder erklärt, warum er nach all den Jahren gekommen ist? Konnte Roy Licht ins Dunkel bringen?«

Er schüttelte den Kopf, legte endlich die Arme um sie und gab einen langen Seufzer von sich, bevor er antwortete. »Roy sagte, Frank sei bei ihnen gewesen und habe gefragt, wo er mich finden könne. Roy hat die gleichen Fragen gestellt wie du, aber ich habe keine Antworten. Ich habe Frank weggeschickt. Für mich ist er wie eine ansteckende Krankheit, die ich nicht in meiner Nähe haben will. Das ergibt sicher keinen Sinn. Es gab eine Zeit, da hätte ich alles getan, um eine Beziehung zu ihm zu haben. Aber das ist vorbei, Gracie. Vielleicht macht mich das zu einem schrecklichen Menschen, aber ich will es nicht. Frank Gilbert existiert nicht für mich. Was mich angeht, so bin ich der Sohn von Roy Cross. Ich will und brauche keine Entschuldigungen dafür, warum Frank all die Zeit meinem Leben ferngeblieben ist. Er hat mich verlassen, und ich habe

Ewigkeiten gebraucht, um darüber hinwegzukommen. Himmel, Kleines, ich bin immer noch nicht darüber hinweg. Er ist nicht Teil meines Lebens. Er war es nie.«

Sie hatte so viele Fragen, so viele Dinge, die sie sagen wollte, aber nichts davon spielte eine Rolle, denn sie war nicht Reed. Sie war nicht das Kind gewesen, das sich vom Weihnachtsmann die Liebe seines Vaters gewünscht hatte, und auch nicht der Teenager, der Ablehnung, Neugier und Hoffnung gehegt hatte, die allesamt ins Leere gelaufen waren. Und sie war nicht der Junge gewesen, der seinen Weg zum Mann hatte finden müssen, ohne dass ihm jemand die Fragen beantwortete, die so schwer auf seinen Schultern lasteten. Sie war nur die Frau, die ihn lang genug geliebt hatte, um diese Gedanken und Fragen möglichst für sich zu behalten, um ihm bei der Heilung irgendwie zu helfen.

Zwanzig

Reed hatte entdeckt, dass man sich innerhalb von achtundvierzig Stunden mit seiner Highschoolliebe wiedervereinen, die Renovierung einer viktorianischen Veranda fertigstellen und sein Haus in ein Zuhause verwandeln konnte. Womit er nie gerechnet hätte, war, dass dieses Heim genauso schnell der Ort werden konnte, an dem ihm seine Dämonen wieder auflauerten. Er stand in der Küche, starrte den Schuhkarton an und fragte sich, ob er darin die Antworten finden würde, die er immer gesucht hatte, oder jahrzehntealten Schmerz. Zwei Mal war er an diesem verdammten Hotel am Ortsrand vorbeigefahren, in dem Frank abgestiegen war. Und zwei Mal hatte er sich die Seele aus dem Leib geflucht und war weggefahren.

Er war noch immer nicht bereit, Russisch Roulette zu spielen.

»Ich bin bereit«, sagte Grace, als sie die Treppe herunterkam. Sie waren mit der Maklerin Meggie, Roy und Ella am Majestic zu einer Besichtigungstour verabredet. Eigentlich schon vor einer Stunde. »Tut mir leid, dass das Vorsprechen heute so lang gedauert hat. Es ist unglaublich, wie viele Leute eine Rolle in dem Stück wollen. Aber ich habe mich so schnell wie möglich umgezogen.«

Er schloss einen Augenblick lang die Augen, um seine Gefühle wieder unter Kontrolle zu bringen, und spürte ihre Arme um seine Taille. Ihre Wange legte sich warm und liebevoll an seinen Rücken und er hielt Grace fest an sich gedrückt. Sie hatte ihn mit Bedacht nicht dazu gedrängt, Frank zu treffen, aber tief in seinem Herzen wusste er, dass sie es für das Richtige hielt. Er wusste auch, dass sie in ihrem Leben nicht noch mehr Ängste brauchte. Sie hatte genug um die Ohren mit der Organisation des Theaterstücks hier im Ort, den Diskussionen mit dem Regisseur ihrer nächsten Produktion, die unzählige Stunden für E-Mails, Nachrichten und Telefonate in Anspruch nahmen, und mit dem Ärger über den unverschämten Schauspieler, der Probleme bei ihrer aktuellen Produktion machte. Reed wäre zu gern nach New York gefahren, um ihm mal gehörig die Meinung zu sagen, ihm zu raten, dass er mal erwachsen werden und seine Arbeit erledigen sollte. Wahrscheinlich war es gut, dass Grace nüchterner mit all dem umging. Er selbst funktionierte aufgrund seiner unbewältigten Wut und seines Schmerzes wegen Frank alles andere als rational. Er versuchte, sich auf Grace und fröhlichere Dinge zu konzentrieren, wie zum Beispiel die Tatsache, dass er die Veranda zwei Tage früher fertiggestellt hatte, dass sie am kommenden Freitagabend mit ihren Familien ein Grillfest feiern würden und dass er das Majestic kaufte. Er brauchte die Ablenkung durch dieses Projekt jetzt mehr denn je, da Graces – und Franks – Abreise bevorstanden.

Grace legte die Hände auf seinen Bauch und sagte: »Wie wäre es, wenn wir den Karton außer Sichtweite stellen, bis du bereit bist, dich damit zu beschäftigen?«

Er drehte sich um und umarmte sie, während er sich

insgeheim aufforderte, seinen Mann zu stehen und in das verdammte Ding hineinzuschauen. Sie lächelte zu ihm auf und dieses Lächeln schnitt geradewegs durch seinen Kummer hindurch bis in sein Innerstes. Grace war wichtig, nicht seine Vergangenheit. Nichts würde seine Mutter zurückbringen, und egal, was Frank zu sagen hatte, es würde nicht den Schaden wiedergutmachen, den er angerichtet hatte. Es war an der Zeit, diese Tür für immer zu schließen, und den Karton wegzustellen, war ein Anfang.

Er drückte seine Lippen auf ihre und sagte dann: »Ich stelle ihn weg, wenn wir zurückkommen. Wahrscheinlich warten schon alle auf uns.«

Sie trafen zur gleichen Zeit ein wie Roy und Ella und begrüßten sie vor dem Theater.

»Grace, wir freuen uns so sehr, deine Familie am Freitagabend zu sehen.« Ella umarmte Grace. »Es war sehr nett von deiner Mutter, uns einzuladen.«

»Alle freuen sich schon darauf. Amber hat sogar vor, ihren Buchladen früher zu schließen, damit sie pünktlich da sein kann.« Grace schaute voller Liebe zu Reed und sagte: »Reed hat die Veranda so wunderbar renoviert, dass Mom und Dad sie gebührend einweihen wollen. Ich glaube, mein Vater nannte es ›zeitlose Perfektion‹.«

»Dieses Treffen ist schon lange überfällig«, sagte Reed.

Während Grace und Ella über den Grillabend sprachen, warf Roy Reed einen prüfenden Blick zu und legte ihm den Arm um die Schultern. »Wie kommst du mit der Situation zurecht?«

Als Roy aufgetaucht war, nur Minuten, nachdem Reed Frank weggeschickt hatte, hatte er sich Reeds lange Schimpftirade angehört. Roy hatte immer schon ein gutes

Gespür dafür gehabt, wann er zuhören und wann er drängen musste. Doch die wenigen Worte, die er gesagt hatte, brodelten noch immer in Reed. *Das Blut dieses Mannes fließt in deinen Adern, und was du jetzt unternimmst, ist allein deine Entscheidung. Aber vergiss nicht, dass deine Mutter ihn geliebt hat, und sie war nicht leicht rumzukriegen.*

Er richtete sich für den Mann, der ihn großgezogen hatte, etwas auf und sagte: »Kennst du das Gefühl, wenn du an einem alten Fundament arbeitest und einen Ziegel herausziehst, nur um dann herauszufinden, dass das Darunterliegende nie solide war?«

Roy rieb sich das Kinn und hob die Augenbrauen. »Tja, dann findet man einen gewissen Verfall vor, etwas bröckelnden Mörtel. Junge, wie oft hast du dich von einem schlechten Fundament entmutigen lassen? Du bist ein Cross. Du findest in allem die besten Teile und hauchst ihnen neues Leben ein. Das ist dein eigentliches Wesen. Nichts, was du unter diesen Ziegeln finden könntest, ist stark genug, um das zu ändern. Die Frage ist, bist du stark genug, um dem zu begegnen? Ich bin davon überzeugt.«

Graces Finger verschränkten sich mit Reeds und boten ihm eine lautlose Unterstützung. Reed dachte daran, wie sie ihre Beziehung versteckt hatten und wie viel möglichen Ärger sie sich damit erspart hatten. Sie hätten diese alten Rivalitäten herausfordern und ihr letztes Jahr auf der Highschool damit verbringen können, mit ihren Freunden zu streiten. Seine Antwort fiel ihm nicht leicht, aber er gab sie dennoch. »Nur weil man etwas tun kann, heißt das nicht immer, dass man es sollte. Kommt. Ich nehme an, Meggie ist schon drinnen? Lasst uns unser nächstes Projekt in Augenschein nehmen.«

In der Lobby war Reed ebenso von Ehrfurcht ergriffen wie

die anderen. Genau das hatte er auch empfunden, als er das erste Mal die vielfarbigen Marmorböden mit den Intarsien und die raffinierten Holzarbeiten an dem Tresen gesehen hatte.

»Genau so hatte ich es in Erinnerung«, sagte Ella, als sie sich bei Roy unterhakte und sich an ihn kuschelte. »Genau hier an diesem Tresen hat mir dein Onkel den Antrag gemacht.«

»Am Popcornstand?«, lachte Reed. »Wirklich romantisch, Roy.«

»Es war romantischer als Rosen und Diamanten«, sagte Ella. »Er zeigte auf den Getränkespender, der damals schon genau dort stand, und fragte mich, was ich trinken möchte. Ich sagte, es sei mir egal. Ich würde mir das mit ihm teilen, was er nimmt.«

»Und ich sagte: ›Wie wär's, wenn du den Rest des Lebens mit mir teilst?‹« Roy beugte sich hinunter und küsste Ella. »Wenn ich es noch einmal tun könnte, würde ich es wahrscheinlich wieder ganz genauso machen. Ich habe dich überrumpelt und dich dazu gebracht, Ja zu sagen, bevor du überhaupt Zeit hattest, darüber nachzudenken. Ich würde sagen, das war der Hauptgewinn meines Lebens.«

»Ach, Roy.« Ella sah ihn verschmitzt an.

»Ich finde das herrlich romantisch.« Grace drückte Reeds Hand. »Auf diesem Grundstück hat Reed mir das erste Mal gesagt, dass er mich liebt.«

Ihre Augen verrieten Reed, dass sie sich an diesen Abend genauso deutlich erinnerte wie er. Er hatte ihr seine Liebe hinter dem Theater gestanden, als sie dort lagen und sich küssten, nackt wie Gott sie geschaffen hatte, unter einer Decke aus Sternen und nur Augenblicke, bevor sie sich das erste Mal geliebt hatten. Danach, als sie sich in den Armen lagen und sich im Nachklang der Gefühle aalten, hatte er ihr in die Augen geschaut und gesagt: *Eines Tages werde ich dich heiraten.* Und er war sich sicher gewesen.

Die Absätze von Meggies Stiefeln klapperten einen eiligen Rhythmus auf den Boden, als sie in einem roten Paisleykleid mit Gürtel und einer kurzen Jeansjacke darüber aus dem Zuschauerraum zu ihnen eilte. Die blonden Haare waren auf einer Seite in einem dicken Zopf zusammengefasst, und ein paar lange dünne Stirnfransen umrahmten ihre rosigen Wangen und die strahlenden braunen Augen.

»Hallo zusammen! Ich freue mich ja so, dass ihr kommen konntet. Ist das alles hier nicht der Wahnsinn? In was für einem Zustand es ist?« Sie gestikulierte wild mit den Armen. »Gracie Montgomery, komm her und lass dich umarmen, Mädchen!«

Die Belustigung in Graces Blick war unbezahlbar, als sie ihre alte Freundin umarmte.

»Hallo, Meg. Es ist lange her«, sagte Grace. »Schön, dich zu sehen. Du siehst hinreißend aus.«

»*Meggie*, wenn's recht ist.« Sie strich sich über die Haare und legte eine Hand auf ihre mollige Hüfte. »Ja, ich sehe ziemlich gut aus, oder? Nach all den Jahren, in denen ich dürr wie ein Zweig war, hab ich endlich was zu bieten. Das Landleben hält einen in Form.« Sie ließ ihren Blick an Graces Körper hinuntergleiten, über ihre blaue Bluse, die Skinnyjeans bis hin zu ihren hochhackigen Stiefeln. »Sieht aus, als hätte die Großstadt ihre Fashion-Krallen nach dir ausgestreckt.« Sie winkte ab und flüsterte ihr verschwörerisch zu: »Mach dir da mal keine Sorgen. Ich bin sicher, Ella kann diese Hüften etwas aufpimpen, damit Reed was zum Festhalten hat. Bestimmt ist dein Terminkalender einfach zu voll, um Zeit zum Essen zu finden, du Spitzen-Produzentin, du.« Sie gab einen kleinen Schlachtruf von sich, ging zurück Richtung Theatersaal und bedeutete ihnen, ihr zu folgen. »Wartet nur, bis ihr den Zuschauerraum gesehen habt. Reed hat sich da ein klasse Baby unter den Nagel gerissen …«

Grace schaute an sich herunter, als sie hineingingen, und Reed zog sie an sich, um ihr zuzuflüstern: »Du bist perfekt so, Kleines. Dünn, dick, dazwischen, ist egal. Das, was drinnen ist, zählt.«

»Mein Herz?«, fragte Grace.

»Na ja, ich dachte eher an das, was unter diesen Klamotten steckt, aber dein Herz ist auch okay.« Er lachte leise und wich ihrer Hand aus, mit der sie ihm einen Klaps verpassen wollte.

Voller Ehrfurcht nahm Grace die Kuppeldecke des Zuschauerraums in sich auf, die kunstvollen Kronleuchter und die oberen Ränge. »Das ist zauberhaft und in so großartigem Zustand. Unglaublich!«

»Ja, wirklich«, pflichtete Meggie ihr bei.

Während die Maklerin alle Einzelheiten der Immobilie in halsbrecherischer Geschwindigkeit durchging, flüsterte Grace Reed Ideen zu. »So vieles könntest du hier veranstalten: Aufführungen, Hochzeiten, Open-Air-Kino. Aber du musst die Finanzen im Blick behalten. Es ist leicht, sich voller Begeisterung hineinzustürzen, aber um ein Theater über Wasser zu halten, braucht man Geld. Und in Orten wie Oak Falls musst du nach Marktlücken Ausschau halten.«

Je mehr Ideen Grace hatte, umso ansteckender wurde ihr Enthusiasmus, und nachdem sie sich das ganze Gebäude angesehen hatten, sprühten alle nur so vor Ideen.

»Du könntest Twitter-Logen einrichten«, schlug Grace vor.

»Ich hab schon gehört, dass sie das in größeren Städten machen und Plätze an Leute abgeben, die während der Vorführung Tweets absetzen und für Aufmerksamkeit sorgen«, sagte Meggie. »Ich bin sicher, du bekommst Kunden aus der ganzen Region.«

»Und eine Postwurfsendung«, überlegte Ella. »Wir haben das immer für Roys Firma gemacht, wenn die Aufträge mal weniger wurden. Die Leute bekommen gern Post.«

»Ja, aber heutzutage funktioniert es mit E-Mails besser, und es ist kostengünstiger«, sagte Grace. »Ich habe von einer Theatertruppe gehört, die auf der Suche nach originellen Stücken einen Aufruf gestartet hat, und sie bekamen über vierhundert Angebote.«

»Das klingt ja nach einem ganzen Job für sich allein, die alle durchzusehen.« Reed atmete tief durch.

»Ja, aber es hat der Truppe auch eine Identität verschafft, eine Nische«, erklärte Grace. »Sie sind jetzt dafür bekannt, dass sie besondere Stücke produzieren, und sie haben ein Publikum von mehr als dreißigtausend loyalen Followern aus der ganzen Welt, nicht nur aus ihrem kleinen Ort.«

Reed war beeindruckt. »Ich habe sehr wenig Ahnung davon, wie man ein Theater führt, aber ihr prescht vielleicht schon ein bisschen zu weit voraus. Ich muss ja erst noch die ganze Arbeit am Gebäude machen, falls ihr das vergessen habt. Das wird viel Zeit in Anspruch nehmen. Nächste Woche habe ich einige Termine mit Subunternehmern, und mein Kumpel Graham Braden, ein Bauingenieur, wird herkommen und mir behilflich sein, wenn ich so weit bin. Aber alles andere ist noch in weiter Ferne. Ich habe zwar gedacht, Leute einzustellen, die das hier dann führen werden. Aber wovon ihr da redet, dafür braucht man wirklich einschlägige Erfahrungen. Ich glaube nicht, dass wir hier in der Gegend so jemanden haben.«

»Und ob wir das haben.« Ella sah Grace liebevoll an. »Sie wohnt eben einfach nur woanders. Aber Grace könnte es jemandem beibringen.«

»Ach, Ella, ich weiß nicht«, sagte Grace. »Aber wenn ihr klein anfangt, dann findet ihr sicher jemanden mit ausreichend Erfahrung, um die Sache in Gang zu bringen.«

»Ich kenne genau die Richtige!«, rief Meggie. »Ich hatte einen Kunden, Mr. Mosby, dessen Nichte in Chicago beim Theater war. Mr. Mosby hat erzählt, dass sie davon sprach, wieder nach Wishing Creek zu ziehen, um in der Nähe ihrer Mutter zu sein, die die letzten Jahre in Übersee verbracht hat. Ihre Mutter hatte einen reichen Franzosen geheiratet und, na ja, scheint, als hätte er ein jüngeres Modell gefunden. Mr. Mosby erzählte, sie ist ganz aus dem Häuschen wegen des Wiedersehens. Könnt ihr euch das vorstellen? Nach all den Jahren? Mann, ich würde heulen wie ein Schlosshund, wenn ich meine Mama so lange nicht sehen könnte …«

Sie redete noch weiter, aber Reed war mit seinen Gedanken woanders, und nun dachte er wieder an Frank. Sein Inneres verkrampfte und die Anspannung sickerte durch seine Adern, bis seine Zähne so fest aufeinandergepresst waren, dass er einige Schritte von der Gruppe weggehen musste, damit sie es nicht bemerkten.

Meggie folgte ihm und sagte: »Auf alle Fälle … wenn du den Weg einschlagen willst, frage ich gern bei Mr. Mosby nach und stell den Kontakt zwischen euch beiden her.«

Reed riss sich zusammen und versuchte, seinen Ärger im Zaum zu halten. Warum zum Teufel bekam er Frank nicht aus dem Kopf? »Danke, Meggie. Ich behalte das im Hinterkopf. Wir haben genug gesehen, denke ich. Vielen Dank, dass du hergekommen bist.«

»Okidoki. Wir sehen uns bei der Vertragsunterzeichnung. Melde dich einfach, wenn du mich bis dahin noch mal brauchst.« Sie zwinkerte Grace zu und sagte: »Aber ich nehme mal an, du wirst ziemlich beschäftigt sein, solange Grace hier ist.«

Sie gingen nach draußen, und nachdem Meggie davongefahren war, fragte Grace: »Alles in Ordnung mit dir?«

Spontan hätte er bejaht, hätte seine Ängste verdrängt und weitergemacht, aber die Sorge in Graces Blick verdiente die Wahrheit. »Versuche nur gerade, ein bisschen von meiner Vergangenheit loszuwerden.«

»Frank?«, fragte sie. »Vielleicht musst du einfach nur mit ihm reden. Dir anhören, was er zu sagen hat. Er ist dein Vater, Reed.«

Reed schüttelte den Kopf und zeigte auf Roy. »Dieser Mann ist mein Vater und wird es auch immer bleiben.«

»Mein Junge, ich liebe dich, das weißt du, aber du bist ein Sturkopf.« Roy hielt seinem Blick stand und trat auf ihn zu.

»Du willst, dass ich mit diesem Kerl rede?« Reed versuchte, seine Wut zu zügeln, aber die Worte platzten aus ihm heraus und er wurde immer lauter. »Mit dem Kerl, der mir den Rücken gekehrt hat? Der mich euch in den Schoß geworfen hat, ohne sich darum zu scheren, welche Pläne ihr für euer Leben hattet?«

»Hey«, warf Ella heftig ein. »Komm gar nicht erst auf solche Gedanken, Schatz. In der Minute, in der du auf die Welt kamst, hast du unsere Herzen erobert und bist immer Teil von uns geblieben.«

»Es tut mir leid, Ella. Das weiß ich«, räumte er ein. »So meinte ich es nicht. Ich meinte —«

»Wir *wissen*, was du meintest«, sagte Roy. »Und wir wissen, wie schwierig dies für dich ist, denn uns macht sein plötzliches Auftauchen ebenso zu schaffen. Aber er ist dein Vat—«

»Nein«, schrie Reed. »*Du* bist mein Vater. Du wirst immer

mein Vater sein. Für mich ist er nur der Mann, der den Samen geliefert hat. Nicht wichtiger als irgendein anonymer Spender.«

Die Traurigkeit war Roy anzusehen, als er beide Hände auf Reeds Schultern legte und ernst sagte: »Nein, mein Junge. Ich bin der glückliche Mann, der dich großziehen durfte. Aber er wird immer dein Vater bleiben. Du kannst dein eigen Blut ebenso wenig leugnen, wie du leugnen kannst, dass ein Teil deiner Mutter in deiner Liebe zum Historischen weiterlebt.«

»Verdammt.« Reed versuchte, sich aus dem Griff seines Onkels zu befreien, aber Roy hielt ihn fest. »Ich bin endlich *glücklich* und *vollständig*, und du willst, dass ich das alles für einen Kerl aufs Spiel setze, der keine Minute für seinen Sohn übrig hatte?«

»Nein«, sagte Roy und krallte seine Hände noch fester in Reeds Schultern. »Ich will, dass du lange und intensiv darüber *nachdenkst*, bevor du davor wegläufst.«

»Ich bin noch nie vor etwas weggelaufen«, schnaubte Reed.

Nur den Bruchteil einer Sekunde lang huschte Roys Blick hinüber zu Grace, doch das reichte, damit Reed die Verbindung zu dem Moment herstellen konnte, in dem er den Ort nach der Highschool verlassen hatte.

Roy ließ die Hände sinken und sagte: »Jetzt fühlst du dich vollständig, weil du glaubst, dass du die Kontrolle hast und weil du uns und Grace hast und noch dazu ein Projekt, in das du deine Gedanken vergraben kannst. Aber die Wut, die du in dir trägst, wird schlimmer an dir nagen als alles, was Frank je sagen könnte. Ich bitte dich nur darum, dass du darüber nachdenkst, mit ihm zu reden, und dass du dich dieser Wut annimmst, bevor sie sich deiner annimmt.«

»Ich habe ihm nichts zu sagen«, gab Reed angespannt von sich.

»Mich musst du nicht überzeugen, mein Junge«, sagte Roy. »Stell dir nur eine Frage. Wenn du eigene Kinder hast, was wirst du ihnen über deinen Vater erzählen? Dass er kam, um mit dir zu reden, und du ihn abgewiesen hast? Wirst du deinen Kindern deine Wut weitergeben? Sie den Mann hassen lassen, für das, was er dir angetan hat? Denn ich hoffe, zum Teufel nochmal, dass wir dir Besseres beigebracht haben.«

Ella trat zögernd auf Reed zu. »Wir lieben dich, Schatz, und wir werden dich unterstützen, egal, wie du dich entscheidest.«

»Werdet ihr das?« Reeds Blick ruhte weiter auf Roy, der nach einem kurzen Nicken zu seinem Pick-up ging.

Einundzwanzig

Die Anspannung war Reed anzusehen, als er sich steif auf den Fahrersitz setzte und sein Kiefer vor sich hin malmte. Er ließ den Motor an und umklammerte das Lenkrad so fest, dass die Knöchel weiß hervortraten. Grace sah nur eine Möglichkeit, diese Art von emotionalem Unwetter zu beruhigen: absolute und vollkommene Ablenkung.

»Hast du noch die Decken im Auto?«

Er nickte kurz, genau so wie sein Onkel gerade.

»Großartig. Zwei Stopps: Pastry Palace und Dempsey's Overpass.«

Dempsey's Overpass war eine baufällige überdachte Brücke in einiger Entfernung, die sie als Teenager entdeckt hatten, als sie nach einem abgeschiedenen Ort gesucht hatten, an dem sie das Auto abstellen und herummachen konnten. Die Brücke lag an einer alten Landstraße, die nicht mehr benutzt wurde, seit ein paar Meilen weiter flussabwärts eine andere Brücke gebaut worden war. Unter der Brücke verlief eine brachliegende Anliegerstraße, die mit einem Betonblock versperrt war. Früher waren sie oft um diesen Block herumgefahren und hatten das Auto am Ufer des großen Flusses abgestellt. Das war der Ort, von dem sie angezogen wurden, wenn einer von ihnen schlechte

Laune gehabt hatte.

Er fuhr zu schnell aus der Parklücke heraus und Grace legte die Hand auf seinen steinharten Oberschenkel. Bei jedem anderen Mann, der so angespannt war, hätte sie sich vielleicht Sorgen gemacht, dass er ausrastete und nach ihr schlug, aber nicht bei Reed. Sie sagte kein Wort, während er nach Wishing Creek fuhr, und als sie ankamen, atmete er schon etwas entspannter. Er legte die Hand auf ihre, verflocht ihre Finger miteinander. Sie lehnte sich gegen ihn und war froh, dass ein Teil seiner Anspannung von ihm abfiel.

Als sie am Pastry Palace ankamen, sagte sie: »Halt nur kurz davor an und ich spring rein.«

Er stellte das Auto am Straßenrand ab, ließ aber ihre Hand nicht los, sondern starrte lange und schweigend zum Fenster hinaus, bevor er letztendlich ihre Hand anhob und die Innenfläche sanft küsste. Dann legte er ihre Handfläche auf seine Wange und lehnte sich mit geschlossenen Augen hinein. Grace legte die Arme um ihn, und er erwiderte die Umarmung und hielt sie dabei so fest, dass sie spürte, wie groß sein Schmerz war.

»Es tut mir leid, Gracie. Ich komme mir vor wie ein führerloser Zug, wenn ich an Frank denke, und ich weiß nicht, wie ich die Bremse ziehen soll.«

»Ich weiß und ich verstehe das. Warte nur, bis du mich siehst, wenn eine Produktion schiefläuft. Dann werde ich zum Tasmanischen Teufel, nur lauter. Ich versteh das.«

Er küsste sie auf den Hals, die Wange, und dann fand sein Mund ihren, zärtlich zunächst, dann hektisch und grob, als könnte er dem Schmerz mit Hilfe ihrer Liebe entkommen. Und wie sehr wünschte sie sich das für ihn! Sie nahm so bereitwillig, wie sie gab, wollte seinen Schmerz einfach nur auslöschen. Es war ihr egal, dass sie an der Hauptstraße standen und dass jeder Passant sie beim Küssen sehen konnte. Wichtig war nur, dass Reed ihre Welt war und dass er sie brauchte.

»Warum sind wir hier?«, fragte er erregt, die Finger in ihren Haaren vergraben.

Sie grinste und sagte: »Es gibt nur ein Heilmittel gegen diese Art von Angstgefühlen.«

Verwirrt runzelte er die Stirn und sie küsste diese Sorgenfalten. Dann kletterte sie auf ihn drauf, zwängte sich zwischen das Lenkrad und seine breite Brust.

»Mir gefällt diese Entwicklung.« Er grinste sie schief an.

Sie gab ihm ein Küsschen, öffnete seine Tür und kletterte von seinem Schoß herunter auf den Gehweg. »Versuch, diesen Gedankengang nicht zu vergessen, während ich den Proviant besorge.«

Wenige Minuten später saß Grace wieder im Pick-up, die Hand auf seinen Oberschenkel gelegt und die Finger zwischen seinen Beinen eingeklemmt, während er zu ihrem Ziel fuhr. Die Hitze seines Körpers brannte sich durch den dicken Jeansstoff hindurch. Sie kuschelte sich noch enger an ihn und fühlte sich fast so wie vor all den Jahren, vollkommen in einen Mann verschossen, der ebenso leicht zu lesen wie zu lieben war. Sie drückte die Lippen auf seine Schulter, atmete ihn ein. Als er ihre Finger verschränkte, drückte sie sein Bein und kroch mit den Fingerspitzen hoch bis zum Ende seiner Oberschenkel.

»Grace«, sagte er warnend.

Mit seiner Hand auf ihrer glitt er weiter hin zu seiner Erektion, und ihr ganzer Körper wollte sich für ihn öffnen. Wie verrückt hämmerte ihr Herz, als wären sie Teenager, die sich hinausschlichen, um sich gegenseitig zu trösten. Als Jugendliche war Reed der Balsam für ihre Sorgen gewesen, ihr heimlicher

Schatz am Ende des Tages. Jetzt war er ihr Ein und Alles. Sie löste ihren Gurt und hockte sich auf die Knie, während er um den Betonklotz herum und die alte Anliegerstraße entlang zum Fluss fuhr. So viele Jahre war sie nicht auf dieser Straße gewesen, dass sie kaum damit gerechnet hatte, hier irgendetwas wiederzuerkennen. Adrenalin und Lust rasten durch ihren Körper, während sie seinen Hals küsste, ihn durch die Jeans streichelte und ihm einen sündigen, gierigen Laut nach dem anderen entlockte. Seine große Hand lag noch auf ihrer und drückte ihre Finger fest gegen seine Erektion.

Er stellte das Auto am Ufer ab und küsste sie dann langsam und tief. Sein männlicher Duft verband sich mit dem derben Geruch feuchter Erde und die Erinnerungen versammelten sich wie alte Freunde um sie.

»Ich bin verrückt nach dir, Kleines«, sagte er mit rauer Stimme. »Ich erinnere mich noch daran, wie wir das erste Mal hier waren. Wir waren beide wütend darüber, dass wir unsere Beziehung verstecken mussten.«

»Wir haben gesagt, dass wir es am nächsten Tag jedem erzählen würden.«

»Aber am nächsten Tag fand der Homecoming-Ball statt, und wir hielten es beide für besser, noch zu warten.«

Sie atmeten schwer von den heftigen Gefühlen und von der Hitze zwischen ihnen, doch es lag sicher auch an den Erinnerungen, die sich zurückmeldeten. Grace betrachtete die alte überdachte Brücke, die unter dem grauen Nachthimmel Wache stand, die verwitterten Holzbretter, die an manchen Stellen fehlten und an anderen schief herunterhingen. Das hohe Gras auf dem Abhang wogte im Maiwind und brachte eine Erinnerung – so deutlich wie die Liebe zwischen ihnen – an eine Zeit zurück, bevor sie sich getrennt hatten. Eine Woche, einen

Monat vorher war es, sie wusste es nicht genau, aber sie erinnerte sich daran, dass sie Reed ihr größtes Geheimnis anvertraut hatte. So sehr sie nach New York gehen wollte, so hatte sie doch eine große Angst davor, alles, was sie kannte und liebte, hinter sich zu lassen – obwohl Sophie mit ihr gehen und das gleiche College besuchen würde. Er hatte ihr mit einem unglaublich ernsten Gesichtsausdruck in die Augen geschaut, und seine dunkelblauen Augen hatten ihr Mut gemacht, noch bevor er ein Wort gesagt hatte. Doch dann hatten seine Worte ihr sogar noch mehr Stärke gegeben: *Du bist das mutigste und stärkste Mädchen, das ich kenne. Es gibt nichts, was du nicht tun kannst, Gracie, und ich werde dich bei jedem Schritt auf diesem Weg anfeuern.* Sie hatte sich so oft an diese Worte geklammert, und sie war sich sicher, dass sie es nur mit ihrer Hilfe geschafft hatte, in der Betonwüste der Großstadt Wurzeln zu schlagen.

Reed stieg aus und ging um den Pick-up herum auf die Beifahrerseite.

»Wir waren immer eins«, sagte sie, als sie zur offenen Tür rutschte.

Reed legte die Arme um sie und zog sie ans Ende des Sitzes, um sich zwischen ihre Beine zu stellen. Er vergrub sein Gesicht an ihrer Brust und hielt sie ganz fest.

Sekunden später betrachtete er forschend ihr Gesicht. »Warum schlägt dein Herz so schnell?«

»Mir wurde gerade bewusst, wie egoistisch ich war, als wir uns getrennt haben.«

»Das darfst du nicht einmal *denken*, Grace. Wir dachten beide, dass ich nie von hier weggehen würde, und wir wussten beide, dass du gehen musstest.«

»Aber ich habe nur an mich gedacht«, meinte sie mit einem verzagten Gesichtsausdruck. »Das war egoistisch.«

»In dem Alter sind alle Jugendlichen egoistisch. Mensch, ich war auch total egoistisch. Ich bin derjenige, der gesagt hat, dass er nie weggehen würde, weißt du noch? Ein besserer Freund hätte gesagt, der er dir überallhin folgen würde.«

Er schob ihr die Haare über die Schulter zurück, und seine Wut und Anspannung von vorhin waren diesem ernsthaften, liebevollen Blick gewichen, der ihr Innerstes so aufwühlte.

»Letztendlich hast du das gemacht, was für uns beide das Beste war. Wenn ich hier geblieben wäre, hätte ich nie genug Geld verdient, um das Theater zu kaufen. Lass es gut sein, Kleines. Wir haben beide Fehler gemacht, aber dass du unsere Beziehung beendet hast, als du aufs College gegangen bist, war keiner.«

Sie nickte nur, denn sie hatte Angst, wenn sie den Mund öffnete, könnte sie ihn fragen, warum er ihr so bereitwillig vergab, mit seinem Vater aber nicht einmal sprechen wollte. Doch sie kannte die Antwort. Ihre Entscheidung war einvernehmlich gewesen, aber die von Frank war einseitig gefällt worden. Und welcher Grund könnte es rechtfertigen, sein eigenes Kind im Stich zu lassen? Vielleicht waren einige Wunden wirklich zu tief, als dass sie jemals heilen konnten.

Sie nahm die Tüte vom Bäcker, während Reed die Decke aus dem Auto holte und sie auf dem Gras ausbreitete. Sie beobachtete ihn und fragte sich, wie er gegen seine Neugier ankämpfte. Sie selbst wollte Franks Gründe erfahren – damit Reed mit der Vergangenheit abschließen konnte, aber auch damit sie selbst die Antworten erhielt. Und sie musste immer wieder an die Frage seines Onkels zu seinen eigenen zukünftigen Kindern denken. Daran hatte sie noch nicht gedacht, aber Roy hatte recht. Wie gingen Eltern mit einer so sensiblen Situation um? Gab es die eine richtige Art, damit umzugehen? Sie wusste, dass Reed noch nicht bereit war, darüber zu reden, daher versuchte sie, es für den Moment zu verdrängen.

Sie zog ihre Stiefel aus, zeigte auf die Decke und sagte: »Setz dich.«

Bei dem erregten Ausdruck in Reeds Augen war sie heilfroh, dass sie das schwierigere Thema vertagt hatte. Er setzte sich, und sie zog ihm die Stiefel aus, wobei sie sich bewusst war, dass er jede Bewegung von ihr aufmerksam beobachtete.

»An dem Abend, nachdem wir uns getrennt hatten …« Sie setzte sich rittlings auf seinen Schoß und griff nach der Bäckertüte. »An dem Abend war ich im Pastry Palace und habe jedes Eclair gekauft, das sie hatten. Alle sieben. Dann bin ich hierher gefahren, aber als ich oben auf dem Hügel ankam, sah ich deinen Pick-up am Wasser. Ich habe dich eine Ewigkeit beobachtet. Du bist auf und ab gegangen, dann hast du dich hingesetzt, die Knie angezogen und die Arme um sie geschlungen, den Kopf gesenkt. Wenige Minuten später bist du wieder hin und her gelaufen. An dem Abend habe ich mir die Augen ausgeweint und jedes einzelne der Eclairs gegessen. Und als ich nach Hause kam, hast du mir geschrieben, dass du mich ständig in deiner Nähe spürst.«

»Du warst hier …? Die ganze Zeit?«

Sie nahm ein Gebäck aus der Tüte. »Ja, aber ich wusste, wenn ich hinunter käme, würden wir uns wieder in den Armen liegen und es wäre noch schwerer geworden. Ich weiß nicht, was du über Frank oder Roy oder die ganze Sache denkst, und ich muss es nicht wissen, bis du bereit bist, darüber zu reden. Aber das hier« – sie brache das Eclair in zwei Hälften und legte ein Stück auf die Tüte – »wird mit Sicherheit helfen.«

Sie tauchte den Finger in die cremige Mitte. Sein Blick durchbohrte sie, als er ihr Handgelenk ergriff und ihren Finger in seinen Mund steckte, ihn mit seiner Zunge umspielte. Verführerisch leckte sie noch mehr Creme von dem Gebäck ab.

»Mhm. Probier mal …« Sie hielt das Eclair an seine Lippen.

Er biss ein Stück ab, und in der nächsten Sekunde hatte er sie schon rücklings auf die Decke geworfen, verschlang sie mit schokoladigen, cremigen Küssen. Heftig zerrte er an ihrem T-Shirt, zog es über ihre Brüste und zerrte den BH gleich mit zur Seite. Bewundernd stöhnte er auf, als er seinen Mund auf eine Brust senkte und so fest saugte, dass sie spürte, wie sie feucht wurde. Sie klammerte sich an seine Haare und drängte sich seinem Mund entgegen. Als er mit seinen Zähnen über die Brustwarze fuhr, krallte sie sich in seinen Rücken, zog am Saum seiner Jeans, winselte und bettelte – *bettelte!* – nach mehr.

»Vergiss den süßen Kram. Du bist alles, was ich je brauche«, stieß er mit rauer Stimme hervor, als er sie um ihren glückseligen Verstand brachte.

Ihre T-Shirts flogen durch die Luft. Dann Graces BH. Sie saß auf der Decke und rutschte aus ihrer Jeans heraus, während Reed seine herunterstreifte und beide zur Seite schubste. Sie streckte die Hände nach ihm aus, ihr nackter Körper schimmerte im Mondlicht. Er nahm ihre Hand und ging auf die Knie, gefesselt von der Liebe in ihren Augen.

Langsam sank er hinab, nahm ihre weiche Wärme in sich auf, als sich ihre Oberschenkel berührten, und spürte ihre Feuchte an der Spitze seiner Härte. Leicht glitten ihre Finger über seinen Rücken, als ihre Oberkörper aufeinandertrafen und miteinander verschmolzen. Sie schloss die Augen nicht, schaute nicht weg. Sie versenkte ihren Blick in seinem, ganz so wie in der ersten Nacht, in der sie sich geliebt hatten und in der sie etwas nervös und vor allem wahrhaft schön ausgesehen hatte. Er hielt sie in seinen Armen geborgen, während seine Finger über ihre Schultern streiften und seine Lippen über ihre strichen.

»Ich will dir alles erzählen.« Er küsste sie sanft. »Nachher …«

Schwer und drängend, gleichzeitig schwerelos und leicht fanden ihre Münder und Körper zusammen. Mit von Begehren verschleierten Augen sah sie an ihren verschmolzenen Körpern hinab.

»Mach *ganz* langsam«, flüsterte sie.

Langsam war nicht gerade ihrer beider Stärke, aber sie war sich sehr wohl bewusst, dass sie einander mit jedem Kuss noch mehr begehrten. Ihn verrückt zu machen, war eines ihrer Lieblingsspiele gewesen. Niemals hätte er vergessen können, wie sie ihn immer gern angefleht hatte, so langsam zu sein, dass es fast schmerzhaft war, damit sie beide jeden Zentimeter seiner Länge spürten, die Hitze und die Enge ihrer Mitte, gefolgt von kalter Luft, wenn er sich zurückzog, und dann der Woge der Hitze, die über sie schwappte, wenn ihr Körper ihn wieder vollständig aufnahm.

Sie drückte ihn tiefer in sich, als sie die Hüfte hob, forderte ihn lautlos auf, noch weiter in sie zu dringen, über den Punkt hinaus, an dem er dachte, es ginge nicht weiter. Er stieß langsam und unaufhörlich, bis ihre Erregung seine Hoden tränkte und es physisch unmöglich war, sich noch tiefer in ihr zu vergraben.

»Oh!« Ihre Stimme war schrill, bedürftig. »Bleib genau da.«

Er benutzte die Zehen, um die Balance zu halten, und umklammerte ihre Schultern, damit er sie gleichzeitig zur

Regungslosigkeit zwingen konnte, während er seine Hüfte bewegte.

»Oh … ja!«

Ihre Fingernägel bohrten sich in seine Haut, während ihre Hüfte in einem schnellen, schwindelerregenden Tempo auf und ab stieß.

»Bleibdableibdableibda«, flehte sie.

Als würde er jetzt etwas ändern. Auf keinen Fall. Ihre inneren Muskeln hielten ihn so fest, dass er gegen das Bedürfnis ankämpfte, schnell und hektisch in sie zu stoßen, um sie beide über den Gipfel zu treiben. Sie schloss die Augen, legte den Kopf in den Nacken und beim nächsten Atemzug krümmte sie sich, krallte sich in seine Haut und ihr Körper zog sich immer wieder um seine Länge zusammen. Ihre Gesichtszüge verzerrten sich vor Lust, während unverständliche Laute über ihre Lippen kamen. Die Hitze schoss ihm über den Rücken, versammelte sich im Unterleib wie eine pulsierende Bombe kurz vor der Explosion. Er kämpfte gegen den Druck an, wollte in diesem wonnigen Moment verharren, wollte ihre Körper zusammenschmelzen lassen, damit sie nie mehr getrennt würden. Ihre Laute wurden leiser, schlichen sanft und verlockend von ihren Lippen. Ihre Augenlider flatterten, ein Zittern vibrierte in ihr und reizte seine Härte mit tödlicher Präzision.

»Ich muss —«

Seine Worte waren bittend und entschuldigend zugleich, während sein Körper die Kontrolle übernahm. Er zog ihre Beine an seine Oberschenkel. Ihre Fersen bohrten sich hinein, als er seine Hände unter ihren Hintern schob, sie anhob und so neigte, dass er den Punkt traf, von dem er wusste, dass es sie in ungeahnte Höhen katapultieren würde. Er nahm ihren Mund in Beschlag, Stromschläge fuhren durch seinen Körper,

Lichtbögen entstanden zwischen ihnen, um sie herum, turbulent und sinnlich. Hypnotisierend. Jeder Zentimeter von ihm – von seinem Kopf über seine Bauchmuskeln und den Rücken bis hin zu seinen Zehenspitzen – entzündete sich, als sie in ihre Küsse stöhnte, ihr Körper vor Ekstase bebte und den letzten Faden seiner Kontrolle zerriss. Heiße Wogen der Leidenschaft wüteten in ihm, während er sich noch verzweifelt bemühte, konsequent genug zu sein, um ihr noch mehr und länger Lust zu bereiten. Doch er war in einem Strudel von Empfindungen verloren, zu keinem einzigen Gedanken fähig und gab sich der herrlichen Macht ihrer Liebe hin.

Lange nachdem sich ihre Atmung beruhigt hatte, lagen sie auf der Seite, unter dem Sternenhimmel ineinander verschlungen.

»Vielleicht hätte ich an dem Abend doch an den Fluss hinuntergehen sollen«, sagte sie mit der gesättigten Stimme einer befriedigten Liebenden. »Das war so viel besser als Eclairs.«

Er küsste ihre geröteten Wangen. »Ich bin wahnsinnig verliebt in deine Ablenkungsmanöver.«

»Ach ja?« Sie schaute zum Fluss und löste sich aus seiner Umarmung.

»Grace …?«

Mit einem verschmitzten Blick stand sie auf und rannte ins Wasser. Reed lief hinter ihr her und packte sie an der Taille. Sie kreischte und klammerte sich küssend und lächelnd an ihn.

»Wie konnte ich nur so dumm sein und dich gehen lassen, Gracie?«

»Du warst nicht dumm. Wir beide mussten raus in die Welt, um uns zu finden. Jetzt weiß ich genau, wohin ich gehöre.«

Dann bleib, lag ihm auf der Zunge. Aber diese Bitte wäre unfair. »In meine Arme, Kleines. Dahin gehörtest du schon immer.«

Viel später, gesättigt von Eclairs und trunken vor Liebe, fuhren sie nach Hause.

»Möchtest du den Schuhkarton erst einmal wegstellen?«, fragte Grace.

»Ich weiß nicht, was ich will«, sagte er aufrichtig und zog sie in seine Arme. »Außer noch mehr von dir.«

»Ich denke einfach … All die Jahre habe ich mich verletzt und hintergangen gefühlt, weil ich dachte, du hast die Gegend für jemanden oder etwas anderes verlassen. Als wir uns das erste Mal wiedergesehen haben … Wenn wir uns nicht die Zeit genommen hätten, uns auszusprechen, wenn du mich nicht gedrängt hättest, an diesem Abend am Fluss mit dir zu reden, wären wir vielleicht niemals, wo wir jetzt sind. Was ist, wenn Frank etwas zu sagen hat, das *du* hören solltest?«

Er dachte, er wäre mittlerweile bereit, über Frank zu reden, aber offensichtlich war er es nicht, denn in seinem Innersten rumorte es allein bei dem Gedanken an den Mann.

Grace streichelte ihm über die Wange. »Ich sage nicht, dass du mit ihm reden sollst. Ich werde dich unterstützen, egal, wozu du dich entscheidest oder nicht. Denk einfach nur daran, dass du mit deiner Entscheidung leben können musst, egal, wie sie ausfällt, wenn der Montag kommt und Frank abreist.«

Zweiundzwanzig

Grace rollte sich am Donnerstagmorgen auf Reeds Bettseite und erwartete, seine kitzelnden Beinhaare und seinen festen, muskulösen Körper zu spüren, sobald er sie an sich zog. Stattdessen lag sie auf einer leeren Matratze. Sie blinzelte den Nebel des Schlafs fort und sagte: »Reed?«

»Bin hier, Kleines.«

Sie krabbelte zum anderen Ende des Bettes. Reed saß gegen die Wand gelehnt auf dem Boden, trug nur eine Jeans und hatte die Beine an den Knöcheln übereinandergeschlagen. Neben ihm lag der offene Schuhkarton. Mit schmerzvollem Ausdruck sah er sie an und ihr Herz zog sich zusammen.

»Alles in Ordnung? Wie lange bist du schon wach?« Sie kletterte aus dem Bett, bekleidet mit einem von Reeds T-Shirts über ihren Pantys, und setzte sich neben ihn. Seine Haare waren feucht und der Duft von Seife lag auf seiner Haut. Wie hatte sie durchschlafen können, während er duschte?

Er legte den Arm um sie und küsste sie auf die Schläfe. »Alles in Ordnung. Ich bin wohl schon ein paar Stunden wach.« Er wedelte mit einem Foto, das er in der Hand hielt. »Ich habe gerade angefangen, die hier durchzusehen.«

»Du hättest mich wecken sollen, damit du dich dem nicht

allein stellen musst.« Sie legte den Kopf auf seine Schulter und er zog sie noch etwas fester an sich.

Er legte das Bild auf seinen Oberschenkel, und Grace stockte der Atem, als sie die schwangere junge Frau auf dem Bild sah. Sie hatte dichte dunkle Augenbrauen und lange Wimpern, grüne Augen, die für ihr schmales Gesicht fast zu groß wirkten, volle Lippen und eine gerade Nase wie Reed. Ihre Haare waren etwas heller als seine, schulterlang. Sie lag auf einem Sofa und trug ein rot-weißes Flanellhemd, das nur über ihren Brüsten zugeknöpft war und zu beiden Seiten ihres runden Bauches fiel. Eine Hand lag auf ihrem Brustkorb, die andere auf ihrem Babybauch. Sie hatte einen wundersamen Ausdruck in den Augen, so als führte sie ein stilles Gespräch mit ihrem ungeborenen Kind. Sie wirkte so jung, so lebendig, dass es schwer zu begreifen war, dass sie bei der Geburt sterben sollte.

»Das ist Lily, meine Mom, als sie mit mir schwanger war«, sagte Reed leise. »Ich habe Dutzende Bilder von ihr gesehen, aber nie so eines. Schau dir ihr Gesicht an. Es sieht so aus, als wüsste sie nicht, dass das Foto gemacht wurde, und doch muss derjenige, der es gemacht hat, direkt vor ihr gewesen sein.«

Ein Kloß bildete sich in Graces Hals. »Oder sie war so in ihre Gedanken an dich versunken, dass es ihr egal war.«

Ein halb glückliches, halb trauriges Lächeln trat in sein Gesicht. Er nahm ein paar andere Fotos aus dem Karton und sagte: »Schau dir ihre Jacke auf diesem Bild mal an. Wildlederkragen, schwarze Fransen auf gelben Schultern, und dieses Halsband …« Er lächelte und fuhr mit dem Finger über die dünne schwarze Chokerkette, die eng an ihrem schlanken Hals anlag. Ein einzelner Stein hing in der Mitte. Sie schaute über die Schulter zur Kamera und die Haare wehten ihr ins

Gesicht. Im Sonnenlicht hatten ihre Haare einen rötlichen Stich. »Langweilig war sie wirklich nicht, oder?«

Er legte das Foto zur Seite und nahm ein anderes. Seine Mutter lachte, die Lippen knallrot geschminkt, die Augen zart betont. Sie stand neben einem Mann, der Reeds Bruder hätte sein können, das gleiche karamellbraune Haar, ernste, nachdenkliche dunkelblaue Augen. Seine Mutter trug ein schickes schwarzes Kleid mit einem weißen Kragen und er trug einen Anzug. Ihre Haare waren länger, und sie sah jünger als auf dem ersten Bild aus. Achtzehn, vielleicht neunzehn?

»Das ist wahrscheinlich Frank«, sagte er zögerlich. »Er sieht jetzt ganz anders aus.«

Sie wusste, dass seine Eltern sich am College kennengelernt hatten, und war nicht überrascht, als er das nächste Foto die beiden mit einer Gruppe von jungen Collegestudenten vor einem Hochschulgebäude auf dem Rasen sitzend zeigte. Die ausdrucksvollen Augen seiner Mutter waren ergreifend sorglos.

Er legte auch dieses Bild beiseite und nahm die letzten beiden aus dem Karton. Auf einem hatte seine Mutter eine Popcornschüssel auf ihrem Babybauch abgestellt und las gegen einen Baum gelehnt in einem Buch.

»So vieles wünsche ich mir gerade«, sagte Reed leise, »und es ist verrückt, wenn man weiß, dass nichts davon jemals wahr wird.«

Grace umarmte ihn. »Es tut mir so leid.«

Reed betrachtete das letzte Bild sehr lange. Es war das Foto eines winzigen Babys auf dem Arm eines Mannes. Das Bild zeigte den Mann von der Brust bis zum Bauch, erkennen konnte man ihn nur an den Narben auf seinem Arm.

»Glaubst du, dass du das bist?«, fragte sie.

Er nickte. »Ich habe Franks Narben gesehen.«

»Was ist passiert?«

Reed zuckte mit den Schultern. »Keine Ahnung.«

Er legte das Bild zurück und nahm ein Tagebuch mit Kunstlederumschlag heraus. Unsicher sah er sie an. Die Welt um sie herum schien stillzustehen.

Reed atmete tief durch und schlug es auf. Schweigend lasen sie die Widmung auf der ersten Seite.

Lils, danke, dass du unsere Liebe lebendig gemacht hast. Für immer und ewig, Frankie.

Reeds Augen wurden feucht und Grace empfand ebenso. Sie schmiegte sich noch enger an ihn, umklammerte seinen Arm und versuchte, sich nicht von ihren Emotionen überwältigen zu lassen. Sie musste für Reed stark sein. Sie war so froh, dass er sich dem Karton stellte. Sie wusste, wie viel Mut dazu notwendig war, und so sehr sie ihm das sagen und ihn für seine Stärke loben wollte, so wollte sie doch nicht den Moment zerstören und seine Suche nach Antworten unterbrechen.

Er blätterte um, und Grace wandte den Blick ab, um ihm seine Privatsphäre zu lassen. »Ich gehe unter die Dusche.«

Reed zog sie an sich und küsste sie. »Danke«, gab er gequält von sich und machte es so noch schwerer für sie, ihn allein zu lassen.

Sie versuchte, schnell zu duschen, aber als das Wasser auf sie prasselte, breitete sich der Schmerz in ihr aus, erfüllte peinigend ihre Brust. Sie litt wegen Reed und all dem, was er entdecken mochte. Weil er nie eine Mutter kennengelernt hatte, die ihn eindeutig und zweifellos liebte, und dieser Schmerz wurde zu einem Schuldgefühl. Sie hatte eine Familie, die sie liebte. Eine Mutter, die nichts mehr wollte, als dass ihre Kinder ständig in ihrem Haus ein und aus gingen. Einen Vater, dessen Liebe ihn überfürsorglich machte. Und sie war mit achtzehn Jahren abgehauen und hatte selten zurückgeschaut.

Bis jetzt.

Das Schuldgefühl drang ihr bis in die Knochen, während sie sich gegen die Kacheln lehnte, in die Hände schluchzte und ihre Tränen sich mit dem Wasser mischten. Dann zersprang diese Schuld in Tausend Stücke, schnitt wie Glasscherben in sie, und dann weinte sich nicht mehr wegen dem, was sie hatte, sondern was Reed nie haben würde.

Nach ihrer Dusche fand sie Reed im Wohnzimmer, wo er auf und ab ging, mit gerötetem Gesicht, hervortretenden Adern an Hals und Armen, und seine Augen – diese ernsthaften, liebevollen Augen, in die sie sich Tag für Tag mehr verliebte – waren ein einziges dunkles Meer der Trauer. Als sie zu ihm ging, blieb er abrupt stehen und durchbohrte sie mit seinem Blick.

»Komm mir nicht zu nahe, Grace«, warnte Reed sie.

»Warum? Was ist passiert?«

»Was passiert ist? Das würde ich auch gern wissen.« Er schlug das Tagebuch auf und las: »»Ich kann es kaum abwarten, unser Baby kennenzulernen. Frankie ist ganz außer sich vor Freude, spricht mit meinem Bauch, erzählt Geschichten von sich als Junge und wie er sich am ersten Tag verliebt hat, als wir uns kennengelernt haben. Er liebt unser ungeborenes Kind ebenso sehr wie ich.«« Wütend blätterte er ein paar Seiten weiter: »»An manchen Tagen denke ich, ich könnte ohne Frankie nicht atmen. Wenn meine Füße wehtun, massiert er sie. Wenn ich traurig bin, tanzt er mit mir. Er tanzt! Unser Baby hat das größte Glück auf Erden, ihn zum Vater zu haben.«« Reed klappte das Tagebuch zu und umklammerte es.

»Aber all das ist doch gut, oder?«

»Gut?«, stieß er hervor. »Das ist verdammt wunderbar. Was ist mit *dem* Typen passiert? Wohin ist er verschwunden, nachdem sie gestorben ist? Denn dieser Mann? Dieser Frankie? Das kann nicht der Mann sein, der mich zurückgelassen hat.«

»W-was …?«

»Genau«, schnaubte er und nahm auf dem Weg nach oben zwei Stufen auf einmal, während Grace hinter ihm her eilte. Er zog ein T-Shirt aus der Schublade und streifte es über. Dann steckte er die bloßen Füße in die Stiefel und ging nach unten.

Sie folgte ihm. »Wohin gehst du?«

»Ein paar Antworten holen.«

»Warte eine Sekunde, ich muss noch Schuhe anziehen.«

»Du kommst nicht mit, Grace.« Er griff nach seinen Schlüsseln.

»Du solltest das nicht allein machen«, flehte sie ihn an. »Du bist zu aufgewühlt.«

»Genau deswegen muss ich es allein machen.« Den Türknauf in der einen Hand, die andere um seine Schlüssel zur Faust geballt, zögerte er gerade lang genug, um zu sagen: »Ich liebe dich, Gracie«, bevor er zur Tür hinausstürmte.

Dreiundzwanzig

Reed stürmte mit einem Tunnelblick ins Marriott Hotel, entschlossen, ein paar Antworten zu bekommen oder zumindest Frank zu sagen, was er davon hielt, dass er seine verstorbene Mutter im Stich gelassen hatte. Sein Herz schlug wie wild, als er mit dem Aufzug in Franks Etage fuhr, und es hämmerte sogar noch stärker, als er mit dem Tagebuch in der Hand den leeren Flur entlang zum Zimmer 433 ging. Warum zum Teufel hatte Frank es ihm gegeben? Nur um ihn noch mehr zu quälen?

Er stand vor Franks Tür, kämpfte mit der Wut und wehrte sich gegen die Angst davor, wie er wohl reagieren würde, wenn er dem Mann gegenüberstand, der ihn verlassen hatte. Er donnerte gegen die Tür, dann noch einmal. Als er das Geräusch der zur Seite geschobenen Kette hörte, wurde seine Angst noch größer. Beim Geräusch des Riegels ballte er die Fäuste.

Blind vor Wut drängte sich Reed in das Zimmer, sobald die Tür aufging, und fuchtelte mit dem Tagebuch herum. »Du warst ein großartiger Ehemann, ein großartiger Mann. Was ist passiert, verdammt noch mal?« Er drehte sich herum und sein Magen zog sich zusammen. Franks Augen waren eingefallen, umgeben von dunklen Ringen, sein unrasiertes Gesicht war noch hagerer, als Reed es in Erinnerung hatte. Sein todblasses

Gesicht war gelblich und stand in seltsamem Kontrast zu seinem zerknitterten weißen T-Shirt. Die Flanellhose von seinem Pyjama hing an der klapprigen Gestalt herunter. Er sah eher aus wie ein Achtzigjähriger als wie jemand in den Fünfzigern.

Reed wandte sich ab, atmete stockend durch. Sein Blick fiel auf Pillendosen am Bett, ein halbleeres Wasserglas und ein gerahmtes Foto, das ihn fast zu Boden sinken ließ. Auf dem Foto hatte seine Mutter ihre Haare zu einem Dutt hochgebunden. Sie kniete auf dem Rasen und trug ein gestreiftes T-Shirt, das unter ihren Brüsten zusammengerafft war, weil ihr Babybauch zu groß und rund für ihren zierlichen Körper war. Ein großes rotes Herz war auf ihren Bauch gemalt, die Worte *Unsere Liebe, unser Leben* über die runden Hälften des Herzens geschrieben. Sein Vater kniete hinter ihr, die Arme um ihre Schultern gelegt, und hielt sie so fest, dass es Reed das Herz brach. Das Gesicht seines Vaters war nach unten geneigt, er hatte die Augen geschlossen und seine Lippen gegen ihre Wange gedrückt. Seine Mutter hatte die Augen ebenfalls geschlossen. Sie lehnte sich in den Kuss und ihre Lippen zeigten das Lächeln einer liebenden Frau.

Er spürte, dass sein Vater sich bewegte, und zwang sich, ruhiger zu atmen.

»Ich habe sie verloren«, sagte sein Vater niedergeschlagen, als er sich auf einen Stuhl sacken ließ. »Wir haben sie verloren.«

»Das reicht nicht«, sagte Reed wütend, den Blick noch immer starr auf das Foto gerichtet, während er versuchte, Stärke zu finden, um die Bedeutung dessen zu ignorieren, was er so deutlich vor sich sah: die Pillendosen, Franks geschwächter Zustand und die gelbliche Blässe. Er wollte an seiner Wut festhalten, damit sie den Schmerz und Hass aufrechterhielt, die er in sich trug.

»Nein, für die meisten würde es wohl nicht reichen«, sagte sein Vater. »Sie war meine Welt, Reed. Sie war der Grund dafür, dass ich atmete, seit der Zeit, als ich noch kaum ein Mann war.«

Reed wirbelte herum, die Fäuste geballt, Zorn raste pulsierend durch seine Adern, und er konnte nicht verhindern, dass Worte des Hasses herausplatzten: »Wie konntest du sie dann im Stich lassen? Wie konntest du ihrem – *deinem* – Sohn den Rücken kehren?«

Franks Blick wanderte zu dem Foto auf dem Nachttisch. »Weil es nicht an mir war, dich zu behalten«, sagte er matt, als hätte er nicht die Energie, um die Stimme zu erheben.

»Was?«, fuhr Reed ihn an.

Frank hob seinen traurigen Blick zu Reed. »Es war nicht an mir, dich zu behalten. Du bist nicht mein Sohn.«

»Ich habe keine Ahnung, was für ein Spiel du spielst, aber hör mit dem Mist auf. Ich habe Fotos von dir gesehen, als du jung warst. Wir sehen uns sehr ähnlich.«

»Keine Spiele, Reed. Dafür habe ich keine Zeit. Als ich meine Eltern verlor, bin ich abgestürzt. Hab ziemlich an der Flasche gehangen. Deine Mutter wollte mit einem Alkoholiker nichts zu tun haben, und ich habe es ihr überhaupt nicht übelgenommen, dass sie mich rausgeworfen hat. Es hat fast vier Monate gedauert, bis ich wieder trocken und stabil genug war, dass sie mich zurückgenommen hat. Während unserer Trennung ist sie mit einem Musiker zusammen gewesen.«

Reeds gesamter Körper spannte sich an, Ungläubigkeit durchströmte ihn.

»Sie hat mit ihm Schluss gemacht, als wir wieder zusammenkamen. Zumindest hat sie mir das erzählt. Wenige Monate später fanden wir heraus, dass sie schwanger war. Ich dachte, du wärst von mir. Ich hatte keinen Grund, etwas anderes zu glauben, und Reed, ich habe dich damals geliebt und diese Liebe ist nie gestorben.« Mit feuchten Augen klopfte er mit der Faust gegen sein Herz.

Reed war kurz davor, das mit der Liebe als Quatsch abzutun, doch er verkniff sich den Spruch.

»Dann bekam deine Mutter eines Tages einen Anruf. Der Typ, mit dem sie zusammen gewesen war, war gestorben. Überdosis. Sie brach noch am Telefon zu einem schluchzenden Haufen Elend zusammen.«

Tränen stiegen Frank in die Augen und brachten Reed zum Weinen – um seine Mutter, seinen Vater, Frank oder sich selbst, das wusste er nicht.

»An dem Tag setzten ihre Wehen ein. An dem Tag sagte sie mir, du wärst nicht von mir. Aber sie schwor – schwor bei allem, was möglich war –, dass sie uns beide liebte, mich und den anderen Mann.«

Reed sackte auf die Bettkante, befahl sich zu atmen, versuchte, diese neue, schreckliche Information zu verarbeiten.

»Als sie starb«, fuhr Frank fort, »dachte ein Teil von mir, dass sie einfach aufgegeben hatte. Dass sie den anderen Typen liebte und alles zu viel für sie war. Es war nicht gerecht und es war nicht richtig, aber ich war ein Wrack, und dann hatte ich da dieses winzige Baby, das Baby von jemand anderem, um das ich mich kümmern sollte. Wo ich mich doch nicht einmal um mich selbst kümmern konnte. Ich hatte die Frau verloren, die ich liebte, und herausgefunden, dass das Kind, das in ihr gewachsen war, zu einem anderen Mann gehörte. Ich war kaum in der Lage zu funktionieren. Ich habe es versucht, Reed. Ich habe versucht, das Richtige zu tun, aber jedes Mal, wenn ich dich anschaute, sah ich sie mit einem anderen Mann. Nach zwei

Tagen in unserer Wohnung, in der Wohnung, in der ...« Er schluckte, wischte sich mit der Handfläche über die Augen und sagte: »In der ich sie geliebt habe. Die Wohnung, in der ihre Lügen weiterlebten. Es war erdrückend, als säße man in einem Zug, der aus den Gleisen geraten war. Ich fing wieder an zu trinken, wachte auf, weil du in deiner Wiege geschrien hast, und ich wusste, dass ich es nicht schaffen würde.«

Reed verschränkte die Hände im Nacken, starrte auf den Boden und versuchte, sich daran zu erinnern, wie man atmete.

»Ich habe keiner Menschenseele etwas von dem anderen Mann erzählt. Seinen Namen habe ich nie erfahren, auch nicht, wo er lebte oder wer an jenem Tag angerufen hat. Nichts«, sagte Frank. »Ich habe es nicht einmal Roy oder Ella erzählt. Ich wollte nicht, dass sie schlecht von ihr denken.«

Nach all dem hast du meine Mutter beschützt?

Reed hielt den Blick auf den Boden gerichtet, der unter ihm zu schwanken schien. »Und ... dann? Dann hast du mich verlassen und nie zurückgeschaut?«

»Ich habe dich bei Menschen gelassen, die dich liebten und in der Lage waren, dir das Leben zu geben, das ich dir nicht geben konnte. Ich wusste, wenn ich Teil deines Lebens wäre, würde ich es nur vermasseln. Ich hab den Bundesstaat verlassen und bin immer weiter gefahren, hab nur lang genug angehalten, um mich volllaufen zu lassen, den Rausch auszuschlafen und dann wieder weiter. Einmal bin ich zurückgekommen, um dich zu sehen. Du warst so klein und glücklich. Du hattest Menschen, die dich geliebt haben, deren ganzes Universum sich um dich drehte. Lily hätte es gewollt, dass du bei Ella und Roy lebst. Ich dachte, ich könnte den Alkohol vielleicht wieder besiegen, aber ich war zu kaputt, und dich zu sehen, erinnerte mich nur an das, was ich verloren hatte. Ich war zu schwach und das wird mir immer leidtun. Ich wusste, dass du ohne mich besser dran warst, also ging ich in eine Bar. Am nächsten Tag bin ich wieder weggefahren. Ich habe getrunken, in meinem Auto gelebt, auf der Straße, kam irgendwie über die Runden. Und dann wurde ich krank.«

Reed fasste sich an die Nasenwurzel und drückte fest zu, versuchte, das bange Gefühl abzuwehren.

»Deine Mutter kam im Traum zu mir und sagte, ich soll zu einem Arzt gehen.« Franks Stimme zitterte. »Mein Schutzengel, sogar nach all dem noch. Ich ging in eine Klinik, ließ eine Menge Tests über mich ergehen. Seit sechs Monaten bin ich trocken, und die sagen, ich hätte ungefähr noch ein Jahr zu leben. Leberkrebs, Stadium vier.«

Reed schloss die Augen und ein schmerzerfüllter Laut entwich ihm, bevor er es verhindern konnte. Seine Welt war ins Trudeln geraten, und er wusste nicht, woran er sich noch festhalten sollte oder was für einen Sinn das alles ergab. Sein echter Vater hatte ihn also doch nicht verlassen; er war gestorben. War das eigentlich besser? Hatte sein echter Vater gewusst, dass seine Mutter mit seinem Kind schwanger war? Hatte seine Mutter den anderen Mann mehr geliebt als Frank? All diese Fragen konnte er nicht stellen, denn die Antworten würde er nie erhalten. Und Frank, dieser Mann, der *nicht* sein Vater war, starb? Das Atmen schmerzte, das Denken …

Er schaute zu Frank, einem gebrochenen Mann, dessen restliche Zeit begrenzt war, der höllische Mühen auf sich genommen hatte, um …? »Warum bist du zurückgekommen? Warum nimmst du das hier auf dich?«

Franks Blick fiel hinunter auf seine Hände, mit denen er nervös herumnestelte. »Ich habe deine Mutter wahnsinnig geliebt. Ich dachte, wir würden unser Leben miteinander verbringen, und dann, an einem einzigen Tag, zerstörte sie meine ganze Welt. Ich verlor sie, und ich hatte dich, aber du gehörtest nicht wirklich zu mir. Kein einziger Tag ist vergangen, an dem ich nicht an dich gedacht habe und gewünscht habe, ich wäre stärker. Es ist meine Schuld. Ich bitte nicht um Vergebung. Ich bin auf dem Weg hinaus aus dieser Welt und ich werde diese Schuld mit ins Grab nehmen. Aber als ich trocken war, wusste ich, dass ich dich finden musste. Ich wollte dir sagen, dass es mir leidtut. Sie hätte gewollt, dass du die Wahrheit über unsere Geschichte erfährst und dass du ihre Sachen bekommst. Sie hat dich von dem Moment an über alles geliebt, an dem sie erfuhr, dass sie schwanger war. Ihre Liebe zu mir kam und ging vielleicht, aber die Liebe zu dir nicht. Niemals. Sie spürte, dass du ein starker Junge warst, noch bevor du auf die Welt kamst. Sie meinte, ein Mädchen würde nicht so kräftig strampeln.« Er lächelte, als durchlebte er die Erinnerung noch einmal. »Einen Monat vor deiner Geburt gab sie dir den Namen Reed. Sie sagte, Ried, das Schilfgras, ist stark und hat lange Wurzeln, die sich weit und tief erstrecken. Sie wollte, dass du stark bist und Wurzeln hast, auf die du dich verlassen kannst. Roy und Ella haben dir das gegeben, und ich werde ihnen für immer dankbar dafür sein, dass sie das taten, wozu ich nicht in der Lage war.«

Vierundzwanzig

Grace schrubbte jede Oberfläche in Reeds Haus. Sie kümmerte sich um die Wäsche, machte das Bett und polierte gerade Reeds Stiefel, als sie die Tür von seinem Pick-up zuknallen hörte. Sie rannte die Treppe hinunter und stieß ihn auf der Veranda fast um.

Sie packte ihn und versuchte, seinen Gesichtsausdruck zu deuten. »Du bist zurück. Geht es dir gut? Wie war es?«

Er berührte ihre Lippen mit seinen und ein kleines Lächeln trat in sein Gesicht, als er ihr Handgelenk anhob und die Handschuhe beäugte.

»Ich habe gerade deine Stiefel poliert.«

»Meine Stiefel? Grace, Kerle polieren ihre Stiefel nicht.« Er nahm sie bei der Hand und sie setzten sich auf die Verandastufen. Das Tagebuch seiner Mutter legte er neben sich.

»Du warst so durcheinander, als du gingst. Ich wollte etwas für dich tun, aber ich wusste nicht, was man in einer solchen Situation macht. Also habe ich das Haus von oben bis unten geputzt. Ich habe unten am Fluss Blumen gepflückt, um die Zimmer freundlicher wirken zu lassen und dich aufzumuntern. Und dann wollte ich mich an den Dachboden machen, aber ich wollte nicht, dass du denkst, ich schnüffele herum. Also habe ich deine Stiefel poliert.«

Er zog sie noch näher an sich. »Weißt du, wie sehr ich dich liebe?« Er drückte seine Lippen auf ihre Schläfe. »Danke, Kleines, aber wenn du das nächste Mal das Bedürfnis hast, etwas zu polieren, da hätte ich ein sehr williges Körperteil …«

Sie lächelte, aber ihre Sorge erstickte seinen Versuch der Unbeschwertheit. »Um *das* Körperteil kümmere ich mich, nachdem ich mich um dieses gekümmert habe.« Sie legte die Hand auf sein Herz.

Er legte seine Hand auf ihre. »Das andere wäre leichter.«

Dann erzählte er ihr, was er von Frank erfahren hatte, und ihr Herz zerriss mit jeder Information, die er ihr gab, ein Stück mehr. Als er zum Ende gekommen war, klang er erschöpft und sie war sprachlos. So viele Dinge, die Reed geglaubt hatte, waren nicht wahr. Ihr war auch bewusst, dass Frank in der gleichen Situation war. Ihr Herz fühlte mit Frank ebenso wie mit Reed.

Sie kletterte auf seinen Schoß und hielt ihn. »Es tut mir so leid. Aber ich verstehe es nicht. Du siehst genauso aus wie er auf den Fotos. Wie kann das sein?«

»Die Welt ist voll von braunhaarigen Typen, Kleines. Er ist *nicht* mein Vater. Er schien sich da verdammt sicher zu sein.« Er legte seine Stirn an ihre und sagte: »Bitte sag mir einfach nur, dass das, was wir haben, wahr ist.«

»Wir sind wahr, Reed. Wir sind immer wahr gewesen.«

Nach einem langen Schweigen sagte er: »Nachdem ich dachte, ich wäre von meinem Vater verlassen worden, bin ich nun eine Waise. Es wird einige Zeit dauern, bis ich das begriffen habe.«

»Aber du bist nicht wirklich eine Waise. Klar, in gewisser Hinsicht schon, aber Roy und Ella haben dich adoptiert, und sie lieben dich *so* sehr.«

»Absolut. Ich wollte auch nicht kleinreden, was sie alles für mich getan haben. Ich meinte nur …«

»Ich weiß, was du meinst, und ich verstehe, wie sehr das wehtun muss. Glaubst du, dass du Roy und Ella die Wahrheit sagen wirst?«

Er schüttelte den Kopf. »Ich habe versucht, mir darüber klarzuwerden, aber was haben sie davon, wenn sie wissen, dass meine Mutter vielleicht einen anderen Mann geliebt hat, der nicht mehr lebt? Ich werde ihnen von Franks Krankheit erzählen und dass er es einfach nicht schaffte, ein Vater zu sein, nachdem er meine Mutter verloren hatte. Das entspricht ja auch der Wahrheit. Ich werde nie erfahren, ob er das Gleiche getan hätte, wenn ich sein Sohn gewesen wäre.«

Er richtete sich etwas auf, atmete tief durch und rollte die Schultern nach hinten, so als suchte er nach einer bequemen Position, um diese neue Last zu tragen. »Ich würde sie gern anrufen und fragen, ob ich nachher noch mal vorbeikommen kann, damit es vor dem Grillen morgen raus ist. Es wäre mir wirklich lieb, wenn du mitkommen würdest.«

»Natürlich. Ich weiß, dass du wahrscheinlich für immer Millionen unbeantworteter Fragen haben wirst, aber zumindest klingt es so, als hätte Frank euch beide mehr geliebt als sich selbst. Er hat das getan, was er für das Beste für dich hielt, und er hat für die Frau, die er liebte, ein Geheimnis bewahrt, obwohl sein Herz gebrochen war.«

Er schaute in den Garten hinaus, und als sein Blick wieder auf sie fiel, war er milder, nicht mehr ganz so schmerzerfüllt. »Ist es seltsam, dass ich eine gewisse Verbindung zu ihm spüre? Vielleicht sollte ich wütender sein, aber es gehörte eine gehörige Portion Mut dazu, hier aufzutauchen, obwohl er es nicht musste. Vor allem in seinem schlechten Zustand.«

»Ich finde es nicht seltsam. Du dachtest dein ganzes Leben lang, dass er dein Vater ist, und in gewisser Weise war er es. Er war derjenige, der sich um deine Mutter gekümmert hat, als sie schwanger war, und insofern hat er sich auch um dich gekümmert. Ich denke, du wirst alles Mögliche für ihn empfinden, Gutes und Schlechtes, und vielleicht auch für deine Mutter, wahrscheinlich für eine lange Zeit. Vielleicht kommt und geht es, aber egal, was es ist, was es wird, wir überstehen das.«

»Danke, Kleines«, sagte er sanft und umarmte sie wieder. Er schaute hinab auf das Tagebuch seiner Mutter und fragte: »Glaubst du, dass es möglich ist, zwei Menschen gleichzeitig zu lieben? Kann meine Mutter Frank und diesen anderen Mann geliebt haben? Frank wusste weder seinen Namen noch sonst irgendetwas über ihn, außer dass er Musiker war.«

»Ich weiß es nicht«, sagte sie ehrlich. »Manche Menschen können das vielleicht? Ich habe immer nur einen Mann geliebt und kein anderer war je auch nur annähernd so wichtig für mich. Ich kann es mir nicht vorstellen, aber …« Sie zuckte mit den Schultern. »In ihrem Tagebuch klang deine Mutter wirklich so, als liebte sie Frank, und sie sah in ihm deinen Vater, oder nicht?«

»Ja, deshalb frage ich. Im Moment sehe ich einiges nicht so klar.«

»Versteh mich nicht falsch, aber ich glaube nicht, dass es wirklich eine Rolle spielt. Sie liebte einen Mann genug, um dich zu schaffen, und sie liebte einen anderen Mann genug, um mit ihm ein Leben *für* dich zu wollen. Das ist eine Menge Liebe für eine Frau, die nur für so kurze Zeit auf dieser Erde war.« Sie schlang die Arme um seinen Hals und sagte: »Ich bin nur froh, dass sie dich bekommen hat. Ich liebe dich, Reed. Und ich bin für dich da, egal, wie schwer es wird.«

Als Reed und Grace zu Roy und Ella fuhren, war Reed schon in etwas besserer Verfassung. Er war alles andere als in Ordnung, aber er und Grace hatten den Tag abwechselnd mit Gesprächen über Frank, das Majestic und purem Unsinn verbracht. Reed war froh über die Ablenkungen gewesen ebenso wie über die ernsten Gespräche. Grace hatte einen Anruf von Satchel erhalten, der sie auf die Palme gebracht hatte – und sie hatte recht: Sie hatte nach dem Anruf etwas von einem Wirbelwind und wetterte wie ein Tasmanischer Teufel, aber es hatte sie in seinen Augen noch liebenswerter gemacht. Nachdem sie Dampf abgelassen hatte, konnte Reed die Unterhaltung zu dem Theaterstück lenken, das sie mit Nana und den anderen auf die Beine stellte, und ihre Laune hatte sich sofort gebessert. Wenn Reed im Laufe der Jahre etwas gelernt hatte, dann dass das Leben nicht ohne Widrigkeiten vonstattenging. Er hatte sich nie als jemanden gesehen, der jemand anderen brauchte. Aber mit Grace zusammen zu sein, seine privatesten Probleme mit jemandem zu besprechen, der ihn so gut kannte, und für sie da zu sein, wenn sie mit ihrem Latein am Ende war, ließ ihn die Bedeutung von »brauchen« überdenken.

Er schaute über den Terrassentisch zu Roy und Grace, als Ella mit einem Teller Kekse herauskam, und ihm wurde klar, dass er diese drei Menschen, die gerade bei ihm waren, *brauchte*.

Ella stellte den Teller auf den Tisch und warf einen Blick zu Roy, der Reed wie ein Falke beobachtete. Reed hatte ihnen den Grund für seinen Besuch gesagt, als er angerufen hatte, und er wusste, dass sie darauf warteten, dass er etwas über Frank erzählte.

»Deine Lieblingskekse«, sagte Ella, als sie sich auf den Stuhl zwischen ihn und Roy setzte. »Kokosnuss-Cranberry.«

Grace verzog das Gesicht. »Ich muss diese Beziehung vielleicht überdenken. Was ist aus den Chocolate Chip Cookies geworden?«

»Schätzchen, wenn das seine größte Verfehlung ist, dann hast du ziemlich großes Glück.« Roy kicherte und blinzelte Reed zu.

Allein bei diesem Zublinzeln drehte sich Reeds Magen um. Er war nie jemand gewesen, der gern Geheimnisse hatte, und als er nun seinen Verwandten in die Augen schaute – Blutsverwandten, auf die er sich verlassen konnte –, drohte sich Franks Geheimnis den Weg an die Oberfläche zu bahnen.

»Du warst also bei Frank?«, bemerkte Ella so beiläufig, als hätte sie gesagt, er wäre wie jeden Tag zur Arbeit gegangen. »Ich bin stolz auf dich, Schatz. Das war sicher nicht einfach.«

Reed lehnte sich zurück, nestelte mit seinen Händen herum, und ihm wurde bewusst, dass Frank genau das Gleiche getan hatte. Das gab ihm zu denken, und genauso schnell wurde ihm bewusst, dass er aufhören musste, an Frank zu denken, als sei er sein Vater. Er drückte die Handflächen auf die Oberschenkel. Grace legte ihre Hand auf seine, so als merkte sie, dass er nicht wusste, was er mit ihnen tun sollte.

»Es war alles andere als einfach«, bestätigte er, »vor allem, weil ich ihn schon in der ersten Sekunde heruntergeputzt habe.«

Ella zuckte zusammen. »Ach, Schatz.«

Roy zog die Augenbrauen zusammen, sagte aber nichts.

Reed erzählte ihnen vom Inhalt des Schuhkartons, wie wütend er war, als er im Hotel angekommen war, und dann schließlich von Franks Krankheit. »Er ist nicht der, für den ich ihn gehalten habe. Na ja, das ist er schon. Er hat mich zurückgelassen, aber nachdem ich mit ihm geredet habe, bin ich hin- und hergerissen, denn ich verstehe, dass der Verlust meiner Mutter zu viel für ihn war.«

Roys Kinn sackte auf seine Brust, der Blick blieb aber auf Reed gerichtet. »Der Apfel fällt nicht weit vom Stamm. Ich kann mich noch daran erinnern, dass du auch abgehauen bist, nachdem du die Liebe deines Lebens verloren hast.«

Reed schaute zu Grace, als die Wahrheit in Roys Worten ihn traf.

»Die Liebe hat eine große Macht«, sagte Roy. »Ich gebe zu, als Frank neulich hier war und nach dir suchte, war mein erster Impuls, ihm die Hölle heißzumachen. Ich war fuchsteufelswild, weil er dich zurückgelassen hatte und nur das eine Mal hier aufgetaucht war. Aber dann sah ich ihn, und er wirkte, als hätte er all seine Tatkraft verloren.«

Reed wartete darauf, dass er fortfuhr, und als er es nicht tat, fragte er: »Was hast du stattdessen getan?«

»Wir haben ihn auf einen Tee hereingebeten«, sagte Ella vorsichtig. »Er hat sich jahrelang bestraft und er geht dem Ende eines sehr schweren, sehr einsamen Lebens entgegen. Was hätten wir davon gehabt, ihm noch weiter Vorhaltungen zu machen? Er weiß es ja selbst … Stattdessen haben wir ihm etwas gegeben, das ihm die ihm verbleibenden Tage verschönert. Wir haben von dir erzählt, Reed, und was für ein unglaublicher kleiner Junge du warst, von dem neugierigen, klugen jungen Mann und dem ehrenhaften Erwachsenen, der du geworden bist. Wir haben über deine Mutter geredet, wie sehr sie ihn geliebt hat und wie sehr sie sich darauf gefreut hat, dich großzuziehen. Und dann haben wir uns bei ihm dafür bedankt, dass er dich uns anvertraut hat.«

Zum tausendsten Mal an dem Tag kämpfte Reed mit den Emotionen, die ihm die Kehle zuschnürten. Er sah Roy an. »Du bist nicht auf die Idee gekommen, mir das zu sagen, als du bei mir warst, nachdem er bei meinem Haus aufgetaucht ist?«

»Nur weil man etwas tun kann, heißt das nicht immer, dass man es tun sollte.« Roy zwinkerte ihm wieder zu, als er Reeds Worte aufgriff.

»Wir wollten keinen Einfluss darauf nehmen, wie du mit der Situation umgehst«, erklärte Ella. »Das wäre nicht fair gewesen. Er hat uns die Chance gegeben, Eltern zu sein, aber er hat dir etwas Größeres genommen.«

Es kam ihm wie ein Verrat vor, den Menschen, die ihm immer bedingungslose Liebe und Unterstützung gegeben hatten, nicht die Wahrheit über seinen Vater zu erzählen. Aber es ihnen zu sagen, kam ihm wie ein Verrat an der Mutter vor, die er nie kennengelernt hatte, und an Frank, der ihm Klarheit, Ehrlichkeit und den Teil seiner eigenen Geschichte gegeben hatte, die er sonst wahrscheinlich nie erfahren hätte.

Er nahm sich einen Moment Zeit, um einfach nur zu atmen, was er gefühlt nicht mehr richtig getan hatte, seit Frank vor seinem Haus aufgetaucht war. Er trieb haltlos in einem Meer von Gefühlen und Wahrheiten, auf die er nicht vorbereitet gewesen war, und es schien, als gäbe es überall Rettungsringe, wenn er nur gut genug Ausschau hielte. Frank hatte Reed einfach nur die Wahrheit erzählen wollen, bevor er starb. Aber vielleicht brauchte Reed eine stärkere Beziehung zu ihm, auch wenn Frank nicht sein echter Vater war. Er hatte das Gefühl, dass Frank sich nicht dagegen wehren und es vielleicht sogar begrüßen würde. Roy und Ella stünden zu ihm, egal, was er tat. Auch wenn er sein Geheimnis wahrte, so wusste er, dass sie es ihm vergeben würden, denn das taten Eltern nun mal.

Roy beobachtete ihn erwartungsvoll – sein stets gegenwärtiger Vater, der sich um ihn sorgen würde, bis er nicht mehr dazu in der Lage war. Ella hatte ihre Schwester verloren und einen Sohn gewonnen, und sie war eine unglaubliche Mutter. Er hatte sehr lange unter den Entscheidungen anderer Menschen gelitten, und er wollte nicht, dass sie beide unter seinen Entscheidungen litten. Er hatte es verdammt noch mal satt zu leiden. Zum ersten Mal überhaupt fragte er sich nicht mehr, warum sein Vater ihn aufgegeben hatte. Es war an der Zeit, den Heilungsprozess in Angriff zu nehmen. Was Heilung wirklich bedeutete, wusste er nicht genau, aber er war sich sicher, dass er – und auch Roy und Ella – nicht anfangen konnten, gesund zu werden, wenn er eine neue Wunde aufriss.

Er fühlte sich von Graces liebevollem Blick angezogen. Der strahlendste Rettungsring von allen. Seine süße Gracie schenkte ihm alles, was die anderen ihm schenkten – bedingungslose Liebe, Unterstützung, Ehrlichkeit, Geschichte, Klarheit – und noch so viel mehr. Sie war seine Vergangenheit, seine Gegenwart und hoffentlich seine Zukunft.

Er nahm ihre Hand und sagte: »Wenn mir Franks Besuch eines gezeigt hat, dann dass das Leben zu kurz ist, um sich mit der Vergangenheit oder den Was-wäre-wenns aufzuhalten. Ich weiß nicht, was mit Frank passieren wird oder was sonst kommen wird. Aber ich weiß, dass wir den heutigen Abend haben, wir vier, und morgen kommen unsere Familien zusammen. Das sind wundervolle Momente, auf die ich eine verdammt lange Zeit gewartet habe.«

Fünfundzwanzig

Grace war fasziniert von Tuck Wilder, dem sechsundzwanzigjährigen Gitarristen aus Sables Band, der für die Hauptrolle in *Ich bin keine Cinderella* vorsprach. Sie kannte Tuck aus Kinderzeiten. Er hatte ein hartes Leben hinter sich, und das zeigte sich in seinen kalten dunklen Augen, als er durch den Saal des No Limitz schritt und dabei die Haltung und das taffe Gehabe der Figur perfekt traf. Sie hatten den ganzen Nachmittag Castings abgehalten und schon mehrere der Nebenrollen besetzt. Wenn doch nur Off-Broadway-Stücke so leicht zu produzieren wären. Die ganze Woche schon hatte sie sich mit Keagen gezofft, und seine Drohungen, das Stück sausen zu lassen, hatten die Sponsoren in Aufruhr versetzt.

Nachdem Tuck sein Vorsprechen beendet hatte, machte Grace sich noch ein paar Notizen. Er war der letzte Kandidat an diesem Tag. Grace bedankte sich bei ihm und sagte, dass sie E-Mails zur Rollenverteilung schicken würden, sobald die Entscheidungen gefallen waren. Sie hatten bis zum nächsten Samstagabend Termine zum Vorsprechen gemacht und sie reiste am Tag danach ab. Sie hatte das Gefühl, die Besetzung bis dahin gerade unter Dach und Fach zu bekommen.

»Die Modulation seiner Stimme ist perfekt«, sagte Janie.

»Wie sieht er aus?«

Nachdem Tuck den Saal verlassen hatte, sagte Lauryn: »Er ist hübsch, hat eine satt kakaofarbene Haut und gefühlvolle Augen, aber auch etwas Taffes, Provokantes an sich.«

»Er ist unser Bad Boy«, sagte Phoenix. »Kein Zweifel.«

»Das siehst du ganz richtig«, pflichtete Hellie bei. »Der arme junge Mann hat es nicht leicht gehabt. Ich glaube, die Band, in der er spielt, ist das, was ihn noch aufrecht hält. Ich möchte ihn am liebsten mit nach Hause nehmen und noch mal ganz von vorne anfangen. Ihm die elterliche Liebe geben, die er nie hatte.«

Viel Glück dabei. Tucks Eltern waren überaus abweisend, und seine Charakterstärke war zweifellos ebenso ein Teil von ihm wie das Blut, das in seinen Adern floss. Die perfekte männliche Hauptrolle für das Stück.

»Ich würde sagen, wir besetzen ihn, aber das könnte bedeuten, dass Sables Band uns nicht mit der Musik helfen kann«, sagte Grace. »Alle einverstanden?«

Alle stimmten zu.

»Du meine Güte, ich muss los!«, sagte Nana und packte ihre Notizen zusammen. »Ich habe gar nicht gemerkt, wie spät es ist. Poppi und ich gehen zur Jamsession bei den Jerichos. Heute Abend spielen Phoenix und Lauryn auf ihren Instrumenten. Ihr kennt ja Poppi, er wird zu jedem Lied tanzen wollen.« Sie seufzte verträumt. »Ich habe ja so ein Glück. Grace, hast du nicht heute Abend das Grillen mit deiner Familie? Ich möchte nicht, dass deine Eltern sauer auf uns sind, weil wir dich so in Anspruch nehmen. Sie haben so wenig Zeit mit dir.«

Grace war in ihrer Jugend bei so vielen Jamsessions in der Scheune der Jerichos gewesen, dass sie nicht unbedingt das Bedürfnis nach einem Abend dort verspürt hätte. Aber nun, da sie mehr in die Aktivitäten im Ort involviert war, verbrachte sie gern Zeit mit den Menschen, die ihr bei dem Theaterstück behilflich sein wollten. Und da sie wusste, wie Phoenix und Lauryn sich gegenseitig unterstützt hatten, um endlich den Mut aufzubringen und vor allen Leuten zu spielen, war sie etwas enttäuscht, dass sie es verpassen würde. Zumindest fühlte sie sich nicht schuldig, weil sie keine Zeit mit ihrer Familie verbrachte, wie es in der Vergangenheit oft der Fall gewesen war.

»Es tut mir leid, dass ich euren ersten Auftritt verpasse«, sagte Grace zu den beiden Mädchen. »Vielleicht kann es jemand für mich filmen?«

»Meine Mom nimmt es für unsere Facebook-Familiengruppe auf«, sagte Lauryn. »Ich schicke es dir dann. Ich hab solche Angst, dass ich mich verspiele.«

»Perfekt, und du machst es bestimmt großartig. Denk einfach daran: Wenn du dich verspielst, merkt das außer dir niemand. Improvisier einfach, das machen Schauspieler auch. Tu so, als gehört es zum Lied.« Grace umarmte sie kurz. »Und Nana, meine Familie hat wahrscheinlich schon genug von mir. Reed und ich haben heute Morgen mit meinen Eltern und Sable gefrühstückt. Die Renovierungsarbeiten in Sables Wohnung sind *endlich* beendet. Nach dem Frühstück haben wir ihr geholfen, wieder einzuziehen.« Es war herrlich, wieder am Leben ihrer Familie teilzuhaben und nicht nur davon zu hören. Sie alle würden ihr fehlen, wenn sie wieder nach New York fuhr.

Nachdem die anderen gegangen waren, schaute Grace noch kurz im Büro von Haylie vorbei. Haylie und Sin, der Sportleiter, waren in ein Gespräch vertieft. »Hallo, Leute. Entschuldigt die Störung. Ich wollte mich nur noch mal dafür bedanken, dass wir den Saal benutzen dürfen. Wir sind für heute fertig. Ist leider etwas spät geworden.«

»Kein Problem«, sagte Sin. »Wir schließen heute früher, damit wir zu der Jamsession gehen können. Soll heute Abend hoch hergehen da.«

»Phoenix und Lauryn spielen. Das wird sicher toll.« Sie redeten noch ein paar Minuten, und dann schrieb sie Reed, dass sie auf dem Heimweg war. Ihr Vater hatte Reed gebeten, ihm bei einer Reparatur in der Scheune zu helfen, also trafen sie sich ohnehin bei ihren Eltern, aber sie wollte nur ungern zu spät bei etwas auftauchen, für das sich ihre Mutter so ins Zeug gelegt hatte.

Grace traf als Letzte ein. Noch eine Schippe drauf auf ihr Schuldgefühl.

Sie stellte das Auto an der Straße ab, und als sie ausstieg, vernahm sie bereits Lachen und vertraute Stimmen. Reeds tiefe Stimme war leicht herauszuhören. Reba und Dolly begrüßten sie mit feuchten Küssen auf ihre bloßen Füße. Sie bückte sich und ihre Tasche rutschte ihr von der Schulter. Warum hatte sie die überhaupt dabei? Sie würde während des Essens sicher nicht arbeiten. Aber alte Gewohnheiten wurde man nicht so schnell los. Reba steckte die Schnauze in Graces Tasche und schubste dabei Grace um, sodass sie auf dem Hintern landete und Unterlagen herausfielen.

»Ach, Reba«, sagte Grace und war überraschenderweise überhaupt nicht verärgert.

Der Welpe sah das als Einladung und legte die Vorderpfoten auf Graces Schultern. Sie fiel nach hinten und fing sich gerade noch mit den Händen ab. Dolly leckte ihr über das Gesicht, und Grace gab nach, legte sich ganz auf die Auffahrt und ließ sich von den Hunden abknutschen. Sie wuschelte im Fell der Tiere und lachte sogar, als Reba auf ihre Tasche trat und noch mehr Zettel herausfielen.

»Oh nein, Gracie!«, rief ihre Mutter vom Ende der Auffahrt. »Reba, Dolly, sitz!«, befahl sie, als sie zu ihnen eilte.

Grace wollte ihr sagen, dass es schon in Ordnung war, aber sie wusste, wie wichtig das Gehorsamkeitstraining war, und hielt sich zurück. Als die Hunde unter Kontrolle waren, setzte sie sich auf und konnte auch nicht aufhören zu lächeln, als Reed und Amber zu ihr eilten.

Amber – in Begleitung von Reno, ihrem allgegenwärtigen Schutzengel – hob die Unterlagen auf und steckte sie in Graces Tasche.

»Alles in Ordnung, Kleines?« Reed half ihr hoch und sah mit seinem frisch rasierten Gesicht, dem weißen Button-down-Hemd und der Jeans unverschämt gut aus.

Grace wischte sich den Sabber der Hunde von der Wange und sagte: »So eine Begrüßung bekomme ich in meinem leeren Loft jedenfalls nicht. Du siehst ziemlich schick für einen Grillabend im Familienkreis aus.«

»Auf diesen besonderen Abend habe ich Ewigkeiten gewartet. Für mein Mädchen ist nichts zu schick.«

Reed umarmte sie, während Brindle und Morgyn mit ihren lose fliegenden blonden Haaren die Auffahrt heruntergelaufen kamen. Ihre blauen Augen funkelten schelmisch, als sie beide einen Arm von Grace ergriffen und sie Richtung Haus zerrten.

»Hey«, beschwerte sich Grace, die bei Reed bleiben wollte.

»Planänderung«, sagte Morgyn, die in einem ihrer eigenen Entwürfe unglaublich süß aussah: ein rosafarbenes Kleid mit gezacktem Saum, mehreren bunten Ketten und einer hellblau-lila Bluse mit hochgekrempelten Ärmeln, die sie im Hippiestil offen über dem Kleid trug. »Wir gehen zur Jamsession.«

»Aber Mom hat diesen Grillabend seit zwei Wochen geplant. Sie wird sich nicht darüber freuen.« Sie sah zu Reed, der sicher enttäuscht sein würde, da sie sich beide auf ihr erstes richtiges Familientreffen gefreut hatten, aber er zuckte nur mit den Schultern und lächelte, so als wäre es für ihn in Ordnung.

»Sie hat kein Problem damit«, sagte Brindle, als sie Grace zur Haustür zerrten. »Wir müssen dich aus diesen Großstadtklamotten rausholen.«

»Was?« Grace schaute über die Schulter zu Reed. »Reed!«

»Ich liebe deine Sachen!«, rief er, als sie die Verandastufen hinaufgingen. »Aber ich liebe dich auch in kurzen Shorts!«

»Seit wann lässt ein Montgomery-Mädchen den Mann entscheiden, was sie trägt?«, erkundigte sich Brindle.

»Leute, meine Klamotten sind alle bei Reed.«

Amber und Reno holten sie an der Haustür ein. »Keine Sorge. Ich hab dabei geholfen, dir etwas herauszusuchen. Du wirst *toll* aussehen«, sagte Amber.

»Du auch?«, beschwerte sich Grace, als sie sie in ihr Schlafzimmer zerrten und anfingen, sie auszuziehen. »Ich kann mich allein ausziehen und ich trage *keine* abgeschnittenen Shorts in der Öffentlichkeit!«

»Sei still, Süße«, sagte Morgyn. »Du hast dein Leben schon viel zu lange unter Kontrolle. Heute bist du wieder eine von uns, ob es dir gefällt oder nicht.«

»Du fehlst uns, Gracie«, sagte Amber. »Schenk uns den heutigen Abend. Bitte!«

Unerwartet und zum hundertsten Mal in der letzten Zeit von Gefühlen übermannt, konnte sich nichts anderes sagen als: »Seid einfach nur nett, bitte. Keine Hintern-entblößende Röcke oder bauchfreie Neckholder-Tops.«

»Aber du hast die besten Beine in der Familie!«, beschwerte

sich Brindle.

»Hab ich nicht!«

»Eindeutig die besten Beine«, sagte Morgyn. »Beste Brüste geht an Brindle. Den besten Hintern hat Amber –«

»Wirklich?«, kreischte Amber und drehte sich vor dem Spiegel hin und her, um ihren Hintern zu betrachten.

»Ja, klar«, stimmte Brindle zu. »Im Ganzen beste Figur hat …«

»Sable«, stimmten alle ein, ließen sich dann auf das Bett fallen und lachten über den albernen Wettbewerb, den sie schon früher immer gespielt hatten.

Grace lag zwischen Amber und Morgyn und lächelte zur Zimmerdecke hinauf. »Wo ist Sable eigentlich?«

»Noch in der Werkstatt, die Reparatur eines Motors hat sich hingezogen. Sie kommt später direkt zu den Jerichos.« Morgyn schwieg nur kurz und sagte dann: »Beste versteckte Figur hat –«

»Pepper!«, riefen alle gleichzeitig.

»Morgyn hat die besten Lippen, Augen und Hüften«, sagte Amber. »Du hast so ein Glück, Morg.«

»Und Axsel hat alles«, fügte Grace hinzu. »Das ist ein Glückspilz!«

Sie spürte, dass Morgyn und Amber die Hände mit ihr verflochten, und wusste, dass Brindles und Morgyns Hände ebenfalls verschränkt waren. Wie war sie so lang ohne diese Nähe ausgekommen? Dann hoben sie alle die Hände, und ihre waren mittendrin, als sie den albernen Spruch riefen, den sie schon in ihrer Jugendzeit benutzt hatten: »Kein einziger Verlierer in dem ganzen Haufen!«

Amber und Morgyn sprangen aus dem Bett und zogen Grace ihre Stöckelschuhe aus. Brindle tanzte im Zimmer umher und sang ein unsinniges Lied über Country Girls und sexy

Kleider, während Grace klarwurde, dass dies überhaupt nicht *albern* war. Sie zog das Kleid an, das Brindle ihr gab, und Amber legte ihre Haare auf die Seite, um den Reißverschluss hochzuziehen. Das Kleid lag eng am Körper an, war aber weich und überraschend bequem.

Morgyn legte Grace mehrere Ketten in unterschiedlicher Länge um den Hals, und Brindle schob mehrere Armreife auf Graces Handgelenk, als wäre sie ihre Barbiepuppe.

»Wartet mal!« Grace schnappte sich ihren Rock und holte die Freundschaftsbänder, die Morgyn gemacht hatte, aus der Tasche. »Hilf mir mal, die unter den Armreifen umzulegen.«

»Du hast ihm seines noch nicht gegeben?« Morgyn half ihr beim Anlegen und schob dann die Reifen wieder über die Perlenbänder.

»War ziemlich viel los bei uns, aber heute Abend ist es so weit. Ich kann es kaum erwarten, sein Gesicht zu sehen, wenn ich ihn damit überrasche.«

Ihre Mutter erschien in der Tür und lächelte, wie Mütter lächeln, wenn sie glücklich sind, weil ihre Kinder nett miteinander spielen. Grace verdrehte die Augen, als wollte sie sagen: *Ich konnte mich nicht wehren*, aber insgeheim genoss sie jede einzelne Sekunde.

»Wir haben das ganze Essen eingepackt, damit wir es mitnehmen können, und die Hunde sind im Haus«, sagte ihre Mutter. »Wir sind bereit, wenn ihr es seid. Und, ach, herrjemine. Reed wird den Verstand verlieren.«

»Glaubst du?«

»Du meine Güte, ja«, versicherte ihre Mutter. »Nicht, dass er irgendwelche Anreize bräuchte …«

»Setz dich, Gracie«, drängte Morgyn sie. »Ich habe diese hier für dich aufgearbeitet.«

Morgyn steckte Graces Füße in wunderschöne Cowgirl-Stiefel, die mit Spitze, Lederbändern und mit Perlen versehenen Schnüren verziert waren.

»Solche habe ich noch nie gesehen. Nicht einmal in New York. Danke, Morgyn!« Grace umarmte sie. Dann ging sie zum Spiegel, um ihr Outfit zu bewundern. Kaum zu glauben, dass sie das sein sollte. Ihre Beine wirkten unendlich lang in dem süßen, ärmellosen, geblümten Minikleid. Das Mieder war in der Mitte gerippt und mit winzigen verschiedenen Knöpfen versehen und der Rock bauschte sich in drei Lagen auf. Mit den Stiefeln und den Accessoires wirkte das ganze Outfit wie ein Modestatement.

»Morgyn, hast du dieses Kleid gemacht?«, fragte Grace.

»Ja. Kannst du dir vorstellen, dass es eine knöchellange und langärmelige Übergröße war, als ich es bekam? Schau dir das an.« Morgyn drehte sie an den Schultern herum. »Schau in den Spiegel.« Sie zeigte auf die Abnäher, die sie auf den Rücken des Kleides genäht und mit Knöpfen verziert hatte.

»Sind die nicht fantastisch?«, freute sich Brindle.

»Ja, es ist so hübsch«, sagte Grace. »Du hast eine unglaubliche Vorstellungskraft. Ich hätte mir nie etwas Geripptes oder Geblümtes ausgesucht.«

»Das wissen wir«, gaben ihre Schwestern und ihre Mutter einstimmig von sich.

»Du siehst wunderschön aus, Gracie«, sagte Amber.

Dann umarmten sie sich noch einmal, lachten, als Brindle anfing, in Graces Haaren herumzufuhrwerken, und überzeugten sie, sich von ihnen schminken zu lassen. Ihre Mutter ging hinaus, als die jungen Frauen sich um den Badezimmerspiegel drängten, und Grace ging das Herz auf. Dies waren die Menschen, zusammen mit ihren anderen Geschwistern, die sie glauben ließen, dass sie wirklich großartige Beine hatte, die sie ermutigt und inspiriert hatten, nach New York zu gehen und das zu verfolgen, was den meisten wahrscheinlich als ein unmöglicher Traum vorgekommen war, egal, wie sehr sie ihnen allen gefehlt hatte. Und sie waren diejenigen, die sie unwissentlich vor all den Jahren über Wasser gehalten hatten, als sie und Reed sich trennten. Nur Sable hatte gewusst, warum ihr Herz zersprungen war, aber dennoch waren sie alle da gewesen, um die Scherben aufzusammeln.

Sie fragte sich, wie viele von ihren Krisen sie im Laufe der Jahre verpasst hatte und wer die Scherben für Pepper und Axsel aufsammelte, die so weit weg wohnten. Sie schwor sich, alles zu unternehmen, um mit all ihren Geschwistern enger in Kontakt zu bleiben.

Nachdem sie ihr das Gefühl gegeben hatten, schöner zu sein als je zuvor, freute sie sich voller Nervosität darauf, Reed zu sehen. Und wenn er sie in Rüschen nicht ausstehen konnte?

Mit Unterstützung durch ihre Schwestern, die sie an beiden Seiten untergehakt hatten, ging sie hinaus auf die Veranda, die allein durch Reeds harte Arbeit wunderschön war.

Reed schaute zu ihr und war sprachlos. Seine Augen versanken in Graces, voller Liebe, Hitze und allem dazwischen, sodass ihr Herz ihm aufs Neue verfiel.

»Wow, Gracie«, sagte Reed schließlich, als sie die Veranda herunterkam. »Du siehst toll aus. Ich meine, du siehst immer schön aus, aber du siehst ... Ach ...« Er zog sie in die Arme und küsste ihr Lächeln, um sie dann in seinem Arm nach hinten zu beugen und noch inniger zu küssen.

Ihre Familie und Freunde jubelten ihnen zu, brachten sie zum Lächeln, doch er küsste sie weiter, bis Brindle sagte: »Mann ...«

Zögernd richtete Reed sie wieder auf und sagte: »Du siehst aus wie das sexy Kleinstadtmädchen, in das ich mich verliebt habe, nur um ein Zehnfaches heißer.«

»Als wenn das nicht die Mühen deiner Schwestern wettmachen würde«, sagte ihre Mutter.

»Ich bin mir da nicht sicher. Vielleicht sollte ich noch einmal herauskommen und mir noch so einen Kuss abholen«, scherzte Grace. »Reed, Morgyn hat dieses Kleid selbst gemacht und die Stiefel verziert. Sind die nicht süß?«

»Fast so süß wie du«, sagte Reed.

»Das ist mein Süßholz raspelnder Junge«, sagte Roy und breitete die Arme aus, um Grace zu umarmen. »Du siehst wunderschön aus, meine Kleine.«

»Danke«, sagte sie. »Ich bin so froh, dass ihr beide hier seid. Auf so ein Treffen haben wir lange gewartet.« Mittlerweile weigerten sich sowohl Roy und Ella als auch Cade und Marilynn, sich von dem Partner ihres Kindes siezen zu lassen, sodass sich Grace und Reed noch geborgener in der Familie des anderen fühlten.

»Die besten Dinge im Leben sind das Warten wert«, sagte Reeds Tante.

Ein beunruhigter Ausdruck huschte über Graces Gesicht, als sie sich wieder zu Reed stellte. Sie wandte sich von den anderen ab und sagte leise: »Ich fühle mich schuldig, weil deine Familie all die Jahre von uns wusste, aber mein Vater und meine Schwestern nicht. Würde es dir etwas ausmachen, wenn wir es ihnen erzählten? Mir wäre es lieb, wenn sie es auch wüssten.«

»Kleines, ich habe es so satt, mich zu verstecken, du hast ja keine Ahnung. Also los.« Er küsste sie sanft. »Aber du weißt auch, dass es eine Viertelstunde nach unserem Eintreffen auf der Jamsession der ganze Ort weiß.«

»Ja, in gewisser Weise vertraue ich darauf.« Ihr Lächeln ließ ihre Augen funkeln. »Es nervt mich, dass keiner weiß, dass wir eine gemeinsame Geschichte haben. Ich liebe unsere Geschichte.«

»Können wir gehen?«, unterbrach ihre Mutter sie.

»Mach nur, Kleines«, drängte Reed sie.

»Eigentlich würden wir euch vorher gern noch etwas sagen.« Grace atmete tief durch und ihr Blick wanderte von ihren Eltern zu ihren Schwestern. »Ihr wisst, dass Reed und ich nie irgendjemanden von euch absichtlich verletzen würden, aber wir müssen euch etwas beichten, und wir hoffen, dass ihr verstehen werdet, warum wir so gehandelt haben.«

Sie sah Reed nervös an und er drückte aufmunternd ihre Hand. Sie lächelte und sagte: »Reed und ich waren zusammen, als wir auf der Highschool waren.«

»Daran kann ich mich gar nicht erinnern«, sagte Morgyn. »Wann denn?«

»In unserem letzten Jahr«, erklärte Reed. »Wir haben es geheim gehalten, weil Grace hier Cheerleader war und ich der Quarterback in Meadowside. Ich wollte nicht, dass sie von ihren Freunden ausgeschlossen wird.«

»Und ich wollte nicht, dass seine Freunde ihm das Leben schwer machen«, fügte Grace hinzu.

»Oh, du meine Güte!«, sagte Brindle. »Siehste? Das ist nur ein Grund dafür, warum die Schulen einiges unternommen haben, um diesen lächerlichen Rivalitätenkram, der damals umging, loszuwerden. Ich bin so froh, dass das Leben für die

Kids nicht mehr so kompliziert ist. Die Teenagerzeit ist schon so schwer genug, ohne dass man sich darum Sorgen machen muss, ob deine Freunde dich ablehnen, weil du mit einer bestimmten Person zusammen bist oder so. Abgesehen davon habe ich mich schon gefragt, ob ihr früher mal was miteinander hattet, denn Grace war nie so richtig verknallt in irgendwelche Typen. Also echt ... niemals.«

»Freut mich zu hören.« Reed zog Grace enger an sich. »Wir haben so viele gemeinsame Dinge verpasst und ich möchte alles nachholen.«

»Na ja, alles habt ihr ja offensichtlich nicht verpasst«, gab Brindle leise von sich.

Grace warf Brindle einen kurzen, bösen Blick zu, wandte sich dann aber an ihre Eltern, als wollte sie sich deren Anwesenheit in Erinnerung rufen. »Dad, es tut mir leid, dass ich dich angelogen habe. Und Ella und Roy, es tut mir auch leid, dass wir euch gebeten haben, unser Geheimnis zu bewahren. Es war nicht richtig, euch in diese Lage zu bringen.«

»Das ist schon in Ordnung, Schätzchen«, sagte Ella und warf Marilynn einen Blick zu, den Reed nicht so richtig deuten konnte. »Wir haben das Richtige getan.«

»Und mir tut es auch leid, Cade und Marilynn«, sagte Reed. »Wir wollten nicht respektlos sein, aber wir haben befürchtet, wenn Graces Geschwister es wüssten, wäre es zu viel von ihnen verlangt, das Geheimnis für sich zu behalten.«

»Was?« Brindle warf die Hände in die Höhe. »Du gibst uns die Schuld? Wir können Geheimnisse ganz hervorragend für uns behalten!«

Grace verzog das Gesicht.

»Das können wir wirklich«, bekräftigte Brindle. »Ich habe Mom und Dad nie davon erzählt, als ich und Morgy–«

»Sei still!« Morgyn hielt Brindle den Mund zu und brachte alle zum Lachen. »Egal, was da aus deinem Maul herauskommen wollte, es muss drin bleiben.«

Grace ging zu ihrem Vater und sagte etwas, das Reed nicht verstehen konnte. Der Blick in Cades Augen und die Umarmung für Grace verrieten ihm, dass alles gut werden würde.

Mehr als gut, dachte er, als Grace wieder zu ihm kam.

Sie umarmte ihn und sagte: »Danke.«

»Ich würde alles für dich tun, Gracie. Damals hätte ich es der ganzen Welt erzählt, wenn ich nicht gedacht hätte, dass es dir schadet.«

Sie folgten den anderen die Auffahrt hinunter und Reed sagte: »Lassen wir die anderen zuerst fahren. Dann muss ich nicht im Schneckentempo hinter meinem Onkel herfahren.«

»Du mochtest es noch nie, langsam zu fahren.«

»Vielleicht suche ich auch nur einen Grund, um mit dir allein im Auto zu sein.« Er nahm sie in den Arm und drückte seine Lippen auf ihre.

»Beeilt euch, ihr Turteltäubchen!«, sagte Brindle, als sie und Morgyn an ihnen vorbeieilten. »Wir müssen den neuesten Tratsch verbreiten!«

Sechsundzwanzig

Reed hielt auf dem Weg zur Jamsession zum Tanken an, und die Pumpe war anscheinend sehr langsam, denn er brauchte eine Ewigkeit. Als sie wieder unterwegs waren, fuhr er an der Abzweigung zu den Jerichos vorbei.

»Du hättest abbiegen müssen«, bemerkte sie.

Er zog sie enger an sich. »Ich habe eine Nachricht erhalten, als ich getankt habe. Ich muss noch mal kurz anhalten, wenn es dir nichts ausmacht.« Er fuhr durch die Stadt zur Highschool. Der Parkplatz war voll.

»Scheint, als fände hier gerade etwas statt«, sagte sie, als sie ausstiegen.

»Da ist heute Abend irgendein Meeting zur Spendenbeschaffung. Ich habe ein Angebot für einen Auftrag abgegeben und muss nur noch die Papiere von der Familie entgegennehmen. Sie verreisen morgen.«

»Ich dachte, dein nächster Job wäre das Majestic.«

»Mhm. Das hier ist ein kleiner Auftrag. Das mit dem Theater ist erst in ein paar Wochen richtig unter Dach und Fach.« Sie gingen die Stufen hoch, und er hielt ihr die Tür auf, als sie hineinging.

Es war gespenstisch leise. »Wo ist das Meeting?«, flüsterte sie.

»In der Aula. Warum flüsterst du so?«

»Weiß nicht. Fühlt sich so an, als müsste ich es.«

Er musste lachen. »Für ein Mädchen, das sich immer davongeschlichen hat, um mit einem Typen aus dem falschen Ort zusammen zu sein, hast du jetzt ziemlich wenig rebellisches Blut in den Adern.«

Sie knuffte ihn in die Seite. »Mach dich nicht über mich lustig. Ich habe meinen Vorrat an Rebellion durch das Belügen meiner Familie aufgebraucht. Das war schwer.«

»Ich weiß, Kleines. Ich erinnere mich. Mir gefällt es, dass du nur ein unartiges Mädchen bist, wenn wir allein sind.« Er blieb vor der Aula stehen, legte die Arme um sie und schaute ihr tief in die Augen. »Tut mir leid, dass wir so spät zur Party kommen, Kleines.«

»Das macht nichts. Es ist ja nicht so, als wäre ich nicht bei Hunderten Jamsessions bei den Jerichos gewesen. Wenn Phoenix und Lauryn nicht zum ersten Mal spielen würden und wenn meine Schwestern sich nicht so viel Mühe gegeben hätten, damit ich halbwegs ordentlich aussehe, dann würde ich sagen, lass uns schwänzen und uns in unseren Garten an den Fluss unter den Sternenhimmel legen.«

»Du siehst besser als halbwegs ordentlich aus und wir verpassen diese Party nicht. Wir werden überhaupt nie mehr etwas verpassen.« Seine Lippen legten sich schmeichelnd zu einem tiefen, langsamen, durchdringenden Kuss auf ihre. »Bereit?«

»So wie du küsst, bin ich immer bereit.«

»Verdammt, ich liebe dich, Kleines.« Er küsste sie noch einmal auf seine herrliche, köstliche Art.

»Vielleicht sollte ich hier draußen warten?«

Er schüttelte den Kopf und sein schiefes Lächeln spielte mit ihrem Herzen. »Auf keinen Fall. Wir haben nur noch eine Woche, bevor du nach New York zurückgehst. Ich will jede Minute mit dir verbringen.«

Er drückte die Tür auf und im Saal war es stockdunkel. Sie drückte sich an ihn und sagte: »Wir haben wohl den falschen Raum erwischt.«

Das Licht ging an und Grace stockte der Atem. Ballons und Luftschlangen hingen von der Decke, dazu noch glitzernde goldene Sterne und ein silberner Halbmond. Ein Transparent war über die Bühne gespannt mit der Aufschrift STERNEN-NACHT-ABSCHLUSSBALL.

»So hieß auch mein Abschlussball«, sagte Grace. »Ich bin nicht hingegangen, klar, aber … Wann findet deren Ball statt?«

»Das ist dein Abschlussball, Kleines. Es ist unser Ball.« Ohne den Blick von ihr abzuwenden, rief er: »Die Party kann steigen!«

Der Vorhang erhob sich über der Bühne und gab den Blick frei auf die Familien und Freunde von Grace und Reed, zusammen mit fast allen, mit denen sie die Highschool besucht hatte und, wie es aussah, auch dem halben Ort – einschließlich einer sehr schwangeren Sophie und ihrem Mann Brett, den Jerichos, Nana und Hellie und ihrer Ehemänner, Phoenix und Lauryn, Janie und Boyd, Chet, Haylie, Sin und Dutzende anderer Freunde. Sogar Winona war da. Tränen stiegen Grace in die Augen, als all die Menschen die Treppe herunterkamen, den Saal füllten und Sables Band das Lied »I'll be« von Edwin McCain spielte.

»Unser Lied«, sagte Grace, und schon zog er sie in seine Arme und fing an zu tanzen. Sie zitterte, weinte wie ein Schlosshund und war so voller Liebe zu Reed, dass sie keinen ordentlichen Gedanken fassen konnte. Sie konnte nicht fassen, was er getan hatte und dass so viele Freunde hier waren. Mädchen aus ihrem Cheerleader-Team, einige mit Babybäuchen, andere mit Kleinkindern auf dem Arm, und Eltern von den Mädchen, mit denen sie befreundet gewesen war. So ziemlich jeder aus dem Ort, den sie je gekannt hatte, tanzte um sie herum und rief ihr eine Begrüßung zu, während Reed sie voller Liebe betrachtete.

»Wie hast du das auf die Beine gestellt und all diese Leute dazu bewegt zu kommen? Und Sophie! Sie sollte doch erst morgen kommen. Ich weiß nicht, was ich sagen soll.« Sie wischte sich über die Augen und versuchte dabei, nicht das Make-up zu verschmieren, bei dem ihre Schwestern sich so große Mühe gegeben hatten. »Niemand hat je so etwas für mich getan. Danke.«

»Kleines, ich habe dir doch gesagt, dass ich all deine Träume wahr werden lassen möchte, und wir haben viel Zeit aufzuholen.« Sein Blick wanderte über die Menge. »Ich habe die Zeit, die du mit dem Theaterstück verbracht hast, so gut wie möglich genutzt, und ich hatte etwas Hilfe von den Ball-Feen. Sable und Lindsay habe ich eingespannt, um deinen Freunden Bescheid zu sagen. Als es die Runde machte, wurden wir von Freiwilligen überrannt.«

Sie sah sich um, lächelte und winkte allen zu, während sie tanzten. Freiwillige? Für sie?

»Freunde machen so etwas, Gracie«, sagte Reed. »Und *ich* mache so etwas. Der Mann, der dich über alles liebt.«

Er nahm ihre Hand und ging auf die Knie. Ein leiser ungläubiger Aufschrei entwich ihr, als die Lichter gedimmt wurden und ein Scheinwerferlicht auf sie beide fiel. Tränen strömten ihr über die Wangen, und sie nahm nur am Rande wahr, dass Sables Band ein langsameres, leiseres Lied spielte, denn sie war gefesselt von dem Mann, der ihr Herz in Händen hielt und vor ihr kniete.

»Meine schöne, süße Gracie. Zu viele Jahre habe ich mir gewünscht, du lägst in meinen Armen, habe bereut, was ich nie gesagt oder getan habe. Wenn diese letzten Tage mich etwas gelehrt haben, dann dass wir niemals wissen, wie viel Zeit uns noch bleibt. Ich will nicht mehr warten, Kleines. Ich will nichts mehr bereuen. Ich weiß, dass unsere Leben kompliziert sind. Du lebst in New York und ich hier, aber das ist mir egal. Wir finden einen Weg, damit es funktioniert. Niemals werde ich dich bitten, etwas aufzugeben, und jeden deiner Träume werde ich unterstützen. Du bist das Licht meines Lebens, Kleines, meine beste Freundin, meine Geliebte ...«

Der Kloß in ihrem Hals raubte ihr fast den Atem, und ihr Herz war erfüllt wie nie zuvor.

Roy tauchte neben Reed auf und gab ihm eine Samtschachtel. Roy zwinkerte Grace zu, bevor er wieder zurücktrat, aber Grace war zu überwältigt, um ihn richtig wahrzunehmen. Dann stand Reed auf und öffnete die Schachtel. Er legte die Hand auf Graces Wange und wischte ihre Tränen mit dem Daumen fort, um dann zu lächeln, als frische Tränen folgten.

»Gracie«, sagte er mit einer so liebevollen Stimme, dass sie noch heftiger weinte, »mein Herz gehörte dir, schon als du noch das atemberaubend hübsche Cheerleader-Mädchen warst, das meinem Leben einen Sinn gegeben hat, und es wird dir gehören, lange nachdem ich meinen letzten Atemzug getan habe.«

Er schob ihr einen umwerfend schönen Ring über den Finger. Einen Ring, den sie schon einmal gesehen hatte. Erinnerungen tauchten aus den Tiefen ihres Gedächtnisses auf.

Was für einen Ring möchtest du? hatte er gefragt, als sie Teenager gewesen waren und die Hauptstraße in Wishing Creek entlanggingen. *Du weißt, dass ich dich eines Tages heiraten werde, Gracie. Da kannst du mir ebenso gut zeigen, was du möchtest.* Sie hatte nur eine Sekunde benötigt, um ihm den Ring zu zeigen. Denn sie hatte jedes Mal in die Auslage des Juweliers geschaut, wenn sie an ihren heimlichen Abenden an diesem Schaufenster vorbeigegangen waren. Und dann hatte sie immer davon geträumt, dass eines Tages …

Als nun der Halo-Ring mit dem Diamanten im Kissenschliff und den rosa Saphiren an ihrem Finger steckte und Reed ihr in die Augen schaute, waren sein jungenhaftes Lächeln und sein liebendes Herz bereits ein Teil von ihr.

»Es war nicht einfach, diesen Ring dem Juwelier zu beschreiben, der das Geschäft von seinem Vater übernommen hat«, sagte Reed mit einem Lächeln, »aber er hat es gut gemacht, findest du nicht?«

Du hast dich daran erinnert. Die Worte blieben ihr im Hals stecken. Sie konnte nur nicken.

»Das hier ist *unser* Skript, Kleines. Wir schreiben es so oft um, wie es nötig ist, bis es perfekt ist. Du bist meine weibliche Hauptrolle und ich werde immer dein Mann sein. Willst du mich heiraten, Gracie? Meine Frau sein? Mein Leben?«

»Ja!«, stieß sie schluchzend aus. Sie warf sich in seine Arme, und die Menge johlte und jubelte, als sie sich durch salzige Tränen hindurch küssten. »Ja, ja, ja!«, gab sie zwischen Küssen von sich.

Sie wurden von einer Umarmung in die nächste gereicht, beglückwünscht, geküsst und betanzt. Brindle und Morgyn waren über FaceTime die ganze Zeit während des Heiratsantrags mit Axsel und Pepper verbunden, sodass sie alles verfolgt hatten. Grace war so überwältigt, als sie endlich wieder in Reeds Armen landete, dass ihr der Kopf schwirrte.

Sie tanzten und küssten sich, während Sable das Lied »Kiss Me« von Sixpence None the Richer schmetterte. Grace hatte nicht einmal gewusst, dass Reed tanzen konnte, aber der Mann hatte beeindruckende Moves drauf.

Als ein langsameres Lied gespielt wurde, schaute Reed ihr in die Augen und sagte: »Ich habe dir gesagt, dass ich dich eines Tages heiraten werde, Gracie.«

»Das hast du und ich bin so froh. Ich liebe dich, Reed, und ich kann mir keinen einzigen Tag ohne dich vorstellen. Wir leben so weit voneinander entfernt«, sagte Grace besorgt.

»Du wirst nie ohne mich sein. Ich bin immer bei dir, Kleines. Ob nun all die Meilen zwischen uns sind oder nicht, ich bin bei dir. Wir sorgen dafür, dass es funktioniert. Ich komme jedes Wochenende. Ich halte es nicht aus, dich länger nicht zu sehen, also werden wir wohl auch FaceTime ausprobieren müssen.«

Ihr Herz zog sich schmerzhaft zusammen, wenn sie nur an die Abreise dachte, aber sie hatte Verpflichtungen, eine Wohnung, ein Leben in New York. Und jetzt hatte sie auch hier ein Leben.

»Ich muss euch unterbrechen, denn ich will mit meinem Mädchen tanzen«, sagte Sophie, als sie Reeds Arme von Grace löste und sie umarmte. Sophies königsblaues Kleid schmiegte sich an ihren ausufernden Bauch. »Nochmal herzlichen Glückwunsch! Und genieß deinen Abschlussball!«

»Ich fasse es nicht, dass du nichts gesagt hast! Und … also wirklich, für eine schwangere Frau siehst du viel zu sexy aus!«

»Da kann ich nur zustimmen«, sagte Brett. »Meine Frau sieht verdammt scharf aus!«

Sophie lachte. »Typisch mein Mann, immer schmutzig reden.«

»Hey, Baby«, sagte Brett mit gehobenen Augenbrauen. »Ich kann auch gern Taten folgen lassen, wenn du möchtest.«

Sophie gab ihrem gut aussehenden Mann einen Klaps. »Ich liebe dich, aber schnapp dir Reed und macht irgendwelche Männersachen. Ich möchte kurz mal mit Grace quatschen.«

Reed zog Grace zu einem kurzen Kuss an sich. »Viel Spaß. Das ist dein Abend, Kleines. Genieß es.«

»Meine Güte, Grace. Ich hätte nie gedacht, dass ich dich mal mit einem so verträumten Blick sehen werde«, scherzte Sophie.

Grace seufzte. »Sieh dich mal um, Soph. Er hat sich so viel Mühe gegeben. Wer außer Reed würde wissen, wie viel mir das bedeutet? All die Menschen, mit denen wir hier aufgewachsen sind, haben sich hier versammelt. Und du bist früher gekommen.« Wieder stiegen ihr Tränen in die Augen. Ihr stockte der Atem und sie schnappte nach Luft.

»Oh Mann, komm mal her.« Sophie zog sie wieder in eine Umarmung.

»Mein kleines Mädchen ist heute Abend vollkommen überwältigt«, sagte ihre Mutter, als sie sich zu ihnen stellte und die Arme um sie beide legte.

»Es ist nicht nur wegen heute Abend. Es ist wegen *allem*. Wegen Reed und wie sehr ich ihn liebe, und Pepper und Axsel waren auch dabei, und … Ich bin nach der Highschool praktisch aus dem Ort geflohen, so schnell ich konnte, und niemand hasst mich dafür.« Grace wischte sich die Tränen fort, aber als sie zu Reed schaute und dann wieder zu Sophie, lief der Wasserfall wieder. »Und jetzt bin ich mit dem Mann verlobt, den ich schon immer geliebt habe, und Sophie bekommt ein

Baby und bleibt die nächsten Monate hier. Ich bin dann ganz allein in New York. Wie kann ich Reed hier zurücklassen? Und euch alle? Mom …?«

Ihre Mutter umarmte sie noch einmal, ganz fest. Sie wischte Grace die Haare aus dem Gesicht, so wie sie es getan hatte, als Grace noch ein kleines Mädchen war. »Reed hat dafür gesorgt, dass unsere ganze Familie heute Abend hier sein konnte, Schatz. Er wollte auch unbedingt, dass Axsel und Pepper es nicht verpassen. Wir können morgen früh beim Frühstück mit ihnen skypen, was übrigens Reed auch organisiert hat, damit ihr die Gelegenheit habt, noch einmal nur mit der Familie zu feiern. Du wirst nie allein sein, Gracie«, sagte ihre Mutter. »Egal, wo du bist, ein Stück von uns ist immer bei dir.«

Grace schaute über die Tanzfläche zu Reed und zerplatzte nahezu vor Liebe zu ihm. Sie war sich ziemlich sicher, dass sie bei jedem Schritt *Liebesabdrücke* hinterließ, so wie man Fußabdrücke im Sand hinterließ. Reed redete gerade mit ihrem Vater, Brett und Sophies Eltern, und sie wusste, dass ihre Mutter recht hatte. Selbst als sie und Reed getrennt waren, war er in ihrem Herzen geblieben. Das hatte sie auch immer davon abgehalten, mehr für irgendeinen anderen Mann zu empfinden.

»Wir müssen das Thema wechseln, sonst weine ich den ganzen Abend«, bat Grace.

Sie redeten über Sophies Babyparty, die am Sonntag im Haus ihrer Eltern stattfinden sollte, und wurden unzählige Male unterbrochen, weil alle Freunde Grace gratulieren wollten. Nana und Hellie kamen zu ihr, und Nana ließ sich darüber aus, wie schwierig es gewesen war, die Überraschungsparty des heutigen Abends geheim zu halten.

»Ich bin entsetzt, dass ihr dazu in der Lage wart«, meinte Grace ehrlich.

Nanas Augen funkelten schelmisch. »Wir sind ziemlich gut darin, Geheimnisse für uns zu behalten, wenn es zum Besten von denen ist, die uns am Herzen liegen.«

»*Jahrelang* für uns zu behalten«, fügte Hellie mit einem Zwinkern hinzu, bevor sie kichernd in der Menge verschwanden.

»Wieso habe ich das Gefühl, dass Reed und ich nicht ganz so geheim waren, wie wir dachten?«, fragte Grace ihre Mutter und Sophie.

»Ach, Schatz«, meinte ihre Mutter gelassen. »Ich habe dir doch gesagt, dass Mütter so einiges wissen. Nana ist auch eine Mutter.«

Etwas später, als Phoenix und Lauryn zusammen mit Sables Band spielten und Grace mit Sophie und ihrer Mutter plauderte, zeigte Graces Mutter auf Brett, der gerade mit Nana tanzte, und auf Graces Vater, der mit Amber das Tanzbein schwang, während Reno ein waches Auge auf sie hielt.

»Dein Mann hat das gut gemacht, Kleines, und du auch«, sagte ihre Mutter. »Amber ist ganz außer sich vor Freude darüber, was du alles für den Ort machst.«

»Das alles fing an, weil ich Amber mit dem Buchladen helfen wollte. Es ist einfach von selbst zu etwas Größerem herangewachsen.«

»Ja, und du hast ihr wirklich geholfen«, sagte ihre Mutter. »Aber du kennst ja Amber. Sie liebt diesen Ort und die Menschen hier, als gehörten sie zur Familie. Und du hast dich nie viel für sie alle interessiert. Da bedeutet es ihr ungemein viel, dass du es jetzt tust und allen hier so viel geholfen hast. Danke.«

Grace sah Reed auf sie zukommen, den Blick in ihrem versunken. »Ich bin wohl diejenige, die sich bei Amber bedanken muss.«

»Wenn wir ganz ehrlich sein wollen«, sagte Sophie, »dann bedeutet es mir auch ungemein viel, dass du hier jetzt mehr machst.«

Sophie hatte ihre kleine Stadt immer geliebt, auch wenn sie gemeinsam mit Grace nach New York gegangen war. Hier war sie am glücklichsten, unter den Menschen, die sie ihr ganzes Leben lang gekannt hatte. Die Menschen, die Grace endlich anfing so zu wertschätzen, wie sie es verdienten.

»Ach, Mädchen.« Ihre Mutter legte die Arme um sie beide. »Ich habe es neulich schon zu Grace gesagt: Nur weil man das hat, von dem man dachte, es immer haben zu wollen, heißt das nicht, dass man immer diese Dinge haben wollen muss. Ich freue mich sehr, dass du und Reed endlich dem nachgegeben habt, was eure Herzen schon immer wollten.« Sie sprach leiser, als Reed zu ihnen kam. »Dein schöner Junge kann nicht sehr lange wegbleiben. Das gefällt mir bei einem Mann.«

»Entschuldigt, Ladies, aber wenn es euch nichts ausmacht«, sagte Reed, »würde ich gern mit meiner Verlobten tanzen.« Er zog Grace in seine Arme und bewegte sich zur Musik. »Wie geht es meinem Mädchen?«

»Noch im Schockzustand, und so unglaublich glücklich, dass ich kaum geradeaus gucken kann. Wie hältst du dich? Hat mein Vater dir wegen unseres Geheimnisses ordentlich zugesetzt?«

»Nein, Kleines. Aber er hat gesagt, dass er von uns wusste. Ich glaube, seine Worte lauteten: ›Glaubst du wirklich, dass ein Vater von sieben Kindern so etwas wie monatliche Orchideen geschehen lassen würde, ohne sich genau darüber zu informieren, wer seiner Tochter oder seinem Sohn den Hof macht? Ein Anruf beim Floristen von Meadowside und ich wusste alles, was ich wissen musste. Aber ich wollte Graces

Mutter deswegen nicht beunruhigen, denn ich wusste, dass ich einem Jungen, der jeden Montag vor der Schule in dem Blumenladen arbeitet, nur damit er genug Geld verdient, um meiner Tochter Blumen zu kaufen, vertrauen kann.‹«

Grace hätte es nicht für möglich gehalten, dass ihr Herz noch mehr aufging. Aber mit der Neuigkeit, dass Reed für diese monatlichen Blumen gearbeitet hatte, und dem Wissen, dass ihr Vater ihre Beziehung damals gutgeheißen hatte, schossen ihr wieder die Tränen in die Augen. »Das hast du für mich getan?«

»Ich habe immer gesagt, ich würde alles für dich tun. Und das meinte ich auch so.«

In der Sekunde wurde ihre Liebe noch größer. »Und mein Vater wusste es die ganze Zeit?«

»Verrückt, oder? Wir sind füreinander bestimmt, Gracie. Ich wusste es von dem Moment an, in dem ich deine moosgrünen Augen sah.« Er drückte seine Lippen auf ihre und sagte dann: »Schau dich um, Kleines. Unsere Familien und Freunde sind alle hier.«

Sein Blick wanderte über die Menge, und das Glänzen in seinen Augen schwand nur so kurz, dass sie es sehen konnte. Tief in ihrem Herzen wusste sie, was an ihm nagte. Auch wenn Frank nicht sein echter Vater war, so hatten sie doch eine Art Durchbruch geschafft, und sie spürte die Abwesenheit von Frank in Reeds Leben heute Abend mehr als in ihrer Kindheit.

»Sind sie alle hier?«, fragte sie vorsichtig.

»Du kennst mich so gut. Du spürst es auch, oder?«

Sie nickte.

»In diesem Raum ist so viel Liebe, und Frank sitzt nur eine Straße weiter, wahrscheinlich allein, auf seinem Zimmer. Irgendwie denke ich, ich bin alles, was er hat, und ich frage mich, ob ich ihn hätte einladen sollen.«

Sie legte die Hand auf sein Herz und sagte: »Dieses besondere Körperteil muss in letzter Zeit ganz schön herhalten. Franks Besuch hat dir gezeigt, dass das Leben kurz ist, aber hat er uns nicht auch gelehrt – haben wir es nicht allen bewiesen –, dass es nie zu spät ist, um Dinge richtigzustellen? Du kannst ihn immer noch einladen. Wir sind sicher noch eine Weile hier.«

Sein Atem strich über ihre Lippen. »Es macht dir nichts aus?«

»Überhaupt nicht, aber vorher habe ich noch etwas für dich.«

Er hob die Augenbrauen.

»Das kommt später.« Sie schmiegte sich enger an ihn und flüsterte: »Hoffentlich sehr oft.« Das beantwortete er mit einem köstlichen Kuss, der ihren gesamten Körper wünschen ließ, dass *später* schon *jetzt* wäre. »Das hier ist nicht so glamourös wie Diamanten und irgendwie ist es albern, aber …«

Sie schob ihre Armreife hoch und offenbarte die Perlen-Freundschaftsbänder mit ihren Namen darauf, die Morgyn gemacht hatte. Reeds ansteckendes Lächeln verriet ihr, dass es ganz und gar nicht albern war.

»Ich wusste gar nicht, dass man die noch bekommt«, sagte er, als er das Band mit ihrem Namen von ihrem Handgelenk nahm. »Es ist wunderbar, dass du die besorgt hast. Ich werde meines überall tragen.«

»Ich habe Morgyn gebeten, sie für uns zu machen.« Sie legte ihm seines um das Handgelenk. »Du findest es nicht lächerlich?«

Er schob seine Hände unter ihr Haar und strich mit seinen weichen, warmen Lippen über ihre Wange. »Ich habe zufällig eine Schwäche für Geschichte und unsere Geschichte ist alles andere als lächerlich.« Als er seine Lippen auf ihre senkte, sagte er: »Und sie hat gerade erst angefangen.«

Siebenundzwanzig

»Ich hätte nie gedacht, dass unsere Gracie ein *Bad Girl* war«, sagt Axsel bei dem gemeinsamen Skype-Anruf mit Pepper und dem Rest der Familie am Samstagmorgen im Haus von Graces Eltern. Er fuhr sich mit der Hand durch die dunklen Haare und gähnte. Es war erst sieben Uhr in Los Angeles und er war eigens für ihren Anruf aufgestanden.

»Sie war vielleicht ein bisschen unartig«, sagte Brindle, »aber den Titel *Bad Girl* habe immer noch ich inne, und ich bin stolz darauf.«

»So kenne ich mein Mädchen«, meinte ihr Vater sarkastisch und drückte Brindles Schulter liebevoll.

Brindle zwinkerte von ihrem Stuhl am Küchentisch unschuldig zu ihm auf. »Ich hab dich lieb, Daddy.«

Er küsste sie auf den Kopf. »Ich dich auch, Mäuschen. Ich muss mich bei dir für den Großteil meiner grauen Haare bedanken.«

»Ein Glück, dass du mit grauen Haaren noch attraktiver bist als früher«, sagte ihre Mutter und die Schwestern stimmten alle zu.

»Wenn ihr so weiter macht, werde ich noch ganz eingebildet«, sagte Cade und gab Marilynn einen Kuss.

Reed merkte, dass er Grace die ganze Zeit angestarrt hatte, während sie mit ihren Schwestern geplaudert hatte, und als er den Kopf schüttelte, wie um sich wachzurütteln, sah er, dass Pepper ihn beobachtete.

Cade musste es auch bemerkt haben, denn er sagte: »Was ist, Prinzessin?«

»Ich dachte nur gerade, was für ein seltenes Exemplar Reed doch ist«, sagte Pepper.

»Er ist doch kein Pferd«, sagte Morgyn.

»Vielleicht ist er ja so ausgestattet«, meinte Sable leise und brachte sich damit einen mahnenden Blick ihres Vaters ein.

Brindle verschluckte sich an ihrem Orangensaft.

Grace sah Reed mit geröteten Wangen an, und ihr bestätigendes Lächeln entging ihren Schwestern nicht, die kurz die Augen weit aufrissen und dann in hysterisches Lachen ausbrachen. Reed unterdrückte ein Lächeln.

Pepper verdrehte die Augen. »Ich meinte, dass er Grace wie einen Diamanten behandelt hat, noch bevor er auch nur einen Penny in der Tasche hatte, indem er ihr Blumen geschenkt und ihren Ruf beschützt hat.«

»Oh, ist das nicht das Süßeste und Zutreffendste, was jemand sagen kann?« Marilynn legte sich die Hand aufs Herz. »Ich wünschte, du wärst hier und ich könnte dich umarmen, Schatz.«

»Ich auch«, sagte Grace. »Ich vermisse dich, Pep, und dich auch, Axsel.«

Während Reed die Montgomery-Familie beobachtete, war er froh, dass er Frank am Abend zuvor noch angerufen und eingeladen hatte. Auch wenn Frank sich schon für die Nacht fertiggemacht hatte und nicht kommen konnte, so hatte Reed doch eine große Dankbarkeit herausgehört. Reed wollte, dass

Grace ihn kennenlernte, und hatte Frank deshalb zu halb zwölf, nach dem Besuch bei Graces Familie, in sein Haus eingeladen. Er war sich noch immer nicht sicher, wie Frank in sein Leben passen würde und was er für ihn empfand. Doch als er Grace und ihrer Familie zuhörte, wie sie Ideen für ihre Hochzeit diskutierten, und als Cade an Reeds Seite trat und leise sagte: »Willkommen in meiner Östrogen-erfüllten Familie, mein Junge«, da wurde ihm bewusst, dass er nie genug Menschen haben konnte, die Teil seines Lebens waren.

»Danke, Cade. Vielleicht schenken Grace und ich dir eines Tages ein paar Enkelsöhne, um das Geschlechterverhältnis auszugleichen.«

»Habe ich da etwas von Enkeln gehört?« Marilynns Lächeln erhellte ihr ganzes Gesicht. »Sophies Babyparty ist morgen. Ich wette, Lindsay und Nana hätten nichts dagegen, eine Doppelparty daraus zu machen!«

»Was?« Grace drehte sich mit einem verwirrten, wenn auch erfreuten Ausdruck um. »Babys?«

»Jetzt hast du den Schlamassel«, sagte Cade nur für Reeds Ohren bestimmt.

»*Eines Tages*, Kleines.« Reed zog Grace in seine Arme. »Ich sagte: eines Tages.«

»Eines Tages«, entwich es ihr flüsternd und mit einer großen Portion Erleichterung. »Wir können nicht in zwei verschiedenen Bundesstaaten leben, wenn wir Kinder haben.«

Sorge trat in ihr schönes Gesicht und riss Reed zu einem zärtlichen Kuss hin. »Wir überlegen uns, wie wir das alles machen. Es gibt keine Eile. Zuerst legen wir das Fundament und heiraten und dann entführe ich dich in herrliche Flitterwochen. *Dann* überlegen wir uns den Rest.«

»Bei dir klingt es leicht und machbar«, sagte sie mit einem

süßen Lächeln.

»Dich zu lieben, ist einfach, Kleines. Da ist alles machbar.«

»Tut mir leid, Schwesterherz, aber ich glaube ernsthaft, ich habe mich gerade in deinen Verlobten verliebt«, sagte Amber.

»Geht mir genauso«, sagte Sable. »Dabei hab ich für Liebe nix übrig.«

»Ja, schreibt mich auch auf diese Liebesliste«, scherzte Axsel. »Mensch, Kumpel, du weißt wirklich, wie du sie rumkriegst.«

»Oh, nichts da!« Grace schlang die Arme um Reed. »Erstens, Axsel, er ist hetero. Und ihr anderen? Lasst die Pfoten von meinem Mann, sonst erlebt ihr, wie ich zum Tier werde!«

Während ihre Familie sie mit aufgerissenen Augen ansah, vergrub Reed sein Gesicht an ihrem Hals. »Verdammt, Kleines, so sexy habe ich dich noch nie gesehen!«

Graces Handy klingelte. »Das ist wahrscheinlich Sophie. Ich habe ihr versprochen, nach dem Treffen mit Frank vorbeizukommen, um ihr beim Dekorieren für die Party zu helfen.« Sie zog das Handy aus der Tasche und warf einen Blick auf das Display. Alle Freude verschwand aus ihrem Gesicht. Sie drehte das Telefon zu Reed um und er sah Satchels Namen.

»Sag Soph, sie soll herkommen«, rief Morgyn Grace hinterher, die ins Wohnzimmer ging, um den Anruf entgegenzunehmen.

Brindle wedelte mit einem Croissant und sagte: »Und sie soll ihren heißen Ehemann mitbringen!«

»Das ist nicht Sophie«, sagte Reed. »Jemand von der Arbeit.« Sein Magen zog sich zusammen vor Ärger über den Casting Director, der seine Aufgaben nicht im Griff hatte und Grace in den letzten Tagen anscheinend in jede kleine Angelegenheit hineinzog. Er hatte nichts gegen ihre Arbeit, und anscheinend gehörte das Händchenhalten und Babysitten aller

Beteiligten dazu. Er war stolz auf sie und ihren Einsatz für die Produktion, auch wenn sie eigentlich freihaben sollte. Aber sie hatte behauptet, *wenig* Freizeit zu haben, und er fragte sich so langsam, ob sogar das eine Untertreibung war.

Grace war nicht nah am Wasser gebaut, trotz der Tränen, die sie in den vergangenen Tagen vergossen hatte, in denen anscheinend die Gefühle ganzer Jahre an die Oberfläche gekommen waren. Aber nachdem sie das Telefonat mit Satchel beendet und sich einverstanden erklärt hatte, so schnell nach New York zurückzureisen, wie sie die Koffer packen konnte, war sie nicht mehr in der Lage, die Tränen zurückzuhalten. Sie sackte auf die Armlehne des Sofas, versuchte, die Beherrschung wiederzuerlangen, während sie daran dachte, Reed und ihre Familie verlassen zu müssen, Frank nicht kennenlernen zu können und die Babyparty von Sophie zu verpassen. Aber die Ungerechtigkeit in all dem war zu viel und so konnte sie nur noch die Hände vors Gesicht schlagen und weinen.

»Kleines? Was ist passiert?« Reed nahm sie in die Arme.

»Ich muss –« Schluchzer raubten ihr die Stimme, während er ihr über den Rücken streichelte und sagte, dass alles, egal, was es auch wäre, wieder gut werden würde. *Nein! Wird es nicht!* Sie hörte die Worte in ihrem Kopf, aber immer, wenn sie den Mund aufmachte, kamen noch mehr Schluchzer heraus. Und dann waren plötzlich alle im Wohnzimmer – einschließlich Axsel und Pepper, denn ihr Vater hatte den Laptop mitgenommen – und erlebten ihren Zusammenbruch mit.

Na großartig. Einfach perfekt.

»Was ist los?«, wollte Sable wissen und sah Reed wütend an. »Wer braucht einen Arschtritt?«

Derart die Beherrschung zu verlieren, war ihr peinlich, doch das wandelte sich schnell in Wut, denn Grace Montgomery verlor *nicht* die Beherrschung.

Sie richtete sich auf und wischte die Tränen weg. »Niemand«, schnaubte Grace, während das Feuer in ihr wieder aufflammte. »Das erledige ich selbst.«

»Was ist passiert?«, wollte Reed wissen.

»Keagen, der Hauptdarsteller in dem Stück, hat gedroht abzubrechen, wegen irgendeinem Scheiß.« Sie sah zu ihren Eltern. »Tut mir leid, aber …«

»Schon gut, Schatz«, sagte ihre Mutter. »Aber warum weinst du?«

»Weil ich zurück muss.« Wieder brannten die Tränen in ihren Augen. *Verdammt.* Sie blinzelte sie weg und sagte: »Ich muss jetzt abreisen und ihn dazu bringen, dass er bleibt, und ich muss die Sponsoren besänftigen, die ihr Geld zurückziehen werden, wenn wir ihn verlieren. Wir haben heute Abend um acht Uhr ein Meeting.«

»Du fährst heute noch?«, platzten mehrere von ihnen gleichzeitig heraus, aber es war Reeds Stimme, die ihr das Herz zerriss.

Sie konnte nur nicken, als sich alle gleichzeitig um sie versammelten, sie umarmten, sich verabschiedeten und ihr sagten, dass sie sie verstanden. Ihre Unterstützung erfüllte sie mit Dankbarkeit ebenso wie mit Traurigkeit und die ganze Situation machte sie wütend.

Nach so vielen Umarmungen war sie erschöpft, als ihre Familie sie zum Pick-up begleitete.

Ihr Vater fasste sie an den Schultern und sagte: »Kopf hoch,

Gracie Jean. Ich weiß, dass du traurig und wütend bist, aber sie haben dich angerufen, weil du der oberste Boss bist, und wir sind alle sehr stolz auf dich.«

Er küsste sie auf die Stirn und trat zurück, damit ihre Mutter sie ein letztes Mal umarmen konnte. Sie lächelte das aufmunternde Lächeln, das Grace noch von dem Tag in Erinnerung hatte, an dem sie sich verabschiedet hatte und ans College gegangen war. Warum war das hier plötzlich so schwer? Sie war Dutzende Male gekommen und gegangen und normalerweise hatte sie ihrer Abreise und ihrem verrückten Leben in New York immer entgegengefiebert.

»Wir sind hier, wenn du zurückkommst, Schatz«, sagte ihre Mutter.

»Filmt ihr Sophies Babyparty für mich?«, bat Grace. »Ich will alles sehen. Die ganze Deko, jedes Geschenk, ihr Gesicht, wenn sie jedes einzelne aufmacht …«

»Natürlich, Schatz«, sagte ihre Mutter. »Und jetzt fahrt, bevor du noch zu spät kommst. Und denk dran, du lässt uns nicht zurück. Wir sind immer bei dir.«

Achtundzwanzig

Grace warf ihre Kleidungsstücke in den Koffer, ans Falten war nicht zu denken. Sie zitterte zu sehr, um es überhaupt zu versuchen. »Ich fasse es einfach nicht!« Sie schleuderte eine Jeans so heftig durch die Gegend, dass der Koffer wackelte. »Wir hätten noch eine Woche gehabt!« Sie zielte mit dem T-Shirt auf den Koffer. »Dämliche!« *Wurf.* »Egozentrische!« *Wurf.* »Schauspieler!«

Sie ging zum Schrank und riss ihre Kleider von den Bügeln. Sobald sie in der Stadt ankam, musste sie direkt zu dem Meeting fahren, also zog sie ihre Jeans aus und ihre teure schwarze Stoffhose und die Seidenbluse an. Als sie die Füße in die Stöckelschuhe steckte, hörte sie ihre Schwestern sagen, sie trüge *Großstadtklamotten*, und Phoenix, die behauptete, niemand käme je auf die Idee, dass Grace aus Oak Falls stammte.

Na großartig. Jetzt war sie sauer, weil sie sich für ein Meeting in New York anziehen musste. Sie verkniff sich einen Schwall von Flüchen bei dem Gedanken an all die unerledigten Dinge, die sie zurückließ.

»Bitte sag Frank, dass ich ihn wirklich gern kennengelernt hätte. Ich muss Nana und die anderen anrufen und ihnen sagen, dass sie für den Rest des Vorsprechens auf sich allein gestellt sind, und ich habe Nat versprochen, dass ich mir ein letztes Mal ihre endgültige Version anschaue. Ich rufe sie an und mache das über Skype. Und Sophie. Du meine Güte. Ich muss Sophie anrufen. Sie wird so sauer sein.«

Wieder stiegen ihr Tränen in die Augen. Sie schnappte sich ein Paar hochhackiger Stiefel und warf sie Richtung Koffer. Sie hüpften vom Bett und landeten mit einem *Plumps* auf dem Boden.

»Ich hole sie schon.« Reed sammelte die Schuhe auf und Grace ließ sich auf die Bettkante sacken.

»Es tut mir leid. Ich finde es einfach nur grauenhaft.«

»Es wird schon alles gut, Grace.« Er legte die Stiefel in den Koffer. »Ich rufe Frank an und sage ihm, dass ich es nicht schaffe. Ich begleite dich.«

»Nein! Der arme Mann reist Montag ab. Er ist den ganzen Weg hierhergekommen von ... wo immer er auch lebt. Er braucht dich mehr als ich.«

Reed setzte sich und nahm sie auf den Schoß. »Wir stehen das hier durch. Keine Sorge.«

Er war so ruhig und verständnisvoll, dass es sie noch wütender machte. »Warum bist du nicht sauer? Alles ist ruiniert. Wir hätten noch eine Woche haben sollen. Und ich wollte Frank kennenlernen, zu Sophies Party gehen und mehr Zeit mit meiner Familie verbringen ...«

Dieses eine Mal in ihrem Leben wollte sie nicht, dass jeder sie verstand oder ihr sagte, dass alles in Ordnung wäre. Sie wollte bleiben und jemand anderes sollte sich um die Probleme und Sponsoren kümmern. Das war die Haltung einer schwachen Person, nicht die einer professionellen Produzentin, und das regte sie noch mehr auf. Durfte sie nicht das fühlen, was eine normale Person fühlen würde? Sie war so verwirrt, hatte ihr Leben und ihre Gefühle so lang in Schach gehalten, dass sie nicht einmal mehr wusste, was richtig war. Aber eines wusste sie mit Sicherheit. Mit Jammern und Stöhnen bekäme sie die Situation auch nicht schneller in den Griff. Und sie musste sie schnell in den Griff bekommen – dem Theaterstück zuliebe und um zu Reed nach Hause zu kommen und mit ihm die Zeit zu verbringen, die ihnen in der nächsten Woche dann noch blieb.

Sie zwang sich, den Rücken durchzudrücken und sich zusammenzureißen, aber ein Blick zu Reed und das schwache Mädchen in ihr kam wieder durch.

»Komm her.« Er umarmte sie noch einmal und sagte: »Warum ich nicht wütender bin? Weil es deine Arbeit ist und ich kein Kind bin, das es nicht versteht. Wir beide haben ein Leben, Wurzeln, Verpflichtungen. Dass du jetzt wegmusst, ist nur ein kleiner Stolperstein, Kleines. Ja, es ist verdammt beschissen, aber weißt du was?« Er nahm ihre linke Hand und küsste die Finger. »Du wirst meine Frau werden und ich dein Ehemann, und es gibt nichts, was wir nicht überstehen können.«

Er schob die Hände in ihre Haare, wie sie es gern hatte, und hielt ihren Blick gefangen. Oh, wie ihr Herz aufging und ihre Traurigkeit mit seiner Berührung schwand.

»Wir kriegen das hin«, sagte er zuversichtlich. »Das verspreche ich.«

Er senkte seine Lippen auf ihre, erfüllte sie mit Liebe und drängte all die anderen Gefühle beiseite. Er vertiefte den Kuss, wurde sanfter, dann wild und fordernd, ließ dann wieder nach und nahm all ihre Aufmerksamkeit in Anspruch.

Mit einer Reihe von zärtlichen Küssen trennten sich ihre

Lippen voneinander. Sie fühlte sich um ein Hundertfaches leichter, wünschte sich, sie könnte in der warmen Sicherheit seiner Umarmung bleiben, verloren in ihm, anstatt der Uhr nachzugeben, die in ihrem Kopf tickte.

»In Ordnung?«, fragte er leise.

Sie nickte und verabscheute es, dass sich die Gedanken an ihre bevorstehende Fahrt schon vordrängten. Bei dichtem Verkehr käme sie zu spät zu dem Meeting, und sie musste sich immer noch überlegen, wie sie die Situation mit Keagen am besten anging.

Reeds Lippen verzogen sich zu einem sexy Lächeln. »Ich sehe, wie dein Gehirn auf Hochtouren arbeitet. Ich packe deine Sachen ein, da du dabei eindeutig etwas zerstören möchtest«, scherzte er. »Du kannst dich daran machen, deine Liste abzuarbeiten.«

Sie packten zu Ende, und Grace rief Nana an, die ihr versprach, der ganzen Theatertruppe Bescheid zu geben. Sie beschloss, Sophie von unterwegs anzurufen, da sie ihren Trost ohnehin brauchen würde.

Sie brachten alle Sachen ins Auto, und als sie daneben stand und sich an Reed festklammerte, klopften ihrer beider Herzen wie wild gegeneinander.

Sie vergrub ihr Gesicht an seiner Brust und sagte: »Ich möchte nur für fünf Minuten wieder zehn Jahre alt sein.«

Er hob ihr Kinn an und seine traurigen Augen bohrten sich direkt in ihr Herz. »Warum?«

»Weil ich dann einen Wutanfall haben könnte, meinen Willen bekäme und bleiben könnte.«

»Ach, Kleines.« Er zog sie fest an sich. »Ich liebe dich und wir sehen uns schon bald wieder. Mach dir um uns keine Sorgen. Wir haben etwas ganz Beständiges, Kleines. Wir werden immer zusammen sein. Konzentrier dich einfach auf die Dinge, die du regeln musst.«

»Sagst du Frank, dass es mir leidtut?« Ihr ganzer Körper schmerzte vor Traurigkeit.

»Natürlich.«

Sie stellte sich auf die Zehenspitzen und er kam ihr auf halbem Weg zu einem herzerweichenden Kuss entgegen. Sie umklammerte ihn und saugte seine Kraft in sich auf, als ihre Liebkosungen immer wilder und gieriger wurden.

»Ich wünschte, ich könnte bleiben«, stieß sie zwischen hektischen Küssen hervor.

»Ich auch. Ich liebe dich.« *Kuss, Kuss, knabber.* »Ruf mich gleich an, wenn du angekommen bist.« *Kuss, Kuss, streichel, Kuss.* »Und bei jeder Rast.« *Kusssssss.*

Als sie endlich voneinander abließen, glühte sie.

»Ich fahr lieber«, brachte sie heraus. »Ich darf nicht zu spät kommen.«

Er öffnete ihr die Fahrertür und sie ließ sich auf den Sitz sacken, bevor sie wieder aufsprang und ihn zu einem weiteren leidenschaftlichen Kuss an seinem T-Shirt zu sich herunterzog. Die verrinnenden Minuten und die Dringlichkeit ihrer Reise saßen ihr im Nacken, daher legte sie zögernd die Hand auf seine Brust, während die Last ihrer Trennung schwer auf ihnen lag.

Keiner von beiden sagte etwas, als sie sich hinter das Lenkrad setzte. Er schnallte sie an, sah ihr in die Augen und sein kräftiger Oberkörper nahm den Raum zwischen ihr und dem Lenkrad ein.

Er drückte seine Lippen noch ein letztes Mal auf ihre und flüsterte: »Zeig's ihnen, Gracie.«

Als er sich aus dem Auto zurückzog und die Tür schloss, kämpfte sie gegen die Tränen, ließ den Motor an und lächelte gezwungen. *Nicht weinen, nicht weinen, nicht weinen.*

Er warf ihr eine Kusshand zu, sie tat so, als finge sie den Kuss auf und drückte ihn gegen ihre Lippen.

Im Rückspiegel beobachtete sie ihn, während sie davonfuhr. Er folgte ihr auf die Straße, die Hände tief in die Taschen vergraben, die breiten Schultern traurig eingezogen. Frank sollte in zehn Minuten kommen. Sie hoffte, dass ihre Abreise den Besuch nicht beeinträchtigte. Mit einem letzten Blick in den Rückspiegel bog sie um die Ecke und ließ die Tränen über die Wangen laufen.

Reed stand mitten auf der Straße und fühlte sie wie vor all den Jahren, als er Grace gesagt hatte, dass sie das Richtige tat, indem sie aufs College ging – sie aber am liebsten angefleht hätte zu bleiben. Verdammt, er war nicht mehr dieser Teenager. Warum zum Teufel stellte sein Hirn das mit ihm an? Er hatte Verpflichtungen, musste die Handwerker für das Majestic organisieren, Baumaterial bestellen, damit es gleich nach der Vertragsunterzeichnung geliefert würde, und vor allem hatte er nur ein paar Tage mit Frank. Es war wirklich nicht so, als könnte er sich einfach aus dem Staub machen.

Frank wollte am Montag abreisen. Vielleicht konnte Reed seine anderen Besprechungen verschieben und dann hinfahren. Montag schien eine Ewigkeit entfernt zu sein.

Franks Auto kam langsam die Straße entlang und Reed trat an den Bordstein. Frank hatte genug um die Ohren, er musste Reeds Kummer nicht sehen. Reed zwang sich zu einem Lächeln, winkte und schwor sich, dem Mann das Leben nicht noch schwerer zu machen, als es ohnehin schon war.

»Wie geht's?«, fragte Reed, als Frank – nicht ganz so zerzaust wie bei ihrer letzten Begegnung – aus dem Auto stieg. Seine Bartstoppeln waren in etwa einen Tag alt und seine Kleidung war zerknittert, aber in seinen Augen lag ein wiedererwecktes Funkeln.

»Nicht so gut wie dir.« Er nahm einen Strauß Orchideen aus dem Auto und gab sie Reed. »Herzlichen Glückwunsch noch einmal. Die hier sind für dich und Grace.«

Beim Anblick der Orchideen durchfuhr ihn ein schmerzhafter Stich. Reed schaffte es nicht, Frank zu erzählen, dass sie ihnen nicht Gesellschaft leisten würde. Stattdessen sagte er: »Danke, das sind ihre Lieblingsblumen.«

»Auch die deiner Mutter«, sagte Frank, als sie Richtung Haus gingen.

Reed blieb abrupt stehen. »Wirklich?«

Frank nickte. »So hat sie unsere Wohnung ausgesucht. Im Büro der Vermieter standen Orchideen und das sah sie als ein Zeichen.«

Wenn Reed bisher nicht an Zeichen geglaubt hatte, dann mit Sicherheit jetzt. Als ob seine Mutter sich bei ihm bedankte, dass er sich Zeit für Frank nahm. »Möchtest du hineingehen?«

»Eigentlich habe ich ziemlich viel Zeit drinnen verbracht. Würde es dir etwas ausmachen, wenn wir uns ein wenig auf die Stufen setzen?« Frank betrachtete das Haus. »Du bist eindeutig der Sohn deiner Mutter. Sie hätte so ein Haus geliebt.«

Als sie sich setzten, fiel Reeds Blick auf Franks Narben. Um sich von den Gedanken an Grace abzulenken, fragte er: »Falls es dir nichts ausmacht, darf ich dich fragen, woher du diese Narben hast?«

Frank fuhr mit den Fingern über seine geschundene Haut

und ein kleines Lächeln trat in sein Gesicht. »Ich hab deine Mutter beschützt. Sie liebte Kinder. In einem Sommer hat sie an den Wochenenden in einem Schwimmbad am Essenstand ausgeholfen. Ich bin mitgegangen, na ja … ich wollte keine Minute mit ihr verpassen.«

Er warf Reed ein wissendes Lächeln zu, und – natürlich – war Reed mit seinen Gedanken sofort wieder bei Grace, die in ihren schicken Klamotten umwerfend ausgesehen hatte. Wie war sie all die Jahre Single geblieben? Waren die Männer in New York blind und taub? Sie war die faszinierendste Frau, die er je kennengelernt hatte. Und jetzt zog sich sein Innerstes vor Sehnsucht wieder zusammen.

»Deine Mutter und ich standen hinter dem Tresen«, erklärte Frank und brachte so Reeds Gedanken wieder zurück zu ihrem Gespräch. »Ich kümmerte mich um Burger und Würstchen und sie gab Süßigkeiten und Chips aus. Irgendjemand warf einen Plastikball über den Tresen, und sie wich ihm aus, damit er sie nicht ins Gesicht traf. Doch dabei verlor sie das Gleichgewicht. Sie war drauf und dran, auf den heißen Grill zu fallen. Ich hab den Arm ausgestreckt« – er hielt seinen Arm zur Seite – »und fing sie auf, bevor sie ihn berührte.«

Ein Schauer erfasste Reed, als er sich Franks Arm auf einem heißen Grill vorstellte.

»Zuerst habe ich es gar nicht gemerkt«, sagte Frank. »Sie war mir in die Arme gefallen, und keinem von uns beiden war klar, was passiert war. Ich war zu sehr von Lilys Lächeln gefangen. Diese Frau verzauberte mich.«

»Aber die Schmerzen …« Reed zuckte zusammen. »Das muss grauenvoll gewesen sein.«

»Ja, es war ziemlich schlimm. Aber deine Mutter lernte, die Verbrennungen zu versorgen. Sie hat sich gut um mich gekümmert. Und wenn ich es wieder und wieder tun müsste, ich würde es tun, um ihr die Schmerzen zu ersparen. Selbst heute noch, auch nachdem ich von dem anderen Mann weiß, würde ich alles für sie tun. Darum geht es in der Liebe, aber das weißt du ja.« Frank sah zum Haus. »Wo ist Grace? Hat sie ihre Meinung geändert und will mich doch nicht kennenlernen?« Traurigkeit trat in seine Augen. »Das wäre in Ordnung. Ich verstehe das.«

»Nein, sie hat ihre Meinung nicht geändert. Sie musste zurück nach New York und ein paar Dinge regeln.«

»Zurück? Sie lebt nicht hier?«

»Es ist ein wenig kompliziert. Sie lebt in New York City.« Reed erklärte ihm ihre Wohnsituation.

»Es steht mir weiß Gott nicht zu, Ratschläge in Sachen Liebe zu geben, aber warum bist du noch hier?«

Er hatte sich das in der letzten Viertelstunde selbst Hunderte Male gefragt, aber er befürchtete, dass sich Frank durch die wahre Antwort schuldig fühlen könnte, also sagte er: »Ich habe Verpflichtungen.«

»Verpflichtungen.« Frank schüttelte den Kopf. »Was immer du auch für Verpflichtungen hast oder wem gegenüber du sie hast, sind sie wichtiger als die Frau, die du liebst?«

»Zum Teufel, nein«, stieß Reed wütend hervor, obwohl er wusste, dass seine Wut den Falschen traf. Dann sprudelte die Wahrheit aus ihm heraus, ungeachtet seiner Anstrengung, sie zurückzuhalten. »Und weil ich dich gerade erst gefunden habe und ich dich kennenlernen will. Ich weiß nicht einmal, wo du lebst. Soweit ich weiß, hast du niemand anderen und ...« *Du hast nicht mehr viel Zeit.* »Ich finde, es ist wichtig, für dich hier zu sein.«

»Das weiß ich wirklich zu schätzen, Reed. Es ist sehr

ehrenhaft«, sagte Frank. »Ich lebe in New Jersey und viel mehr gibt es nicht zu erzählen. Aber du hast mir gegeben, was ich brauchte, und zwar dass du die Wahrheit kennst, bevor ich diese Erde verlasse. Aber was du brauchst, ist auf dem Weg nach New York. Lass unsere Vergangenheit nicht eurer Zukunft im Weg stehen.«

Reeds Puls raste. »Aber du bist nur bis Montag hier.«

Frank zuckte mit den Schultern. »Und dann bin ich in New Jersey, ein paar Stunden entfernt. Ich behaupte nicht, dass ich viel über dich weiß, aber wenn dieser verkniffene Gesichtsausdruck und diese Fäuste etwas zu sagen haben, dann wirst du noch vor Montag jemanden umbringen, wenn du dein Mädchen allein wegfahren lässt.« Er nahm den Blumenstrauß in die Hand, der zwischen ihnen gelegen hatte, und gab ihn Reed. »Geh, bevor sie zu weit weg ist.«

Adrenalin ließ Reed aufspringen. »Es macht dir nichts aus?«

»Zum Teufel, nein. Geh!« Frank stand ebenfalls auf und lächelte herzlich.

Sie standen seltsam verlegen nebeneinander und sahen sich an. Reed merkte, dass Frank ebenso wie er nicht sicher war, ob sie sich die Hand geben oder umarmen sollten. Sie beugten sich beide vor, dann wichen sie zurück. Reed streckte die Hand aus, und als Frank sie ergriff, zog Reed ihn in eine Umarmung.

»Danke, Frank. Danke, dass du zurückgekommen bist, um mir die Wahrheit zu sagen, und für den Tritt in den Hintern.« Als er zu seinem Pick-up lief, brüllte er: »Hinterleg im Hotel deine Nummer. Ich melde mich.«

Reed raste von der Auffahrt, wild entschlossen, bei seinem Mädchen zu sein.

Grace nahm den Zapfhahn aus der Säule und steckte ihn in den Tank, während sie ihr Handy zwischen Kopf und Schulter eingeklemmt hatte. Sie und Sophie fluchten um die Wette, weil sie früher zurückmusste und Sophies Babyparty verpassen würde. Als sie gemerkt hatte, dass ihr fast das Benzin ausging, hatte Grace einen weiteren Wutanfall gehabt.

»Ich schwöre dir, Soph, ich dreh Keagen den Hals um. Er wird zwar nie wieder in einer meiner Produktionen mitspielen wollen, aber das ist mir egal. *Ich* will nie wieder eine Produktion übernehmen!«

»Das meinst du nicht ernst«, sagte Sophie. »Du hattest so viel Spaß mit dem Theaterstück hier, und du wirst das Problem in New York regeln, wie du es immer machst. Deine Sponsoren werden glücklich sein, Keagen wird dir gehorchen, aber immer noch ein Arschloch sein. Und dann kommst du zu Reed zurück.«

»Und dann? Und dann gehe ich wieder zurück in die Stadt und er ist hier? Und wenn wir Kinder haben wollen? Und wenn wir uns so sehr vermissen und …« Sie bemühte sich, nicht wieder zu weinen.

»Grace, ihr werdet eine Lösung finden.«

»Wie kommen alle dazu, zu denken, dass wir eine Lösung finden? Das passiert nicht einfach so. Das erfordert Planung, und du weißt, dass Pläne nie funktionieren. Und wenn ich nun die Geburt deines Babys verpasse? Brindle geht in ein paar Wochen nach Paris und ich kann sie nicht verabschieden.« Tränen schossen ihr in die Augen. Wie hatte sie es vor all den Jahren geschafft, wegzugehen? Es war, als ließe sie die bedeutendsten Teile ihrer selbst zurück. Aufgebracht zerrte sie den Zapfhahn aus dem Tank und begoss sich dabei mit Benzin. »Verdammt noch mal! Ich muss los. Ich hab gerade … Ah! Hab dich lieb, Soph. Ich bin durch den Wind. Ruf dich später an.«

Sie beendete das Gespräch und rannte in die Tankstelle, um den Gestank aus ihrer Kleidung zu waschen. Auf der Toilette schrubbte sie an den Flecken herum. »Ich sollte da einfach in Shorts und Stiefeln auftauchen.« Sie schrubbte noch heftiger, aber die Papiertücher hinterließen Fussel auf ihrer Bluse. Sie hob den nassen Stoff an ihre Nase und roch daran. Es stank grauenhaft.

»Scheißegal.«

Sie stürmte hinaus zu ihrem Auto und ließ mit einem Ruck den Motor an. Während sie die vorbeifahrenden Autos abwartete, um auf die Straße hinauszufahren, dachte sie an Reed und ihre Familie. *Du hast dein Leben schon viel zu lange unter Kontrolle. Heute bist du wieder eine von uns, ob es dir gefällt oder nicht. Du fehlst uns, Gracie. Schenk uns den heutigen Abend. Bitte!* Die Stimmen ihrer Schwestern ließen die Tränen wieder fließen. Sie umklammerte das Lenkrad noch fester und dachte an Nana und den Rest der Truppe und ihre freudige Aufregung über das Theaterstück. Dann wanderten ihre Gedanken zu Reed und zu dem Abend, an dem sie beim Majestic den Film geschaut hatten. *Das wäre in der Großstadt nie passiert.*

Sie betrachtete ihren bezaubernden Ring – genau das Design, in das sie sich vor Jahren verliebt hatte – und ihr Herz zerplatzte fast. Sie dachte an den Abschlussball und Reeds einfach perfekten Antrag, wie der Ort sie willkommen geheißen hatte, und sie wusste, was sie wollte, was sie tun musste.

»Das wäre in der Großstadt nie passiert«, sagte sie, als sie geistesabwesend von der Tankstelle hinaus auf die Straße fuhr. Sie hörte das Geräusch von quietschenden Bremsen und schrie, als ein Pick-up seitlich auf ihr Auto zukam. Sie wollte Gas geben, trat aber auf die Bremse, sodass ihr Körper nach vorne gegen das Lenkrad geworfen wurde. Dann trat sie das Gaspedal durch, während der Pick-up ins Schleudern kam und sein Heck fast in den hinteren Teil ihres Autos knallte. Sie lenkte das Auto an den Straßenrand und hielt an. Noch immer umklammerte sie das Lenkrad so fest, dass sie nicht sicher war, ob sie es loslassen konnte. Dann wurde ihre Tür geöffnet, und Reed war da, zog sie in seine Arme, und Angst wütete in seinen Augen, während er sie überall abtastete, um zu sehen, ob sie wohlbehalten war.

»Kleines, alles in Ordnung?«

»Ja«, sagte sie, fast noch in Schockstarre. »*Nein*. Nichts ist in Ordnung. Ich kann das nicht«, schoss es aus ihr heraus. »Zehn Jahre war eine lange Zeit. Ich will das nicht mehr. Ich will nicht weg sein. Ich werde zurückziehen. Ich muss bei dir sein.«

Er drückte sie an sich, als würde er sie nie wieder loslassen. »Nein, Gracie. Ich ziehe mich aus dem Majestic-Geschäft zurück und gehe nach New York. Ich kann überall arbeiten, aber du hast da ein Leben.«

»Nein! Behalte das Majestic! Ich werde darin investieren. Wir können beide unsere Talente nutzen und es wieder zum Leben erwecken. Mein Leben ist hier, Reed, bei dir und meiner Familie und Sophie und der Theatertruppe und ...« Sie holte Luft. »Cowboy-Stiefeln und diesem Südstaatenakzent ...« Schluchzer platzten aus ihr heraus und Reed hielt sie aufrecht – Reed, ihre Kraft, ihre Liebe, ihr *Für immer und ewig.*

Sie sah in seine nachtblauen Augen, und Tränen rannen über ihre Wangen, als sie sagte: »So viel zu ›einfach und machbar‹.«

Seine Mundwinkel hoben sich zu einem schiefen Lächeln. »Wir waren nie einfach, aber wir waren immer machbar.«

Neunundzwanzig

Grace schreckte aus dem Schlaf und setzte sich auf. Sie klammerte sich an die Bettdecke und überlegte lauschend, was sie geweckt haben konnte. Sie dachte, sie würde jedes Geräusch in ihrem und Reeds Haus kennen. Vor zwei Wochen war sie endgültig hierhergezogen, nachdem sie die Probleme mit ihrer *letzten* Off-Broadway-Produktion gelöst hatte – was zum Glück einfacher gewesen war, als sie gedacht hatte. Sie hörte das Knarren der Stufen und ihr Herz blieb fast stehen.

»Reed!«, flüsterte sie panisch und rüttelte an seiner Schulter. »Reed! Wach auf! Da ist jemand im Haus!«

Er drehte sich um und legte den Arm um ihre Taille. »Das ist der Wind, Kleines. Schlaf weiter.«

Wieder knarrten die Stufen, und sie packte seinen Arm so fest, dass ihre Nägel in seine Haut schnitten. »Reed! Das ist *nicht* der Wind!«

Geflüster war im Flur zu hören und Graces Puls raste. Sie schnappte sich ihr Handy vom Nachttisch. »Ich ruf die Polizei!« Die Schlafzimmertür wurde aufgestoßen und sie ließ schreiend das Handy auf die Matratze fallen.

All ihre Geschwister stürzten hysterisch lachend ins Schlafzimmer. Reno hielt sich dicht neben Amber und bellte.

Grace legte die Hand auf ihr rasendes Herz. »O mein Gott! Was macht ihr hier? Wie seid ihr hereingekommen?« Sie sah zu Reed, der blöde grinsend neben ihr lag. »Ahhh! Du hast ihnen das erlaubt?«

»Wer bin ich, dass ich mich einer Tradition in den Weg stellen könnte?« Er warf ihr eine Kusshand zu und sie verdrehte die Augen.

»Hoodie?«, fragte Sable an Reed gerichtet.

Reed zeigte auf den Schrank. Grace blitzte ihn wütend an, während er vor sich hin kicherte.

»Nats Theaterstück wird morgen aufgeführt«, sagte Morgyn und zog Grace am Arm aus dem Bett. »Und dann ist da noch das Stück von euch.«

Nat hatte ihr Skript hervorragend überarbeitet und Nana und die anderen hatten die Besetzung und die weiteren Vorbereitungen für *Ich bin keine Cinderella* in Graces Abwesenheit großartig vorangebracht. Sie freute sich darauf, die Ergebnisse zu sehen.

»Und eure Hochzeit ist gleich danach«, erinnerte Amber sie.

Als ob sie den am innigsten erwarteten Tag ihres Lebens je vergessen könnte! Weder sie noch Reed hatten mit der Hochzeit warten wollen, insbesondere da es Frank nicht gut ging und sie wollten, dass er dabei war. Es würde noch einige Zeit dauern, bis sie sich aneinander gewöhnt hätten und es keine unangenehmen Momente mehr gab, aber Grace war überaus dankbar dafür, dass Frank und Reed etwas Zeit hatten, um sich kennenzulernen.

»Und am Tag darauf reise ich nach Paris ab«, meldete sich Brindle zu Wort. »Wir *müssen* heute Nacht gehen.«

Pepper stand in Jeans und Cowboy-Stiefeln mit verschränkten Armen in der Tür, die goldbraunen Haare zu einem unordentlichen Dutt hochgebunden. Sie war in der letzten Woche angekommen und auch da hatten die Mädchen Graces Hintern aus dem Bett gezerrt. *Das muss sein! Es ist Peps erste Nacht wieder zu Hause!*

Pepper hob den Fuß an, um Grace ihren Stiefel zu zeigen. »Ich habe nachgegeben. Diese Pappnasen lassen sich nicht aufhalten.«

»Grace wird in ihren Flitterwochen wahrscheinlich sowieso schwanger«, sagte Brindle. »Dann ist sie festgenagelt wie Sophie und verpasst unsere nächtlichen Touren.«

Grace lächelte bei dem Gedanken an kleine Reeds. Noch war sie nicht ganz bereit dafür, aber mit Sophies und Bretts entzückendem Baby könnte sie ewig schmusen. Die süße Brenna war vor drei Tagen auf die Welt gekommen und Grace und Reed hatten sie sofort begrüßt.

Axsel legte den Arm um Peppers Schulter und sagte: »Zumindest habt ihr mich dieses Mal einbezogen.« Er sah zu Reed, der sich gerade eine Jeans anzog, und sagte: »Ich schwöre dir, mit diesen Hühnern ist es wie in einem Mädchenclub.«

Sable kam vom Schrank und taxierte Graces Tanktop und die Boyshorts. Sie warf ihr einen Hoodie zu und sagte: »Süße Unterhose, Grace! Zieh den an.« Sie wandte sich Axsel zu. »Wenn es ein Mädchenclub wäre, wärst du nicht hier. Da macht man seine Haare, seine Nägel und so was. Außerdem willst du die Fotosession für den Kalender mit den Feuerwehrmännern um zwei Uhr genauso sehr sehen wie wir alle.«

»Und ob«, stimmte Axsel mit einem Riesenlächeln zu.

Grace lachte, als sie den Hoodie anzog. Sie hatte das Gefühl, dass niemand das Kalendershooting so sehr sehen wollte wie Sable, damit sie einen Blick auf Chet Hudson werfen konnte.

»Vielleicht kann ich hierbleiben, da mein Mann ja bereit, willig, fähig und noch dazu absolut einverstanden ist, zurück in unser neues schönes Bett zu krabbeln.« Grace lächelte Reed flirtend an. »Ich bin sicher, Reed möchte sowieso nicht, dass ich Feuerwehrmänner anglotze.«

»Geh nur, Kleines. Ich bin mir meiner Männlichkeit vollkommen sicher.« Er lehnte sich über das Bett und zog sie herunter, um sie so heftig zu küssen, dass ihr gesamter Körper in Flammen stand. »Außerdem treffen wir uns dort. Nach dem Shooting gibt es ein Lagerfeuer. Du. Ich. Unter den Sternen knutschen. Halt dich bereit.« Er gab ihr einen Klaps auf den Hintern und deutete mit dem Kinn auf Brindle, die Graces Shorts und die verzierten Cowgirl-Stiefel, die Morgyn für sie gemacht hatte, in die Höhe hielt. »Geh lieber, hübsches Mädchen. Du willst doch die Montgomery-Party nicht verpassen.«

Amber nahm Grace bei der Hand und zog sie hoch. »Wir werden Spaß haben, Gracie. Dies ist das letzte Mal, dass du das Kalendershooting als Single erleben wirst.«

»Nur in Oak Falls kommen Feuerwehrmänner aus zwei verschiedenen Orten mitten in der Nacht zu einem Kalendershooting zusammen«, sagte Pepper.

Als Grace ihre Shorts anzog, umgeben von den Menschen, die sie am meisten liebte, blieb ihr Blick an Reed hängen. Seine liebevollen Augen und sein jungenhaftes Grinsen brachten ihr Herz ins Schleudern und sie sagte: »Ganz genau, Pep. Nur in Oak Falls. Und ich würde es gegen nichts auf der Welt eintauschen.«

Danksagung

Ich hoffe, Ihnen hat die Geschichte von Grace und Reed gefallen und Sie freuen sich darauf, mehr über die Montgomerys und über die Bradens aus Pleasant Hill zu erfahren, die Sie im zweiten Band, *Alles für die Liebe*, kennenlernen werden.

Falls Sie noch nicht zu meinem Fanclub auf Facebook gehören, holen Sie das doch nach! Wir haben dort viel Spaß bei Chats über kernige Helden und selbstbewusste Heldinnen. Und man kann nie wissen, ob man nicht einmal als Inspiration für eine Geschichte oder eine Figur dient und in einem meiner Bücher endet, wie mehrere meiner Fanclubmitglieder schon feststellen konnten.
facebook.com/groups/MelissaFosterFans

Folgen Sie mir doch auf Facebook, um sich über die Welt unserer fiktiven Traummänner auf dem Laufenden zu halten.
facebook.com/MelissaFosterAuthor

Bestellen Sie meinen Newsletter, damit sie keine Neuerscheinungen, Werbeaktionen und Events verpassen.
MelissaFoster.com/Newsletter_German

Und vergessen Sie nicht, Ihre Bonusgeschenke herunterzuladen! Kostenlose Stammbäume, Veröffentlichungsdaten, Serien-Checklisten und vieles mehr finden Sie auf der »Reader-Goodies«-Seite (in englischer Sprache), die ich speziell für Sie

eingerichtet habe!
MelissaFoster.com/Reader-Goodies

Wie immer bin ich meinem wundervollen Team von Lektorinnen und Korrektorinnen unglaublich dankbar: Kristen Weber, Penina Lopez, Elaini Caruso, Juliette Hill, Marlene Engel, Lynn Mullan und Justinn Harrison sowie meinem deutschen Team Janet König, Rabea Güttler und Judith Zimmer. Und natürlich bin ich meinem Ehemann Les und dem Rest meiner Familie ewig dankbar, denn sie erlauben es mir, über meine fiktiven Welten zu reden, als wären sie real.

Lust auf mehr von den Bradens & Montgomerys?

Verlieben Sie sich mit Beau und Charlotte in *Alles für die Liebe*.

Lesen Sie hier einen Auszug aus dem nächsten Band!

Die Bradens & Montgomerys
(Pleasant Hill – Oak Falls)

LOVE IN BLOOM – HERZEN IM AUFBRUCH

Eins

Beau Braden lenkte den Mietwagen um Schlaglöcher und wildwachsende Büsche auf der Straße herum zum Sterling House, einem rustikalen Gasthof in den Bergen von Colorado. Er hatte vor, dort in den kommenden vier Wochen alles auf Vordermann zu bringen, um seinen Verwandten Hal und Josh Braden einen Gefallen zu tun. Das Blätterdach über ihm wurde dichter und nur hin und wieder gelangte noch ein Sonnenstrahl hindurch, bis es schließlich undurchdringlich wurde und er das Gefühl hatte, durch einen Tunnel zu fahren. Es kam ihm vor, als würde er in eine Szene aus *Wo die wilden Kerle wohnen* versetzt. Beau hatte diese Reise monatelang verschoben und in seiner Heimatstadt darauf gewartet, dass die Geister der Vergangenheit ihn erneut heimsuchten, wie sie es jedes Jahr zu dieser Zeit taten. Es war Jahre her, seit Sterling House zuletzt als Gasthof genutzt worden war, und der Besitzerin Charlotte Sterling schien die Verzögerung nichts auszumachen. Allerdings hatte sie auch immer eine Ewigkeit gebraucht, um auf Anrufe, Nachrichten und E-Mails zu reagieren. Er wusste nicht viel über sie, abgesehen davon, dass sie Autorin war. Beim Anblick der überwucherten Straße fragte er sich jedoch langsam, ob sie wirklich dort wohnte oder ob er das ganze Haus für sich allein haben würde.

Ihm hätte es nicht einmal etwas ausgemacht, unter Grizzlys leben zu müssen. Immerhin hatte der Job ihm die Gelegenheit verschafft, aus Pleasant Hill in Maryland zu verschwinden.

Der Baumtunnel führte zu einem wahren Paradies. Beau trat auf die Bremse, als er eine lange Auffahrt erreichte, und nahm den Anblick der saftigen Wiesen und malerischen Berge in sich auf. Überall standen üppige grüne Bäume, die aussahen wie gemalt. Am anderen Ende der Auffahrt ragte ein dreistöckiges Gebäude aus Glas, Stein und Zedernholz am Ufer eines herzförmigen Sees auf. Es musste atemberaubende Ausblicke in alle Richtungen bieten. Große Terrassen luden zum Verweilen ein.

Er fuhr die leere Auffahrt entlang und hoffte darauf, das luxuriöse Haus tatsächlich ganz für sich allein zu haben. Das wäre perfekt. Früher einmal hatte er seine kleine Heimatstadt für die ideale Mischung aus Stadtleben und ländlicher Umgebung gehalten. Doch damit war es schon seit langer Zeit vorbei. Aber das hier? Das war der *Himmel.* Jede Menge Arbeit, keine Angehörigen in der Nähe, die einem auf die Nerven gingen, und er musste auch nicht die gequälten Blicke seiner Freunde aushalten. Und in vier Wochen würde er auf dem Weg nach Los Angeles sein und eine Stelle weit weg von seiner unerfreulichen Vergangenheit antreten.

Beim Aussteigen zog er sein Handy aus der Tasche und warf einen Blick auf die eingetroffenen Textnachrichten von seiner

Familie. Er war nicht überrascht, mehrere von Jillian und Jax zu sehen, den Zwillingen, die emotionaler als die anderen waren. Seine fünf jüngeren Geschwister waren alle sehr unterschiedlich, von den Zwillingen und vom peniblen, gründlichen Graham über den viel zu machomäßigen Nick bis hin zum Freigeist Zev. Als Ältester hatte Beau immer auf die anderen aufgepasst, aber zu dieser Jahreszeit meinten sie es stets gut mit aufmunternden Worten und Ablenkungsvorschlägen – *zu gut.* Er liebte sie, aber es gab schlichtweg nichts, das die Schuldgefühle lindern konnte, die er wegen Tory Raznicks Tod verspürte.

Er rief Charlottes Nachricht auf und las sich die kryptischen Anweisungen durch, während er sein Gepäck aus dem Wagen nahm. *Komm, wann immer es dir passt. Ich bereite ein Zimmer für dich vor. Mein Büro ist im Erdgeschoss links. Klopf vorher an.* Sie hatte ein Zwinker-Emoji angehängt, und er fragte sich, was für eine Frau sie wohl war, dass sie das extra betonen musste. Auch wenn er sich nicht gerade als Heiligen bezeichnen konnte, hatte er sich doch gut unter Kontrolle.

Er klingelte, und als niemand reagierte, versuchte er, die Tür zu öffnen. Erstaunlicherweise war nicht abgeschlossen, daher drückte er die Tür auf und klingelte ein weiteres Mal. Als nur Stille zu hören war, setzte er die Klingel auf seine mentale Reparaturliste und betrat das geräumige Haus. Gleich zu seiner Rechten befand sich eine Treppe, die in ein Untergeschoss führte, und er stellte sein Gepäck ab und schaute sich erst einmal um. Elegante Stein- und Glaswände, freiliegende Deckenbalken, Kronleuchter aus Eisen und Geweihen und ein wunderschöner gemauerter Kamin, der dem Raum Charakter verlieh. Seine Schritte durchbrachen die Stille, als er an einer Bibliothek und einem Speisezimmer vorbeiging, die beide mit herrlichem dunklem Holz getäfelt waren. Er bewunderte eine mit rotem Teppich ausgelegte Treppe, die in den ersten Stock führte. Das verzierte Treppengeländer hatte an Glanz verloren, und er nahm sich vor, es wieder erstrahlen zu lassen. Er durchquerte den Raum, schaute durch die gläserne Terrassentür und testete den Türknauf. *Nicht abgeschlossen.* Es fiel ihm leicht, sich vorzustellen, wie es im Gasthof vor Leben wimmelte, wie Kinder auf der Wildblumenwiese spielten, während ihre Eltern es sich in der Nähe gutgehen ließen. Er schlenderte in die riesige Küche, die eindeutig Modernisierungsbedarf hatte. Eine weitere nicht verriegelte Tür führte zu einer Terrasse auf der anderen Seite des Anwesens. Er trat ins Freie und rüttelte am Geländer, das ohnehin schon auf der Reparaturliste stand, die er von seinen Verwandten erhalten hatte.

Allein an einem derart friedlichen Ort und nur die Arbeit machen, die er am meisten liebte? *Oh ja, das ist in der Tat der reinste Himmel.*

Beau ging wieder hinein und schloss die Tür hinter sich. Was die Sicherheit betraf, würde er mit Charlotte ein ernstes Wörtchen reden müssen. Er machte sich auf den Weg in den Bereich, den sie ihm beschrieben hatte, um nachzusehen, ob dort möglicherweise eine Nachricht auf ihn wartete. Überrascht stellte er fest, dass leise Geräusche zu hören waren. Als er vor der Tür stand, hinter der er ihr Büro vermutete, und schon anklopfen wollte, zögerte er mit einem Mal. Die Geräusche waren nun lauter und deutlicher zu vernehmen. Und es handelte sich um die Art von Geräuschen, bei denen ein Mann eine Erektion bekam.

Leise fluchend erinnerte sich Beau an ihre Warnung. *Klopf vorher an.*

Mit so etwas hatte er definitiv nicht gerechnet. Und dafür hatte er seinen Hund – und treuen Gefährten – Bandit zu

Hause gelassen?

Er rieb sich den verspannten Nacken und beschloss, die Sache einfach durchzuziehen. Schließlich wollte er die Arbeit als Gefallen für seine Verwandten erledigen, und er hatte nicht vor, sie im Stich zu lassen. Außerdem war das Haus groß. Vermutlich konnte er Charlotte die meiste Zeit aus dem Weg gehen. Wenn er an ihre verspäteten Antworten auf seine Nachrichten dachte, konnte er sich durchaus vorstellen, dass sie seine Anwesenheit erst nach einiger Zeit bemerken würde.

Daher drehte er sich um und wollte den Weg zurückgehen, den er gekommen war, um seine Sachen auszuladen und sich einzurichten.

Hinter ihm flog die Tür auf. »Verdammt noch mal, Chris!« Eine zierliche Brünette in einem Männerhemd mit hochgekrempelten Ärmeln stürmte aus dem Raum. Das Hemd war so lang, dass Beau sich fragte, ob sie darunter noch etwas anhatte. Ihre zerzauste Mähne fiel ihr auf die Schultern, als sie barfuß auf ihn zugeeilt kam. Ihre Wangen waren gerötet, ihre Augen eine faszinierende Mischung aus Grün- und Brauntönen und deutlich heller, als er nach den lustvollen Geräuschen, die durch die Tür gedrungen waren, erwartet hatte. Sie besaß rosige Lippen, die leicht geschwungen waren, sodass es ihm schwerfiel, den Blick davon abzuwenden.

Dann verzog sie diesen perfekten Mund zu einem strahlenden Lächeln und fragte: »Beau?« Mit einem Mal klang sie sehr fröhlich, obwohl sie eben noch wütend aus dem Zimmer gestürzt war.

Er starrte ihren Mund an, doch sein Gehirn war noch so mit dem beschäftigt, was sie wohl unter diesem Hemd trug – oder auch nicht –, dass er nur ein »Ja« herausbrachte.

»Ich bin Charlotte. Freut mich, dich kennenzulernen.« Sie

nahm seinen Arm und zog ihn in einen anderen Raum. »Schön, dass du herkommen konntest.« Sie öffnete eine Schranktür und schnaufte, als sie dahinter nur Leere vorfand.

Beau lugte um die Ecke in den Flur und rechnete damit, einen Mann zu sehen, der sich auf die Suche nach ihr machte. »Ist alles in Ordnung?«

»Alles bestens.« Wieder nahm sie seinen Arm und zog ihn mit sich in den Flur. »Ich suche Chris. Übrigens wurde das Material geliefert, das du bestellt hast. Ich habe alles in die Werkstatt im Wald bringen lassen. Nachher zeichne ich dir eine Karte.«

Sie riss die nächste Tür auf, ging in den Raum und spähte in den Schrank. Mehrere Gummipuppen fielen heraus.

Was zum …? Beau versuchte, sich sein Erstaunen nicht anmerken zu lassen, während Charlotte jeder Puppe ins Gesicht sah und sie dann aufs Bett warf.

»Nein. Nein. *Nein.*«

»Ich … ähm …« *Verdammt.* So etwas hatte er noch nie erlebt. Wurde ein Mensch verrückt, wenn er zu lange allein in einem weitläufigen alten Haus wie diesem wohnte? Hal und Josh würden ihm für diesen Gefallen einiges schuldig sein. Er deutete mit dem Daumen den Flur entlang. »Dann werde ich mal meine Sachen aus dem Pick-up holen. Wenn du mir zeigst, wo ich mein Zimmer finde, lasse ich dich auch schon wieder in Ruhe.«

»Dein Zimmer!« Sie verdrehte die Augen. »Aber natürlich! Da habe ich ihn liegen gelassen. Chris Pine bleibt irgendwie immer zurück. Wenigstens ist er diesmal wohl allein und nicht bei den anderen. Ich lasse diese ungezogenen Kerle nur ungern zu lange allein.«

Grundgütiger, wo bin ich denn hier gelandet? »Chris *Pine?*«

Der Schauspieler? »Lass ihn ruhig, wo er ist. Hier gibt es ja noch genug andere Zimmer, in denen ich schlafen kann.« Vielleicht wäre es auch besser, einfach im Wagen zu übernachten. Was für ein Gasthof war das hier eigentlich? Und wer hätte gedacht, dass Chris Pine auf Männer stand?

Sie winkte jedoch ab und ging durch den Flur zur nächsten Tür. »Sei doch nicht albern. Ich muss nur die Schlüssel für die Handschellen finden.«

Beau blieb wie angewurzelt stehen. Mit einem Mal hatte er Bilder aus *Shining* vor Augen.

»Das ist es.« Charlotte stand vor der Tür zu Beaus Zimmer und bemerkte erst jetzt, dass er nicht mitgekommen war. Sie blickte durch den Flur und sah ihn vor ihrem Spielzeugzimmer stehen.

»Beau?« Als sie zu ihm zurückging, fielen ihr einige Dinge ins Auge, die sie noch gar nicht bemerkt hatte. Ihr neuer Hausgast hatte sonnengebräunte Haut, kurzes braunes Haar und einen gut gepflegten Dreitagebart, der nicht zu seiner eher schroffen Art zu passen schien und sie vielmehr an die Helden erinnerte, die sie sich ausdachte. Sie wusste ja, dass die Bradens den Genpool für heiße Männer für sich gepachtet hatten, aber der attraktive, finstere Beau musste gleich die doppelte Dosis abbekommen haben. Mit seinen breiten Schultern, den kräftigen Beinen und den Armen, mit denen er einen Mann vermutlich zerquetschen konnte, sah er einfach umwerfend aus.

Seine Miene wurde noch ernster, als sie näher trat. Himmel, was stimmte denn nicht mit ihm? Sie war doch diejenige, die beinahe durchdrehte, weil sie zum ersten Mal in ihrem Leben eine Schreibblockade hatte. Inzwischen hatte sie bereits ihren Abgabetermin verpasst, und alles, was sie schrieb, kam ihr irgendwie platt und unbeholfen vor. Er hingegen musste doch nur ein paar Nägel in die Wand schlagen.

»Komm schon, Braden.« Sie nahm seine Hand, wobei ihr nicht entging, wie rau und groß sie war, und zerrte ihn durch den Flur. Rasch versuchte sie, sich das Gefühl zu merken, wie ihre Hand in der seinen verschwand, um es später beim Schreiben zu verwenden. In seiner Gegenwart fühlte sie sich so feminin und klein. *Unterwürfig?*, schoss es ihr durch den Kopf und eine Idee nahm Gestalt an. Es gefiel ihr, wie sich das Wort anhörte, und sie schrieb gern über unterwürfige Frauen. Manchmal fragte sie sich, wie es wohl sein mochte, sich jemandem auf diese Weise zu unterwerfen, allerdings ging sie davon aus, dass es ihr keinen Spaß machen würde. Doch darüber konnte sie später nachdenken. Für so etwas brauchte sie nämlich einen lebendigen Partner, mit dem sie die Szenen proben konnte, und sie hatte momentan andere Sorgen, als sich einen Mann zu suchen. *Zum Beispiel endlich mein Manuskript fertigzustellen.*

Doch solange sie nicht über die ersten Kapitel hinauskam, standen die Chancen darauf schlecht. In jedem der Bücher ihrer »Wicked Boys After Dark«-Reihe ging es um einen von vier Brüdern, Alphamänner mit geheimen sexuellen Neigungen. Die Geschichten waren ihr nur so aus den Fingern geflossen, und die erotischen Romane hatten derart viele begeisterte Leser gefunden, dass ihr nichts anderes übrig geblieben war, als eine persönliche Assistentin einzustellen, die für ihre E-Mails und ihren Social-Media-Auftritt verantwortlich war, sowie eine PR-Managerin, die sich um Medienanfragen kümmerte. Charlotte war heilfroh, dass sie jetzt Becca und Luce hatte. Ohne die beiden hätte sie endlose Stunden mit anderen Dingen als dem Schreiben verbringen müssen. Sie hatte keine Ahnung, warum ihr auf einmal nur noch Unsinn anstelle von eloquenten, sündigen Worten einfiel. Doch mit dem ersten Buch ihrer neuen Reihe »Nice Girls After Dark« kam sie einfach nicht voran. Die Serie handelte von vier Schwestern, die alle Unternehmen in verschiedenen Branchen hatten, unter anderem auch einen Sexklub.

Oh! Vielleicht sollte ich über eine Frau schreiben, die keine Ahnung hat, wie man sich unterwirft!

»Das ist eine tolle Idee«, murmelte sie geistesabwesend.

»Was denn?« Er spannte die Kiefermuskeln an.

»Hast du vielleicht …?« Sie schnappte sich den Stift, der aus seiner Brusttasche ragte, und schrieb sich *unterwürfig* auf den Arm. Danach steckte sie sich den Stift hinters Ohr und öffnete die Tür zu seinem Zimmer. Sofort fiel ihr Blick auf das Bett, auf dem ihre Gummipuppe lag – mit Handschellen an die Bettpfosten gefesselt.

»Da steckst du also!« Sie setzte sich rittlings auf die Puppe und suchte das Bettzeug nach dem Schlüssel ab. »Der arme Chris. Ich vergesse einfach ständig, wo ich ihn liegen gelassen habe.«

»*Das* ist Chris?« Beau zog die dunklen Augenbrauen hoch. »Du hast eine Gummipuppe mit Handschellen ans Bett gefesselt?«

»Ja. Chris Pine. Ich muss meinen Forschungsobjekten doch anständige Namen geben. Ohne die richtige Inspiration kann ich nun mal keine Erotikromane schreiben.« Schließlich galt es, eine Million Fans glücklich zu machen, und sie spürte den Druck, dass jede Figur einzigartig und jedes Buch besser sein sollte als das letzte. Also musste sie sich entsprechend inspirieren lassen. Erst recht jetzt.

»Ach du Sch…«

»Ich muss bloß den Schlüssel finden, dann gehört das Zimmer ganz dir.« Sie blickte auf und bemerkte, dass er sie verwirrt dabei beobachtete, wie sie vom Bett krabbelte. »Was ist?«

Beau deutete den Flur entlang. »Ist da denn kein echter Mann in deinem Büro oder was das da vorn auch immer für ein Zimmer ist, mit dem du das Ganze durchspielen kannst?«

»Ein echter Mann? Nein, natürlich nicht.« Sie stemmte die Hände in die Hüften. »Ich kann den Schlüssel nicht finden und werde dir ein anderes Zimmer geben müssen.«

Er beäugte sie skeptisch, als hätte sie den Verstand verloren. »Du weißt schon, dass man deinem … *Freund* auch die Luft rauslassen kann?«

»Er ist nicht *mein Freund*.« Dieser Kerl nahm alles viel zu wörtlich, aber er sah echt heiß und wunderbar verwirrt aus. Möglicherweise konnte sie ihm die ein oder andere Gefühlsregung abluchsen, die sie dann als Hilfestellung fürs Schreiben verwenden konnte. Er war ebenso groß wie ihr Freund Cutter, der ihr alle paar Wochen Lebensmittel brachte und auch manchmal beim Nachstellen der Szenen half. Allerdings war Cutter für sie wie ein Bruder, was bedeutete, dass sie zwar Positionen und dergleichen mit ihm durchspielen konnte, aber nicht die entsprechenden Emotionen. Sie trat näher an Beau heran und berührte seine Brust, speicherte ab, wie seine Muskeln auf die Berührung reagierten, und beobachtete sein Gesicht.

Hm. Wie er den Kiefer anspannt ist irgendwie heiß.

»Du musst mal ein bisschen lockerer werden, Beau. Du bist ja ganz verkrampft«, stellte sie fest. »Die Puppen sind nur zu Forschungszwecken da. Vollständig bekleidete Forschung mechanischer Natur. So wie du vermutlich manchmal erst herausfinden musst, wie genau du etwas bauen kannst, muss ich

Positionen für meine Bücher austesten. Aber ich verschaffe mir mit ihnen keine Befriedigung. Verstanden? So armselig bin ich nicht.« Dummerweise war sie sogar noch armseliger. Doch sie hatte nicht vor, ihm von der Schublade voller Sexspielzeuge zu erzählen oder dass es mal eine Zeit gegeben hatte, in der diese regelmäßig in Gebrauch gewesen waren. Aber wie schon die Männer hatte auch das Spielzeug sie enttäuscht, und letzten Endes war sie zu ausschließlich fiktivem Sex übergegangen.

»Du hast vorhin nur gehört, wie ich im Büro eine Szene nachgespielt habe, damit ich sie auch richtig schreiben kann.«

Er verzog amüsiert die Lippen. »Allein?«

»*Nein*, nicht allein. Mit Hugh Jackman.« Sie ging auf die Knie und spähte unter das Bett in der Hoffnung, dort den Schlüssel für die Handschellen zu entdecken.

»Grundgütiger«, murmelte er und zerrte sie am Hemd wieder hoch.

»Was ist denn?«

»Du kennst mich überhaupt nicht und reckst derart den Hintern vor mir in die Höhe? Was wenn ich irgendein Widerling wäre?«

Sie verschränkte grinsend die Arme vor der Brust. »Hal und Josh Braden haben dich gebeten, hierher zu kommen, und sie würden mir nie irgendeinen Widerling ins Haus schicken.«

Beau nahm ihren Arm und half ihr beim Aufstehen. Dann kletterte er aufs Bett und griff sich eine Handschelle. »Darum geht es doch gar nicht.« Er quetschte die Hand der Puppe zusammen und zwängte sie durch den Ring aus Metall.

»Sei vorsichtig«, bat sie. »Diese Puppen sind sehr teuer.«

Er warf ihr einen entgeisterten Blick zu. »Keine Sorge, ich bin sehr geschickt mit den Händen.«

»Das kann ich mir vorstellen«, sagte sie leise, was ihr einen weiteren entrüsteten Blick einbrachte, bei dem sie sich fühlte wie eine Zwölfjährige, die fürs Fluchen gerügt wurde. Dieser Mann musste wirklich lockerer werden. Sie hüstelte, um ihre Belustigung zu verbergen, während er die andere Hand durch die Handschelle schob.

»Fertig.« Er stand wieder auf.

»Aber die Handschellen hängen immer noch an deinem Bett.«

Beau mahlte mit dem Kiefer, und seine Augen schienen zu lodern. Eine Sekunde später hatte er sich wieder im Griff. Das war ungemein faszinierend – und *heiß* –, und sie versuchte, sich jedes einzelne Detail für ihr Buch zu merken.

Vielleicht hatte sie mit ihm ja doch den perfekten Partner für ihre Nachforschungen gefunden. Er war attraktiv, gut gebaut und vor allem nur vorübergehend da.

Ende des Auszugs

Wenn Ihnen die Vorschau gefallen hat, können Sie *Alles für die Liebe* gleich bei Ihrem Online-Buchhändler bestellen!

Neu bei »Love in Bloom – Herzen im Aufbruch«?

Ich hoffe, Ihnen hat es genauso viel Vergnügen bereitet, die Montgomerys kennenzulernen, wie mir, sie zu schreiben. Falls dieser Band Ihr erstes Buch aus der Reihe »Love in Bloom – Herzen im Aufbruch« ist, warten noch jede Menge Geschichten über unsere sexy, selbstbewussten und loyalen Heldinnen und Helden auf Sie.

Die Bradens & Montgomerys (Pleasant Hill – Oak Falls) ist nur eine der Serien in der Reihe »Love in Bloom – Herzen im Aufbruch«. In allen Büchern der Reihe finden Sie eine abgeschlossene Geschichte, die auch für sich allein gelesen werden kann. Figuren aus den einzelnen Serien und Büchern der weitverzweigten »Love in Bloom – Herzen im Aufbruch«-Familien tauchen immer wieder auch in den anderen Bänden auf. So verpassen Sie nie eine Verlobung, eine Hochzeit oder eine Geburt.

Wenn Sie mögen, lernen Sie doch auch die anderen Serien der Reihe kennen! Sie können zum Beispiel ganz am Anfang mit *Schwestern im Aufbruch – Die Snow-Schwestern* beginnen. Oder Sie starten mit einer weiteren unterhaltsamen, sehr gefühlvollen Serie wie *Die Remingtons*, die mit dem Band *Spiel der Herzen* anfängt. Eine vollständige Liste aller auf Deutsch erschienenen und geplanten Bücher gibt es am Ende des Buches und unter dem folgenden Link finden Sie weitere Informationen: www.MelissaFoster.com/Herzen-im-Aufbruch

Auf Melissas Reader-Goodies-Seite gibt es Serien-Checklisten, Familienstammbäume, Lesereihenfolgen und mehr zum Download (in englischer Sprache): www.MelissaFoster.com/RG

Die Bradens (Peaceful Harbor)

Geheilte Herzen
Voller Einsatz für die Liebe
Liebe gegen den Strom
Vereinte Herzen
Melodie der Liebe
Sieg für die Liebe
Endlich Liebe – ein Braden-Flirt

Die Remingtons

Spiel der Herzen
Im Dschungel der Liebe
Herzen in Flammen
Herzen im Schnee
Liebe zwischen den Zeilen

Die Bradens & Montgomerys
(Pleasant Hill – Oak Falls)

Von der Liebe umarmt
Alles für die Liebe
Pfade der Liebe
Wilde Herzen

…

Entdecken Sie Melissa Fosters Bücher auch auf:
www.MelissaFoster.com/Herzen-im-Aufbruch